Für dich.

Du hast Fireball und Sally in dein Leben gelassen,
hast an ihrer Seite gelitten, gekämpft und geliebt.

Ihre Reise geht mit diesem Band zu Ende. Ich, die Autorin, lasse dich hier zurück und hoffe, dass du sie noch eine Weile in deinem Herzen behältst.

In Liebe
Deine Julie A. Kunz

PLAYLIST

it's time – imagine dragons
pointless – lewis capaldi
be on your was – daughter
bones – imagine dragons
proper help the people – birdy
yellow – coldplay
all I want – kodaline
head above waters – avril lavigne
one more light – linkin park
lost without you – freya ridings
sign of the times – harry styles
i see fire – ed sheeran
warriors – imagine dragons
parachutes – coldplay
read all about it, Pt. III – emeli sandé
iris – goo goo dolls
liebe meines lebens – philipp poisel

Oder bei Amazon Prime unter folgendem Link anhören:
https://shorturl.at/eowN3

Oder diesen QR-Code scannen:

PROLOG

Sally

Sterben ist nicht schwer.
Sterben ist wie träumen.
Und in deinen Träumen
kannst du alles sein.

1

DIE NACHRICHTEN

»Nayo City: Im ersten Wahlgang wurde heute Kommandantin Josephine Galeri mit absoluter Mehrheit ins Amt der Präsidentin gewählt. Galeri bedankte sich bei ihren Kolleginnen und Kollegen sowie ihrem Vorgänger Kommandant George McAllister, der überraschend von seinem Amt zurückgetreten war, um wieder aktiv am Kriegsgeschehen teilzunehmen. Galeri kündigte weitreichende Veränderungen bei den Strategien des Kommandariats im Intergalaktischen Krieg an.«

FIREBALL

Über meinem Kopf höre ich das dröhnende Motorengeräusch eines Jets des Kommandariats. Wie ein ewig andauernder Donner hallt das Geräusch über den Himmel bis weit hinauf ins Weltall. Ich bleibe stehen, verschwitzt und aus der Puste, und das, obwohl ich gerade mal einen Kilometer in lockerem Tempo gejoggt bin. Verdammte Axt. Ich bin so verflucht schwach geworden.

Mein Körper muss endlich wieder gesund, wieder so fit sein, wie vor der Krankheit. Aber ich schaffe es nicht. Der Virus, der mich vor zwei Wochen niedergestreckt hat, hat mir meine Kraft und Kondition komplett geraubt. Wenigstens hat er mich meinem Vater nähergebracht. Mein Vater lebt. Der Gedanke fühlt sich noch immer merkwürdig an. Nicht falsch, nein. Ich habe immer geglaubt, gehofft, dass er noch am Leben ist. Aber dass er je zurückkehren würde ... das ist mehr, als ich zu träumen gewagt habe.

Meine Muskeln und meine Lunge brennen. Ich hätte nicht laufen gehen sollen. Das ist mir klar. Susan hat es verboten. Aber ich fühle mich besser und habe es nicht ausgehalten, untätig im Haus zu sitzen, während auf dem Startfeld vor

Pfeiler One gerade der Raumgleiter mit meinem Vater an Bord zum Abflug bereitgemacht wird.

Ich habe getan was ich konnte, um ihn aufzuhalten. Habe auf ihn eingeredet, ihn beschimpft, verflucht, geweint. Nichts davon hat geholfen. Sein Plan steht fest. Er will Morsis besiegen. Noch heute. Ich solle ihm mehr vertrauen, hat er gesagt. Wie könnte ich das? Mag sein, dass ihm der Anhänger mehr Kraft verleiht. Aber was, wenn das nicht genügt? Morsis ist mächtig. Und er ist nicht allein da oben.

Mein Vater hätte warten sollen, bis ich mich erholt habe. Dann hätte ich ihn begleiten können. Zusammen wären wir stärker als Morsis. Auf jeden Fall. Zusammen ist man immer stärker. So wie Jesse und ich es waren. Wir waren eine Einheit und dadurch unbesiegbar. Wieder und wieder muss ich an ihn denken, daran, dass er mir hätte helfen können, meinen Vater von diesem Flug abzuhalten. In meinen Tagträumen habe ich mir ausgemalt, wie wir den Flug sabotiert hätten, sodass der Raumgleiter gar nicht erst hätte starten können. Aber Jesse und ich sind keine Einheit mehr. Unsere Freundschaft gehört der Vergangenheit an.

Dafür gehört die Zukunft Galeri und der Feder. Bis jetzt ist alles wahr geworden, was Sallys Vater prophezeit hat: Dwaine ist nicht mehr Präsident. Dafür steht jetzt Galeri an der Spitze. Die Rebellen werden nicht mehr verfolgt. Sie sind frei. Jetzt fehlt nur noch der letzte Baustein: Wir müssen die Schattenjäger besiegen. Erst dann hat es ein Ende, dass Kinder ihre Eltern ins Weltall verabschieden müssen und das Kommandariat alle Mittel in die Bekämpfung dieser Monster steckt. Dann muss niemand auf Nayo mehr Angst haben oder Hunger leiden. Allein die Vorstellung an eine solch perfekte Zukunft ist absurd. Und doch: Bisher hat sich alles bewahrheitet.

Eine Brise vom Meer fährt in mein Haar und wirbelt es durcheinander. Ich greife in meine Hosentasche, um auf meinem Tablet die Zeit zu prüfen. Stattdessen ertaste ich den

Ring. Den Ring, der für Sally bestimmt ist. Wann soll ich ihn ihr geben? Wann ist der richtige Zeitpunkt? Gibt es im Krieg überhaupt einen richtigen Zeitpunkt für eine Frage wie diese? Eine Frage, in der sich alles um die Zukunft dreht, wo doch im Krieg niemand damit rechnen kann, eine Zukunft zu haben. Ich ziehe mein Tablet aus der Hosentasche und sehe auf das Display. Noch eine Minute. Ein tiefer Atemzug hilft mir, mein von Angst gequältes Herz zu beruhigen. Noch eine Minute, dann verliere ich meinen Dad ein zweites Mal. Und diesmal wahrscheinlich für immer.

2

SALLY

Es riecht nach Desinfektionsmittel. Ich atme tief ein und fühle mich angekommen. Das hier ist mein zweites Zuhause. Es gibt nur einen Duft auf der Welt, den ich lieber mag. Lindenblüten. Nur die verbinde ich mit heißen Sommernächten, nackter Haut und einem Lächeln, das von Grübchen umrahmt wird. Ich schmunzele vor mich hin.

»Nayo an Sally: Bist du da?« Susan reißt mich aus meinen Gedanken und ich erschrecke so sehr, dass die Ampullen auf dem Medikamentenschränkchen, an dem ich gerade lehne, klirren.

»Ja. Entschuldige, ich war mit den Gedanken woanders.«

»Offensichtlich. Mach dir keine Sorgen um Fireball«, fügt sie verständnisvoll hinzu. »Er kommt schon klar. Nur noch diese OP, dann hast du Feierabend.«

»Fast. Ich habe mich für den Rückkehrer-Dienst eingetragen. Da hat jemand gefehlt.«

Sie nickt und lächelt. Ich weiß genau, dass sie sich furchtbare Sorgen um George macht. Zwischen den beiden läuft etwas, da sind Fireball und ich uns sicher. Sie schreiben sich ständig Nachrichten, außerdem hat Susan die letzten Nächte nicht nur im Haus an der Klippe, sondern auch in Georges Bett verbracht.

Wir hatten gehofft, dass Susan ein weiteres Argument gegen Georges Entscheidung sein könnte, das Mutterschiff zu überfallen. Aber diese Hoffnung hat sich leider nicht bestätigt. Er hat sich heute Morgen davongeschlichen, ohne sich von Susan oder Fireball zu verabschieden. Wahrscheinlich, weil er wusste, dass Fireball ihn niemals hätte gehen lassen.

Susan versucht, sich nichts anmerken zu lassen. Aber heute Morgen war sie genauso vor den Kopf geschlagen wie Fireball und ich glaube, sie hat im Bad geweint. Jedenfalls waren ihre Augen ganz rot und geschwollen, als sie herauskam, und sie hat es vermieden, uns in die Augen zu sehen. Susan hat sich Hals über Kopf in ihren Patienten verliebt. Und er sich bestimmt auch in sie. Aber er ist Kommandant und will Verantwortung übernehmen. Er will die Welt retten. Im Alleingang.

Als George erklärte, dass er es sein wird, der Morsis tötet, war mir ein Stein vom Herzen gefallen. Ist das egoistisch? Ist es egoistisch, dass ich dachte: Lieber er als Fireball? Ist es egoistisch, dass ich Fireball nicht verlieren möchte?

Ja. Ja, sicher. Aber machen mich diese Gedanken zu einem schlechten Menschen? Nein. Nein, das tun sie nicht. Sie machen mich zu einem Menschen. Und so sind wir Menschen nun mal. Furchtbar egoistisch, wenn es um unsere Gefühle geht. Aber ich darf Fireball nicht verlieren. Mein Herz würde es nicht überleben.

Ich folge Susan in den OP-Saal. Das Team steht bereit, die Narkose wirkt.

»Kollegen«, grüßt Susan die Runde. Ich nicke.

»Wir saugen heute ein wenig Flüssigkeit aus dem Hirn dieser jungen Frau. Miss Cooper wird mir dabei assistieren. Fangen wir an. Uhrzeit fürs Protokoll?«

Ich blicke auf die Uhr und mein Magen macht einen unangenehmen Satz. »Es ist neun Uhr«, sage ich leise und schlucke trocken. Susan lässt sich nichts anmerken. Niemand hier außer mir weiß, dass der Mann, den sie liebt, genau in diesem Moment zu einer tödlichen Mission aufbricht.

FIREBALL

Um neun Uhr und vier Minuten ist klar: Da stimmt was nicht. Zehn Minuten später ist außerdem klar: Heute wird das mit der Mission meines Vaters nichts mehr. Was auch immer es für Probleme gibt – wenn sich der Start so lange verzögert, dann ist er verschoben worden.

Hoffnung macht sich in mir breit. Hoffnung, meinen Vater doch noch nicht zu verlieren, nicht heute. Mein Herz pocht wild und meine Lippen verziehen sich zu einem schmalen Lächeln. Dabei bin ich einfach nur glücklich. Glücklich, dass ich ihn noch eine Weile länger habe.

Ich setze mich an den Rand der Klippe, weil meine Beine zittern. Nicht vor Schwäche, nicht von der Krankheit. Vor Angst. Lähmender Angst, die langsam aus meinen Gliedern weicht und erleichterter Freude Platz macht.

Kann ich so viel Glück haben? Ist das wirklich möglich? Was wohl passiert ist? Ob es technische Probleme gab? Oder Neuigkeiten vom Mutterschiff, die die Mission unmöglich machten?

Ich bleibe eine Weile sitzen, beobachte die Sonne, die immer höher und höher den Himmel erklimmt. Lasse den

Wind in meinem Haar und mit meinem T-Shirt spielen und genieße den salzigen Duft des Meeres. Erst das Brummen meines Tablets reißt mich aus meinen Gedanken. Ich sehe auf das Display. Es ist mein Vater. Jetzt bin ich aber gespannt, was da schiefgelaufen ist. Viel Zeit ist zwischen dem Abbruch der Mission und seinem Anruf nicht vergangen – vielleicht, ja vielleicht, hat er die Mission abgebrochen, weil er es sich anders überlegt hat. Meinetwegen. Vielleicht bin ich ihm doch so wichtig, dass er sich nicht in den Tod stürzt.

Ich nehme seinen Anruf an und sofort sehe ich an den zusammengezogenen Augenbrauen und den schmalen Lippen, die eine strenge, gerade Linie bilden, dass er wütend ist.

»Hi Dad, hast du deinen Flug verpasst?«

»Schwing deinen Hintern ins Kommandariat – auf der Stelle!«

»Ähm … okay.« Aber er hat schon wieder aufgelegt. Denkt er etwa, ich hätte etwas mit dem misslungenen Start zu tun? Wenn das so ist, kann ich mich entspannen: Diesmal bin ich definitiv unschuldig.

Pfeiler One ragt vor mir auf wie eine gigantische Salzsäule. Es herrscht geschäftiges Treiben – seit die verbannten Shuttles zurückkehren, ist das Gelände voll von Besuchern, die wissen wollen, ob ihre Angehörigen zurückgekehrt sind, und von Menschen, die nach vielen Jahren zum ersten Mal wieder einen Fuß auf nayonischen Boden setzen. Ich muss eine Weile vor der Pforte warten, bevor ich an der Reihe bin, meinen Namen und mein Anliegen zu nennen.

»Fireball McAllister. Melde mich auf Anordnung von Kommandant George McAllister.«

»Sie werden in Center Control, One Point Three erwartet.«

»Ah ja.« Wo zur Hölle soll das sein?

»Am Eingang wird Sie jemand in Empfang nehmen und hinbringen.«

»Danke.« Mein Vater stellt sogar sicher, dass ich gebracht werde – was auch immer den Start verhindert hat, es scheint ihm sehr wichtig zu sein, mit mir so schnell wie möglich darüber zu sprechen. Oder er hat mich so sehr vermisst, dass er keine Minute zu lange darauf warten will, mich in die Arme zu schließen. Aber mal ehrlich: Bei dem kurzen Telefonat hat er nicht den Eindruck gemacht, mich liebevoll in die Arme schließen zu wollen. Er klang vielmehr nach Ärger.

Ich parke das HoverCab und gehe auf direktem Weg zum Eingang, wo tatsächlich ein Kollege wartet, der mich stumm und mit ernstem Gesicht zu Center Control bringt. Auf dem Weg begegnen mir vereinzelt Kadetten. Wir grüßen uns mit der Hand am Lebensbaum unserer Uniform, wobei ich zivile Kleidung trage und die Hand einfach auf meine Brust lege. Schließlich stehe ich vor der Tür zu Center Control, One Point Three und kann die Stimme meines Vaters bis in den Flur hören. Er brüllt wie ein Löwe. »Hat jetzt endlich jemand eine Antwort für mich, wie diese verdammte Scheiße passieren konnte?«

Mhm, Bombenstimmung. Der Kollege, der mich gebracht hat, hebt zum Abschied die Augenbrauen und presst die Lippen zusammen. Da beneidet mich einer nicht darum, dass ich da jetzt reingehen muss.

Aber was auch geschehen ist: Ich kann locker bleiben – ich habe nichts damit zu tun. Selbstbewusst wie immer öffne ich die Tür und spicke in den Raum. Zig Menschen sind anwesend – Generäle, Kadetten, Galeri – die frisch gebackene Präsidentin – und natürlich mein Vater. Alle haben furchtbar angespannte Gesichtszüge und wirken damit zugegebenermaßen ziemlich bedrohlich. Ach, und noch eines vereint sie: Niemand wagt es, meinen Vater anzusehen. Der läuft wie ein wildes Tier im Gehege zwischen den Tischen auf und ab. Hinter ihm zeigt ein

Bildschirm mehrere Kameraansichten – darunter das Mutterschiff. Da sind die Startbahn und der Raumgleiter, der hätte abheben sollen, aber noch immer am Boden klebt.

Ich räuspere mich, um auf mich aufmerksam zu machen. Mein Vater dreht sich ruckartig zu mir um. Als er mich erkennt, deutet er mit dem Zeigefinger auf mich und brüllt: »Du! Du kommst mit! Sofort!« Wie eine Lokomotive rast er zu einer Nebentür von Center Control und ich muss mich beeilen, ihm zu folgen. Als ich an Galeri vorbeikomme, sehe ich sie fragend an, aber sie verzieht keine Miene. Was zur Hölle ist hier los? Allmählich bekomme ich tatsächlich ein schlechtes Gewissen, aber ich bin mir sicher, dass ich nichts getan habe. Ich war die ganze Zeit zu Hause. Sally kann das bezeugen. Oder bin ich unter die Schlafwandler gegangen? Nein. Nein, ich habe nichts getan. Wirklich nicht.

Mein Vater verschwindet durch die Tür in einen dunklen Flur. Ich lege eine kleine Joggingrunde ein, um zu ihm aufzuschließen. »Kannst du mir mal erklären, was das Drama soll?«

Anstatt mir zu antworten bleibt er vor einer weiteren Tür stehen und starrt mich böse an. Ohne hinzusehen, drückt er einen Schalter und die Tür surrt zur Seite. »Das war ziemlich cool«, sage ich, um die Stimmung zu heben, aber er zeigt sich unbeeindruckt. Ich verdrehe die Augen und trete ein. Wir stehen in einem kleinen, dunklen Raum. An der linken Seite sehe ich einen langen Tisch mit zwei Stühlen und zwei Arbeitsplätzen. Dahinter eine kleine Küchenzeile mit einer Kaffeemaschine und einem Hyperherd. Auf der gegenüberliegenden Seite gibt es eine weitere Tür und neben der – ein Fenster. Dahinter erkenne ich den Vorlesungssaal. Ich hatte also recht – der Spiegel ist tatsächlich ein getarntes Fenster. Gerade will ich meinen Vater darauf aufmerksam machen, dass ich mir das bereits gedacht hatte, da sehe ich, wer im Saal sitzt. Mein Herz setzt für einen Moment aus. Dann rast es umso schneller weiter.

»Ich hab nichts damit zu tun«, sage ich.

»Erzähl mir keinen Unsinn!«, poltert er und blitzt mich wütend an. »Da sitzen fünf Rebellen und einer davon ist dein Leibwächter!« Jesse, Tina, Sam, Lilly und Marty sitzen – die Hände in Handschellen – verteilt auf den Rängen des Vorlesungssaals und starren gelangweilt vor sich hin.

»Ex-Leibwächter. Dad, ernsthaft! Ich hab keine Ahnung, was sie getan haben, oder ...«

»Ich sag dir, was sie getan haben: Sie sind auf das Gelände eingedrungen, haben die Wachen außer Gefecht gesetzt und die verdammte Elektronik des Raumgleiters gekappt. Und weißt du, warum sie das getan haben?«

»Mh?« Meine Nachfrage gleicht eher einem Winseln. Irgendwie kommt das, was mein Vater da beschreibt, meinen Fantasien sehr nahe. Auffällig nahe.

»Sie alle sagen, dass sie auf Befehl von Jesse gehandelt haben. Und weißt du, was das Beste ist?«

»Ich bin mir nicht sicher, ob ich es hören will ...«

»Oh, hör es dir nur an, mein Sohn: Er sagt, er kann sich an nichts erinnern!« Die letzten Worte brüllt er.

Er kann sich an nichts erinnern? Ich runzle die Stirn. »Hat er einen Schlag auf den Kopf bekommen?«

»Red keinen Unsinn!«, brüllt mein Vater. Ich hab ihn noch nie so außer sich gesehen. »Ihr seid Blutsbrüder! Du hast ihn über eure Verbindung angezapft und ihm gesagt, was er machen soll!«

Für einen Moment bin ich sprachlos. »Du meinst ... So wie der Häuptling über Mark befohlen hat?«

»Hat er das?«

»Ja, aber ... Dad, ich weiß gar nicht, wie das funktioniert. Ich schwöre es dir! Ich hab weder meditiert, noch ihn angerufen oder Rauchzeichen geschickt. Du weißt, ich wollte nie, dass du da hochfliegst, aber so etwas hätte ich niemals gemacht.«

Mein Vater verschränkt die Arme vor der Brust. »Hast du oder hast du nicht visualisiert, wie Jesse und die Rebellen den Start sabotieren?«

»Ähm ... visualisiert ... Das ist so ein vager Begriff ...«

»Fireball ...«

»Kann sein, dass ich darüber nachgedacht habe, wie man den Start verhindern könnte ...«

»Kann sein? Kann es sein, dass du gestern Abend ziemlich intensiv und detailliert darüber nachgedacht hast?«

Ich fühle mich ertappt. Nach der Diskussion mit meinem Vater lag ich im Bett und konnte nicht einschlafen. Immer und immer wieder habe ich mir überlegt, was ich tun würde, wenn ich noch der Anführer der Rebellen wäre. Wie ich den Start verhindern würde. Dabei kam mir die Idee mit der Elektronik. Wie leicht es wäre, diese zu kappen – an mehreren Stellen – und schon wäre der Flug unmöglich. Dann dachte ich an Mark, der durch den Häuptling fremdgesteuert wurde. Anscheinend habe ich mich in meiner Fantasie damit beschäftigt, wie es wäre, wenn Jesse tun würde, was ich will.

Mein Vater seufzt. »Fireball, Jesse und dich verbindet eine ganz besondere Blutsbrüderschaft. Du kannst über ihn bestimmen, mit eurem Blut könnt ihr euch gegenseitig heilen, aber damit geht auch verdammt viel Verantwortung einher. Du kannst Jesse nicht einfach für deine Zwecke missbrauchen. Das darfst du nicht tun. Verstehst du das?«

»Natürlich! Ich hab ja noch nicht mal gewusst, dass ich ihn so ... manipulieren kann.« Ich grinse. »Obwohl die Vorstellung schon ziemlich cool ist. Und was war das mit dem Heilen?«

Er schüttelt den Kopf wegen meiner ‚ziemlich cool' Bemerkung, erklärt dann aber bereitwillig, was es mit der heilenden Wirkung auf sich hat. »Der Stamm der Mattoe hat uns all sein Wissen über den Fluch, der über Tim verhängt wurde, weitergegeben. In den Schriften steht auch, dass sein Blut heilende Wirkung hat – wegen der Unsterblichkeit.«

Ich runzele die Stirn. »Aber Dad – das müssen wir im Kampf gegen Morsis nutzen. Wenn du mich mitnimmst, könnte ich dich heilen und …«

»Vergiss es. Darüber haben wir oft genug gesprochen und nur, weil du jetzt diese winzige Kleinigkeit mehr über die Blutsbrüderschaft erfahren hast, bedeutet das nicht, dass du es bei deiner Argumentation verwenden darfst. Und jetzt komm, du hast da drinnen einiges zu klären.«

»Zu klären?«

Er hebt die Schultern. »Wenn sie schon mal hier sind, wird es Zeit, dass wir sie endlich zur Zusammenarbeit bewegen. Vorher lasse ich sie nicht gehen.« Er öffnet die Tür und schubst mich vorwärts. Meine Leute – meine ehemaligen Leute – sehen überrascht auf. Bis auf Jesse reagiert keiner auf mich. Jesse dagegen springt auf und zeigt mit seinen gefesselten Händen auf mich. »Du!«, grollt er mit aufgerissenen Augen. »Ich bring dich um!«

3

SALLY

Jonah knabbert an seinem Fingernagel und stößt zum wahrscheinlich hundertsten Mal einen schweren Seufzer aus. Beruhigend lege ich ihm eine Hand auf die Schulter. »Ganz ruhig.«

»Das sagt sich so leicht.«

»Einfach atmen.« Ich kann ihn verstehen. Sogar ich bin nervös, dabei begleite ich ihn nur. Wir stehen neben dem Landeplatz, der Jonah heute Morgen mitgeteilt worden ist. Das Kommandariat hat mittlerweile einen ganz guten Weg gefunden, die vielen ankommenden Shuttles zu organisieren. Ihnen werden Landeplätze zugeteilt, aber an manchen Tagen sind die Zeitslots für die Landung so knapp, dass keine Besucher – also Angehörige, die ihre Lieben in die Arme nehmen wollen – gestattet sind. Diejenigen Rückkehrer, die nach dem Ersten Gesetzbuch verbannt worden sind, werden direkt hinausgeschleust, in einen HoverBus gesetzt und in Bunker gebracht, die das Kommandariat angemietet hat. Die anderen, diejenigen, die aufgrund ihrer politischen Gesinnung verbannt wurden, werden erstversorgt und dann auf eigenen Wunsch entlassen. Das ist zurzeit mein Hauptjob. Ich nehme die Rückkehrer in Empfang, mache medizinische Check-ups bei ihnen und wenn sie gesund sind, entlasse ich sie in die Freiheit. Blöd nur für all jene, die nicht wissen, wohin sie gehen sollen, die keine Familie haben, die ihnen ein Dach und ein Bett bieten kann. Sie tun mir leid. Denn aus eigener Erfahrung weiß ich nur zu gut, wie es sich anfühlt, an der HoverBus-Haltestelle vor dem Kommandariat zu sitzen und nicht zu wissen, wie es weitergehen soll.

Der Wind zerrt an meinen Haaren. Ich binde sie zusammen, damit sie mich nicht länger stören. Langsam tun mir meine Füße weh. Aber das Shuttle müsste laut Plan jeden Moment ankommen. Ein Kind neben mir reckt den Arm in die Höhe und ruft: »Da! Da kommt es!« Die Menschen um uns herum reißen die Köpfe herum und halten sich die Hände über die Augen, damit die Sonne sie nicht so stark blendet. Ein Raunen geht durch die Menge. Auch ich sehe hinauf. Tatsächlich: Über unseren Köpfen erscheint ein kleiner dunkler Punkt, wird schnell immer größer. Während des Landeanflugs von Shuttle M-X7432 herrscht eine gespannte Stimmung unter den Zuschauern. Vielleicht, weil sie es nicht glauben können, dass ihr Vater, ihre Ehefrau, ihr Sohn, ihre beste Freundin – wer auch immer es ist, dessentwegen sie hier sind – tatsächlich zurückkehrt. Vielleicht aber auch, weil sie Angst haben, dass etwas schief gehen könnte. Bisher ist ein einziges der Rückkehrer-Shuttle beim Wiedereintritt in die Atmosphäre verglüht. Ein einziges. Von über sechshundert Shuttles. Aber seitdem ist die Angst tausendfach größer, dass etwas schief gehen könnte.

Shuttle M-X7432 wird größer und größer. Es hat die Schallmauer sicher passiert. Jetzt dürfte nichts mehr schief gehen. Höchstens noch die Landung, denke ich. Aber der Bremsmechanismus löst aus und das Shuttle sinkt vergleichsweise gemächlich herab. Durch die Lautstärke der Auftriebsbremsen hört man noch nicht einmal das Aufsetzen. Sobald auch das letzte Geräusch des Shuttles verklungen ist, durchbricht ein erlösender Jubelschrei die Menge der Wartenden. Jonah schlägt beide Hände vor sein Gesicht, rote Tupfen bilden sich auf seinen Wangen. Bestärkend reibe ich ihm über den Oberarm. »Alles gut, alles gut«, sage ich, aber ich glaube, dass kein einziges Wort bei ihm ankommt.

Dann öffnet ein Mitarbeiter des Kommandariats die Luke. Er steckt den Kopf in das Shuttle, streckt eine Hand hinein und hilft der ersten Person hinaus. Es ist eine ältere Dame von vielleicht siebzig oder achtzig Jahren. »Der Flug hat doch gar nicht so lange gedauert«, sagt sie und sieht sich verwirrt um, die Augen wegen der Helligkeit zu Schlitzen verengt. »Was machen denn all diese Menschen hier?«

»Mit Jane wurde auch diese alte Dame verbannt«, erklärt mir Jonah. »Keine Ahnung, was ihr vorgeworfen wurde. Hat mich damals nicht interessiert.«

Die Frau blickt in den Himmel und ich sehe Tränen ihre Wange hinablaufen. Sie legt die Handflächen aneinander, reckt diese wie in einer betenden Geste gen Himmel und redet unentwegt. »Ein Glück! Was für ein Glück!«

Eine Kommandantin hilft ihr die Treppe hinunter und als sie unten sind, lässt sich die alte Frau auf die Knie fallen und küsst – ja, sie küsst! – den Boden.

Immer mehr Menschen steigen aus, teils Arm in Arm, teils allein. Von der Sonne geblendet kneifen sie die Augen zusammen oder halten sich einen Arm vor das Gesicht.

Plötzlich wird Jonah neben mir unruhig. Er reckt sich, winkt und ruft: »Jane! Jane, ich bin hier! Hier, Jane!«

Ein Mädchen in unserem Alter hat ihn gehört und sieht sich in der Menge suchend um, entdeckt ihn und strahlt. Wenn sie könnte, würde sie wahrscheinlich ebenfalls winken, aber sie hilft einem Mann, dem das Gehen sichtlich schwerfällt, über die Schwelle des Shuttles auf die Leiter. Sobald ihn ein Kadett übernimmt, sieht sich Jane noch einmal um und winkt mit beiden Armen. »Jonah!« Dann wird sie weitergebeten. Da ich genau weiß, was jetzt passiert, ziehe ich Jonah weiter – hin zu dem Ort, wo die Zurückgekehrten Pfeiler One verlassen. »Komm«, sage ich.

Da fällt mein Blick auf sein Gesicht. Er weint bitterlich. Die Tränen strömen in einem endlosen Fluss, er schluchzt und bekommt kaum noch Luft. »Oh Jonah!« Ich nehme ihn ganz, ganz fest in meine Arme, stütze ihn, so wie er es für mich getan hat, nachdem ich entlassen wurde, und halte ihn eine Weile ganz fest.

»Sie ist zurück«, weint er in mein Ohr, immer und immer wieder und ich bestätige es ihm ein ums andere Mal: »Ja, sie ist zurück.«

Sobald er sich gefasst hat, nehme ich seine Hand. »Komm. Ich weiß, wo sie entlassen wird. Dann bist du noch schneller bei ihr.«

Willenlos lässt er sich von mir mitziehen, bis wir vor der Ausgangstür B212 stehen. Eine unscheinbare Eisentür. Niemand ist uns gefolgt. Gut so. Denn für diese Aktion könnte ich ziemlich viel Ärger bekommen.

»Hör zu, wenn Jane in Ordnung ist, wird sie hier in ungefähr einer halben Stunde erscheinen.«

»So schnell geht das?«

Ich nicke. »Es sind so viele Rückkehrer, da wird nur eine oberflächliche Untersuchung gemacht – mit der Empfehlung, im Laufe der Woche einen Hausarzt aufzusuchen.«

Unvermittelt nimmt mich Jonah in den Arm. »Danke, Sally. Danke!«

Fest drücke ich ihn an mich. »Kein Problem. Hör mal – ich darf hier nicht gesehen werden. Sonst bekomme ich ziemlichen Ärger.«

»Verstehe. Dann – los, nichts wie weg mit dir!«

. . .

Ich gehe hinauf, beginne meine Schicht bei der Rückkehrer-Untersuchung und nutze jede freie Sekunde zwischen zwei Patienten, um aus dem Fenster zu spicken. Und tatsächlich: Nach etlichen Malen geht die Tür auf und endlich, endlich fällt Jonah seiner Zwillingsschwester Jane um den Hals. Der Anblick der beiden rührt mich beinahe zu Tränen. Sie nehmen sich ganz, ganz fest in den Arm und dann meine ich, sie schluchzen sehen zu können – alle beide. Bald darauf laufen sie Arm in Arm fort von Pfeiler One. Ich sehe ihnen noch eine ganze Weile nach. Liebe ist so vielfältig. Wir lieben unsere Eltern. Eltern lieben ihre Kinder. Geschwister lieben sich. Liebende lieben sich. Mir ist klar: Das ist nicht immer so. Aber gerade jetzt, in Zeiten des Krieges, ist es genau so. Bei all der Angst, bei all dem Hass gegen die Schattenjäger, herrscht die Liebe zwischen uns Menschen vor. Und ich glaube, noch nie waren wir so verbunden, wie wir es jetzt sind. Wir halten zusammen, wir unterstützen uns. Es gibt kein gegeneinander mehr. In diesem Krieg halten wir alle zusammen.

Plötzlich geht unten eine Tür weiter rechts auf und zwei Gestalten treten ins Freie. Mir stockt der Atem. Der erste der beiden ist Fireball – ich erkenne ihn sofort an seinem Gang, seinem Haar, einfach an allem. Was macht er hier?

Und auch den zweiten erkenne ich sofort. Sein leuchtend blaues Haar würde ich aus Kilometern Entfernung erkennen. Aber was haben Fireball und Jesse hier zu suchen? Mehr als zwei Wochen hatten sie keinen Kontakt – so lange wie noch nie zuvor, hat mir Fireball gesagt. Und jetzt treffen sie sich hier – ausgerechnet hier in Pfeiler One? Was hat das zu bedeuten?

»Sally?«, ruft Susan und reißt mich damit aus meinen Gedanken. »Hast du noch Zeit? Eben kam eine Not-OP rein.«

FIREBALL

Ich verlasse das Gebäude vor Jesse, obwohl mir mulmig dabei zumute ist, diese Dampflokomotive aus Zorn in meinem Rücken zu haben. Die Tür fällt hinter uns ins Schloss und ich gehe zwei, drei Schritte, drehe mich zu ihm um und sehe nur noch seine Rechte auf mein Gesicht zufliegen. Er trifft mich mitten am Kinn und reißt mir damit fast den Kopf ab. Für einen Moment taumele ich und zwinkere benommen, um meine Sicht zu schärfen. »Das hab ich wohl verdient«, sage ich nach ein paar Sekunden und reibe mir das schmerzende Kinn.

»Was zur Hölle hast du mit mir gemacht, du Arschloch?!«

»Um eines vorwegzunehmen: Nichts davon war beabsichtigt.«

»Oh! Na, das beruhigt mich jetzt aber! Du miese Kakerlake setzt dich also in meinen Kopf, ohne es zu wissen?«

»Jesse, es tut mir leid! Es tut mir wirklich unendlich leid! Ich hatte ja keine Ahnung …« Was kann ich sagen, um ihn zu besänftigen? »All die Jahre, in denen wir zusammengearbeitet haben, ist das nicht ein einziges Mal vorgekommen. Keine

Ahnung, warum es jetzt passiert ist. Es tut mir wirklich, wirklich leid.«

»Wirklich, wirklich leid?«, wiederholt er meine Worte. »Es kann einem wirklich, wirklich leid tun, wenn man einem zu viel Milch in den Kaffee gekippt hat. Oder die falsche Munition mitgegeben hat. Aber doch nicht, wenn man einen ...« Mit den Armen fuchtelnd sucht er nach dem richtigen Wort.

»Manipuliert?«

»Kleiner, du hast verdammt nochmal einen Zombie aus mir gemacht!«

Ich verziehe das Gesicht. Wenn er es so sagt, klingt es wirklich mies. »Ich kann mich nur wiederholen: Es tut mir furchtbar leid und es kommt nie, nie wieder vor. Ich ... Mann, ich wusste noch nicht mal, dass ich dazu in der Lage bin.«

Er schiebt die Hände in die Hosentaschen – sehr gut, er hat seinen Plan mich umzubringen zumindest mal verschoben – und starrt mich eine Weile an. »Wie hätten wir es auch herausfinden können? Waren in den letzten Jahren ja nicht einen Tag getrennt. Und der Häuptling hätte es dir niemals gesagt.«

»Wahrscheinlich nicht, nein. Und du hast eh immer gemacht, was ich wollte.«

Jesse verengt die Augen. »Das klingt scheiße.«

»Stimmt.« Ich seufze. »Jesse, hör zu: Es tut mir leid! Das wird nie wieder vorkommen – versprochen. Ich weiß jetzt, wie ich es gemacht habe und was passiert, wenn ich so etwas tue.«

»Wegen dir habe ich den anderen befohlen, den Raumgleiter zu sabotieren.«

Ich presse die Lippen aufeinander, sehe zu Boden und nicke einsichtig.

»Deinetwegen wurden wir alle wegen des Überfalls auf das Shuttle verhaftet und sind jetzt dem Kommandariat ausgeliefert.«

Ich verziehe das Gesicht. Wenn er das so sagt, klingt alles noch viel schlimmer, als mir bisher bewusst war. Scheiße, ja, das Kommandariat hat die Rebellen wegen der Sabotage gefasst und wird sie jetzt zwingen, gegen die Schattenjäger zu kämpfen.

»Wie kann das sein, dass du noch immer so viel Macht über uns hast, obwohl du verdammt nochmal draußen bist?«

Jetzt wäre wohl der richtige Moment, ihm zu sagen, dass mein Vater der rechtmäßige Anführer war, beziehungsweise ist, und ich somit automatisch sein Nachfolger bin. Aber eine leise Stimme in meinem Kopf hält mich auf. Ich weiß, wie es ist, Verantwortung zu tragen. Ich weiß, wie es ist, verantwortlich zu sein, wenn etwas schiefläuft. Ich weiß auch, wie es ist, sein eigenes Leben, seine eigenen Träume, hintanzustellen und immer das Interesse der Gruppe im Fokus zu haben. Ich bin nicht scharf darauf, den Job zurückzubekommen. Ich kann auch gut ohne den Rebellen Clan leben. Ein Leben an Sallys Seite wäre mir tausendmal lieber. Also bleibe ich stumm und verschweige ihm dieses winzige Detail.

»Es kommt nie wieder vor«, verspreche ich ihm. Jesse wollte immer schon Häuptling werden. Aber dann kam ich und seine Träume sind zerplatzt. Stattdessen habe ich ihn zu meinem Leibwächter gemacht – weil es niemanden gab, dem ich mehr vertraut habe. Und das ist auch heute noch so. Trotz allem, was passiert ist. »Haben sie euch ein Angebot gemacht?«

»Wer?«

»Das Kommandariat.«

Er schüttelt den Kopf. »Dein Dad ist stinksauer. War bisher zu keinem Gespräch bereit.«

»Er wollte erst mit mir sprechen.«

»Immerhin haben sie uns nicht gleich in das tiefste Loch dieses Gebäudes gesteckt, sondern lassen uns im Vorlesungsraum hocken.«

»Weil sie Angst haben, dass ihr in einem Gefängnis einen Massenausbruch veranstaltet.«

»Wahrscheinlich.«

»Und weil sie euch brauchen. Sie brauchen die Rebellen, um diesen Krieg zu gewinnen. Das weiß mein Vater, das weiß Galeri.«

»Sie bekommen uns aber nicht«, faucht er mit schmalen Augen. »Rebellen kämpfen auf den Straßen, nicht im Himmel.«

»Ich weiß. Aber die Zeiten müssen sich in Anbetracht der Lage ändern, meinst du nicht? Rebellen, die sich ihren eigenen Anführer wählen – da muss doch auch dieser Kurswechsel möglich sein. Oder seid ihr zu feige?«

Darauf sagt er nichts.

»Wie viele sind bisher zurückgekehrt?«, frage ich. Unter den Verbannten müssen hunderte, wenn nicht tausende Rebellen sein.

»Über achthundert Männer und Frauen.«

»Chris und Lasse?« Die Beiden sind seit einem Überfall auf das Wasserkraftwerk verschollen. Wir haben nie herausgefunden, was aus ihnen wurde.

»Witzig, dass du fragst. Tatsächlich gibt es eine Nachricht von ihnen.«

»Eine Nachricht?«

»Sie wurden einem Shuttle übergeben, in dem ein ehemaliger Rebell mitgereist ist. Der hat uns berichtet, dass ihr Shuttle auf einen fremden Planeten gestoßen ist.«

»Warum weiß beim Kommandariat niemand etwas davon?«

»Weil sie es nie gemeldet haben. Auf dem Planeten herrscht ein Bürgerkrieg. Lasse und Chris kämpfen dort.«

»Moment mal! Willst du mir sagen, das Shuttle ist auf einem fremden Planeten gelandet und das Kommandariat hat nichts davon mitbekommen?«

»Die haben keine Ahnung, nein.«

Ich hebe erstaunt die Augenbrauen. »Und jetzt? Sind sie einfach dortgeblieben, oder was?«

»Der Typ, der mit ihnen unterwegs war, sagt, die beiden

wollten nicht mitkommen – sie hätten ihre Aufgabe dort gefunden.«

»Was für ein Bullshit! Sie sind zuallererst Rebellen!« Obwohl ich nicht mehr ihr Anführer bin, regt mich dieses illoyale Verhalten auf. Was bilden die sich ein? Sie bleiben einfach auf einem fremden Planeten? Das kann doch wohl nicht wahr sein!

»Es gibt noch mehr Neuigkeiten.«

»Schieß los.«

»Wir glauben, den Grund zu kennen, weshalb Dwaine mit seiner Familie so schnell abgehauen ist.« Jesse grinst verschmitzt. »Unter den Rückkehrern war ein Mann, der ausgesagt hat, den vorherigen Präsidenten ermordet zu haben – gegen Geld. Rate, wer ihm dieses Geld überreicht hat?«

»Sicher nicht Dwaine persönlich?«

»Nein. Ein Mann, den unser Informant bei seiner Ankunft in Pfeiler One wiedererkannt hat. Und stell dir vor: Dieser Typ wollte unseren Freund persönlich und individuell betreuen. Rebellen, die mit dem Mann im gleichen Shuttle waren, haben ihn unter ihre Fittiche genommen und hergebracht. Ich würde sagen, sie haben ihm das Leben gerettet.«

»Wer ist der Typ, der sich um ihn kümmern wollte?«

Jesse schmunzelt. »Du kennst ihn. Und kannst ihn nicht ausstehen.«

»Tharpe.«

»Bingo.«

Ich gehe ein paar Schritte, um die Informationen besser verarbeiten zu können. »Dwaine gibt Tharpe Geld, um einen Auftragskiller zu beauftragen, den amtierenden Präsidenten zu töten. Warum sollte Tharpe das tun? Was hat Dwaine ihm versprochen? Wo ist die Verbindung?«

»Sie kennen sich aus Studienzeiten. Allerdings hat Tharpe im Studium Bockmist gebaut – was genau konnten wir nicht herausfinden, steht in keiner Akte. Aber ihm wurde eine Beförderung versagt.«

»Also hat Dwaine ihm angeboten, diesen Schandfleck in seinem Lebenslauf zu korrigieren.«

»Nehmen wir an. Jedenfalls kam Dwaine ins Amt und fünf Monate später wurde Tharpe zum General ernannt. Und rate, wer auf der Liste für die nächsten Kommandanten-Beförderungen steht.«

»Das darf auf keinen Fall geschehen.«

Jesse zuckt mit den Schultern. »Der Mörder ist Dwaine, Tharpe war nur sein Handlanger und hat seine Chance genutzt. Außerdem herrscht Krieg und die nächsten Beförderungen stehen erst in einem Monat an. Bis dahin gibt's uns vielleicht alle nicht mehr.«

»Wenn die Rebellen nicht mitkämpfen, auf jeden Fall.«

Jesse verdreht die Augen.

»Jesse, komm schon! Ihr wollt doch freikommen, oder? Dann habt ihr keine andere Wahl, als mit dem Kommandariat zusammen zu arbeiten. Hör dir wenigstens an, was sie zu sagen haben. Galeri ist jetzt Präsidentin. Es sind andere Zeiten, glaub mir!«

Er schiebt die Hände in die Hosentaschen und sieht mich lange an. »Unter einer Bedingung.«

Jetzt bin ich gespannt.

»Du bist bei den Gesprächen als mein Berater dabei.«

Gemeinsam mit meinem Vater betreten wir Center Control. Wenn mich mein Gedächtnis nicht täuscht – und das tut es nie – befinden sich dieselben Leute im Raum, wie vor einer Stunde, als ich hier eingetroffen bin. Nur Galeri fehlt. Sie beobachten Jesse und mich wachsam, bis wir sitzen. Ich neben Jesse, mein Vater neben mir. Ein paar der Anwesenden flüstern miteinander, manche zeigen sich Unterlagen auf ihren Tablets.

Mein Vater holt sein Tablet aus der Tasche und legt es vor sich auf den Tisch.

Ich lehne mich dicht an sein Ohr und flüstere: »Bist du noch sauer auf mich?«

Er beißt sich auf die Lippe und sieht mich aus Augen, die meinen so ähnlich sind, aufmerksam an. »Ich könnte niemals sauer auf dich sein. Wütend über Dinge, die passieren, ja. Aber niemals auf dich.« Damit aktiviert er sein Tablet und sieht sich konzentriert irgendwelche Analysen an.

Jesse beugt sich zu mir und flüstert in mein Ohr: »Auf was oder wen warten wir?«

»Galeri.«

Er hebt die Augenbrauen und nickt. Bei uns Rebellen laufen Versammlungen anders ab. In der Regel stehe ich da und rufe alle zusammen. Beziehungsweise: Jetzt steht Jesse da und ruft.

Die Tür geht auf und Galeri betritt den Raum. Schnurstracks geht sie an uns vorbei, tut so, als würde sie Jesse und mich nicht sehen. Oder versucht, so zu tun, als wäre unsere Anwesenheit hier das Normalste der Welt.

Hinter ihr hält ein Kommandant mit enormem Bauchumfang und Haarkranz einer nicht weniger dicken Frau mit orangerotem Haar die Tür auf. Sie ist bestimmt über sechzig Jahre alt, stark geschminkt, goldbehangen, mit ziemlich buntem Kleidungsgeschmack und höllisch roten Lippen. Als sie an Jesse und mir vorbeikommt, bleibt sie ruckartig stehen, betrachtet uns genauer – und lächelt. »Die Herren vom Rebellen Clan! Na, das ist ja schön!« Sie streckt mir eine mit sechs Armreifen behangene Hand entgegen. »Priscilla Hescott, Vorstandsvorsitzende von Tree of Hope. Freut mich, Sie kennen zu lernen. Charles!«, ruft sie, wobei sie seinen Namen auf die alte französische Weise ausspricht, das S also einfach ignoriert. »Charles,

Liebling! Komm her, ich möchte dich vorstellen.« Der Kommandant, der ihr die Tür aufgehalten hat, tritt zu uns. Er ist fast so dick wie groß und hat ein freundliches, wenn auch etwas dümmliches Lächeln. Wie wird einer mit dieser Statur und dieser Art Kommandant?

»Das«, sagt sie und unterstreicht das Wort mit besonderer Betonung, »ist Fireball George McAllister. Seinen Vater kennst du ja.« Sie wendet sich Jesse zu, reicht auch ihm die Hand. »Und Sie sind?«

»Jesse Codriguez, Ma'am. Anführer des Rebellen Clans.« Er legt sehr viel Gewicht auf das Wort Anführer, als wolle er damit ein Statement setzen: Ich bin wichtig, nicht der Typ neben mir. Und mir ist das ganz recht.

Die Augen der Dame werden groß und ihre Lippen formen ein überraschtes »Oh«! Noch immer hält sie seine Hand, dreht sie um und betrachtet den Lebensbaum auf dem Handgelenk. »Das ist ein sehr hübsches Tattoo«, sagt sie. Ob sie erkennt, dass es nicht das Tree of Hope Logo ist? Ganz sicher. Die Frage ist nur, was wird sie mit der Information tun, dass wir ihr Logo als Tarnung und geheimes Zeichen verwenden?

Aber sie lächelt nur geheimnisvoll. »Das ist mein Mann, Charles. Kommandant für Soziales.« Sie folgt Galeri ans Ende des Tisches, wo ihr ein Stuhl angeboten wird. Ihr Mann, Charles ohne S, folgt ihr und positioniert sich stehend hinter seiner Frau.

»Meine Damen und Herren«, sagt Galeri und eröffnet die Runde, wobei mir auffällt, dass ich nicht der Einzige bin, der Priscilla Hescott neugierig beobachtet. »Bevor wir beginnen, möchte ich Ihnen drei neue Board-Mitglieder vorstellen: Zu meiner Rechten sitzt meine geschätzte Freundin und Beraterin Priscilla Hescott, die Sie als Vorstandsvorsitzende von Tree of Hope kennen.« Galeri betrachtet ein Gesicht nach dem anderen. Das meines Vaters spart sie aus, was wahrscheinlich bedeutet, dass er über diese Personalie bereits in Kenntnis gesetzt wurde. »Priscilla wird ab sofort als Beraterin Teil dieses Gremiums sein und zudem ein Mitentscheiderecht erhalten. Irgendwelche Fragen?«

Ein mutiger Kommandant hebt die Hand.

»Ja?«

»Darf man das denn? Einfach jemanden in den Krisenstab einberufen und mit Mitentscheiderecht ausstatten?«

»Gut, dass Sie fragen. Nun, zum einen handelt es sich bei Mrs. Hescott um die Hauptsponsorin des Kommandariats und zum anderen befinden wir uns in einem Krieg und stehen so kurz« – sie hält Zeigefinger und Daumen etwa einen Zentimeter breit auseinander – »vor der Vernichtung der gesamten Menschheit. Sie werden bald merken, welche Möglichkeiten sich durch Mrs. Hescott ergeben.«

»Meine Herren, meine Damen«, richtet Priscilla Hescott das Wort an die Teilnehmenden. »Ich verstehe Ihre Bedenken, aber glauben Sie mir: Ich hatte bereits Einfluss auf die Entscheidungen an diesem Tisch, auch ohne, dass ich hier gesessen habe. Betrachten Sie es also so: Nun erfahren Sie meine Meinungen und Entscheidungen direkt. Nicht mehr über fünf Ecken.« Sie schmunzelt selbstsicher und ich kann nicht anders, als sie zu mögen. Sie ist eine toughe Frau. Das dürfte lustig werden.

»Zum anderen sitzen seit heute auch Vertreter des Rebellen Clans am Tisch. Namentlich sind das Jesse Codriguez, der Anführer der Rebellen, und Fireball McAllister.«

Eine Kommandantin schnaubt verächtlich. »Lassen wir jetzt also Kriminelle mitreden?«

Galeris Blick schießt Giftpfeile. »Wie ich gerade sagte: Wir befinden uns in einem absoluten Ausnahmezustand! Wir brauchen jede Hilfe, die wir kriegen können. Und die Rebellen sind unumstritten sehr gute Kämpfer.«

Die Kommandantin sieht aus, als würde sie zu gerne widersprechen wollen, aber sie ist schlau. Sie lässt es bleiben.

»Gut. Damit ist die Krisensitzung eröffnet. Wie alle mitbekommen haben, hat es mit dem Start des Raumgleiters heute nicht geklappt. Wir hatten ein paar ... Saboteure auf dem Gelände.« Sie sieht Jesse tadelnd an. »Dass das überhaupt möglich war, ist allein unsere Schuld. Kegney, Ihre Abteilung war für die Sicherheit zuständig. Ich möchte bis heute Abend einen Bericht, welche Schlüsse Sie aus dem Vorfall ziehen und mit welchen Maßnahmen und Prioritäten Sie sicherstellen wollen, dass sich so etwas nie wiederholt. Setzen Sie Ihr ganzes Team dran.«

»Ja, Ma'am.«

»Kommen wir zur Agenda. George und ich haben uns bereits kurzgeschlossen, wie wir weiter vorgehen wollen. Ein Überraschungsangriff ist nicht mehr möglich, zumal wir im Laufe des Vormittags vermehrt Bewegungen am Mutterschiff der Schattenjäger wahrgenommen haben. George, dein Bericht.«

Mein Vater setzt sich aufrechter hin, wirft die Analysen von seinem Tablet als Hologramm auf den Tisch und erklärt mit fester Stimme. »Wir müssen davon ausgehen, dass die Schattenjäger ihren Schutzschild reaktivieren konnten. Wie Sie hier sehen, sind vermehrt Schattenjäger-Jets außerhalb des Mutterschiffs in Bewegung. Bitte sehen Sie sich die nachfolgenden Bilder ganz genau an, besonders diese Stelle.« Mit dem Pointer zeigt er auf einen Punkt etwa einen Zentimeter neben dem Mutterschiff. Und ja, da ist eindeutig etwas passiert. Es sieht aus, als würden Schwingungen wie Wellen vom Mutterschiff ausgehen.

Ich runzele die Stirn und beuge mich vor, um besser sehen zu können. »Das ist der Moment, als sie den Schutzschild reaktiviert haben«, sage ich.

Mein Vater nickt.

»Wann war das?«

»Heute Morgen gegen halb zehn.«

Ich sehe ihn lange an und er meidet meinen Blick. »Aber dann … dann wäre euer Überraschungsangriff zu spät gekommen.«

Dad nickt, es wirkt widerwillig. »Ja. Wir haben zu lange gewartet.«

Wohl eher zu lange diskutiert. Aber damit ist eines klar: Dieser Überraschungsangriff wäre komplett in die Hose gegangen. Hätten die Rebellen ihn nicht sabotiert, hätte der Morgen in einer Katastrophe geendet. Dank mir später, Dad.

»Was bedeutet das für den weiteren Verlauf und unsere nächsten Schritte?«, fragt ein Kommandant und klingt aufgeregter, als es seine Profession erlaubt.

»Zunächst einmal bewahren wir Ruhe«, sagt Galeri überzeugend. »Wir werden unsere Streitkräfte an der Front wie geplant in einem Zehn-Schritte-Notfallplan aufbauen und die Front außerhalb der Stratosphäre verteidigen. Währenddessen wird eine Delegation zu den ehemaligen Alliierten aufbrechen und die Verhandlungsgespräche fortführen.«

Ich runzele die Stirn. »Sie wollen persönlich dorthin?«, frage ich.

»Nein. Ich werde hier gebraucht.«

»Aber die Alliierten werden mit niemandem außer Ihnen verhandeln wollen«, halte ich dagegen.

Ihr Blick wandert zu meinem Vater. Ich verstehe, bevor sie spricht.

»An meiner Stelle werden sie mit jemandem verhandeln, den sie kennen, schätzen und dem sie vertrauen. Mit Kommandant McAllister.«

Ich sehe meinen Vater an. Mit hochgerecktem Kinn sitzt er da und hält all den Blicken stand, die jetzt auf ihn gerichtet sind. »Dafür werde ich eine Handvoll Personen mitnehmen, die ich persönlich auswähle«, sagt er. »Ein Team, auf das ich mich verlassen kann, das den Herausforderungen gewachsen ist und den Alliierten Vertrauen einflößt.«

»Und mir!«, wirft Priscilla Hescott ein. »Da ich die Reise finanziere, werde ich selbstverständlich auch an diesem Abenteuer teilnehmen.« Sie strahlt selbstbewusst. Ein Seitenblick auf meinen Vater sagt mir, dass er darüber weder informiert wurde, noch begeistert von der Idee ist. Ich huste einen Lachanfall weg und kassiere von ihm einen Tritt unter dem Tisch. »Allerdings habe ich eine Bedingung«, fährt Priscilla Hescott fort. »Ich möchte, dass uns der Anführer der Rebellen begleitet.«

Rundherum ertönen überraschte Ausrufe – sogar ich tue mich schwer, meine Gesichtszüge neutral zu halten. Warum sollte sie das wollen? Was verspricht sie sich davon? Oder will sie den Rebellen Clan schwächen?

Jesse schüttelt den Kopf. »Ich verlasse meinen Clan nicht. Niemals. Ein Anführer gehört zu seinen Leuten.«

Galeri sieht zwischen Jesse und mir hin und her. Ob sie dasselbe denkt, wie ich? Dass Jesse nicht der rechtmäßige Anführer der Rebellen ist und deshalb als Täuschung für Hescott auf die Reise mitgeschickt werden kann? Oder denke nur ich so berechnend?

Ein Kommandant hebt die Hand. »Wie wäre es, wenn wir Fireball McAllister mitschicken?«, schlägt er vor. »Sind wir ehrlich: Niemand weiß, wer der wahre Anführer des Rebellen Clans ist – ich selbst dachte bis gerade, es wäre McAllister. Jetzt ist es Codriguez. Wir belassen Codriguez bei seinen Leuten und schicken McAllister mit. Fertig.«

Mrs. Hescott rümpft angewidert die Nase. »Und beginnen die Zusammenarbeit mit einer Lüge? Was für eine Allianz soll das denn werden? Also mit Ihnen würde ich sicher keine Geschäfte machen, junger Mann.«

Der Kerl läuft rot an und blickt verschämt auf den Tisch. Ich verkneife mir ein Grinsen. Galeri klopft mit den Knöcheln auf den Tisch. »Nun, so wie ich das sehe, gibt es nicht viel Verhandlungsspielraum für Sie, Mr. Codriguez. Oder um meine Bitte anders zu formulieren: Nehmen Sie an der Mission teil, sind Ihre Leute frei. Entscheiden Sie sich gegen eine Kooperation, bleiben Sie und Ihr Team bei uns. So einfach ist das. Was darf's sein?«

Jesse sieht aus, als würde er am liebsten einen Massenmord begehen. Tja, Kumpel. So fühlt sich das an, Verantwortung zu tragen. Gefällt's dir?

Ich beuge mich zu ihm und raune ihm ins Ohr. »Als dein Berater rate ich dir: Pack deinen Koffer. Nimm genug Unterhosen mit.«

Er schließt die Augen, seufzt und lässt die Schultern hängen. »Manchmal hasse ich dich, weißt du das, Kleiner?«, flüstert er zurück. »Wann geht's los?«, fragt er laut in die Runde.

»Gut«, sagt Galeri. »Dann wäre das geklärt. George, stell ein Team zusammen und dann macht, dass ihr loskommt. Ihr habt die Startfreigabe für morgen Mittag.«

Und schon erhebt sich die Präsidentin wieder und das Meeting ist beendet.

Alle verlassen den Raum, nur mein Vater nicht. Soll ich bei ihm bleiben oder mit Jesse gehen? Er wird jetzt sicher die Rebellen über das weitere Vorgehen informieren. Strenggenommen bin ich kein Rebell mehr, also habe ich bei ihrer Versammlung nichts verloren. Sie haben mir mehr als deutlich zu verstehen gegeben, dass sie mich nicht mehr bei sich haben wollen. Also bleibe ich sitzen. Jesse zögert kurz, will mich vielleicht auffordern, mit ihm zu gehen, aber dann verlässt er doch allein den Raum.

»Dad?«

»Mhm?« Er tippt etwas in sein Tablet ein.

»Erzähl mir von Hescott. Du weißt mehr über sie, hab ich recht?«

»Mhm.«

»Weihst du mich ein?« Mittlerweile ist der Raum leer, wir sind allein.

Er deaktiviert den Bildschirm, sieht mich an und sagt: »Galeri ist der Kopf der Feder, stimmt's?«

»Stimmt.«

Er beugt sich näher zu mir. »Aber was wäre ein Kopf ohne Finanzier?« Darauf hebt er vielsagend die Augenbraue.

»Und du lässt einfach zu, dass sie dich bei der Mission begleitet? Sie stellt ein enormes Risiko dar. Sie ist Zivilistin.«

Er steht auf und packt seine Sachen. »Ich fürchte, ich habe keine andere Wahl. Auch wenn es mir nicht gefällt. Im schlimmsten Fall sterben wir alle ihretwegen. Im besten Fall haben wir viel Spaß mit ihr.« Er zwinkert und zieht den Riemen seiner Tasche über die Schulter.

Die Feder wird also durch Hescott finanziert. Das Kommandariat aber auch. Wie geht das zusammen? Ist das nicht doppelmoralisch? Andererseits: Wenn Priscilla Hescott mit ihrem ganzen stinkigen Geld die Kontrolle über das Kommandariat hat – jedenfalls über bestimmte Entscheidungen – dann ist es für sie ein leichtes, Mitglieder der Feder optimal ins Kommandariat einzuschleusen. Galeri ist das beste Beispiel dafür. Kann es sein, dass Priscilla Hescott hier schon seit vielen Jahren ihre Fäden spinnt? Und wenn das so ist: Welches Ziel verfolgt sie?

»Kommst du?«, fragt mein Vater am Türrahmen.

»Wo gehen wir hin?«

»Deine Rebellenfreunde entlassen.«

4

SALLY

Tief einatmen, lang aus. Ich hasse Operationen, die so furchtbar schief gehen. Wenigstens habe ich jetzt Feierabend. Die Enttäuschung, die Trauer über die Operation mit unglücklichem Ausgang, vertreibt mich aus dem Gebäude und ich kann es kaum erwarten, endlich hier raus zu kommen – für heute. Drei Stunden später als geplant, aber Fireball hat eben geschrieben: Er wartet mit dem Essen auf mich. Und das Beste: Wir werden allein sein.

Die Nachrichten von dem verpatzten Start liefen den ganzen Tag rauf und runter. Man hat Bilder von Jesse, Tina und den anderen gezeigt. Wie kamen sie nur darauf, den Start zu sabotieren? Was war ihr Ziel? Die ganze Zeit schon denke ich darüber nach, aber mir will keine plausible Erklärung einfallen.

Ich gehe ins Schwesternzimmer, um meine Sachen zu holen. »Hi, Mat.«

»Hi« Er dreht sich noch nicht mal zu mir um. Stattdessen starrt er wie gebannt auf das Display über seinem Kopf. »Was gibt's da Spannendes?«

»Och. Nicht viel«, sagt er, klingt aber dabei ganz so, als

meine er eigentlich das Gegenteil. »Sie suchen medizinisches Personal für eine Reise zu den ehemaligen Alliierten. Kommandant George McAllister führt die Mission an.«

Ich trete näher heran und lese mir die Anzeige durch. Es geht um eine zehntägige Reise zu den Planeten Amega, Rubron und den Zwillingsplaneten Nosan und Loktan. Auf meinen Armen bildet sich Gänsehaut. Zehn Tage im Weltall – ich kann mir nichts Schlimmeres vorstellen. »Puh, das ist nichts für mich. Reisen ins Weltall – ein gelebter Alptraum.« Das war es schon immer für mich und meine Erfahrungen auf dem Mutterschiff und dem Verbannungsshuttle haben daran nichts geändert, sondern mir bestätigt, dass ich auf Weltraummissionen definitiv verzichten kann.

»Nicht?« Mat zuckt mit den Schultern. »Sehr gut. Bessere Chancen für mich.«

»Als wäre ich eine Konkurrenz für dich«, lache ich.

»Du? Auf jeden Fall. Parker würde dich jederzeit empfehlen. Außerdem ist McAllister ja wohl dein Schwiegervater in spe, oder nicht? Wenn du ihn darum bittest, würde er dich sicher mitnehmen.«

Ich ziehe ihm sanft am Ohr. »Hey! Wer mein Schwiegervater in spe ist, geht dich ja wohl gar nichts an. Außerdem würde ich ihn eher anflehen, mich nicht mitzunehmen.«

»Na ja …« Er lächelt, so als wisse er etwas, dass ich nicht bedacht habe.

»Was?«

»Außer er nimmt deinen Loverboy mit.«

»Das wird er nicht tun«, sage ich überzeugt. Er wollte Fireball nicht beim Überraschungsangriff dabeihaben. Warum sollte er ihn dann auf diese Mission mitnehmen?

Weil Fireball sympathisch ist. Er könnte bei den Gesprächen hilfreich sein.

Ich schüttele den Gedanken ab. Aber Mat ist noch nicht fertig. Er lehnt sich zurück, verschränkt die Hände hinter seinem Kopf und sagt: »Außerdem: So wie ich deinen Kerl einschätze, lässt er sich sowieso nichts verbieten.«

»Das stimmt nicht. Auf seinen Vater hört er.« Aber ein winziger Hammer schlägt auf mein Herz ein. Er klopft im Takt mit einem ganz leisen Gedanken in meinem Kopf: »Was, wenn er das bald nicht mehr tut?«

Da klopft es an der Tür und George – Kommandant George McAllister persönlich – schaut suchend in dem kleinen Raum herum. Als er mich sieht, erhellt sich sein Blick. »Sally! Dich habe ich gesucht. Kann ich dich einen Moment sprechen?«

»Sicher.«

Mat seufzt schwer. »Das war's dann mit meiner Bewerbung …«

»Red keinen Unsinn.« Ich raffe meine Tasche und meine Jacke zusammen, um George in den Flur zu folgen. »Er ist mein Schwiegervater in Spe – wahrscheinlich geht's ums Abendessen.« Ich zwinkere keck, aber Mat scheint mir nicht zu glauben. Wenn er wüsste, wie wenig es mich ins Weltall zieht, würde er sich nicht solche Sorgen um seinen Platz im Shuttle machen …

»Halloho? Jemand zu Hause?«

»Terrasse«, ruft Fireball. Ich werfe meine Tasche und meine Jeansjacke in sein Zimmer, gehe durch die Küche und das Wohnzimmer hinaus auf die Terrasse. Die Sonne versinkt gerade am Horizont im Meer und Fireball hat den Tisch gedeckt. Sogar mit Kerzen und Servietten. »Oooh, was ist denn hier los? Willst du mir etwa einen Antrag machen?«

Er blinzelt ein paarmal schnell und schiebt die rechte Hand tief in seine Hosentasche, verzieht aber weiter keine Miene. »Nö. Ich dachte nur, wir machen es uns heute besonders schön.«

»Und feiern, dass dein Vater doch nicht zu einem Himmelfahrtskommando aufgebrochen ist?«

Er grinst. »Ganz genau.«

Ich gehe zu ihm und er schlingt seine Arme um mich. Er sieht schon so viel besser aus als während der letzten Tage – gesünder. Aber ganz fit ist er noch nicht. Würde er eine zehntägige Mission überhaupt schaffen?

Ich muss aufhören, mir über Dinge den Kopf zu zerbrechen, die noch gar nicht eingetreten sind – nein: die gar nicht eintreten werden.

»Ich hab dich heute gesehen. Mit Jesse vor dem Kommandariat.«

Er schmiegt seine Wange an meine Stirn und nickt. »Die Rebellen haben den Abflug sabotiert.«

»Ich hab sie in den Nachrichten gesehen. Warum haben sie das getan? Was hatten sie davon?«

Er wiegt den Kopf hin und her und ich sehe, dass ein Lächeln an seinen Lippen zupft. »Tatsächlich hatten sie gar nichts davon, außer jeder Menge Ärger.«

»Warum haben sie es dann getan?«

Er beißt sich auf die Unterlippe. »Ich hab aus Versehen von Jesse Besitz ergriffen.«

Ich glaube, meine Augen werden gerade riesengroß. »Du hast … Bist du verrückt?«

»Nicht mit Absicht!« Er hebt beschwichtigend die Arme. »Ich wusste bis heute Morgen noch nicht mal, wie das geht.«

Zweifelnd sehe ich ihn an, aber er sieht ehrlich zerknirscht aus. »Du hast Glück, dass er dich nicht dafür umgebracht hat.«

Er nickt. »Aber geschlagen hat er mich. Genau hier.« Er tippt sich ans Kinn und erst jetzt fällt mir der kleine blaue Fleck auf. »Ach herrje«, sage ich sanft und küsse die Stelle. »Hier?«

»Mhm.«

»Soll ich in meiner Funktion als angehende Ärztin mal einen näheren Blick darauf werfen?«

»Mhm«, sagt er, jetzt in einem dringlicheren Ton.

Ich küsse die Stelle noch einmal, dann fahre ich mit den Lippen seinen Hals entlang. »Und hier? Tut es hier auch weh?«

»M-mh« Das soll wohl nein heißen. Ich fahre mit den Lippen tiefer und spüre die Gänsehaut, die seinen Hals überzieht. »Hier?« Er zieht scharf die Luft ein. »Dein Vater kommt übrigens erst in ein paar Stunden, wie er mich informiert hat.«

Fireball grinst und packt mein Handgelenk. »Wenn ich es mir recht überlege«, sagt er mit rauer Stimme, »kann das Essen noch einen Moment lang warten. Vielleicht solltest du mich erst gründlich untersuchen, bevor wir ...« Er spricht nicht weiter, so als wäre der Rest des Satzes völlig unwichtig. Oder er hat vergessen, was er sagen wollte.

Ich nicke. »Ja, ich sollte dich tatsächlich erst anständig untersuchen.« Schon zieht er mich durch das Wohnzimmer, durch die Küche und in sein Zimmer, wirft die Tür hinter mir zu und schmeißt sich aufs Bett. »Komm her«, fordert er mich auf.

Ich hebe einen Finger. »Lass mich nur kurz diese Klamotten loswerden. Ich würde es mir gerne etwas bequemer machen.« Er nickt und schüttelt gleichzeitig den Kopf und ich grinse voller Genugtuung, ihn so aus der Fassung bringen zu können.

Ohne meinen Blick von ihm zu nehmen, ziehe ich mein T-Shirt über meinen Kopf. »Schon viel bequemer.«

»Das glaub ich dir.« Er starrt auf meinen Oberkörper und in meinem Unterleib zieht sich alles zusammen.

»Warte, nur noch ... diese lästige Hose.«

Wieder nickt er und schluckt hart. Dann komme ich auf ihn zu und seine Augen wandern zu meinem Gesicht. »Darf ich?«, frage ich.

Als er nickt, lege ich mich zu ihm.

»Mhm, du hast ja toll gekocht.«

Er grinst. »Ja. Das, oder ich hab was aus der Stadt mitgebracht und so drapiert, als käme es aus dem Kochtopf.«

Ich lache. »Du warst in der Stadt?«

»Ja.«

»Wie ist es da so?«

»Gespenstisch«, sagt er und zwei Falten bilden sich zwischen seinen Augenbrauen. »Viele Geschäfte sind dicht. Ich habe alte Freunde besucht …«

»Die Bürgerwehr?«

Er nickt. »Die sind alle nervös. Sie rüsten auf und bauen Barrikaden in ihren Vierteln.«

»Aber es wird doch im All gekämpft.«

»Sie wappnen sich für das Schlimmste.« Er zuckt mit den Schultern.

»Und du und die Rebellen?« Ich frage es vorsichtig. Kann ja sein, dass ihr Zusammentreffen nach dem Hieb gegen sein Kinn schon wieder vorbei war.

»Sie wurden alle festgenommen.«

»Ups.«

»Und wieder auf freien Fuß gesetzt. Unter einer Bedingung.«

»Jetzt bin ich gespannt.«

»Jesse muss die nächste Mission meines Vaters begleiten.«

Ich schlucke den Bissen in meinem Mund viel zu trocken herunter. »Ich hab davon gehört. Eine Reise zu allen Alliierten.«

Er nickt und isst weiter, als wäre nichts. Aber stimmt das wirklich? Fireball würde mich nicht anlügen. Er würde einfach schweigen. Andererseits habe ich ihn noch nicht direkt gefragt.

Ich nehme all meinen Mut zusammen. »Und du?«

»Was ist mit mir?«

»Willst du mitgehen?« Ich nehme einen Schluck aus meinem Glas, einfach um irgendwas anderes zu tun, als ihn anzustarren und er beobachtet es mit einem wissenden Lächeln.

»Mein Vater will mich nicht dabeihaben.«

»Aha.«

Er lacht. »Aha? Was soll das heißen?« Ich liebe diese Grübchen neben seinem Mund und die kleinen Fältchen, die sich um seine Augen bilden, wenn er so lächelt.

Ich stelle das Glas ab. Jetzt ist Mut gefragt. *Sag es einfach, Sally Cooper.* »Aha heißt: Seit wann interessiert es dich, was andere wollen? Wenn du mitwillst, findest du sicher einen Weg.«

Fireball lächelt leicht, zieht die Augenbrauen zusammen und schweigt lange. Zu lange. Dann schüttelt er den Kopf. »Mein Vater ist es gewohnt, zu bekommen, was er will. Und so wie beim Überraschungsangriff will er auch diesmal nicht, dass ich mitkomme.« Er nimmt sein Glas in die Hand und prostet mir zu.

Dieser Mistkerl. Er hat meine Frage nicht beantwortet.

»Abgesehen davon«, redet er weiter, »haben die Schattenjäger heute Vormittag ihren Schutzschild reaktiviert.«

»Was?!«

Er nickt. »Die Kämpfe haben schon wieder begonnen. Seine Mission muss erfolgreich sein. Ohne Allianzen können wir Nayo nicht mehr lange halten.«

»Mein Gott!« Von jetzt auf gleich ist mein Appetit wie weggeblasen und eine Unruhe kriecht durch meinen Körper, wie ich sie selten gespürt habe. Eine Mischung aus Angst und Hilflosigkeit und Rastlosigkeit und ... »Was können wir tun?«

Fireball zuckt mit den Schultern. »Ich vermute, das Kommandariat wird bald alle Reservisten einziehen und Evakuierungspläne veröffentlichen.«

»Wie lange werden wir die Schattenjäger noch von Nayo fernhalten können?«

Er verzieht den Mund. »Das wird sich zeigen. Viele Verbannte sind zurück, die meisten davon kampftauglich. Aber wie gut die sind und ob sie wirklich bereit sind, zurück ins Weltall zu fliegen, um dort zu kämpfen ...«

»Und wahrscheinlich zu sterben.« Ich lege meine Hand vor den Mund. »Wie lange? Was glaubst du?«

Er sieht mich prüfend an. Als müsse er überlegen, was er mir sagen soll. »Zwei, wenn wir Glück haben drei Wochen.«

Es überrascht mich, dass er so eine klare Vorstellung hat. »Wie kommst du darauf? Ist das die Einschätzung des Kommandariats?«

»Nein, meine persönliche.«

Mir wird übel bei der Vorstellung, dass Nayo schon in zwei Wochen der Vergangenheit angehören könnte.

»Bist du satt?«, fragt er mich unvermittelt.

»Ja.«

»Jesse hat mich um einen Gefallen gebeten. Und ich hätte dich gerne dabei.«

FIREBALL HAT zum ersten Mal in seinem Leben ganz offiziell ein HoverCab bestellt und angemietet. Er hat sich furchtbar darüber aufgeregt, wie lange es dauert, bis man losfahren kann. Wir fahren durch eines der Stadtviertel, das vom Zusammenbruch des Verteidigungsgürtels nicht betroffen ist. Es ist eine hübsche Vorstadtgegend mit kleineren Mehrfamilienhäusern – vier oder fünfstöckig, aber keine Hochhäuser, wie sie im Stadtzentrum stehen. Fireball stoppt das HoverCab vor einem dreistöckigen Backsteinhaus und deaktiviert kopfschüttelnd den Antrieb. »Das nächste Mal klau ich wieder.«

»Nicht mit mir an deiner Seite.«

Er grinst. »Ach komm. Du stehst doch auf böse Jungs.«

»Red nicht so dummes Zeug. Sag mir lieber, wo wir hier sind.«

»Das ist das Haus meiner Tante.«

»Ich werde deine Tante kennenlernen?« Mir sackt das Herz in die Hose. Hätte ich das gewusst, hätte ich etwas anderes angezogen und wenigstens die Haare gebürstet.

»Wenn sie nicht schon schläft, ja.«

Als ich erschrocken die Augen aufreiße, lacht er und legt sanft seine Hand auf meinen Oberschenkel. »Sie weiß, dass wir kommen. Lass uns gehen.«

Wir steigen aus und Fireball schließt die Haustür auf.

»Du hast einen Schlüssel?«

»Ja. Aber oben klingeln wir. Ich will sie nicht überfallen.«

Ich verdrehe die Augen. »So ganz gegen deine Bad-Boy-Natur.« Er zwinkert frech.

An der Tür im zweiten Stock klingelt er und pustet kurz und kräftig die Luft aus.

»Du wippst auf deinen Füßen«, stelle ich fest und kann mir ein Grinsen nicht verkneifen.

»Na und?«

»Du bist nervös.«

»Unsinn. Und zieh die Schuhe aus, Tante Mary mag keine unhöflichen Gäste.«

Jetzt grinse ich noch breiter. »Ach? Und mich soll sie mögen, ja?«

Ertappt schmunzelt er. »Kann sein, ja.« Er greift nach meiner Hand, hält sie ganz fest und diese Geste ist es, die dafür sorgt, dass ich mich plötzlich ganz sicher und tiefenentspannt fühle. Vielleicht geht es ihm auch so, denn als die Tür aufgeht, klingt er fröhlich und entspannt. »Hi, Tante Mary. Entschuldige, es ist später geworden. Sally musste noch arbeiten.«

Vor uns steht eine Frau mittleren Alters mit braunem, welligem Haar, ein paar graue Strähnen spielen darin Verstecken. Sie lächelt freundlich und um ihren Mund bilden sich zarte Lachfältchen. Was für eine sympathische Frau!

»Alles gut, das dachte ich mir schon.«

»Tante Mary, das ist meine Freundin Sally. Sally, das ist meine Tante. Mary.« Freundin hat er gesagt. Ein warmes Gefühl breitet sich in meinem Magen aus. Sein Tonfall, sein Lächeln, seine strahlenden Augen – ich glaube, ich habe Fireball noch nie so stolz, so glücklich gesehen. Seine Tante ist ihm wirklich wichtig.

Ich reiche ihr die Hand und sie zieht mich in eine herzliche Umarmung. »Es freut mich sehr, dich endlich kennenzulernen. Fireball hat so viel von dir erzählt.«

»Oh, hat er das?«

»Kommt rein, Kinder. Ich habe was zu essen für euch vorbereitet.«

Sie geht vor und ich forme stumm mit den Lippen: Essen?!

Fireball verzieht nur das Gesicht, was so viel heißen soll wie: Da musst du jetzt durch.

Oh Mann!

Wir gehen in die Küche und ich reiße die Augen auf »Ginger Robyn! Mark! Michelle!«

Ginger Robyn steht als Erste von der Sitzbank auf und ich kann endlich einen Blick auf ihren Bauch werfen – na ja, wenn man von ihrer Schwangerschaft weiß, sieht man es, aber eigentlich ist ihr Bauch noch ziemlich klein. Wir nehmen uns fest in die Arme. »Gut siehst du aus, du baldige Mama.« Statt einer Antwort drückt sie mich noch fester, lässt ewig nicht los. Als wir uns schließlich voneinander lösen, hat sie rote, glasige Augen und schnieft ein wenig. Von wegen knallharte Rebellin.

Als Nächster fällt mir Mark in die Arme und schließlich Michelle, der ich Fireball vorstelle. Er hat ja bisher noch keine Ahnung, dass sein Cousin verlobt ist. Als Fireball die Neuigkeit erfährt, blickt er völlig überrascht drein, als hätte er nie im

Leben damit gerechnet, das sein Cousin jemals heiraten könnte.

»Setzt euch, Kinder, setzt euch, das Essen wird ja sonst kalt.« Tante Mary stellt einen riesigen Topf mit Chili con Carne und dazu duftendes, selbstgebackenes Baguette auf den Tisch. So sitzen wir beisammen – sechs Personen, Familie, Freunde, und essen ganz gemütlich. Es fällt auch nicht auf, dass Fireball und ich kaum etwas essen. Dafür sind unsere Gespräche viel zu intensiv. Zum ersten Mal erlebe ich Fireball und Mark nicht als Rebellen, sondern als Cousins, die zusammen aufgewachsen sind. Sie sind wie Brüder. Ständig necken sie sich, erzählen uns Mädels, wie Mark mit dem Skateboard über seinen Fingernagel gefahren ist und Fireball beim Zelten nachts in den Schlafsack gepullert hat, weil er sich nicht getraut hat, im Wald pinkeln zu gehen. »Ich war fünf«, erklärt er uns, aber wir lachen trotzdem, einfach nur, weil es ihm bis heute peinlich ist.

Schnell wird mir klar, dass Tante Mary keinen blassen Schimmer hat, was ihre Jungs all die Jahre nach der Schule getrieben haben. »Dass Fireballs Noten gut genug für das Internat für Verteidigungswissenschaften waren und er wechseln durfte, war das Beste, was ihm passieren konnte«, sagt sie und legt ihre Hand sanft in seinen Nacken. Er lässt die Berührung zu und sieht mich nur vielsagend an. »Ja«, stimme ich ihr zu, »er ist ein schlauer Kerl. Im Internat ist er schnell mitgekommen und war einer der Besten.«

»Tja.« Plötzlich sieht Tante Mary todunglücklich aus. »Zu dumm, dass ausgerechnet jetzt der Krieg alles ändert.«

»Lass uns nicht darüber sprechen, Mom. Wir wollen den Abend ohne Sorgen genießen.«

»Ja«, sagt Fireball, »lasst uns lieber darüber reden, wie sich Mark beide Vorderzähne ausgeschlagen hat, weil er den HoverBus zur Schule verpasst hat.«

»Waaaaas?«, ruft Michelle aus.

»Das ist so eklig«, quietscht Ginger Robyn.

Tante Mary nickt. »Gott, ja, es war furchtbar.« Dann hält sie sich die Hand vor den Mund und lacht herzlich. »Mom! Lachst du etwa dein eigen Fleisch und Blut aus?!«

Kurz darauf sieht Fireball auf sein Tablet. Er checkt die Uhrzeit. Ich beobachte, wie er Ginger Robyns Blick sucht und die beiden sich stumm zunicken.

»Es ist Zeit«, sagt Fireball und Ginger Robyn wirkt plötzlich unendlich traurig. »Dann mal los.« Sie seufzt und steht auf, Fireball genauso. Er nickt mir zu, ihnen zu folgen.

»Wo gehen wir hin?«, frage ich ihn im Flur leise.

»Wir bringen Ginger Robyn zu Pfeiler One«, flüstert er zurück. Mehr sagt er nicht und ich spüre, dass jetzt nicht der richtige Zeitpunkt für Fragen ist.

Ginger Robyn kommt mit einem großen Rucksack über der Schulter aus einem der Zimmer. Sie sieht todunglücklich aus und meidet unsere Blicke. Wir ziehen die Schuhe an, verabschieden uns von allen – wobei Ginger Robyn ganz besonders fest von den anderen gedrückt wird.

»Alles Gute, Kind«, sagt Tante Mary und Ginger Robyn blinzelt verdächtig.

In der Einfahrt hilft Fireball Ginger Robyn dabei, den Rucksack im Kofferraum zu verstauen. »Ich sitz hinten«, erklärt sie und steigt ein. Auf meinen fragenden Blick hin schüttelt Fireball nur kaum merklich den Kopf. Wir fahren los und beide sind seltsam schweigsam.

»Mag mir bitte einer sagen, warum hier so eine Friedhofstimmung herrscht?«

»Du hast es ihr nicht gesagt?«

Fireball reagiert nicht, blickt nur konzentriert auf die Straße.

Ginger Robyn seufzt. Nein. Sie schluchzt. Überrascht drehe ich mich um. »Was ist denn los? Sagt mir jetzt endlich mal jemand was los ist?!«

»Ich verlasse Nayo«, schleudert mir Ginger Robyn zwischen

zwei Schluchzern entgegen. »Jesse sagt, es muss sein.«

»Und er hat recht«, sagt Fireball ruhig.

»Nur weil er recht hat, heißt das nicht, dass man nicht darüber traurig sein darf«, werfe ich ein und drücke Ginger Robyns Hand. »Wo wirst du hingehen?«

Statt Ginger Robyn antwortet mir Fireball. »Heute Nacht geht ein Shuttle nach Amega. Ginger Robyn wird dort Kontakt mit ihrer Familie aufnehmen und schauen, dass sie bei denen unterkommt.«

»Du hast noch Familie dort?«

»Ja«, sagt sie und schnieft. »Eine Schwester meiner Mutter. Vielleicht nimmt sie mich auf. Oder hilft mir, eine Unterkunft zu finden.« Jetzt weint sie so richtig heftig.

»Oh, Ginger Robyn! Alles wird gut!« Ich klettere nach hinten und halte sie den Rest der Fahrt ganz fest im Arm.

An der Pforte von Pfeiler One zeigt Ginger Robyn ihr Ticket vor und Fireball und ich weisen uns mit unseren digitalen Mitarbeiterausweisen aus.

Fireball parkt das HoverCab und wir steigen schweigend aus. Er wirft sich den Rucksack über die Schulter und geht zum Gebäude.

»Wo gehen wir hin?«, fragt Ginger Robyn. »Zur Startrampe geht's da lang.«

»Überraschung«, sagt er knapp und führt uns durch den gläsernen Eingang der Empfangshalle zum Aufzug. Wir fahren bis in die unterste Etage. Hier unten befindet sich das Gefängnis. Hier habe ich die letzten Stunden vor meiner Verbannung verbracht. Ein mulmiges Gefühl beschleicht mich und ich trete ganz nah an Fireball heran. Ob er spürt, dass ich Angst vor diesem Ort habe? Vielleicht, denn er legt seinen Arm um meine Schulter und zieht mich noch näher an sich, drückt mir einen Kuss ins Haar und hält mich.

»Was ist hier unten?«, fragt Ginger Robyn.

Da gleitet die Tür auf und sie macht große Augen. Es ist

erstaunlich, wie ihr Blick binnen eines Augenblicks von totaler Ahnungslosigkeit zu absoluter Gewissheit wechselt. »Er ist hier?«

Fireball grinst. »Ich dachte, du möchtest dich vielleicht verabschieden.«

Ginger Robyns Gesicht verzieht sich zu einer stumm weinenden Grimasse und sie schlägt die Hand vors Gesicht. »Fireball ... Danke!«, bringt sie flüsternd heraus.

Die Dame am Empfang – mir leider viel zu gut aus meiner Zeit als Insassin bekannt – ist diesmal sehr freundlich und führt uns zu unserem Ziel, einem Vernehmungsraum.

Sie bittet uns, zur Seite zu treten, und öffnet die Tür. Aus dem Raum ist Jesses Stimme zu hören. »Darf ich jetzt endlich erfahren, weshalb ich seit einer Stunde auf diesem unbequemen Stuhl rumsitze?«

Noch können wir ihn nicht sehen, nur motzen hören. Die Gefangenschaft hat ihn nicht verändert. Fireball hat erklärt, das Kommandariat habe ihn hier festgesetzt, damit er nicht abhauen kann, bevor es auf die Reise zu den ehemaligen Alliierten geht. Ob sie diese Entscheidung mittlerweile bereuen? Er tut wirklich alles dafür, dass sie ihn möglichst bald wieder loswerden wollen.

»Haaaaaallo? Ich fang an zu singen, wenn ihr mich weiterhin ignoriert. Okay, ihr habt es so gewollt.« Er singt ein Lied, das ich nicht kenne – furchtbar laut und schräg.

Ginger Robyn neben mir grinst, trocknet sich die Tränen auf den Wangen und wischt mit dem Finger ihren verschmierten Kajal weg. Ich signalisiere ihr mit zwei erhobenen Daumen und einem Grinsen, dass sie fantastisch aussieht. Hallo? Sie ist schwanger und hat so ein ganz besonderes Strahlen in den Augen – auch komplett ohne Schminke und gestylte Haare sähe sie top aus.

»Sie haben Besuch«, sagt die Wärterin. »Ma'am?«

Ginger Robyn betritt den Raum und klingt ziemlich cool,

als sie sagt: »So ungeduldig, Codriguez, was ist los?«

»Ginger Robyn! Babe!«

Die Wärterin verlässt den Raum und schließt die Tür hinter sich. »Ich gebe den Beiden zehn Minuten. Möchten Sie im Wartebereich Platz nehmen?

Fireball schüttelt den Kopf. »Wir warten oben am Empfang auf unsere Freundin. Würden Sie ihr das bitte ausrichten?«

IM AUFZUG ATME ICH AUF. »Danke, dass wir nicht da unten warten müssen.«

»Ist auch nicht mein Lieblingsort«, sagt er nur und sieht dabei sehr grimmig aus. Kann es sein, dass Fireball mehr an diesem Ort gelitten hat, als ich mir vorstellen kann? Ich habe von Isolationshaft gehört und von Folter. Aber ich wage es nicht, ihn jetzt danach zu fragen. Vielleicht ein andermal.

Im Empfangsbereich nehmen wir auf einer Couch Platz. Fireball legt seinen Arm um mich. Ich kuschele mich an seine Seite und greife nach seiner Hand, die über meiner Schulter hängt, spiele gedankenverloren mit seinen Fingern. Jesse und Ginger Robyn verabschieden sich in diesem Augenblick da unten. Vielleicht sehen sie sich nie wieder. Aber immerhin können sie sich verabschieden. Sich noch einmal sagen, was sie einander bedeuten. Ob uns Fireball diese Chance auch geben würde? Oder würde er einfach gehen? Still und heimlich. So wie es sein Vater heute Morgen getan hat.

»Was ist? Du bist so still?«

Ich atme tief ein, versuche, Worte für meine Gefühle und Gedanken zu finden. »Ich ... Ist es nicht schön, dass sie diesen Moment des Abschieds noch haben?«

Er nickt stumm. Eine kribbelige Aufregung blüht in meinem Bauch auf und ich betrachte ihn aufmerksam. »Würdest du dich von mir verabschieden, wenn du wüsstest, dass es vielleicht für immer wäre?«

Er meidet meinen Blick, schweigt. Für eine lange Zeit. Schließlich nickt er. »Klar«, sagt er, aber es klingt merkwürdig kalt.

Lügner.

»Und du?«, fragt er zurück, wahrscheinlich, um von sich abzulenken.

»Natürlich«, sage ich in demselben Tonfall. Stirnrunzelnd sieht er mich an. Gerade öffnet er den Mund, da geht die Fahrstuhltür auf und eine völlig aus der Fassung geratene Ginger Robyn tritt heraus. Sie schluchzt bitterlich und bekommt kaum Luft.

»Ginger Robyn!«, rufe ich und springe von der Couch auf, um sie ganz fest in den Arm zu nehmen.

»Können wir ... bitte ... ganz schnell von hier ... weg?«, fragt sie schluchzend.

»Natürlich, komm«, sage ich und führe sie an die frische Luft. Bis auf die Lichtkegel, die die Wege vor Pfeiler One beleuchten, ist es stockfinster. Der Wind weht über den Platz und zerrt an unseren Haaren und unserer Kleidung.

Fireball geht voran. Ich stütze Ginger Robyn, die von Schluchzern geschüttelt wird.

»Alles wird gut«, sage ich wieder und wieder, wie ein Mantra. Tränen brennen in meinen Augen, also wiederhole ich die Worte so lange, bis ich mich selbst davon überzeugt habe.

Schließlich gelangen wir zur Startrampe. Der Raumgleiter steht bereit, ist in der Dunkelheit durch mehrere Scheinwerfer beleuchtet. Er ist gigantisch groß. Wie eine fliegende Stadt. Tausende Menschen könnten darin für eine lange Zeit leben. Der Flug nach Amega dauert mit unserer Technik nur ein paar Stunden. Die Ameganer mit ihren hochmodernen Jets benötigen weniger als eine Stunde.

Gerade wird der Raumgleiter beladen und die Fluggäste steigen ein oder verabschieden sich von ihren Lieben.

Fireball reicht Ginger Robyn den Rucksack und nimmt sie

fest in den Arm. »Du schaffst das«, flüstert er, aber ich kann es hören. Vor allem kann ich seine belegte Stimme hören. Das hier geht nicht an ihm vorbei. Dieser Abschied berührt ihn. Sie ist auch seine Freundin. »Schick uns Bilder von dem blauhaarigen Hosenscheißer.«

Daraufhin heult Ginger Robyn noch lauter und Fireball beißt sich auf die Lippe und zieht sich zurück.

Ich lege meine Arme um sie, spüre ihren Körper zittern, höre sie schluchzen, fühle die nassen Stellen an meinem Nacken und Oberteil, wo die Tränen hinabrinnen. Schließlich schiebe ich sie ein Stück von mir weg, beide Hände fest an ihren Oberarmen und sehe sie eindringlich an. »Du gehst jetzt da rein, Ginger Robyn Santos, suchst dir einen Platz, an dem du es gemütlich hast, fliegst zu deiner Tante und siehst zu, dass du ein schönes Zuhause für dich und das Baby findest. Hast du mich verstanden? Das ist jetzt deine Aufgabe und du wirst sie verdammt nochmal mit Bravour erfüllen und deinen Jesse stolz machen, ist das klar?«

Sie nickt wimmernd.

»Und sollte jemals etwas schief gehen …« Ich schlucke schwer. »Dann erzähl deinem Kind, was für einen mutigen und witzigen und loyalen Vater es hatte …« An dieser Stelle breche ich ab, denn sonst stehe ich genauso schluchzend vor ihr.

Ginger Robyn zieht mich in eine feste Umarmung und flüstert in mein Ohr: »Pass auf ihn auf. Auf beide.«

»Das mache ich«, flüstere ich zurück. »Versprochen.«

Sie löst sich von mir, drückt meine Hand, wirft Fireball einen letzten Blick zu und geht dann zum Raumgleiter. Ein Mitarbeiter prüft ihr Ticket und lässt sie passieren. Fireball legt seinen Arm um mich, presst mich fest an seine Brust. An der Rampe dreht sich Ginger Robyn ein letztes Mal um und winkt uns zu. Von den Tränen ist nichts mehr zu sehen, ihr Blick ist fest. Und dann verschwindet sie.

FIREBALL

Ginger Robyn hat mich zum Grübeln gebracht. Soll ich Sally einweihen? Ihr von meinem Plan erzählen? Nein. Sie würde mich niemals gehen lassen. Und ich könnte mich vielleicht nicht von ihr trennen, könnte ihre Tränen nicht ertragen.

Es ist früh am Mittwochmorgen. Sally schläft noch, als ich gemeinsam mit meinem Vater zu Pfeiler One aufbreche. Immerhin das hat er mir zugestanden: Ich darf beim Start zusehen – natürlich von Center Control aus, also tief unter der Erde. Ich glaube, er hat Schiss, dass ich den Start schon wieder sabotieren könnte, also sperrt er mich in einen Bunker.

In der Uniform des Kommandariats setze ich mich vorsichtig auf die Bettkante. Ich will sie nicht wecken. Will mich nicht verabschieden. Ginger Robyns Geheule gestern hat mir gereicht. Wie könnte ich Sally zurücklassen, wenn sie genauso weinen würde?

Aber so geht es. Sie schläft friedlich. Als gäbe es keine Sorgen auf der Welt. Ich ziehe die Decke über ihre nackten Schultern und streiche ihr sanft eine Haarsträhne aus dem

Gesicht. *Ich liebe dich. Ich wünschte nur, wir hätten uns in einer anderen Welt, zu einer anderen Zeit getroffen. Wir hätten es so viel leichter haben können. Aber das war uns nie vergönnt.*

Abrupt löse ich meinen Blick von ihr, blinzele die Tränen weg. Ich stehe auf und verlasse den Raum, bevor ich es mir anders überlege.

In der Küche zieht mein Vater seine Schuhe an. »Können wir?«

»Ja.«

»Hast du dich von Sally verabschiedet?«, fragt er und sieht mich dabei aufmerksam an.

Ich zucke mit den Schultern. »Ich wollte sie nicht wecken. Wir sehen uns ja heute Abend.«

Er nickt langsam, so als glaube er mir kein Wort, aber ich ignoriere seinen zweifelnden Blick und gehe an ihm vorbei zum HoverCab.

»Was ist eigentlich mit Susan? Hast du dich von ihr verabschiedet?«

Mein Vater steigt ein und zögert einen Moment, bevor er losfährt. »Ja. Ja, das habe ich. Ich habe sie gehen lassen.« Fragend runzele ich die Stirn. »Weißt du«, setzt er zu einer Erklärung an. »Mit der Liebe ist das so eine Sache. Sie ist das schönste Gefühl auf der Welt – wenn sie erwidert wird und gelebt werden kann. Aber ...« Gedankenverloren schüttelt er den Kopf. »In meinem Fall wird die Liebe zwar erwidert, aber ... ich kann sie nicht leben. Und ich will Susan nicht ins Unglück stürzen.«

»Aber wenn sie dich liebt, wird sie so oder so trauern – egal ob ihr ein Paar seid oder nicht.«

Darüber denkt er eine Weile nach. »Ich will nicht, dass sie sich an mich gebunden fühlt. Ich will, dass sie jemanden findet, der ihr eine Zukunft geben kann.«

Der Ring in meiner Hosentasche scheint sein Gewicht verdreifacht zu haben. Hätte ich Sally doch einen Antrag machen sollen? Oder war es richtig, zu gehen, ohne sie wissen zu lassen, dass ich bereit bin, den Rest meines Lebens mit ihr zu verbringen?

Wir fahren los und lassen das Cottage und Sally hinter uns.

Die Vorbereitungen für den Start ziehen sich wie geplant bis in den Mittag. Das ist gut, denn ich habe viel zu erledigen. Priscilla Hescott trägt zur Feier des Tages einen Overall im Camouflage-Look und knallroten Lippenstift. »Hach, das ist alles so aufregend«, ruft sie und umarmt meinen Vater fest. »Ich muss mich beruhigen! Manche sagen, ich solle joggen gehen, aber für mich funktioniert Körperkontakt am besten.« Ich lache laut auf, als mein Vater gequält dreinschaut, weil er beinahe von ihr zerquetscht wird, worauf er mich so drohend ansieht, dass ich lieber den Mund halte, bevor er sie zu mir schickt. Um elf Uhr verabschiedet sich mein Vater von mir, um als erster gemeinsam mit den Mechanikern das Shuttle zu besteigen. Obwohl es ein harmloser Flug zu Freunden sein soll, werde ich das Gefühl nicht los, dass mein Vater einen Plan verfolgt, der gefährlich werden könnte. Und bisher konnte ich mich immer auf mein Gefühl verlassen. Doch ich habe ebenfalls einen Plan. Und den setze ich in die Tat um, sobald mein Vater aus dem Weg ist.

Zwanzig Minuten später klopfe ich an die Tür zur Präsidentensuite. Galeris Assistent bittet mich herein und kündigt mich an. Das letzte Mal, als ich hier war, war das hier Dwaines Büro. Galeri kommt persönlich zur Tür und begrüßt mich mit einem überraschten »Fireball?!«

»Ma'am. Danke, dass Sie sich Zeit für mich nehmen.«

»Immer. Komm rein.«

Sie schließt die Tür und ich sehe mich um. Obwohl es das

gleiche Büro ist, sogar dieselben Möbel, wirkt der Raum viel heller, freundlicher. Vielleicht liegt es an den privaten Bildern, die an der Wand hängen, oder den Blumen auf ihrem Schreibtisch.

»Setz dich. Was kann ich für dich tun? «

Ich nehme auf dem Stuhl vor ihrem Schreibtisch Platz und warte mit meinem Anliegen, bis auch sie sich gesetzt hat. Abwartend schaut sie mich an. Die Szene erinnert mich schmerzlich an Sallys verstorbenen Vater, der mir bei unseren Gesprächen ganz ähnlich gegenübergesessen hat.

»Sie schulden mir noch einen Gefallen dafür, dass ich Ihren Sohn am Leben gelassen habe.«

Galeri lehnt sich zurück. »Aha. Und heute ist Zahltag?«

Ich schmunzele schmal und höflich. »Wenn Sie es so nennen wollen.«

Sie lächelt. »Gib's zu: Das ist kein kleiner Gefallen, um den du mich bittest.«

Ich sehe sie ernst an, denn für mich ist das hier genau das: eine verdammt ernste Angelegenheit.

»Ich will, dass Sie mich ins Shuttle meines Vaters einschmuggeln.«

Sie stößt die Luft aus und beugt sich vor. Entgegen meiner Erwartung lächelt sie dann aber wieder. »Dein Vater hat gesagt, du würdest kommen.«

»Hat er das?« Der alte Mistkerl. »Und was haben Sie ihm versprechen müssen?«

»Dass ich dich hinausjage und dir sage, du sollst dich um dein Mädchen kümmern.«

Ich schlucke schwer. »Mein Mädchen ist in Sicherheit. Aber mein Vater hat etwas vor – er will Morsis töten und diese Reise ist seine Chance – und ich weiß, er braucht mich.«

»Er braucht dich nicht. Er hat den Kraft-Zirkel.«

»Wie kommen Sie darauf, dass er den Anhänger brauchen wird? Wo er doch auf dem Weg zu unseren Alliierten ist.«

Sie legt die Hände in ihren Schoß. »Touché.«

»Mein Vater will den Trip nutzen und zwei Fliegen mit einer Klappe schlagen, hab ich recht? Er will Alliierte finden und ganz nebenbei Morsis töten.«

»Was ich dir jetzt sage, ist topsecret, verstanden?«

»Ja, Ma'am.«

»Wenn sich ihm die Chance bietet, ja, dann will dein Vater sie ergreifen. Aber sehen wir den Tatsachen ins Auge: Es ist mehr als unwahrscheinlich, dass es einen sicheren Korridor durch die Schlachtzone bis zum Mutterschiff geben wird.«

»Als würde ihn das aufhalten.«

»Mag sein. Und trotzdem ...«

»Galeri!« Jetzt bin ich es, der sich vorbeugt. »Mein Vater war fünf Jahre lang verschollen. Jetzt habe ich ihn seit wenigen Wochen zurück und soll ihn gleich wieder verlieren? Diesmal vielleicht für immer? Ich sag Ihnen was: Ich werde nicht dabei zusehen, wie er stirbt. Ich will ihm verdammt nochmal zur Seite stehen. Und wissen Sie noch was? Das Kommandariat schuldet mir diese Chance, nachdem es mich damals im Stich gelassen hat! Nach allem, was passiert ist, schulden Sie es mir, verdammt!« Meine Wut bewirkt, dass sich Tränen in meinen Augen sammeln, also breche ich an dieser Stelle ab, denn ich werde hier sicher nicht heulen.

Galeri sieht mich prüfend an. »Na gut, Fireball. Dein Vater wird mich dafür hassen, das ist dir klar, ja?«

»Das ist mir ehrlich gesagt scheißegal.«

Sie lächelt breit. »Denk ich mir.« Seufzend rückt sie ihr Tablet auf dem Schreibtisch gerade. »Hör zu.« Sie tippt auf ihr Tablet und prüft die Zeit. »In dreißig Minuten werden die Lebensmittel von der Cafeteria an Bord des Shuttles gebracht. Dafür verwenden sie große Container-Boxen. Manche von ihnen sind gekühlt, andere haben Raumtemperatur. Wenn du mich fragst – ich würde es dort versuchen.«

»Danke!«

. . .

Ich sprinte aus dem Raum, durchquere den Vorraum und drücke den Schalter des Fahrstuhls. Während ich warte, arbeite ich an einem Plan. Ich brauche ein Beatmungsgerät und einen Raumanzug. Wo ich beides finde, weiß ich. Wie ich mir die Sachen unauffällig besorgen, anziehen, zur Cafeteria gelangen und einen Container finden soll, in den ich trotz Inhalt hineinpasse – und das alles binnen dreißig Minuten – ist mir dagegen noch nicht ganz klar.

Der Aufzug ruckelt viel zu gemächlich vor sich hin. Maaaaaann, war das Ding schon immer so lahm? Schließlich komme ich an meinem Ziel an – dem Flur zu den Trainingsräumen. Links und rechts von mir gehen Türen ab, die zu den verschiedenen Versorgungskammern, Umkleidekabinen und Trainingshallen führen. Ich sprinte den Gang entlang und erreiche die Ausrüstungskammer. Wie zu erwarten war, sitzt hinter dem Tresen ein Mitarbeiter des Kommandariats, versunken in sein Tablet. Wahrscheinlich liest er ein Buch. Seine hagere Statur verrät mir, dass er nie im aktiven Dienst gewesen ist.

Ich drossele meinen Puls und versuche, ruhig zu atmen. »Guten Tag«, sage ich möglichst entspannt. »Einen Raumanzug und ein Beatmungsgerät, bitte.«

Langsam sieht er auf. »Für wen?«

»General Tharpe.«

»Sie sind nicht General Tharpe.«

»Nee, das ist korrekt. Ich soll es in seinem Auftrag holen.«

Er nickt nachdenklich. »Wofür braucht er die Sachen?«

»Als Anschauungsobjekte in seinem Unterricht. Wir sitzen gerade im Vorlesungssaal und er möchte uns etwas zeigen. Könnten Sie also ...«

Ich möchte nicht unhöflich sein – nachher macht er extra

langsam, weil ich ihn zur Eile dränge. Andererseits: Noch langsamer kann er sich kaum bewegen.

Er steht auf, geht in die Ausrüstungskammer und sucht die entsprechenden Teile heraus.

Seufzend hänge ich mich über den Tresen, versuche, die Ruhe zu bewahren.

»Ist alles in Ordnung?«

Er steht so plötzlich vor mir, dass ich mich wundere, wie aus dem Kerl von jetzt auf gleich eine Rennschnecke werden konnte. »Ja. Ja, es ist nur so, dass der General mich gebeten hat, schnell zu machen und er tendiert zu Strafrunden, wenn es nicht nach seinem Kopf geht.«

Der Kollege lächelt. »Verstehe. Ich fülle das hier noch schnell aus, dann unterschreiben Sie und es kann losgehen. Sie können ihm ja erklären, dass es meine Schuld war.« Ich nicke mit einem erzwungenen Lächeln.

Schnell geht bei dem guten Mann allerdings gar nichts. Ein Blick auf meine Tabletuhr sagt mir, dass ich durch ihn schon sieben Minuten verloren habe. Als er endlich das Formular auf seinem Tablet ausgefüllt und ich unterschrieben habe, schnappe ich mir die Sachen und sprinte den Flur zurück zu den Aufzügen. Heilige Scheiße, schon so spät. Und ich habe keine Ahnung, wo die Container aufbewahrt werden.

Zwei Minuten später renne ich durch die Cafeteria – jetzt macht es sich bemerkbar, dass ich noch nicht fit bin. Meine Muskeln brennen und mein Puls ist jenseits von Gut und Böse.

Wie zu erwarten war, ist die Cafeteria um diese Zeit gut gefüllt. Zu gut. Hoffentlich ist Sally nicht hier. Ich wage es nicht, mich umzusehen, gehe einfach weiter und versuche, nicht zu sehr aufzufallen – was ziemlich unmöglich ist, mit einem Raumanzug über dem Arm und einem Sauerstoffgerät in der Hand.

Einige Kommilitonen nicken mir grüßend zu, sehen fragend auf das Zeug, das ich mit mir schleppe. Ich tue so, als wäre es das Normalste der Welt. Plötzlich steht Emma vor mir. Scheiße. »Hey, Fireball. Lange nicht gesehen. Wie geht's dir?«

»Hi Emma. Ähm, gut. Ich muss los.«

Sie runzelt die Stirn und geht neben mir her. Mist verdammter.

»Was hast du mit den Sachen vor?«

»Die soll ich abliefern.«

»In der Cafeteria?«

Wir stehen mittlerweile an der Tür, die hinter die Kulissen der Cafeteria führt – ein Ort, zu dem nur Mitarbeiter des Catering Zugang haben, sodass wir jeden Moment fortgeschickt werden könnten.

»Emma – kannst du bitte verschwinden? Bitte?« Die Grenze zwischen Bitten und Flehen ist mittlerweile verschwommen. Verpiss dich doch endlich!

Statt zu tun, worum ich sie bitte, verschränkt sie die Arme vor der Brust. »Der ach so arrogante Fireball McAllister bittet mich, zu verschwinden.« Mit schmalen Augen mustert sie mich aufmerksam. »Du tust etwas Verbotenes.«

Ich beschließe, ihr die Wahrheit zu sagen – setze alles auf eine Karte. Entweder hilft sie mir und verschwindet, oder sie verrät mich. In diesem Fall müsste ich sie loswerden und schleunigst abhauen. »Ja, ich tue etwas Verbotenes. Aber du bist mir im Weg. Würdest du also bitte verschwinden?«

Mit dem Kinn deutet sie auf die Tür. »Soll ich Schmiere stehen?«

Ich lächele schief. So langsam verstehe ich, weshalb Sally mit ihr befreundet ist. »Das wäre fantastisch.«

»Dann los. Und grüß Sally von mir.« Sie grinst blöd, was mich kurz zögern lässt, aber vermutlich findet sie es einfach interessant oder witzig, dass Sally sozusagen bei mir und meinem Vater wohnt.

»Klar grüß ich sie. Heute Abend.«

Ich quetsche mich durch den schmalen Türspalt und

gelange über einen Flur in einen Raum zu meiner linken – die Vorratskammer. Eine Kammer ist das jedoch nicht. Eher eine Lagerhalle. An den Wänden stehen bestimmt hundert Container. Welche sind die Richtigen? Mist! Hier stehen Lieferungen für zig Flüge!

Der neben mir ist für einen Flug nach Rubron, der nächste für einen nach Amega – aber nirgendwo finde ich die Flugnummer vom Shuttle meines Vaters. Plötzlich höre ich Stimmen. Die Tür wird geöffnet und ich hechte hinter den nächsten Container. Emma, was bist du denn für eine Schmieresteherin? Vielleicht kommt die Person aus einem anderen Raum. Immerhin zweigt hinter Emmas Tür der kleine Flur ab. Jeder, der hinter den Kulissen arbeitet, kommt über den Flur hier rein.

»Alles klar, Bob, danke dir.« Ein Mann hat die Lagerhalle betreten und murmelt jetzt vor sich hin. »Wo stehen die Dinger?« Auf der gegenüberliegenden Seite von mir piept es. »Da seid ihr, ihr kleinen Teufelchen.« Vorsichtig hebe ich den Kopf. Der Mann mit blauer Mütze und Kommandariatsuniform geht zielstrebig auf fünf Container zu. Er stoppt das Piepen und kettet die großen Stahlboxen aneinander.

Das müssen die Container für das Shuttle sein! Fuck!

Nachdem er auch den Letzten angekettet hat, zieht er sie wie eine lange Schlange aus dem Lagerraum in den Flur. Was soll ich tun? Ich muss noch den Raumanzug anziehen. Und die Sauerstoffflasche mitnehmen. Und den Deckel eines Containers anheben und wieder sicher verschließen – ohne, dass der Typ etwas mitbekommt.

Ich folge ihm, checke die Aufschrift auf dem letzten Container: XD-4867-JWK. Es sind die Container für das Shuttle. Und jetzt?

»Guten Tag! Ähm, Entschuldigung, kann ich Sie etwas fragen?« Emma!

Sie schaut an dem Mann vorbei, sieht mich – und verwickelt ihn in ein Gespräch. »Können Sie mir sagen, wohin die Essensreste gebracht werden? Ich soll darüber eine Ausarbeitung schreiben.«

»Tja, oh je, das ist ein umfangreiches Thema«, antwortet der Mann. »Da hab ich grad keine Zeit für.«

Ich hab ebenfalls keine Zeit. Schnell sprinte ich zurück in den Lagerraum und schlüpfe in den Raumanzug. Verdammt, ich hatte ganz vergessen, wie unbequem und starr diese Dinger sind. Wie zur Hölle soll ich damit in den Container steigen? Immer wieder spicke ich um die Ecke, nehme Blickkontakt mit Emma auf, die von Mal zu Mal verzweifelter aussieht.

Als ich endlich fertig bin, trete ich in voller Montur hervor – nur die Handschuhe habe ich weggelassen – und hebe den Deckel des Containers an. Er ist nicht verschlossen. Shit – der ist voll bis oben hin. Also zum nächsten. Wenn sich der Typ jetzt umdreht, sieht er mich hier stehen – in voller Raumflugmontur im Flur zwischen Küche, Lagerraum und Cafeteria. Keine Ahnung, wie ich das erklären soll.

So leise wie möglich schließe ich den Deckel wieder und schleiche zum nächsten Container. Emma reißt ungläubig die Augen auf – ihre Geduld mit mir ist sichtlich am Ende – und ich signalisiere ihr, dass sie weitermachen soll. Gerade sprechen die Beiden über Fleischreste, die man zu Burgern oder Pasteten weiterverarbeiten kann.

Ich hebe den nächsten Deckel an und habe Glück: Dieser Container ist nur zur Hälfte gefüllt. Langsam hebe ich das Sauerstoffgerät hinein, doch als ich loslasse, verrutscht die Ladung durch das Gewicht und es poltert im Container. Der Mann will sich umsehen, doch Emma packt sein Gesicht mit beiden Händen, starrt ihn erschrocken an und sagt: »Das hier ist alles eine große Lüge. Tatsächlich ist es nämlich so ...«

»Ja? Wie ist es denn?«, fragt er verwirrt.

»Ich habe mich in Sie verliebt.« Und im nächsten Moment drückt sie ihm ihre Lippen auf den Mund. Ich grinse breit und klettere in den Container – falle die letzten Zentimeter – und kann gerade noch meine Finger zwischen Deckel und Rand schieben und dadurch verhindern, dass die Klappe mit einem lauten Knall zufällt – auch wenn ich vor Schmerzen fast aufschreie. Der Deckel war schwerer als gedacht.

Es ist geschafft. Ich bin drin. Hier ist es komplett dunkel. Ich kann nicht das Geringste sehen. Dafür höre ich Stimmengemurmel. Schließlich fahren die Container wieder an und etwas – oder besser jemand – klopft zweimal auf den Deckel meines Aufenthaltsortes.

Danke, Emma.

In dieser Blechbüchse ist gerade mal so viel Platz, dass ich zusammengekauert darin sitzen kann. Oder liegen. So ein Zwischending. Ich bin froh, dass ich die Sauerstoffflasche habe, denn hier drin wird die Luft schnell knapp.

Eine ganze Weile werde ich durch die Gegend geschaukelt und mit der Zeit beruhigen sich mein Puls und meine Atmung. Dann spüre ich, wie die Schwerkraft meinen Körper leicht herunterzieht – wir müssen die Rampe zum Shuttle erreicht haben. schließlich hält der Container an und es wird still. Ich sehe auf die Uhr. Noch eine Stunde bis zum geplanten Start.

In den ersten Minuten, nachdem der Container abgestellt wurde, höre ich noch Geräusche – Stimmen und Schritte. Irgendwann wird es still. Bis schließlich ein Brummen den Container, das gesamte Shuttle, erfasst. Alle anderen Menschen sitzen jetzt sicher angeschnallt auf ihren Plätzen. Die Vibrationen können tückisch und gefährlich sein. Im Container bin ich diesem Erdbeben mehr oder weniger schutzlos ausgesetzt, und obwohl er garantiert an der Wand oder am Boden befestigt worden ist, werde ich hin- und hergeschleudert. Meine Hände werden kalt. Ein eindeutiges Zeichen dafür, dass wir die Atmosphäre verlassen. Ich ziehe mir die Handschuhe über und zwinge mich, ruhig über die Atemmaske zu atmen. Der Lagerraum wird wohl erst an die Lebenserhaltungssysteme des Shuttles angeschlossen, wenn wir unsere Ziellaufbahn erreicht haben. Bis dahin ist dieser Raum hier Todeszone.

Ich muss gestehen: Ich hatte schon angenehmere Starts. Durch das Geruckel wird mir speiübel – obwohl wir trainiert haben, auch ohne Orientierung klarzukommen, nicht an dem sich bewegenden Objekt festgeschnallt zu sein, macht die ganze Sache noch unangenehmer.

Schließlich ist es vorbei. Der Flug wird ruhiger. Wir haben das Weltall erreicht. Ein Brummen setzt ein – der Lagerraum und andere Räume wurden der Lebenserhaltung hinzugefügt. Sie werden jetzt mit Sauerstoff und Wärme versorgt. Das ganze Prozedere dürfte etwa fünfzehn Minuten dauern.

Eine Viertelstunde später, stemme ich mit meinen Füßen den Deckel des Containers hoch und krabbele im Raumanzug wie ein viel zu dick geratener Käfer heraus. Ich sehe mich um. Offenbar befinde ich mich im Lagerraum des Shuttles. Minus zehn Grad Raumtemperatur. Klar, alles, was sich hier drin befindet, sollte kühl gelagert werden. Wenn ich irgendwann aus diesem Anzug raus will, muss ich zusehen, dass ich den Raum verlasse. Außerdem wird es Zeit, meinen Vater zu informieren, dass er einen blinden Passagier hat. Wie er wohl reagieren wird? Umdrehen wird er nicht. Dafür ist die Zeit zu knapp. Entweder wird er mich anbrüllen oder schweigend zur Kenntnis nehmen, dass ich hier bin. Ich tippe auf Letzteres.

Aber als ich die Tür öffnen will, ist sie verschlossen. Ernsthaft? Wer zum Henker baut Türen zu Lagerräumen ein, die sich nicht von innen öffnen lassen? Schließen sich nicht ständig aus Versehen Menschen in Lagerräumen ein? Hier muss es doch irgendwo eine Entriegelung geben.

An der Tür ist nichts zu finden. Auch kein Schalter oder Touchpad oder sonst irgendwas. Prima. Dann werde ich also warten müssen, bis die Crew Hunger bekommt und mich hier entdeckt. Mist. Meinen Auftritt hatte ich mir zwar cool vorgestellt – aber auf eine andere Weise.

5

SALLY

Die Tränen laufen mir in Bächen hinunter. George reibt mir den Unterarm, aber die tröstende Geste hilft nicht wirklich dabei, meine Emotionen in den Griff zu bekommen. Gestern Abend nach meinem Rückkehrer-Dienst hat er mir eröffnet, dass er mich auf einen anderen Planeten bringen wolle. Um mich und Fireball in Sicherheit zu bringen. Er hatte argumentiert, dass Fireball darauf bestehen würde, diesem Flug beizuwohnen, doch das Gegenteil war der Fall: Er hatte sich noch nicht einmal offiziell darauf beworben. Aber George war sich so sicher. Und ich hatte es auch für möglich gehalten, dass Fireball sich irgendwie in das Shuttle schleusen würde. Aber er ist nicht hier. Nur ich. Mit dem Rest dieser Crew. Im Weltall! Mit nur einem Ziel: Ich soll auf irgendeinem der Planeten bleiben. Da Fireball nicht mitgekommen ist, wie wir dachten, gibt es nun zwei Möglichkeiten: Entweder er folgt mir und bleibt damit fern vom Kriegsgeschehen – was George die liebste Option wäre. Oder er wird einen Teufel tun, mir zu folgen – im Gegenteil: Wahrscheinlich wäre er sogar erleichtert darüber, mich in Sicherheit zu wissen. Dann kann er sich ungehindert in den Kampf werfen.

Wie er wohl reagieren wird, wenn er erfährt, dass ich fort bin? Oh Gott, wird er mich hassen? Wir haben uns noch nicht mal richtig verabschiedet – ich dachte ja auch, dass er hier sein würde. Aber nein! Seit einer Stunde sind wir nun schon unterwegs, aber kein Zeichen von einem blinden Passagier. Was hab ich nur getan?

»Er wird nachkommen«, sagt George. »Wenn er mitbekommt, wo du bist, klaut er den nächsten Starfighter und fliegt dir hinterher.« Er seufzt schwer. Ich schniefe.

»Aber Kleines, warum heulst du denn?«, fragt diese merkwürdige Frau mit den orangefarbenen Haaren und dem knallroten Lippenstift. Sie kommt mir irgendwie bekannt vor.

»Ich war mir sicher, er würde hier sein. Ich hätte nicht einfach gehen sollen! Ich hätte es ihm sagen sollen.« Dann überfällt mich die nächste Heulattacke. Fireball ist nicht an Bord des Shuttles. Er springt nicht aus irgendeiner Kiste wie Jack-in-the-box. Und jetzt hocke ich hier in einem Shuttle, das die nächsten zwei Wochen durch die Galaxie jagt, damit George andere Planeten davon überzeugen kann, mit uns gegen die Schattenjäger in den Krieg zu ziehen. Schei…!

»Ach so«, sagt die Frau, »wir haben es hier mit einem akuten Anfall von Liebeskummer zu tun.«

Diese Frau wird mich den letzten Nerv kosten, ich bin mir ganz sicher. »Dann besorge ich mal Eiscreme.« Na, immerhin.

Sie verschwindet und ich versuche, meine Emotionen in den Griff zu bekommen. Jonah sitzt zusammen mit Jesse auf den Pilotensitzen und starrt mich unverhohlen an. So durch den Wind hat er mich wahrscheinlich noch nie erlebt. Jesse ignoriert mein Gejammer. Er ist selbst angepisst, dass Fireball nicht mitdurfte. Wahrscheinlich hätte er ihn auch gern an seiner Seite gehabt. Was hat er vorhin beim Boarding zu mir gesagt? Er bräuchte ihn als Berater, aber George hatte seiner Bitte nicht zugestimmt.

»Nun seht mal an, was ich gerade aus dem Lagerraum

befreit habe!«, ruft die Frau. Sie geht mir so auf die Nerven mit ihrem fröhlichen Rumgetue! Ich drehe mich nicht um, sondern schnäuze in mein völlig durchnässtes Taschentuch.

»Eine Packung Eiscreme und – einen verdammt schnuckeligen Kadetten.«

Ich reiße die Augen auf. George, der hinter Jonah und Jesse steht, fährt herum und starrt mit großen Augen zu der Frau. Für den Moment scheint er sprachlos. Und ich ebenfalls. Denn als ich mich umdrehe, steht da Fireball. Er sieht seinen Vater an und grinst. Dann fällt sein Blick auf mich – und er erstarrt.

George ist der Erste, der seine Stimme wiederfindet. Sein Blick wird dunkel und er verschränkt die Arme vor der Brust. »Das ist nicht dein Ernst.«

Aber Fireball hat nur Augen für mich. »Das ist nicht *dein* Ernst?«, wiederholt er die Frage seines Vaters und klingt dabei unendlich wütend. Aber das ist mir egal. Ich weiß, er kann mir nicht lange böse sein. Und ich bin zu erleichtert, ihn hier zu sehen, zu wissen, dass ich recht hatte und diesen Höllentrip nicht umsonst angetreten habe. Jetzt gibt es eine realistische Chance, dass er mit mir flieht und auf einem anderen Planeten bleibt. Ich schnalle mich ab, springe auf und falle ihm um den Hals. Erst liegen seine Arme ganz sacht um mich, so als würde er mich von sich stoßen wollen, aber schließlich hält er mich fest, ganz, ganz fest.

»Was machst du hier?«, fragt er leise.

»Das fragt einer, der gerade aus einem Lagerraum befreit wurde.«

Er nimmt mein Gesicht in seine Hände und erst jetzt sehe ich den Schmerz in seinen Augen. »Warum bist du hier?«

»Damit sie sich in Sicherheit bringen kann«, erklärt George.

»Das müsst ihr mir erklären, bitte.«

»Ich bin gestern ins Krankenhaus, um ihr von meinem Plan zu erzählen. Sie fand ihn gut und hat zugestimmt.«

»Was für ein Plan?«

»Sally soll auf einem der Planeten bleiben. Und du sollst bei ihr bleiben.«

»Ich? Ich wäre gar nicht hier. Ihr konntet nicht damit rechnen, dass ich ...«

»Kleiner, allein deine Anwesenheit an Bord dieses Shuttles führt deine Argumentation ad absurdum, findest du nicht?«

Fireball verzieht das Gesicht. »Mag sein.«

»Also ich finde, je mehr, desto lustiger«, meint die Frau mit den orangefarbenen Haaren.

»Danke Priscilla«, sagt George, »aber das hier ist keine Teeparty, sondern eine Mission, um Allianzen zu schließen.«

»Priscilla?«, frage ich flüsternd in Fireballs Ohr.

»Hescott«, ist alles, was er sagt, und mir entgleisen die Gesichtszüge. Natürlich. Wie konnte ich sie nicht erkennen? Wo ich sie doch so oft auf Bildern und sogar an dem Abend im Palast gesehen habe. Sie saß mir gegenüber mit ihrem Mann und ... war mir damals schon unsympathisch.

»Na und? Ihr Sohn hat ein hübsches Gesichtchen und eine feine Natur. Ich bin mir sicher, er wird auf Amega seinen Beitrag leisten können.« Sie schmunzelt und Jesse lacht laut auf. »Also ich finde es toll, dass er dabei ist«, sagt Priscilla.

»Und ich hoffe, du hast dir Essen mitgebracht«, ergänzt Jesse locker und zieht damit die ganze Diskussion um Fireballs Auftauchen ins Lächerliche. »Von meinen Portionen geb ich dir nix ab.«

Jonah sieht aus, als wäre gerade für die gesamte Zeit unseres Fluges der Strom ausgefallen. George wiederum sieht aus, als könne er nicht entscheiden, ob er sauer sein soll, weil Fireball hier ist oder stolz, dass er genau das geahnt hat. »Sally, bring diesen unmöglichen Kerl in meine Kabine – da steht noch ein Schlafplatz zur Verfügung. Und Fireball: Du meldest dich in zwanzig Minuten zum Dienst. Bis dahin habt ihr beiden geklärt, was ihr miteinander klären müsst. Verstanden?« Er sieht uns beide an und wir nicken.

Ich nehme Fireballs Hand und ziehe ihn über den engen Flur in die Kabine des Kommandanten. Die Schlafkojen sehen aus wie hypermoderne Särge, die man für mehr Privatsphäre einfach zu allen Seiten verriegeln kann. Sie haben kleine Ablageflächen, Licht und helle Bettwäsche.

»Komm, ich helf dir aus dem Anzug.«

Bereitwillig hält er still und lässt sich aus dem Raumanzug schälen. Darunter trägt er seine Kadetten-Uniform, nur die Jacke hat er unter dem Anzug nicht anbehalten.

»Du bist ganz kalt«, sage ich und fahre über seinen Oberarm, der schon wieder an Muskeln zugelegt hat, wenn es auch lange nicht das Niveau von vor seiner Krankheit ist. Eine Gänsehaut bildet sich an den Stellen, die ich berühre. Obwohl ich ihn wohl besser in Ruhe lassen sollte, damit er sich beim Kommandanten – seinem Vater – melden kann, kann ich einfach nicht aufhören. Ich streichle seinen Arm hinauf und betrachte neugierig die Gänsehaut. Fahre hinauf bis zum Hals, streiche über seinen Nacken. Hier das gleiche Spiel. Er sieht mir dabei zu, wie ich ihn betrachte, und seine Augen werden ganz dunkel. Wie weit er mich wohl gehen lässt? Ich streife ihm das schwarze T-Shirt über den Bauch, den Rücken, den Kopf und er sitzt mit freiem Oberkörper vor mir.

»Was tust du?«

»Dich wärmen.«

Er lächelt, sodass man die Grübchen sieht. »Ich glaube eher, du gehst meiner Frage aus dem Weg.«

»Welcher Frage?«, hauche ich.

»Warum du hier bist.«

Ich drücke ihn auf den Stuhl hinunter, und setze mich rittlings auf seinen Schoß. »Mir war klar, dass du einen Weg finden würdest, deinen Vater zu begleiten. Also habe ich einen Weg gefunden, dich zu begleiten.« Sanft lege ich meine Lippen auf seine. Mit meiner Zunge streiche ich über seine Unterlippe und er stöhnt leise auf. Seine Hände fahren unter mein Oberteil, streichen über meinen Bauch, meinen Rücken und ich höre mich in seinen Mund seufzen.

»Kann hier jemand reinkommen?«, fragt er.

»Jederzeit.« Ich grinse. »Wir haben nur zwanzig Minuten.«

»Fünfzehn. Fünf sind schon rum.« Ohne mich loszulassen steht er auf und trägt mich zu einer der Kojen und hebt mich hinauf. Mit einem Satz ist er neben mir und während er mich küsst, verschließt er die Koje.

FIREBALL

Diese Frau bringt mich um den Verstand. Wie konnte ich sie nur zurücklassen? Wie kann sie nur glauben, dass ich mit ihr fliehe? Wie kann sie glauben, dass ich sie allein zurücklassen könnte? Ich stecke in einer verdammten Zwickmühle. Alles, was ich wollte war, meinem Vater beizustehen. Jetzt befinde ich mich mehr auf der Flucht als auf dem Weg in einen Kampf.

Ich streichle über ihren nackten Rücken und genieße den Duft ihrer Haare.

»Du solltest zu deinem Dad gehen«, sagt sie.

Ich nicke stumm. Sie hat recht. Aber ich will mich nicht von ihr lösen. Noch nicht. Will noch weiter ihre Wärme spüren und in Frieden hier mit ihr liegen.

»Komm schon«, sagt sie und schlägt mir dabei auf den Bauch. Ich spanne meine Bauchmuskeln an und sie streicht sanft darüber. Schon verrückt, wie unterschiedlich Berührungen sein können. In den Trainings und Missionen der Rebellen habe ich es gehasst, wie sensibel mein Bauch ist – ein Schlag und ich gehe in die Knie, wenn ich nicht vorbereitet bin. Und bei ihr? Ein hauchzartes Streicheln und ich gehe ebenfalls in die Knie. Aber ganz anders.

»Los – raus jetzt. Zeit, dich deinem Unsinn zu stellen.« Sie setzt sich auf und ich lasse meinen Blick kurz über ihren nackten Oberkörper huschen.

»Meinem Unsinn? Was ist mit deinem Unsinn? Du fliehst von Nayo, in der Annahme, dass ich mich verbotenerweise auch dazu schleichen würde. Ganz schön hoch gepokert, meinen Sie nicht, Miss Cooper?«

Sie grinst. »Mag sein. Aber ich hatte recht.«

Ich setze mich auf und bin dadurch nur noch Zentimeter von ihrem Gesicht entfernt. »Ich liebe dich«, flüstere ich und küsse ihre Nasenspitze. Der Ring steckt in meiner Hosentasche. Ob jetzt …?

»Ich liebe dich auch. Und trotzdem musst du mit deinem Vater sprechen.« Sie drückt den Knopf und die Koje öffnet sich. Wahrscheinlich strömt gerade der Geruch unserer Zweisamkeit in den Raum. Hoffentlich kommt mein Vater noch eine Weile nicht hier rein.

Ich springe aus der Koje, schnappe mir meine Sachen und husche ins Bad für eine ausgiebige Dusche. Als ich fertig bin, ist Sally verschwunden.

Frischgeduscht und in Uniform betrete ich das Cockpit des Shuttles. Jesse und Jonah überwachen den Flug, ansonsten ist niemand auf der Brücke – weit und breit kein berühmter Kommandant mit Wutwolke über dem Kopf zu sehen.

»Hi«, grüße ich die beiden und setze mich auf Jesses Armlehne.

»Naaaa«, sagt er in diesem »Ich weiß, was ihr gemacht habt«-Ton, »gut angekommen?« Er wackelt mit den Augenbrauen.

Ich spüre wütende Hitze, die von Jonah ausgeht. Besser ich halte mich hier nicht zu lange auf. Der arme Kerl vergeht wahrscheinlich vor Eifersucht.

»Ja. Danke. Wo ist der Big Boss?«

»Kaffee holen. Dritte Tür links.«

»Danke«, sage ich und gehe.

»Viel Glück, Kleiner.«

Ohne zu antworten, gehe ich weiter bis zur dritten Tür links, atme noch einmal tief ein und öffne per Schalter die Tür zur Küche.

Mein Vater steht am Tresen, in der Hand einen Kaffeebecher, und starrt vor sich hin. Als ich den Raum betrete, reagiert er nicht. Ich trete zu ihm an den Kaffeeautomaten und nehme mir eine Tasse. »Darf ich?«

Er rutscht zur Seite, damit ich besser an den Automaten rankomme. Eine Weile sagt keiner von uns etwas.

»Eigentlich nicht fair, dass du mich ignorierst. Ich hab genauso einen Grund, wütend auf dich zu sein.«

»Vielleicht schweige ich ja gar nicht, weil ich wütend bin.«

»Sondern weil du ein schlechtes Gewissen hast?«

Er atmet hörbar ein und dreht sich zu mir, sieht mich an, während der Kaffee durchläuft. »Du benutzt Sally dazu, mich von Nayo wegzulocken, damit ich nicht kämpfe. Das ist nicht fair.«

»Ich kann nicht kämpfen in dem Glauben, dass du in Gefahr bist.«

»Tja, witzigerweise geht es mir genauso. Ich kann dich nicht noch einmal verlieren. Aber wenn du gedacht hast, dass ich auf einem der Planeten zurückbleibe und mich aus allem raushalte, kennst du mich schlecht.«

Er seufzt. »Warum bist du so stur, Fireball? Du kannst das schönste Leben haben! Bleib auf Amega. Mit Sally. Gründet eine Familie. Was ist mit dem Ring? Wann gibst du ihn ihr endlich? Oder ist sie nicht die Richtige?«

»Sie ist die Richtige. Aber der Zeitpunkt hat bisher nicht gepasst. Und ich werde nicht auf Amega bleiben. Wenn sie bleibt, umso besser. Aber ich werde kämpfen. Kapiert?«

Lange sieht er mich an, dann nippt er an seinem Kaffee. »Botschaft angekommen. Und damit du eines weißt: Ich bin froh, dass ich recht hatte.«

»Womit?«

»Dass du einen Weg ins Shuttle finden würdest.«

Ich lächele. »Erschreckend, wie vorhersehbar ich für Sally und dich bin.«

»Absolut.« Wir lehnen uns beide an die Arbeitsplatte und nippen an unseren Kaffeetassen. »Wenn du schon hier bist, kannst du dich nützlich machen.«

»Ich helfe, wo ich kann.«

»Du wirst dich mir unterordnen müssen.«

»Kein Problem.«

Er wirft mir einen Seitenblick zu und ich grinse.

»Du wirst tun, was ich dir befehle.«

»Klar.«

»Wenn ich dir befehle, dich mit Sally irgendwo zu verstecken, wirst du es tun.«

Darauf verziehe ich das Gesicht. Er hat mich nicht dazu erzogen, Befehlen blind zu folgen, hat immer gesagt, ich solle auf mein Herz und meinen Verstand hören.

»Wenn ich sage, rette dich selbst, wirst du auch das tun.«

Ich presse meine Lippen zusammen. Er weiß doch ganz genau, dass ich solche Befehle niemals befolgen würde. Weder bin ich feige noch egoistisch. Na ja. Was Sally betrifft, bin ich wahrscheinlich sehr egoistisch.

Er zieht sein Tablet aus der Tasche und entriegelt es. »Sieh her und lerne.«

Ich schaue ihm über die Schulter und er ruft eine dreidimensionale Skizze des Shuttles auf.

»Wie du siehst, ist unterhalb des Shuttles ein Starfighter montiert – für den Fall, dass wir uns verteidigen müssen. Das Shuttle selbst ist ebenfalls mit Waffen ausgestattet, aber lange nicht so wendig wie der Starfighter. Es gibt in diesem Shuttle

Platz für sechs Personen, ausgestattet sind wir für fünf. Deine erste Aufgabe führt dich zurück in den Lagerraum. Dort wirst du die Essens- und Getränkerationen auf sechs Personen umverteilen. Lass dich von Jonah oder Jesse in die Navigation einweisen, damit du dich in unser Schichtsystem integrieren kannst.«

»Was ist das da für ein Raum?« Ich tippe auf einen Raum ganz am Ende des Shuttles.

»Das ist die Med Base – der medizinische Bereich. Hier arbeitet Sally.«

»Welche Aufgabe übernimmt unsere geschätzte Mrs. Hescott?«

Er zieht die Augenbrauen hoch. »Hm. Ich denke, ihre Talente werden auf den Zielplaneten zum Tragen kommen.«

Ich verkneife mir ein Grinsen. Mein Vater ist so tierisch angepisst, dass sie mit an Bord ist.

Ich verschränke die Arme vor der Brust.

»Du hast Jonah als Piloten an Bord geholt. Warum?«

Mein Vater schürzt die Lippen und sieht mich an, als hätte ich heute zum zweiten Mal eine unsichtbare Grenze übertreten. »Fireball. Was zwischen dir und Jonah ist, ist mir egal. Scheißegal, um es genau zu sagen. Er ist ein sehr guter Pilot. Wenn du ihn mit neutralen Augen betrachten würdest, wüsstest du das.«

»Oh, ich weiß, dass er ein verdammt guter Pilot ist. Er ist aber auch ein Vollidiot.«

»Jetzt hör mir mal gut zu.« Er sticht mir mit dem Zeigefinger in die Brust. »Ihr seid hier oben aufeinander angewiesen. Wenn ihr nicht zusammenarbeitet, geht ihr beide drauf – oder das gesamte Team. Du solltest dringend lernen, deine Gefühle von deinem Job zu trennen. Und das hier ist ein Job. Jonah ist nach Jesse und dir der beste Pilot der Elitetruppe und dazu ein verdammt guter Schütze und – im Gegensatz zu dir – ein Teamplayer.«

Ich lache trocken auf. »Ich bin kein Teamplayer? Wie kommst du darauf, so etwas zu sagen?«

Er sieht mich an, als hätte ich etwas ganz Grundsätzliches nicht verstanden. »Fireball. Du hast dich hier verbotenerweise in ein Shuttle geschlichen und weder Sally noch Jesse, geschweige denn mich eingeweiht. Du ziehst hundert Mal lieber deine Missionen durch, als die Gefahr einzugehen, dass sie aufgrund einer anderen Person scheitern könnten.«

»Was soll ich sagen? Ich bin einfach verdammt gut in dem, was ich tue.«

»Und arrogant. Teamplay, Fireball, verstanden?«

Ich nicke.

»Und lass die Finger von Sally. Hier wird gearbeitet.«

»Ja, Sir.« Ich bin sicher, Befehle zählen nicht rückwirkend.

6

SALLY

Ich hätte nicht gedacht, dass ein Raumflug so schön sein würde. Das Shuttle liegt so still im Nichts, dass mein Körper den Flug gar nicht wahrzunehmen scheint. Oft sitze ich vor einem Fenster, manchmal sitzen Fireball oder Jonah neben mir – natürlich niemals zusammen – und wir unterhalten uns, während das Shuttle an Sternen, Planeten, Sonnen und Monden vorbeizieht. Priscilla Hescott stellt sich als tüchtige Frau heraus, die zwar viel redet, aber die Ärmel hochkrempeln kann. Sie hat mir in den ersten Tagen geholfen, die Med Base einzurichten und dabei so viel von sich erzählt, dass ich mittlerweile glaube, alles über diese Frau zu wissen. Angefangen bei dem Milliardenerbe, über ihren unerfüllten Kinderwunsch bis hin zum Sodbrennen ihres Mannes. Sie ist eine schräge Person, aber irgendwie hat sie das Herz auf dem rechten Fleck. Und sie ist total in Fireball und George vernarrt. Ständig wuschelt sie den beiden durch das dunkle Haar, was Fireball ein Grinsen entlockt und George fast wahnsinnig macht. Ich nehme an, der Herr Kommandant ist von seinen bisherigen Teams einen anderen Umgang gewohnt. Jetzt hat er einen Rebellen-Anführer, eine fast fertig ausgebildete Medizinerin, seinen Sohn und eine Milliardärin an Bord. Schätze, für ihn ist Jonah der einzige normale Mensch hier.

Dass ich für die Med Base ganz allein zuständig bin, macht mich furchtbar nervös. Deshalb versuche ich, nicht darüber nachzudenken. Erst nachdem mir George diesen Job zugewiesen hatte, wurde mir bewusst, dass ich damit die Verantwortung für das Wohlergehen der Crew trage. Ich hoffe, dass es bei Kopfschmerzen und Schwindel durch den Flug bleibt. Bisher tun sich damit Priscilla und Jesse schwer.

Wenn ich frei habe, lerne ich für mein Studium. Die bisherigen Lehreinheiten sind wie in einem Rausch an mir vorbeigezogen und während ich hier oben unterwegs bin, sitzen meine Kommilitonen in Pfeiler One und lernen mehr und mehr und mehr. Ich darf nicht den Anschluss verlieren und kann nur hoffen, dass unsere Mission so friedlich abläuft, wie George es prophezeit hat. Ich will niemanden durch mangelnde medizinische Kenntnisse umbringen …

Obwohl es für uns weder Tag noch Nacht gibt, versuche ich, mich an einen Schlaf- und Wachrhythmus zu halten. Mit einer Schüssel Müsli gehe ich am dritten Tag unserer Reise zum Cockpit und finde Fireball im Pilotensitz vor. Seit seiner Ankunft hat es zwischen uns nicht viel mehr als ein paar Küsse und Händchenhalten gegeben. Ich schätze, George hat ihm die Hölle heiß gemacht, weil er sich am ersten Tag nicht pünktlich bei ihm gemeldet hat und ihm deshalb jeglichen körperlichen Kontakt mit mir verboten.

Der Rest der Crew schläft vermutlich.

»Hey«, sage ich.

Er dreht sich um und lächelt. »Hey! Komm, setz dich zu mir.«

Ich nehme auf dem zweiten Pilotensitz Platz und suche

nach den Gurten. Fireball beobachtet mich grinsend. »Was machst du da?«

»Die Gurte suchen.«

»Warum?«

»Na ... Ich weiß nicht. Turbulenzen? Plötzlicher Druckabfall, Erschütterungen, Kometenhagel?«

»Dein Vertrauen in meine Flugkünste ist nicht sehr groß.«

Ich lege den Kopf schräg. »Deine Flugkünste? Das Ding fliegt per Autopilot.«

»Mag sein. Und trotzdem sehe ich über den Radar, falls sich ein Kometen*schauer* – wie man es nennt – nähert oder nicht. Und über einen plötzlichen Druckabfall musst du dir keine Sorgen machen. Sollte das unser Schicksal sein, würden wir es nicht mehr mitbekommen.«

»Laut Plan landen wir heute auf Rubron. Bleibt's dabei?«

»Jepp. Wenn du noch eine Weile hierbleibst, kannst du den Planeten sehen. Mein Vater bittet bereits um Landegenehmigung.«

»Wie lang ist eine Weile?«

Er zuckt mit den Schultern. »Eine Stunde. Hältst du die mit mir aus?«

Ich lehne mich zu ihm: »Mit dir würde ich es für den Rest meines Lebens in diesem Shuttle aushalten.«

»Ich auch mit dir. Aber nur, wenn Jonah und mein Dad nicht dabei sind.«

Ich lache. »Mag sein.«

Er hält mir seine Hand hin und ich ergreife sie. Seine Finger streicheln über meine Handfläche und ich lehne mich entspannt zurück.

Ich muss wohl eingenickt sein, denn ich schrecke auf, als Fireball meine Hand fester drückt und sagt: »Wach auf, Schlafmütze. Vor uns liegt Rubron.«

Blinzelnd öffne ich die Augen, um mich zu orientieren. Die Frontscheibe gibt den Blick frei auf einen Planeten, der hauptsächlich rot zu sein scheint. Ein prächtiges, schimmerndes Rot.

»Der Rote Planet«, sage ich.

Fireball nickt. »Er besteht zu über achtzig Prozent aus Sand. Die übrige Fläche ist von Wasser überzogen, das durch den Sand ebenfalls rot bis schwarz leuchtet.«

»Das ist verrückt.«

»Selbst die Gebäude haben eine rötliche Farbe, weil ihre Grundsubstanz der Sand ist.«

Hinter uns betritt George das Cockpit.

»Wie ist die Lage?«

»Alles ruhig. Haben wir Landeerlaubnis?«

»Ja. Ich schick dir die Koordinaten.« Er tippt etwas in sein Tablet und wenige Sekunden später erscheinen auf dem Monitor vor Fireball Zahlen und Buchstaben, die mir absolut gar nichts sagen, für Fireball aber offensichtlich Sinn ergeben, denn er tippt sofort auf die Konsole ein.

»Landung in neunundzwanzig Minuten«, informiert er seinen Vater.

»Gut. Du bleibst hier, während ich dem Rest der Truppe Instruktionen erteile.«

Ich betrachte Fireball, der plötzlich grimmig dreinschaut. George verlässt das Cockpit und ruft die Crew zusammen.

»Was hast du?«, flüstere ich Fireball zu. Er schüttelt nur knapp den Kopf. Darauf beuge ich mich zu ihm herunter und sehe ihm wütend in die Augen. »Sag es mir! Was ist los?«

Widerwillig sieht er mich an. »Ich lande. Der Rest der Crew erhält Instruktionen. Das bedeutet, dass er euch mitnimmt und ich hier das Haus hüten darf.«

»Das kannst du nicht wissen.«

»Sally?«, ruft George.

»Ich komme!« Ich lege meine Hand kurz auf Fireballs Schulter und lasse ihn dann allein.

Im Aufenthaltsraum treffe ich auf die anderen. Jesse nippt gelassen an einem Kaffee, Jonah sitzt neben Priscilla, die sich zur Feier der Landung ein gelbes Oberteil und einen blauschimmernden Rock angezogen hat. Die roten Stöckelschuhe sehen bezaubernd aus, wenn ich auch bezweifle, dass sie für unsere Mission geeignet sind. George beginnt seine Ansprache, sobald ich da bin.

»In weniger als dreißig Minuten werden wir auf Rubron landen. Zwei von euch bleiben hier, der Rest begleitet mich. Zum einen wird Jesse mit mir kommen, um die Gespräche voranzutreiben. Außerdem Sally und ... Fireball, falls wir in einen Hinterhalt geraten. Jonah – lösen Sie bitte Fireball im Cockpit ab und steuern die Landung.«

»Was ist mit mir?«, ruft Priscilla überrascht aus.

»Ich kann es nicht wagen, Sie in Gefahr zu bringen. Rubron ist uns Menschen nicht immer positiv gesonnen und wenn sie erfahren, wer Sie sind ...«

»Na, ich will doch schwer hoffen, dass sie erfahren, wer ich bin! Deshalb bin ich doch hier! Ich und mein Unternehmen finanzieren immerhin diese Reise, da lasse ich mir doch den ganzen Spaß nicht entgehen! Ich komme mit.« Sie sagt es nicht zickig, eher wie eine unbestreitbare Tatsache.

Keiner wagt es, George anzusehen. Einem Kommandanten widerspricht man nicht. Niemals. Außer man hat ein paar Milliarden auf dem Konto.

»Sie rechnen mit einem Angriff, Sir?«, fragt Jonah und ich bin ihm dankbar für den eleganten Themenwechsel.

»Nicht auf das Shuttle. Die Rubroner werden sich erst anhören wollen, was wir zu sagen haben und was wir ihnen anbieten. Sie sind aber von Natur aus kein friedliches Volk. Wenn wir ihnen auf die Füße treten, kann es sein, dass sie uns von ihrem Planeten jagen. Für den Fall sollte das Shuttle zu jeder Zeit abflugbereit bleiben, verstanden?«

»Ja, Sir«, sagt die ganze Crew, außer Priscilla, die sich hörbar die Nase schnäuzt.

»Und weshalb soll Fireball Sie begleiten und nicht ich?« Man sieht und hört es Jonah an, dass er sich mit der Entscheidung schwertut und all seinen Mut zusammengenommen hat, um diese Frage zu stellen. Aber George reagiert sehr professionell. »Weil Fireball und Jesse ein eingespieltes Team sind. Ich vertraue ihrer Zusammenarbeit mehr als dem kindischen Neidgerangel, das Sie und Fireball an den Tag legen.«

»Mit Jesse würde ich gut klarkommen.«

»Wie oft haben Sie mit Jesse zusammen trainiert?«

»Nun ... wir hatten einige Trainingseinheiten auf der Matte ...«

Jesse massiert sich die Nasenwurzel und unterdrückt ein Grinsen. Mehr schlecht als recht.

»Jesse, wie viele Trainingseinheiten hatten Sie mit Fireball?«

Jesse blickt an die Decke und stößt hörbar die Luft aus. »Puh, keine Ahnung. Eine Million Mal? Plus, Minus ein paar richtige Missionen und nicht nur Training?«

George sieht Jonah an, als wäre seine Frage damit beantwortet. Und seien wir ehrlich: Auch ich würde jederzeit Fireball und Jesse bevorzugen, gegenüber einer Kombination der beiden mit Jonah. Ich beiße mir auf die Unterlippe, um das schlechte Gewissen zu unterdrücken. Jonah ist ein guter Kämpfer, ein sehr guter sogar. Aber ich habe gesehen, was Fireball und Jesse können. Und daran reicht nichts und niemand heran.

»Macht euch bereit, Team. Jesse, du und Fireball zieht eine Kampfuniform mit voller Bewaffnung an.«

Jesse runzelt die Stirn. »So offensichtlich angriffslustig?«

»So offensichtlich kampfbereit«, entgegnet George.

»Na, das klingt aber nicht nach einem freundlichen Kaffeekränzchen«, murmelt Priscilla.

»Wollen Sie doch lieber an Bord auf uns warten?«

»Nein, nein«, sagt sie schnell. »Bekomme ich auch eine Kampfuniform?«

Jesse legt einen Arm um sie und führt sie aus dem Raum – vielleicht, weil er spürt, dass George demnächst explodieren wird. »Kommen Sie, wir schauen mal, was sich für Sie findet. Andererseits sind die Farben, die Sie gerade tragen, ein schöner Kontrast zu unserem Einheitsblau.«

»Sie Charmeur«, lacht sie und schlägt ihm beim Hinausgehen auf die Brust. Jesse verabschiedet sich mit einem stummen Schrei, den Priscilla nicht sehen kann, von uns.

»Und als Gegenpol« wendet sich George an mich, »bringen wir eine junge Dame mit, die unbewaffnet ist und völlig harmlos wirkt.«

»George, ich bin mir nicht sicher, ob mir diese Rolle gefällt.«

Er nickt und legt mir eine Hand auf die Schulter. »Sie muss dir nicht gefallen, Sally. Du musst sie nur glaubwürdig ausfüllen.«

FIREBALL

Butterweich setzt das Shuttle auf. Das muss ich ihm lassen: Jonah kann fliegen. Er öffnet die Luke und mein Vater wendet sich ein letztes Mal an ihn. »Lassen Sie keine Rubroner ins Shuttle. Egal, was passiert.«

»Verstanden.«

»Sauerstoffgehalt bei einundneunzig Prozent«, liest Sally von ihrem Gerät ab. »Es wird ein wenig anstrengend, aber wir können sicher atmen.« Bei dem Wort »anstrengend« fliegt ihr Blick für eine Millisekunde zu mir, als wäre sie nicht sicher, ob ich der Anstrengung gewachsen bin, aber ich habe in den letzten Tagen trainiert und fühle mich gut. Von dem Virus, der sich als Pfeiffersches Drüsenfieber herausgestellt hat, ist nichts mehr übrig und auch wenn ich noch lange keine hundert Liegestütze schaffe – ich komme jeden Tag näher ran.

Die Kampfuniform des Kommandariats ist überraschend leicht. Zusätzlich zu den Schusswaffen haben Jesse und ich Messer in unsere Stiefelschäfte gesteckt – alte Rebellenangewohnheit. Besser noch ein Ass im Ärmel beziehungsweise ein Messer im Schaft.

Wir flankieren meinen Vater links und rechts, Sally und

Priscilla gehen hinter uns. In der Luft hängt ein Duft, fast ein Gestank, den ich noch nie gerochen habe. Es riecht wie ein Gemisch aus Zitrone, Sand und Fisch.

Priscilla schnüffelt und rümpft die Nase. »Dieser Geruch wäre kein Verkaufsschlager auf Nayo.« Jesse und ich grinsen uns an. Diese Frau ist der Hammer.

Das Rot des Planeten sticht mir in die Augen. Es ist nicht grell wie Sonnenschein, es ist einfach schmerzhaft und vor allem ist es überall: an den Felsen, auf dem Boden, den Häusern. Nur der Palast strahlt grau vor dem orangegefärbten Himmel. Der Landeplatz ist eine runde Plattform, die über einen Steg in schwindelerregender Höhe mit dem Palast verbunden ist. »Warum ist das Gebäude grau, während alle anderen rot sind?«, fragt Jesse.

»Sie haben sich von den Zwillingsplaneten Baumaterialien besorgt«, erklärt mein Vater. »Teuer, aber es schindet Eindruck. Findet ihr nicht?«

Vom Palast her nähert sich uns eine Delegation und mein Vater stockt. »Der König!«, raunt er. »Ich hatte nicht damit gerechnet, dass Jaffed uns persönlich auf dem Landeplatz empfängt. Seht ihn nicht an und macht eine tiefe Verbeugung. Sally, ein tiefer Knicks. Sprecht nur, wenn ihr direkt angesprochen werdet. Er ist sehr eitel – wir wären nicht die Ersten, die er köpft, weil sie ihn respektlos behandelt haben.« Die letzten Worte verschluckt beinahe der Wind, weil mein Vater immer leiser und schneller spricht – die Gefahr, dass ihn jemand hören könnte, war ihm wohl zu groß.

Je näher sie kommt, desto besser erkenne ich die rubroner Delegation. König Jaffed wirkt jünger als mein Vater. Er trägt ein langes, goldenes Gewand, das in der Sonne schimmert, und eine prachtvolle Krone auf dem Kopf. Unter seinem Gewand könnte er mehr als nur eine Waffe versteckt haben und die Krone selbst könnte man ebenfalls gut als Waffe benutzen. Neben ihm gehen zwei Personen, die wie Minister aussehen. Sie sind sehr schmal und groß gewachsen, wirken aber nicht kampferprobt. Das kann natürlich täuschen. Die Rubroner sind stolze Kämpfer – sicher gehört der Umgang mit Waffen zu den frühesten Lehren ihrer Kindheit. Hinter ihnen gehen fünf Rubroner in Uniform. Sie sind weit über zwei Meter groß und im Gegensatz zu den Ministern sehr breit gebaut – richtige Muskelprotze. Sollte es zu einem Kampf kommen, müssten Jesse und ich uns gut abstimmen, um eine Chance zu haben. Wobei: Die einzige reale Chance gegen diese Typen, sind die Schusswaffen in unseren Halftern.

Als wir nur noch wenige Schritte von der Delegation entfernt sind, bleibt mein Vater stehen und macht eine tiefe Verbeugung. Jesse und ich tun es ihm gleich, Sally knickst. Priscilla scheint die Zeit zu nutzen, in der der Kopf meines Vaters ihr nicht die Sicht versperrt, um den König unverhohlen anzustarren. Ich zupfe an ihrem Oberteil und sie sinkt in eine Reverenz.

Ich beobachte meinen Vater. Noch hat er sich nicht wieder erhoben. Und die Schritte der Delegation kommen näher und näher. Mir gefällt es gar nicht, unsere potenziellen Gegner nicht sehen zu können. Unwillkürlich lasse ich meine Hand zur Waffe an meinem Gürtel sinken. Nur eine kleine Bewegung, nicht sichtbar für die Rubroner, aber vielleicht die eine Millisekunde, die am Ende über Leben oder Tod entscheidet.

Schließlich bleibt der König nur einen Schritt vor meinem Vater stehen und spricht ihn an: »Kommandant George McAllister«, sagt er mit einem fremdartigen Akzent. Es fällt ihm hörbar schwer, die Konsonanten in unserer Sprache auszusprechen.

Mein Vater erhebt sich aus seiner Verbeugung und Priscilla und ich tun es ihm gleich. Jesse und Sally folgen unserem Beispiel. Ich spüre Sallys Anspannung. Sie strahlt eine Unruhe, eine Nervosität aus, die mich beunruhigt. Wenn sie Angst hat, bekomme ich das Gefühl, sie beschützen zu müssen. Und das wiederum lässt mich wie eine Bedrohung wirken.

Jaffed reicht meinem Vater die Hand. Seine Haut hat einen gräulich blassen Farbton – typisch für Rubroner. Genauso wie die unbehaarte Kopfhaut und die übergroße Nase, mit der Rubroner sehr gut riechen können. Dafür ist der Mund eher klein. Rubroner ernähren sich hauptsächlich von Flüssigkeiten.

»So macht ihr das auf Nayo, nicht wahr?«, sagt er. »Ihr schüttelt die Hände.« Mein Vater nimmt die Hand entgegen und lächelt. »Und ihr grüßt euch auf diese Weise, wenn ich mich recht entsinne.« Er geht um den König herum, dreht ihn dabei mit sich, sodass uns der König nun den Rücken zudreht und mein Vater die fremde Delegation im Rücken hat. Der König strahlt. »So ist es. Deine Schritte in meinen. Unsere Wege kreuzen sich. So begrüßen sich Rubroner. So begrüßen sich Freunde.«

»Es freut mich, dass du mich nach all den Jahren noch immer als Freund bezeichnest.«

»Aber George! Wieso sollte ich nicht? Fyreball Starlightning. Ich habe es nicht vergessen.«

Mein Vater schmunzelt und wendet den Blick ab. Die beiden tauschen erneut die Plätze, sodass mein Vater wieder neben mir steht. »Wo du von Fyreball sprichst – darf ich dir meinen Sohn vorstellen?«

Jaffeds Gesicht hellt sich auf und er mustert mich neugierig. Ich halte den Blick streng geradeaus. Der König tritt vor mich und mein Vater stellt mich ausführlicher vor. »Das ist Fireball George McAllister. Ein ausgezeichneter Pilot, Schütze und Nahkämpfer.« Mir fällt auf, dass er meine Talente im Kampfbereich betont. Er will wohl Eindruck schinden, um zu zeigen, dass auch wir fähige Kämpfer sind.

»Es freut mich außerordentlich, deinen Sohn kennenzulernen, George. Und wie ich sehe, ist ein guter Mann aus ihm geworden. Kampftüchtig, wie du sagst.« Er sagt das eine, sein Tonfall aber lässt das Gegenteil vermuten. »Wenn auch hager, aber so seid ihr Menschen, nicht wahr?« Mir ist nur zu bewusst, dass ich bis vor kurzem noch krank in meinem Bett lag. Ja, hager kann man mich zurzeit tatsächlich nennen.

Er lacht und mein Vater wendet sich Jesse zu. »Außerdem habe ich zu unserem Treffen Jesse Codriguez mitgebracht. Er ist der Anführer des Rebellen Clans.«

»Ach? Haben sich das Kommandariat und der Rebellen Clan endlich geeinigt?«

»Allerdings. Wir kämpfen schon lange nicht mehr gegeneinander. Wir sind in gemeinsamer Mission unterwegs.« Gott, Jesse, sag jetzt bloß nichts Falsches. Einfach in die Ferne gucken und die Kröte schlucken. Der König sollte besser nicht wissen, dass du nur dabei bist, damit das Kommandariat deine Leute freilässt. Jetzt wäre es nützlich, Telepathie zu können. Aber Jesse versteht auch so. Er hält die Maskerade aufrecht.

»Guten Tag!« Priscilla prescht vor und reicht dem König ihre beringte Hand. Mir rutscht das Herz in die Hose. »Ich bin Priscilla Hescott.« Sie sagt ihren Namen, als wäre er ein Titel. »Ich bin die Vorstandsvorsitzende von Tree of Hope.«

Jaffed mustert sie mit neutralem Blick von Kopf bis Fuß. »Tree of Hope?«

»Ja! Dem Finanzier hinter der ganzen Anti-Dwaine-Rebellion.« Sie packt meine und Jesses Hand und hält sie hoch, so dass der König unsere Lebensbäume sehen kann. »Sehen Sie. Inklusive Geheimzeichen.« Sie zwinkert. O Hilfe, was passiert hier?

»Und Sie?«, spricht er Sally an. »Haben Sie auch ein geheimes Zeichen?«

»Ähm ... ja.« Sie schiebt ihren Ärmel zurück und zeigt die kleine Illustration, die ich ihr in die Haut gestochen habe. Er betrachtet sie ausgiebig, nimmt dafür sogar Sallys Hand in seine und streicht über ihre zarte Haut. In meinem Bauch rumort es und ich muss tief einatmen. Wahrscheinlich liegt das an dem mangelnden Sauerstoff.

Oder daran, dass ich dem König den Kopf abreiße, wenn er Sally nicht sofort loslässt.

Mein Vater tritt neben die beiden. »Das ist Sally Cooper. Medizinisches Fachpersonal. Sie stellt sicher, dass wir uns gesund und ohne körperliche Beeinträchtigungen auf eurem Planeten bewegen können.«

»Das dürfte kein Problem sein«, sagt Jaffed und tätschelt Sallys Hand. »Wir haben alle Räume, in denen ihr euch aufhalten werdet, mit der entsprechenden Sauerstoffsättigung und dem für Menschen üblichen Druck ausgestattet.« Dann senkt er den Kopf und betrachtet Sally. »Wie alt sind Sie, junge Dame?«

»Ich ... ich«. Sally weiß nicht, wo sie hinsehen soll, entscheidet sich schließlich für einen Punkt irgendwo unterhalb der Augen des Königs. »Ich werde im nächsten Monat achtzehn Jahre alt.«

»Achtzehn. Wie schön.« Jaffed führt ihre Hand an seine Lippen und haucht ihr einen Kuss auf. Ich schlucke trocken und versuche krampfhaft, meine Hände nicht zu Fäusten zu ballen.

Jaffed lächelt. Ein Lächeln, das brennende Wut durch meine Adern schießen lässt. Zumal er sie jetzt von oben bis unten betrachtet. Seine Augen scannen ihren Körper.

Das Gesicht meines Vaters spricht Bände. Er ist genauso schockiert vom Verhalten des Königs. Hat er es etwa nicht gewusst? Hat er nicht gewusst, dass der König auf junge Frauen steht?

Mein Vater erwacht aus seiner Starre. »Wenn das so ist ... Sally, dann bleiben Sie doch an Bord des Shuttles, Ihre Dienste sind hier offensichtlich nicht ...«

Sally nickt und will sich abwenden, aber Jaffed erhebt

Einspruch. »Nicht doch. Sie soll mein Gast sein. Kommen Sie, junge Dame.«

Ich balle meine Hände zu Fäusten und atme wie ein Bulle kurz vorm Angriff. Wenn dieser verdammte Mistkerl nicht gleich seine stinkigen, dreckigen Königsfinger von meiner Freundin nimmt, bringe ich ihn vor den Augen seiner Leute um. Einer seiner Wachen hat meinen Stimmungswandel bemerkt und legt die Hand auf seine Waffe, ohne den Blick von mir abzuwenden.

Endlich lässt der König von Sally ab. »Dann lasst uns reingehen, Freunde. Wir wollen gemeinsam essen.« Er dreht sich um und ein Teil der Delegation geht voran – die Wachen jedoch bleiben stehen und warten, bis wir an ihnen vorbeigezogen sind. Mein Vater atmet tief durch und wirft mir einen warnenden Blick zu. Ruhig bleiben, schon klar. Ich schlucke schwer und gehe Schulter an Schulter neben Sally in das Gebäude.

Wir laufen den Steg entlang. Mir fällt auf, dass kein einziger Windstoß geht. Auf Rubron scheint es so etwas wie Wind nicht zu geben. Die Temperatur ist angenehm, aber nach wenigen Sekunden habe ich trockene Lippen. Das kann an dem Klima liegen – oder daran, dass ich mir ständig darauf herum beiße.

Mit einem kutschenähnlichen Gefährt werden wir zum Palast gebracht. Er ragt wie ein Elfenbeinturm mit etlichen Zinnen vor uns auf. Liebend gerne hätte ich einen Lageplan von dem Gebäude – ich würde mich ungern darin verlaufen. Fahnen in den Farben Rot und Gold wehen an allen möglichen Stellen und aus Fenstern. Wobei die Fenster keine Scheiben haben – es sind einfach offene Rahmen. Dahinter erkenne ich hier und da Mitarbeitende des Palasts, die ihrer Wege gehen. Es erwartet uns kein Empfangskomitee. Keine offiziellen Feierlichkeiten.

Das kann zwei Dinge bedeuten: Entweder, dass sie uns wie Freunde und nicht wie politische Verhandlungspartner behandeln oder dass sie gekränkt sind, weil unsere Präsidentin nicht persönlich vorspricht. Letzteres wäre für unsere Gespräche die schlechteste Ausgangssituation. Ich hoffe, sie kostet uns nicht den Kopf. Denn dass auf Rubron, genauso wie auf Amega, noch die Todesstrafe verhängt wird, weiß jeder auf Nayo.

Die Delegation führt uns durch einen pompösen, vergoldeten Empfangsbereich in eine kleine Halle. Auch hier ist alles grau, ganz im Gegensatz zum Rest des Planeten. Es gibt Sofas und Stühle, die sehr bequem aussehen.

»Nehmt Platz, während mein Personal eure Zimmer richtet«, sagt Jaffed. »Wir treffen uns nach einer Erholungszeit zum gemeinsamen Abendessen. Dort, mein lieber Freund«, er nimmt beide Hände meines Vaters in seine, »unterhalten wir uns über euer Anliegen.«

»Danke, Majestät«, erwidert mein Vater und die Entourage verlässt den Raum. Wir sind allein. Endlich. Sobald die Tür geschlossen ist, lässt sich Sally auf ein Sofa fallen und sinkt in sich zusammen.

7

SALLY

»Scheiße, scheiße, scheiße«, murmele ich unablässig. Ich spüre, dass sich jemand neben mich setzt, spüre, wie sich ein Arm schützend um meine Schultern legt, und rieche den beruhigenden Duft von Lindenblüten. Fireball hat es also auch gespürt: Der König will mir an die Wäsche. Scheiße, scheiße, scheiße.

»Hast du es gewusst?«, blafft Fireball seinen Vater an.

»Was gewusst?«

»Jetzt tu bloß nicht so! Jaffed ist ein verdammter Schwerenöter!«

»Pst! Nicht so laut!«, zischt George. Mit wenigen Schritten kommt er näher, damit das Gespräch unter uns bleibt. »Nein, ich wusste es nicht.«

»Aber warum sonst hättest du Sally mitnehmen sollen?«

Jetzt klingt George wirklich wütend. »Glaubst du ernsthaft, ich würde Sally einer solchen Gefahr aussetzen?«

»Es geht hier immerhin um das Überleben Nayos.«

»Da hat er recht«, sagt Jesse. Er ist der Einzige, der noch gelassen klingt. Na ja, und Priscilla natürlich. »Also ich weiß gar nicht, was der Aufruhr soll. König Jaffed ist ein attraktiver, wohlhabender Mann. Sally, Kind, es könnte so viel schlimmer sein.«

George schnaubt wütend und ignoriert Priscilla mit aller Kraft. »Ich wusste, dass er hübsche Frauen mag, ja. Aber er hat soweit ich weiß niemals einer was angetan.«

»Und das weißt du so genau, weil?«

George zögert mit einer Antwort. »Weil er mein Freund ist. Wir haben früher viel Zeit miteinander verbracht, wenn wir uns gesehen haben.«

»Na prima. Dann hat sich dein Freund also verändert. Was machen wir jetzt?«

»Wir bringen sie einfach zurück«, schlägt Jesse vor.

»Das können wir nicht«, sagt George und kniet sich vor mich. »Erstens lassen sie uns nicht mehr aus dem Palast, bis wir hier fertig sind, und zweitens würde Jaffed durchschauen, dass wir Sally von ihm fernhalten wollen, und es uns übelnehmen. Er könnte uns dafür einsperren lassen. Ich habe Rubroner für weniger schwere Vergehen ins Gefängnis gehen sehen.«

Er legt eine Hand unter mein Kinn und sieht mich bedauernd an. »Es tut mir leid, Sally. Ich verspreche dir: Wir lassen dich heute Nacht nicht allein.«

»Du willst trotz allem eine ganze Nacht hier verbringen?«, rufe ich aus, etwas zu laut, denn George und Jesse schauen sich besorgt um.

»Wir sind eingeladen, hier zu übernachten, es wäre unhöflich, früher abzureisen«, sagt George leise. »Aber du wirst nicht allein sein. Dir wird nichts geschehen.«

»Natürlich wird ihr nichts geschehen«, sagt Fireball und drückt mich fester an sich.

George seufzt. »Was das betrifft«, er zeigt auf Fireballs Arm um meine Schulter, »das lass mal lieber. Wenn er sieht, dass sie zu dir gehört, fordert das Jaffed möglicherweise erst recht heraus. Wir sollten Sally so neutral wie möglich behandeln.

Eher wie eine Bedienstete. Wenn er merkt, dass sie uns untergeben ist, verliert er wahrscheinlich das Interesse. Aber wenn er sieht, dass sie dir wichtig ist – das weckt eher seinen Jagdtrieb. Vertrau mir in dieser Sache.«

Langsam und spürbar unwillig lässt Fireball seinen Arm sinken. Dann steht er auf und tritt einen Schritt zurück. Auch George erhebt sich und betrachtet Fireball ernst. »Sally wird nichts geschehen.«

»Das will ich hoffen!«

Ich auch.

KURZE ZEIT später wird eine der riesigen Türen geöffnet. Dieser Palast ist an Prunk und Pomp nicht zu übertreffen. Fehlen nur noch Harfenspieler, die für die passende musikalische Untermalung sorgen – aber das kommt vielleicht noch.

Erhaben und geräuschlos schwingt die Tür zur Seite und ein schlanker, hochgewachsener Mann in langem, hellem Gewand betritt den Raum. Die Rubroner scheinen entweder groß und muskelbepackt oder groß und grazil zu sein. Ob der Körperbau über ihre berufliche Zukunft entscheidet? Groß und stark wird Kämpfer, groß und grazil Politiker? Was ist mit denen dazwischen? Gibt es überhaupt ein dazwischen?

»Folgen Sie mir. Bitte.«

Ich erhebe mich und bleibe hinter den anderen, aber trotzdem nah bei Fireball. Bei ihm wird mir nichts geschehen und ich weiß, dass auch Jesse und George auf mich aufpassen. Wir wandern eine Weile durch den Palast und ich habe längst die Orientierung verloren. Sind wir dreimal links abgebogen und zweimal rechts? Oder andersrum? Oder viel öfter? Und wie viele Treppenabsätze sind wir hinaufgegangen? Ich würde hier niemals allein rausfinden! Fireball und Jesse sehen immer wieder aus den Fenstern und verständigen sich mit Blicken – keine Ahnung, worüber. Womöglich klären sie, wer sich welchen Teil des Wegs merkt? Ich hoffe es, denn wenn die Rubroner uns in diesem Palast aussetzen würden, wären wir ansonsten für immer verloren.

Irgendwann, weit oben im Palast, bleibt der Bedienstete stehen, öffnet eine mit Intarsien reich verzierte Tür und weist mit einer eleganten Geste in den Raum. »Das Zimmer für Kommandant George McAllister.«

»Vielen Dank«, sagt George mit einer kleinen Verbeugung.

»Sie werden in zwei Stunden zum Dinner abgeholt.«

»Herzlichen Dank.«

George betritt den Raum, dreht sich noch einmal zu uns um, wirft erst mir und danach Priscilla und den Jungs einen Blick zu. Dann schließt sich die Tür von allein hinter ihm.

Okay. Scheint, als würden wir nicht zusammenbleiben. So viel zum Thema, dass sie mich nicht allein lassen. Jetzt kann ich nur hoffen, dass Priscilla und ich ein gemeinsames Zimmer bekommen.

Der hochgewachsene Mann geht ein paar Schritte weiter und öffnet eine zweite Tür. »Das Zimmer der jungen Dame.«

Ich spicke hinein. Ziemlich schick hier. Sehr hell, lange Vorhänge, eine Chaiselongue, ein Himmelbett, außerdem sehe ich einen Schminktisch, einen gigantischen Spiegel und einen Teppich, der sich anfühlen muss, als würde man auf einer Wolke gehen. Und dennoch: Er hat gesagt, das hier wäre das Zimmer der Dame. Also soll ich hier allein schlafen. Sicher. Nicht.

Da ich mich nicht vom Fleck bewege, wiederholt er seine einladende Handbewegung. Wenn ich seiner Einladung nicht folge, wird das sehr unhöflich auf die Rubroner wirken. Mist. Was mache ich denn nun? Fragend sehe ich Fireball an, der mit zusammengebissenen Zähnen und tiefer Sorgenfalte zwischen den Augenbrauen einmal nickt. Also folge ich der Aufforderung und betrete den Raum. Im nächsten Moment höre ich, wie die Tür hinter mir zuschlägt. Mist. Einfach nur Mist.

Ich lege die Hände an die Klinke und will sie öffnen, aber keine Chance. Die Klinke lässt sich weder drücken, noch drehen, noch irgendwas. Ich bin eingeschlossen.

FIREBALL

Der Typ weist Priscilla ein drittes Zimmer zu und geht mit Jesse und mir den Gang zurück, eine Treppe hinunter, einen weiteren Gang entlang, noch eine Treppe runter und immer so weiter. Schließlich sind wir in einer der unteren Etagen angelangt und mir schwant Übles.

Wir bleiben vor einer Tür stehen, die er öffnet und uns hineinbittet. Ich spicke an ihm vorbei in das Zimmer. Wie ich mir dachte. Es handelt sich um ein einfaches Zimmer, zwei Betten. Eindeutig untere Schicht.

Jesse macht den ersten Schritt und will hineingehen, aber ich halte ihn zurück. »Hier liegt ein Missverständnis vor«, sage ich mit fester Stimme und nach oben gerecktem Kinn.

»Ich befürchte, ich verstehe nicht?«, sagt der Mann und klingt ein wenig nasal.

»Wir sind keine Soldaten. Sie haben hier den Anführer des Rebellen Clans vor sich und den Sohn des berühmten Kommandanten George McAllister. Eine Absteige wie diese ist absolut unpassend.« Noch nie habe ich raushängen lassen, dass mein Vater eine hochrangige Persönlichkeit ist – aber in diesem Fall scheint es mir als würde Sallys Sicherheit davon abhängen. Ich kann nicht zulassen, dass wir so weit weg von ihr untergebracht werden. Und an der Lage ihres Zimmers sieht man eindeutig, dass Jaffed Sally nicht als Bedienstete betrachtet.

Jesse tritt von der Tür zurück und nickt wie selbstverständlich, dabei hatte er bis vor zwei Sekunden keine Ahnung, was hier abgeht. Jaffed hat uns degradiert. Und was noch viel schlimmer ist: Er hat Sally ranghöher eingeschätzt. Und das bedeutet, sie ist in Gefahr. Meine Fingerspitzen kribbeln. Ich muss zu ihr. So schnell wie möglich.

»Nun«, sagt der Mann. »Ich werde das klären. Bis dahin muss ich Sie bitten, sich mit diesem Raum zu begnügen. In zwei Stunden werden Sie abgeholt. Bis zum Dinner haben wir die Situation sicher geklärt.«

Jesse macht erneut einen Schritt auf das Zimmer zu – wieder halte ich ihn fest und er wirkt ein bisschen genervt von meiner Sturheit.

»Mit Verlaub, wir werden keine zwei Minuten in dieser *Kammer* verbringen. Sie bringen uns auf der Stelle nach oben. Wir können uns im Zimmer von Kommandant McAllister frisch machen.« Außerdem ist Sally seit mindestens zehn Minuten allein – zehn Minuten zu viel.

»Aber Sir«, er lacht unsicher, »ich kann Sie unmöglich unangekündigt in Kommandant McAllisters Zimmer bringen.«

»Rubron ist eine hochentwickelte, intelligente Gesellschaft – ich bin mir sicher, dass Sie eine Möglichkeit finden, meinen Vater vorzuwarnen, während wir uns auf den Weg machen.«

Ich zupfe an Jesses Ärmel und wir gehen ohne auf seine Genehmigung zu warten den Gang entlang, zurück nach oben.

»Meine Herren! Sie können nicht … Sie dürfen nicht …!« Er spricht in seiner Muttersprache in eine Art Uhr an seinem Handgelenk – offensichtlich Befehle.

»Weißt du, wo's lang geht?«, fragt Jesse im Flüsterton.

»Hauptsache hoch. Wir müssen nur zielgerichtet …« Doch

weiter komme ich nicht. Denn als wir um die nächste Ecke biegen, sehen wir uns vier Wachen gegenüber. Alle groß und stark wie Bären, die Waffen im Anschlag und auf uns gerichtet.

Wir bleiben ruckartig stehen. »Ich glaube, wir sind aus der anderen Richtung gekommen«, sagt Jesse und wir drehen uns um, um in die Richtung zu gehen, aus der wir gekommen sind. Ich höre die Schritte der Wachen, bevor ich sie sehe: Auch hier kommen uns vier bewaffnete Rubroner entgegen. Jepp, die Kommunikation der Rubroner ist tatsächlich sehr fortschrittlich. Oder im Palast sind wirklich viele Wachen stationiert.

Jesse macht ein zischendes Geräusch. Von der Treppe her kommt der lange Dünne und ist ein bisschen aus der Puste. »Meine Herren, ich muss Sie bitten, mir zu folgen.«

»Und ich muss Sie bitten, unverzüglich den Kommandanten zu kontaktieren und ebenso unverzüglich Ihre Wachen abzuziehen.«

Mein Befehlston bewirkt für gewöhnlich Wunder und der Mann vor mir zuckt tatsächlich zusammen, als ob er meinem Befehl Folge leisten würde, aber dann strafft er die Schultern und zeigt mit der Hand eine Etage tiefer. »Ich werde die Sachlage klären. Bis dahin bleiben Sie in Ihrem Gemach oder folgen den Wachen einige Stockwerke tiefer – es ist Ihre Wahl.«

Jesse und ich wechseln einen Blick. Abhauen ist die Frage, die wir stumm binnen einer Millisekunde abwägen. Nein, lautet meine Antwort und Jesse respektiert sie.

Wir müssen einen anderen Weg finden, zu Sally zu kommen.

Ich recke das Kinn nach oben und gehe, ohne den Mitarbeiter eines weiteren Blickes zu würdigen, an ihm vorbei und hinunter in die Kammer. Sobald auch Jesse eingetreten ist, schließt sich die Tür und lässt sich nicht mehr öffnen, egal, was wir probieren.

8

SALLY

Eines ist klar: In einem Palast vergisst man eher, dass man gefangen gehalten wird, als in einem Gefängnis. Mit Mrs. Chen im Keller des Kommandariats war mir jedenfalls um einiges unwohler. An der Wand zwischen dem Schlaf- und dem Badezimmer stehen ein Schreibtisch und ein Stuhl. Auf dem Tisch liegt ein Zettel – echtes Papier – mit einer Botschaft an mich:

Zum Dinner geladen in achtundvierzig Umdrehungen. Angemessene Kleidung finden Sie im Ankleidezimmer. Bitte bedienen Sie sich. J.

J. steht wohl für Jaffed. Ich gehe weiter zum Ankleidezimmer und mir stockt der Atem. Hier hängen so viele pompöse Ballkleider, wie sie mir nicht mal Tree of Hope für die Gala des Präsidenten vorgelegt hat. Eines prachtvoller als das andere. Die herrlichsten Farben strahlen mir entgegen – Kobaltblau, Korallenrot, Zitronengelb ... Ich will sie alle berühren, bin sogar gewillt, eines anzuziehen, doch da fallen mir Georges Worte ein: Der König muss glauben, dass ich eine Bedienstete bin. Und eine Bedienstete würde es niemals wagen, solche traumhaften Kleider zu berühren.

Schnell verlasse ich den Raum und überlege, was eine Bedienstete in dieser Situation tun würde. Sie würde sich definitiv weder in ein Ballkleid werfen noch in das gigantische Himmelbett springen. Ob ich mich wenigstens auf den Stuhl setzen kann? Mh. Oder waschen. Das wird ja wohl gestattet sein nach der langen Reise.

Ich betrete das Bad und schlucke. Das ist kein Bad. Das ist ein Wellnesstempel. Es gibt eine Sauna, aber keine Badewanne, nein, sondern einen richtigen Pool! Dazu eine Dusche mit fünf Dusch- und Massageköpfen, eine Art Trockneranlage, um den gesamten Körper binnen Sekunden zu trocknen und eine beheizbare Entspannungsliege.

»Scheuen Sie sich nicht, es steht Ihnen alles zur Verfügung.«

Mit einem spitzen Aufschrei drehe ich mich um. Mein Herz pocht wie wild in meiner Brust und beruhigt sich auch nicht, als ich sehe, wer da hinter mir in der Tür zum Badezimmer steht. Denn da steht König Jaffed. Der König von Rubron steht unangekündigt und ohne anzuklopfen in meinem Zimmer. In meinem Badezimmer! Sein weißes Gewand mit den goldenen Verzierungen sieht sehr eindrucksvoll aus und ... mächtig.

Er lächelt freundlich, fast harmlos.

»Danke, aber ... aber ... es muss sich um ein Versehen handeln«, stottere ich.

»Ein Versehen?«, fragt er freundlich.

»Ich ... ich bin nur eine Mitarbeiterin von George McAllister. Ich ... mir steht das alles hier überhaupt nicht zu. Ich ...«

»Oh, bitte«, sagt der König und tritt einen Schritt näher. *Schei...* »Der Rang ist doch völlig gleichgültig. Ich freue mich einfach, nach so vielen Jahren mal wieder Gäste aus Nayo in meinem Palast begrüßen zu dürfen. Der letzte Gast war euer Präsident mit seiner Delegation und die … na ja … waren mir nicht der liebste Besuch. Aber George ist ein Freund. Und Sie sind eine freundliche junge Dame. Und sehr hübsch, wenn ich Ihnen das sagen darf.« Mit jedem Schritt, den er auf mich zumacht, gehe ich einen Schritt zurück. Mein Herz pocht so wild, das Blut rauscht mir durch den Kopf, dass ich nicht klar denken kann. Schließlich spüre ich die Kante eines Waschbeckens in meinem Rücken. Ich sitze in der Falle. Mist.

König Jaffed bleibt dicht vor mir stehen und lächelt. Dieses widerliche Lächeln. »Ihr Menschen seid so schön. So hübsch und zierlich.« Er hebt eine Hand und ergreift eine meiner Haarsträhnen.

Es ist ein Reflex. Ein Reflex, von dem ich nicht wusste, dass ich ihn habe. Ich packe seine Hand – so wie es mir Ginger Robyn und Tina beigebracht haben – drehe sie um, schlage ihm gegen den Ellbogen und trete ihm in die Kniekehle. Mit einem schmerzerfüllten Schrei geht der König von Rubron vor mir zu Boden.

Und ich stecke bis zum Hals in Schwierigkeiten.

Der König mustert mich aus riesigen Augen, erhebt sich langsam und sagt: »Beeindruckend.«

Oh Gott, dieses tonlose Flüstern verheißt nichts Gutes.

»Ihr Menschen seid nicht länger wehrlos und schwach. Das sehe ich nun. Ihr habt an euch gearbeitet. Ihr seid Kämpfer geworden. Wenn selbst zierliche Wesen wie Sie zu so etwas fähig sind, das ist … das ist … ja, beeindruckend.« Er steht auf und sieht mich noch immer an, als wäre ich ein fremdartiges Wesen. Was ich strenggenommen für ihn ja auch bin. Ich bin ein Mensch, er ein Rubroner.

»Verzeiht, dass ich Ihnen zu nahe getreten bin … Wie lautet Ihr Name noch gleich?«

Okay, was passiert hier gerade? Ich habe den König verdroschen und plötzlich hat er – ja, was? – Respekt vor mir?

»Sally Cooper«, sage ich und meine Stimme hebt sich am Ende verunsichert. So als wäre meine Antwort eine Frage. Was passiert hier? Wird er mich nicht enthaupten? Oder wenigstens in seinen Kerker sperren?

»Beeindruckend, Sally Cooper. Benutzen Sie das Bad, wählen Sie frei aus der Garderobe. Sie sind mein Gast. Wir sehen uns in vierzig Umdrehungen.« Er nimmt meine Hand, haucht einen Handkuss darauf, ohne mich zu berühren, und ich kann den Schauder nicht unterdrücken, der mir über den Rücken läuft.

»Bitte verzeihen Sie die Störung. Und ... es wäre mir recht, wenn mein Besuch bei Ihnen ... unter uns bliebe.«

Langsam nicke ich. Ein König bittet mich um einen Gefallen? Was zur Hölle passiert hier gerade?

König Jaffed wendet sich ab, eilt aus dem Bad und aus meinem Zimmer. Und ich sinke mit wackeligen Knien auf den Boden und atme tief durch. Einmal. Zweimal. Zehnmal. Nur langsam beruhigen sich meine zitternden Hände und mein wild pochendes Herz.

FIREBALL

Das Erste, das mir auffällt, als wir den prunkvollen Saal betreten, ist, dass Sally nicht anwesend ist. In mir krampft sich alles zusammen. Verdammt! Ich hätte nicht zulassen dürfen, dass sie allein bleibt. Ich hätte mich mit ihr in das Zimmer einsperren lassen müssen, hätte sie packen und wieder rausziehen sollen, hätte …

»Entspann dich, Kleiner.«

»Du hast leicht reden!«

»Was ist los?«, fragt Priscilla und sieht sich mit größtem Interesse die Servietten an, die aus Papier und nicht wie auf Nayo aus Stoff gemacht sind.

»Nix, nix«, sagt Jesse lässig, aber er weiß ganz genau, dass ich kurz davor bin, auf Rachefeldzug zu gehen. Er zieht diese Show nur ab, um uns das Überraschungsmoment nicht zu verderben, das ich durch mein auffälliges Verhalten definitiv zunichtemache.

Ein Palastmitarbeiter zieht uns zwei Stühle an der langen Tafel zurück und bedeutet uns, uns zu setzen. Nichts liegt mir ferner, als mich jetzt seelenruhig an diesen verdammten Tisch zu setzen. Vielleicht sollte ich die Gelegenheit nutzen, aus dem Saal rennen und Sally suchen.

Da geht die gigantische Tür am anderen Ende des Raumes geräuschvoll auf und mein Vater betritt mit Sally an seinem Arm locker und entspannt lächelnd den Raum. Sie sagt gerade etwas und beide lachen. Sie sehen uns und Sallys Gesicht strahlt förmlich, als sie mich entdeckt. In meinem Bauch lösen sich sämtliche Knoten und flattern wie kleine Schmetterlinge umher. Es geht ihr gut. Dem Himmel sei Dank.

Der Mitarbeiter, der ihnen gefolgt ist, rückt ihnen zwei Stühle an der Tafel zurecht, die unseren gegenüber stehen. Wir setzen uns und Priscilla begutachtet begeistert das Kleid, das Sally trägt. »Diese Farbe! Und schau nur, wie die Nähte ... also, das ist interessant!« Sie zieht ihr Tablet aus ihrer Handtasche und hält es in Richtung des Kleides. »Das muss ich unserer Entwicklungsabteilung zeigen ... Das ist ja der Wahnsinn!«

Ich versuche, über Blicke ein nonverbales Gespräch mit Sally zu führen, und sie lässt mich ihre Lippen lesen. »Alles gut«, formt sie und nickt mir beruhigend zu. Da öffnet sich eine weitere Tür und Jaffed tritt ein. Mein Vater steht umgehend auf und macht eine Verbeugung. Jesse, Sally und ich tun es ihm gleich. Priscilla steckt ihr Tablet ein und versinkt in einer Reverenz.

»Meine Freunde, vielen Dank, dass ihr meiner Einladung gefolgt seid.«

Jaja. Einladung. Ich denke nicht, dass wir eine Wahl gehabt haben.

Er geht an seinem Platz vorbei, schüttelt die Hand meines Vaters und reicht anschließend Sally die Hand. Die beiden lächeln sich an und die Art, wie sie das tun, sagt mir, dass es zwischen den beiden in den letzten zwei Stunden eine Begegnung gegeben haben muss. Fragend sehe ich meinen Vater an, aber der zieht ebenso überrascht die Augenbraue nach oben.

Was zur Hölle ist passiert?

Jaffed setzt sich und bedeutet uns, es ihm gleich zu tun. »Wie ich höre, gab es ein Versehen mit den Zimmern. Wir sind gerade dabei, eine Lösung zu finden. Leider gibt es im Turm nur ein weiteres Gästezimmer – wir sind ein bescheidenes Volk.«

Bescheiden, schon klar. Da will wohl jemand nicht, dass Jesse und mir der nötige Respekt entgegengebracht wird.

»Oh, aber das ist doch gar kein Problem«, sagt Sally freundlich, aber bestimmt. Verwundert sehe ich sie an. Und auch der König betrachtet sie erstaunt. »Fireball kann in meinem Zimmer schlafen. Dann hat Jesse das Dritte für sich.«

Kurz ist es still am Tisch. Mein Vater sieht angespannt auf das Besteck vor sich. So viel zu seiner Ansage, dass wir unsere Beziehung besser verheimlichen sollten.

Vorsichtig schiele ich zum König und sehe, dass er schmunzelt. Er schmunzelt. »Ich hatte ja keine Ahnung, dass die Sachlage so ist.«

»So ist die Sachlage«, antwortet Sally und lächelt freundlich.

»Dann ist die Unterbringung geklärt.« Er hebt eine Hand und einer seiner Mitarbeiter verlässt den Raum. Wahrscheinlich wird für Sallys Zimmer jetzt eine zweite Decke und ein zweites Kissen arrangiert.

Der davoneilende Mitarbeiter gibt sich die Klinke in die Hand mit seinen Kollegen, die den ersten Gang auftragen. Sechs Mitarbeitende – für jeden von uns einen – präsentieren uns die rubronische Vorspeise, eine Art warmer Pudding. Wahrscheinlich ist das die festeste Speise, die es auf Rubron gibt. Die nächsten Gänge werden aus Suppen bestehen. Vielleicht noch ein Brei.

»Einen guten Appetit, wie ihr Menschen sagt«, wünscht uns Jaffed und beginnt zu essen.

»Prost Mahlzeit«, ruft Priscilla aus und hebt ihr Glas. Hoffentlich ist da kein Alkohol drin. Wenn diese Frau in nüchternem Zustand schon so anstrengend ist, wie ist sie dann, wenn sie angetrunken ist? Aber Jaffed greift grinsend nach seinem Glas, die beiden stoßen an und trinken einen großen Schluck.

Irgendwann beginnt Jaffed ein Gespräch mit meinem Vater, plaudert mit ihm über vergangene Treffen und Dads Zeit bei den Schattenjägern. Schließlich sind wir beim Dessert angelangt – einer süßen Obstsuppe – als Jaffed sagt: »Das sind alles wertvolle und interessante Beobachtungen und Erfahrungen, die du da gemacht hast, George. Und ich muss sagen, ihr Menschen seid nicht stehen geblieben. Ich habe sehr wohl zur Kenntnis genommen, dass ihr euch weiterentwickelt habt.« Er nimmt sein Glas und prostet Sally zu, die geheimnisvoll lächelt. Was habe ich verpasst?

»Außerdem bin ich mir sicher, dass du nicht nur hier bist, um unsere Freundschaft neu aufleben zu lassen. Also sag mir: Weshalb bist du gekommen? «

Mein Vater nickt. »Du hast recht, alter Freund. Ich bin zum einen hier, um unsere Freundschaft wieder aufleben zu lassen. Und zum anderen, um meinen Freund um einen wichtigen Gefallen zu bitten.«

»Den ich ablehnen muss, wenn es der ist, mit dem ich rechne.« Er lächelt milde, aber nicht entschuldigend. Eher arrogant.

»Wir brauchen im Krieg gegen die Schattenjäger die Unterstützung der Rubroner, Eure Majestät. Dringend. Und wir bitten Euch nicht darum – wir flehen Euch an.« Wow, das waren ziemlich deutliche Worte.

»Ich kann und ich will Nayo zum jetzigen Zeitpunkt keine Unterstützung geben. Zu viel ist in den vergangenen Jahren geschehen, George. Die Beziehungen zwischen Nayo und Rubron sind nachhaltig gestört. Unsere Verluste bei unserer letzten Hilfsaktion für euch wurden nie ausgeglichen – noch nicht einmal in Teilen. Wir haben gelernt, dass Nayo alles nimmt, aber nichts gibt. Und diese Lehre haben nicht nur wir gezogen.«

»Unser Verhältnis mag gestört sein, aber nicht zerstört, mein Freund. Ich bin hier, um dich anzuhören. Um zu hören, was dich quält, was du brauchst. Und zu tun, was nötig ist, um die langjährige Freundschaft zwischen unseren Völkern zu heilen.«

»Fünfzehn Millionen Rubroner haben ihr Leben gelassen – mehr als jedes andere Mitglied der Allianz. Verlorene Munition, Waffen und Flugschiffe im Wert von mehreren Billionen Rubron. Und was war der Dank für unseren Einsatz?« Der König streckt die Hände aus. »Nichts. Absolut gar nichts.«

»Fünfzehn Millionen Opfer, ja. Und jedem einzelnen von ihnen sind wir zu Dank verpflichtet – und du weißt, wie dankbar ich persönlich bin.« Mein Vater legt sich die Hand auf die Brust und nickt in meine Richtung. Jaffed blickt mich flüchtig an. Schnell sehe ich weg, darauf bedacht, nicht gegen die Etikette zu verstoßen.

»Fyreball.« Der König spricht meinen Namen so fremd aus, dass ich mich einen Moment lang nicht angesprochen fühle. Doch als ich aufsehe, betrachtet er mich eingehend. »Welchen Dank bist du bereit zu leisten, für die Opfer, die wir gebracht haben?«

Ich richte mich auf, schlucke und setze zu einer Antwort an. »Das ist eine sehr schwierig zu beantwortende Frage für einen Menschen wie mich. Ich maße mir nicht an, zu entscheiden, was Sie und Ihr Volk als Wiedergutmachung erhalten sollten oder können. Ich kann nur eines tun.« Ich lege mir die Hand auf die Brust, wie es mein Vater getan hat. »Ich kann mit meinem Leben bezahlen. Und nicht weniger bin ich bereit zu geben in der Schlacht gegen die Schattenjäger.« Sally mir gegenüber senkt den Kopf. »Wir sehen uns einem übermächtigen Feind gegenüber. Majestät, ich kann Ihnen nichts versprechen. Außer dass ich und meine Leute bereit sind, für

Nayo zu sterben. Und für jede Hilfe, die Sie uns schicken, wären wir und jede Generation nach uns für immer dankbar.«

Für einen langen Moment ist es still am Tisch. Sally räuspert sich und trinkt einen Schluck. Priscilla hebt ihr Glas und sagt: »Hört, hört!« Mein Vater betrachtet sein Dessert und zieht einen Mundwinkel nach oben. Ihm scheint meine Ansprache gefallen zu haben.

Jaffed dagegen sieht mich lange an. Er hebt sein Glas, trinkt. Setzt es ab und sieht mich erneut an. Schweigend. Ich halte seinem Blick stand.

»Was du da sagst, Fyreball McAllister, berührt mich. Danke für deine Worte. Außerdem«, sein Blick gleitet zu Sally, »sehe ich, dass ihr Menschen euch entwickelt. Dass ihr kämpfen könnt. Ihr seid nicht länger schwach.« Er zieht die Luft hörbar ein und bleibt eine Weile still. Schließlich sagt er: »Bring einen offiziellen Antrag im Intergalaktischen Rat ein, George. Dort werden wir verhandeln.«

»Der Intergalaktische Rat tagt in zwei Wochen. So viel Zeit hat Nayo vielleicht nicht mehr.«

»Das glaube ich nicht«, entgegnet Jaffed unbewegt. »Wenn ihr euren Planeten nicht wenigstens zwei Wochen lang halten könnt, seid ihr es nicht wert, gerettet zu werden. Rubroner retten keine schwachen Existenzen. Bei uns überleben nur die Starken. Ich dachte, auf Nayo herrsche ein ähnliches Gesetz. Außerdem kämpfen wir nicht für ein Volk, dass sich gegenseitig zerstört. Ich sehe den Anführer der Rebellen an meinem Tisch, ich sehe, dass ihr zusammen gekommen seid. Aber ich schicke mein Volk nicht noch einmal auf ein Himmelfahrtskommando, wenn ihr euch danach wieder bekriegt wie unzivilisierte Tiere. Ich will sehen, dass ihr es wert seid, für euch zu sterben.«

»Wenn Nayo fällt, werden die Schattenjäger weiterziehen«, sage ich. »Es ist nur eine Frage der Zeit, bis sie zu euch kommen.«

Jaffed nickt. »Das ist wahr. Und wir werden bereit sein.« Er sagt es nüchtern, emotionslos. Nein, die Rubroner haben keine Angst vor den Schattenjägern. Sie sind ein mächtiges Volk, ein kampferprobtes. Und sie scheren sich einen Dreck um Nayo.

Jaffed erhebt sich und mein Vater tut es ihm gleich. Sie reichen sich die Hände. »Morgen, wenn ihr abreist, werde ich nicht anwesend sein können. Aber ich wünsche euch eine gute und sichere Reise. Wir sehen uns in zwei Wochen vor dem Intergalaktischen Rat, mein Freund. Beweist mir, dass ihr es wert seid, für euch zu kämpfen.«

»Danke, dass du uns empfangen hast, Jaffed. Wir wissen deine Gastfreundschaft zu schätzen.«

Der König verlässt den Raum und wir fünf bleiben allein zurück.

»Netter Typ«, sagt Priscilla. »Und er hat so einen inspirierenden Modegeschmack.« Ich ziehe mir die Serviette aus dem Kragen und werfe sie auf meinen Teller. Der Ausflug nach Rubron ist umsonst gewesen.

9

SALLY

Es ist deutlich spürbar, dass sowohl George als auch Fireball schlechte Laune haben. Beide haben die Augenbrauen zusammengezogen, wodurch ihre sonst so hellen, eisblauen Augen sehr düster wirken. Jesse ist der Erste, der sich vom Tisch erhebt. Er schiebt die Hände tief in die Taschen seiner Anzughose und bleibt unschlüssig stehen. Mal wieder fällt mir auf, wie überraschend gut diese Rebellen in Anzügen aussehen.

»Okay, wir haben uns mehr erhofft, kann schon sein«, fasst er das Ergebnis dieser Unterhaltung zusammen. »Aber es gibt auch gute Nachrichten: Aus irgendeinem Grund hat Jaffed eine recht positive Meinung über unsere Fähigkeiten. So ganz plötzlich.«

»Das stimmt«, bestätigt George.

Alle Blicke richten sich auf mich. »Irgendwas ist passiert«, sagt Fireball und sieht mich an, als würde er mich mit den Augen untersuchen.

Ich hebe die Hände in einer kapitulierenden Geste. »Ja. Ja, ihr habt recht. Aber ich darf nicht mit euch darüber sprechen.«

Fireball beugt sich vor. »Was ist passiert?« Er klingt, als

würde er aufstehen und den König persönlich ermorden, wenn ich es ihm nicht sofort sage. Und jeder hier am Tisch weiß, dass er das könnte. Na ja. Bis auf Priscilla.

Ich spiegele seine Bewegung, wodurch wir uns näher, aber trotzdem noch viel zu weit voneinander entfernt sind. »Egal, was ich jetzt sage, du wirst sitzen bleiben. Du wirst keinen Unsinn machen. Du wirst schön brav hier bei mir bleiben.«

»Klar.« Er sagt es, weil es das ist, was ich hören will.

»Versprich es mir.«

Er verengt die Augen zu engen Schlitzen. Aber er nickt. Ich habe sein Wort.

»Jaffed war in meinem Zimmer«, raune ich leise, falls uns jemand belauscht.

Jesse klappt der Mund auf, George haut ungehalten mit der Faust auf den Tisch und Priscilla klatscht breit lächelnd in die Hände und ruft aus: »Wie wunderbar! Worüber habt ihr gesprochen?« Und Fireball? Der sieht aus, als hätte er sein Versprechen gerade verbrannt oder in der Luft zerrissen und als würde er sofort losmarschieren, um das Gleiche mit Jaffed zu machen. Er springt auf und im selben Moment tue ich dasselbe und laufe ihm hinterher. Noch bevor er wutschnaubend den Raum verlassen kann, halte ich ihn am Arm fest.

»Ich hab ihn verprügelt, hörst du?«

Fireball bleibt stehen und sieht mich ungläubig an. »Du hast bitte was?«

»Du hast mich gehört. Und ich werde es nicht wiederholen. Weil ich ihm versprechen musste, es niemandem zu sagen. Also sei gefälligst still und bleib bei mir.«

Jesse pfeift durch die Zähne und grinst von einem Ohr zum anderen. »Ich hab's dir ja gesagt, Kleiner, sie ist eine Rebellin. Durch und durch.«

»Danke für das Kompliment.« Ich knickse elegant.

»Chapeau, Internatsmäuschen.«

Ich sehe Fireball an, der noch immer mit seiner Wut

kämpft. Aber schließlich nimmt er mich in die Arme und atmet tief durch. »Gut gemacht«, sagt er und streicht mir über den Rücken. »Gut gemacht.«

George atmet tief durch. »Jetzt ergibt alles Sinn. Die Rubroner sind verdammt stolze Kämpfer. Indem du ihn niedergeschlagen hast, bist du in seinem Ansehen gestiegen.«

»Das denke ich auch«, sage ich. »Er hat sich für sein aufdringliches Verhalten entschuldigt und ist aus meinem Zimmer verschwunden.«

»Dann ist es auf alle Fälle besser, wenn du heute Nacht nicht allein bist«, sagt George.

»Warum denn? Der König wird mir nichts mehr tun.«

George und Fireball werfen sich sorgenvolle Blicke zu.

»Was?«, frage ich.

»Sally«, setzt Fireball an, »jemanden wie Jaffed greift man nicht ohne Folgen an. Er fühlt sich in seiner Macht geschwächt und wird alles dafür tun, seine Machtposition zu rehabilitieren.«

Es hört sich an, als hätte Fireball Erfahrung mit sowas. Wahrscheinlich hat er das auch. Der Häuptling war ein mächtiger Mann. Und er wollte Fireball loswerden. Weil er seine Macht gefährdet hat.

»Ich denke«, sagt George, »wir sollten alle heute Nacht ein wachsames Ohr haben. Außerdem tauschen wir die Zimmer. Morgen fliegen wir noch vor dem Frühstück ab.«

»Kein Frühstück?«, fragt Priscilla und steckt sich eine frische Papierserviette in die Rocktasche. »Ich bitte euch! Niemand hat vor, uns heute Nacht zu ermorden.«

»Was tun Sie da?«, fragt George und zeigt auf ihre Rocktasche. Priscilla legt den Zeigefinger auf ihre Lippen und geht erhobenen Hauptes an uns vorbei. George kneift die Augen zu, als bete er, dass Priscilla nicht unser aller Tod ist.

»Warum hauen wir nicht sofort ab?«, fragt Jesse.

»Und lehnen die Gastfreundschaft des Königs ab?«,

entgegnet George und schüttelt den Kopf. »Fireball ist bei Sally und wir tauschen die Zimmer. Das muss genügen.«

»Und du glaubst, dir wird nichts passieren, wenn du in Sallys Bett schläfst?«, fragt Fireball.

»Jesse wird heute Nacht wohl auf ein Einzelzimmer verzichten müssen. Ich hoffe, du schnarchst nicht.«

Die Tür schließt sich hinter Fireball und mir. Er versucht, die Klinke runterzudrücken, rüttelt daran, aber nichts passiert. Sein Blick ist frustriert, aber ich zucke mit den Schultern. »Wahrscheinlich gibt's nen ganz einfachen Trick, wie sich diese Türen öffnen lassen, wir kennen ihn nur nicht.«

»Bestimmt«, sagt er sarkastisch, greift in seinen Blazer und zieht eine Waffe aus dem Innenfutter. »Das ist nicht dein Ernst.«

»Bleib, wo du bist.«

Mit verschränkten Armen bleibe ich vor der Tür stehen und sehe ihm dabei zu, wie er quer durch das Zimmer geht, ins Bad, ins Ankleidezimmer, er schiebt selbst die Vorhänge zur Seite. Unglaublich, wo er überall nachsieht: Unter dem Bett, hinter dem Sofa, er hebt irgendwann sogar den Teppich an – grinst dann aber. »Du meinst also, mich veräppeln zu können?«, frage ich und verenge die Augen.

»Na gut, der Teppich war veräppelt.«

»Bist du zufrieden, du gefährlicher Rebell?«

»Jetzt ja.« Er legt die Waffe auf den Nachttisch neben dem Bett und zieht sich den Blazer von den Schultern. Langsam. Und verdammt sexy. »Was ist?«, fragt er mit rauer Stimme. »Brauchst du zufällig Hilfe, um aus diesem Kleid zu kommen?«

Ich gehe lächelnd und ebenso langsam auf ihn zu.

»Zufällig …«, ich gleite mit meinen Händen hinter meinen Rücken und öffne den einzigen Knopf, der das Kleid an meinem Körper hält. Es fällt wie ein rauschender Wasserfall zu Boden. »… nicht.«

EINE STUNDE später liege ich in seinem Arm und er streichelt sanft über meine nackte Schulter. Er ist ganz still und seine Bewegung monoton. »Schläfst du ein oder denkst du nach?«

Leise lacht er. »Ist das dein Versuch, die klischeehafte Frage, woran ich gerade denke, nicht so auffällig zu formulieren?«

Lachend schlage ich ihm auf die Brust, aber natürlich nur leicht. Die Narben auf seinem Körper erinnern mich täglich daran, wie viele Schmerzen er schon hat ertragen müssen. Ich will ihm keine Weiteren zufügen.

Er hält meine Hand spielerisch fest und eine Weile kämpfen wir wie kleine Welpen miteinander. Wobei Fireball darauf achtet, mir nicht wehzutun, obwohl ich genau weiß, dass er mir weit überlegen ist und mich mit einem Wimpernschlag außer Gefecht setzen könnte. Aber er tut es nicht. Im Gegenteil: Er gibt mir das Gefühl, dass ich es bin, die ihn außer Gefecht setzen könnte. Schließlich gibt er sich geschlagen und ich liege schwer atmend auf seiner Brust. »Klischee hin oder her. Dich beschäftigt etwas. Sag es mir, oder …«

»Oder was? Wirst du mir wehtun?«

Ich schüttele den Kopf. »Niemals.«

Sein Blick wandert zu meiner Nasenspitze und weiter zu meinem Mund. Ich warte geduldig und schließlich verrät er mir, was ihm Sorgen bereitet. Er dreht mich auf die Seite, sodass wir nebeneinanderliegen, und stützt seinen Kopf auf seine Hand. »Ich mache mir Sorgen, was mein Vater tun wird, wenn die Gespräche weiter so schlecht laufen.«

Ich streiche mit der Rückseite meiner Finger über seine Wange. »Es war das erste Gespräch. Wir haben noch drei vor uns.«

»Zwei. Die Zwillingsplaneten werden als Einheit auftreten. Und auch als Einheit ablehnen oder zustimmen.«

»Sie werden uns helfen. Ganz bestimmt.«

»Selbst wenn. Mit ihnen allein können wir die Schattenjäger nicht besiegen. Wir haben keine Chance, gar keine.«

Liebevoll kneife ich ihm in die Wange. »Mister Optimismus heute. Jetzt hör mir mal gut zu.« Ich lege mich halb auf ihn, sodass er mir in die Augen sehen muss. »Die Gespräche werden gut laufen. Dein Vater macht einen super Job. Und er ist beliebt und geschätzt. Das hast du doch gesehen. Ein König nennt ihn seinen Freund. Rubron wird sich uns anschließen – früher oder später.«

»Und wenn es dann zu spät ist?« Er schüttelt den Kopf. »Ich sag dir, was mein Vater tut, wenn Rubron und die anderen der Allianz nicht zustimmen: Er wird Morsis töten wollen. Allein. Er wird gegen ihn antreten und versuchen, auf diese Weise den Krieg zu beenden.«

»Selbst wenn es so wäre: Er hat den Kraft-Zirkel. Ich vertraue Galeri. Dein Vater kann Morsis damit besiegen.«

»Vielleicht«, sagt er und klingt dabei sehr skeptisch. »Es wäre mir lieber, mit ihm gemeinsam zu kämpfen. Aber er tut alles dafür, mich von Morsis fernzuhalten. Er vertraut meinen Fähigkeiten nicht.«

»Mit deinen Fähigkeiten hat das nichts zu tun, er will dich schützen.« Ich lege ihm eine Hand an den Kiefer und drehe sein Gesicht zu mir. »Jetzt hör mir mal gut zu: Wir sind als Team unterwegs. Dein Vater ist nicht allein. Du bist bei ihm. Jesse ist hier. Auch Jonah solltest du nicht unterschätzen. Dein Vater hat die beste Unterstützung, die man sich wünschen kann. Und sollte er tatsächlich gegen Morsis kämpfen wollen, kann er auf euch zählen. Und auf Priscilla«, füge ich hinzu, um die Stimmung ein wenig aufzulockern.

Er schüttelt den Kopf. »Er wird einen Weg …« Mitten im

Satz hält er inne, blickt zur Seite, als hätte er etwas gehört oder gesehen. »Zieh dich an.«

»Was …?«

»Pst!« Er zieht seine Hose über und schnappt sich die Waffe vom Nachttisch. Hektisch ziehe ich mir sein T-Shirt über den Kopf und meinen Slip an. Was zum Henker hat er gehört?

Fireball schleicht mit gezogener Waffe zur Tür.

»Was ist los?«, flüstere ich, aber er hebt die Hand und bedeutet mir, still zu sein. Ich sehe mich nach einer Waffe um. Verdammt, warum hat mir eigentlich niemand eine Waffe gegeben? Und wo sind Fireballs? Auf dem Nachttischschrank steht eine goldene Lampe. Ich will sie mir schnappen, aber das verdammte Ding ist fest mit dem Schränkchen verschraubt. Mir bleibt nichts anderes übrig, als mich hinter dem Bett zu verstecken und Fireball zu beobachten, wie er an der Tür steht und lauscht. Er versucht, die Klinke zu drücken, aber sie bewegt sich natürlich nicht. Dann tritt er plötzlich hinter die Tür und im selben Moment wird sie ganz, ganz langsam geöffnet. Ich erstarre. Mein Herz pocht so laut, ich bin mir sicher, dass es die Person hören kann, die in unser Zimmer schleicht. Es sind zwei. Zwei bewaffnete Rubroner. Sie bewegen sich hintereinander und ich reiße erschrocken die Augen auf, als ich sehe, was Fireball tut. Dieser verrückte Rebell wirft sich blitzschnell auf den hinteren, bricht ihm so lautlos das Genick und fängt den leblosen Körper genauso still und leise auf, dass ich nicht fassen kann, dass das gerade wirklich passiert ist.

Der zweite tritt immer näher an das Bett heran und ich ziehe mich tiefer in die Schatten zurück. Ein Glück, dass Fireballs T-Shirt schwarz ist – mit meinem weißen Nachthemd würde ich strahlen wie der Vollmond.

Der Rubroner zielt mit seiner Waffe auf das Bett, zieht die Bettdecke zurück und in dem Moment, in dem er erkennt, dass das Bett leer ist, dreht er sich ruckartig um. Aber da steht Fireball längst bereit. Mit einem kräftigen Tritt schlägt er der

Wache die Waffe aus der Hand und hält dem Mann den Lauf seiner eigenen direkt ins Gesicht.

»Überraschung«, sagt Fireball trocken.

»In der Tat«, antwortet der Rubroner mit starkem Akzent.

»Ich bin sicher, das hier ist ein Test des Königs. Richte Jaffed einen freundlichen Gruß von uns aus: Wir haben bestanden. Wir sind es wert, dass Rubron für Nayo kämpft. Hast du das verstanden?«

»Ja.«

»Es heißt: Ja, Sir.« Fireball hebt eine Augenbraue. Er wirkt wie ein Todesengel. Ein Todesengel ohne T-Shirt. Ich atme tief durch und erhebe mich aus meinem Versteck. Der Rubroner wagt es nicht, sich nach mir umzusehen. Langsam und mit Sicherheitsabstand gehe ich um ihn herum.

»Raus jetzt«, sagt Fireball. »Und vergiss nicht, was du ausrichten sollst.«

»Ja. Sir.«

Der Rubroner will das Zimmer verlassen.

»Und nimm deinen Kollegen mit.«

Er hebt seinen toten Kollegen auf, als wäre der eine Puppe, schwingt ihn über die Schulter und schleicht geschlagen davon. Fireball folgt ihm und hält die Tür fest.

»Komm her«, sagt er zu mir. Schnell laufe ich zu ihm. »Nimm die Waffe. Sieh zu, dass die Tür aufbleibt.«

»Was hast du vor?«

»Ich muss zu Jesse und meinem Vater.«

»Was ist mit Priscilla? Sie ist ganz allein.« Gerade als ich das sage, erklingt aus ihrem Zimmer ein erstickter Schrei. »Ziel auf die Stirn«, sagt Fireball und sprintet davon. In dem Moment, in dem er Priscillas Tür erreicht, explodiert etwas an der Tür von Jesses und Georges Zimmer. Die Tür schwingt langsam auf und die beiden kommen mit erhobenen Waffen heraus. Ich fasse es nicht. Sie haben ihre Tür gesprengt.

Im Gegensatz zu Fireball und mir tragen sie ihre Uniformen. Ups – da sind wir wohl die Einzigen gewesen, die es sich in dem Nobelzimmer so richtig gemütlich gemacht haben.

Jesse dreht sich zu unserem Zimmer, zielt mit seiner Waffe auf mich, erkennt mich, registriert mein Outfit, grinst schief und dreht sich direkt zu Priscillas Zimmer um. Dort steht Fireball bereits und wartet auf seinen Vater, der, ebenfalls die Waffe im Anschlag, nur noch wenige Schritte von der Tür entfernt ist.

Ein erneuter erstickter Schrei hinter der Tür. Fireball zeigt drei Finger, zwei, einen. Dann drückt er die Klinke und Priscillas Tür öffnet sich.

George stürmt als Erster hinein, dann Fireball und schließlich Jesse. Irgendjemand ruft »Finger weg!« und »Hände hoch!«

Ich hebe Fireballs Waffe und ziele auf die Tür. Was auch immer als Nächstes passiert, ich bin bereit, mich und meine Freunde zu verteidigen.

Aber das brauche ich gar nicht. Blitzschnell überwältigen Fireball und Jesse den Wachmann, pressen ihn auf den Boden und entwaffnen ihn. Priscilla sitzt auf ihrem Bett, Lockenwickler im Haar, und hält sich die Hand vor die Brust.

Ich muss zu ihr! Schließlich bin ich Ärztin – oder das, was einer Ärztin am nächsten kommt. Also renne ich quer über den Flur, durch die Tür, an dem gefangenen Wachmann vorbei und zu Priscilla. »Priscilla, bist du verletzt?«

»Ach, Kind! Was für ein Schreck!«

»Bist du verletzt?«

»Nicht doch! Dieser Kerl hat sich bei mir eingeschlichen. Erst dachte ich, er würde mich verführen wollen, aber plötzlich hat er angefangen, mir die Kehle zuzudrücken. Ich konnte noch nicht einmal schreien!«

»Und wie du geschrien hast – wir haben es gehört. Das hast du gut gemacht. Komm, lass mich deinen Hals sehen.«

Keine Ahnung, wie – und ich will es auch nicht wissen – aber Fireball und Jesse haben dafür gesorgt, dass der Wachmann nicht mehr bei Bewusstsein ist. Sie schleifen ihn hinaus und schließen ihn in Georges Zimmer ein. Sobald sie zurück sind, erteilt George seine Anweisungen. »Die Gastfreundschaft ist hiermit offiziell beendet. Schnappt eure Sachen, wir gehen sofort zum Shuttle zurück. Priscilla, können Sie laufen?«

»Aber sicher! Ich wurde attackiert, nicht schlagartig alt. Geben Sie mir nur etwa zwanzig Minuten, um mich fertig zu machen.«

Fireball reißt die Augen auf und schüttelt ungläubig den Kopf.

»Wir haben keine zwanzig Minuten«, sagt George geduldig und zieht Priscilla auf die Füße. »Unser Team ist so eng miteinander verbunden, da dürfen Sie gerne auch in Lockenwicklern und Nachthemd mit uns kommen. Im Shuttle haben Sie genug Zeit, sich hübsch zu machen – obwohl Sie das ja so schon sind. Auf Ihre ... ganz eigene Art.«

Priscilla lächelt beseelt. »Oh, Kommandant. Diese Worte aus Ihrem Mund – Sie schmeicheln mir.«

»Ja, allerdings. Los jetzt.«

FIREBALL

Die Konstellation innerhalb unserer Gruppe hat sich verändert. Mein Vater hat Priscilla untergehakt, um sie zur Not mit Gewalt aus diesem Palast zu schleifen. Ich halte Sally fest an der Hand, um sie schnell in Deckung zu bringen, falls wir beschossen werden, und Jesse sichert unseren Rückzug.

Es ist finstere Nacht. Mehrere Monde werfen ein gespenstisches Licht durch die endlosen Gänge, während mein Vater, Jesse und ich versuchen, uns an den Rückweg zu erinnern.

»Ich glaube, wir müssen da vorne links.«

»Nein«, sagt mein Vater. »Das war ein Umweg, um uns zu verwirren. Sie sind mehrmals mit uns im Kreis gelaufen.«

»Und du kennst den Weg?«, frage ich.

»Ich war hier öfter, schon vergessen, Sohn?«

»Stimmt ja. Party machen mit dem König. Wo war ich eigentlich während der Zeit?«

Mein Vater wirft mir einen düsteren Blick zu. »Bei Tante Mary, selbstverständlich.«

»Ah ja. Du hast Party gemacht und mich zu deiner Schwägerin abgeschoben. Interessant.«

»Party gemacht … Bekomm du erstmal Kinder, dann reden wir weiter.«

Wir treten ins Freie und steuern den Landeplatz an. Das Shuttle steht noch immer bereit. Mein Vater nimmt Kontakt auf. »Jonah, kommen.«

Keine Reaktion.

»Komm schon«, raunt mein Vater, aber eher zu sich. »Jonah, kommen!«

»Ja … Hier! Ich bin wach, ich bin wach.«

»Er hat geschlafen«, sage ich und grinse, weil es mir gefällt, dass der ach so perfekte Jonah einmal nicht perfekt ist, sondern seine Wache verschlafen hat – und dabei aufgeflogen ist. Der blonde Mistkerl kann keine vierundzwanzig Stunden wachbleiben und anständig Wache halten.

»Luke öffnen, wir fliegen ab.«

»Aye, aye, Sir.«

Die Stille um uns herum ist beängstigend. Es weht kein Wind, kein einziges Geräusch erfüllt die Nacht. Ich blicke zurück, weil ich das Gefühl, beobachtet zu werden, nicht loswerde. Aber es ist niemand zu sehen. Ich packe Sallys Hand fester und führe sie schneller weiter. Sie muss rennen, um mit mir Schritt halten zu können.

Kurz bevor wir das Shuttle erreichen, öffnet sich die Luke. Priscilla und Sally sind die Ersten, die einsteigen, danach mein Vater, während Jesse und ich die Waffen in Richtung Palast richten. Aber nichts rührt sich.

»Wir werden beobachtet«, sagt Jesse neben mir.

»Ich weiß.« Jetzt wäre es mein Part einzusteigen, aber ich bin nicht mehr der Anführer der Rebellen. Doch auch Jesse bewegt sich nicht. Ich warte ab, bis er mich fragend ansieht. »Du bist der verdammte Anführer. Du musst zuerst rein.«

»Oh! Ja, richtig.« Im Bruchteil einer Sekunde ist er durch die Luke verschwunden und ich folge ihm. Kein Angriff, nicht ein einziger Schuss. Rubron jagt uns schweigend davon.

»Abflug«, kommandiert mein Vater und Jonah bereitet alles vor. Jesse nimmt neben ihm Platz, wir anderen setzen uns und schnallen uns an. Das Shuttle hebt ab und Jonah navigiert uns sicher aus der Atmosphäre. Sie verfolgen uns noch nicht mal. Und das, obwohl ich einen von ihren Leuten getötet habe. Verdammt, wie soll ich das Dad beibringen? Wir kommen, um Allianzen zu schmieden, und ich bringe einen Rubroner um. Scheiße.

Dreissig Minuten später betritt Sally das Cockpit, wo Jesse und ich sitzen und das Shuttle zu unserem nächsten Ziel navigieren. »Jonah schläft. Dein Vater hat sich auch ein wenig hingelegt.«

»Jesse, wenn du willst, kannst du auch Pause machen. Sally kann mir hier helfen.«

Er sieht sie misstrauisch an.

»Hau schon ab, Codriguez, so ein bisschen auf nen Bildschirm starren bekomme ich hin.«

»Vorsicht, Cooper-Mäuschen, ich bin immerhin der Anführer der Rebellen.«

»Unsinn.«

Verwirrt sieht er sie an. »Unsinn? Du hast wohl was nicht mitbekommen.«

Sally verschränkt die Arme vor der Brust. »Ich fürchte, du hast da was nicht mitbekommen.« Oh Shit.

Jesse sieht von ihr zu mir und ich weiß nicht, wohin ich schauen sollen.

»Kleiner? Was redet die Cooper-Maus?«

»Du hast es ihm nicht gesagt? Warum nicht?«

»Mir was nicht gesagt?« Er sieht mich fragend an. »Kleiner? Mir was nicht gesagt?«

Ich fahre mir durch das Haar und verziehe das Gesicht. Eigentlich hatte ich nicht vor, ihm irgendetwas zu erzählen.

Und jetzt zwingt mich Sally dazu. Verdammt. Verdammt, verdammt, verdammt.

»Die Sache ist die …« Ich suche nach den richtigen Worten.

»Wie ist die Sache?«, drängt er, als ich nicht weiterspreche.

Ich hole tief Luft. »Weißt du eigentlich, wie der Häuptling mit richtigem Namen hieß?«

»Ich habe keine fucking Ahnung und ehrlich gesagt hoffe ich sehr, es hat etwas mit deiner Erklärung zu tun, warum das Cooper-Mäuschen mich als Anführer des Rebellen Clans in Frage stellt.«

»Das hat es«, wirft sie ein.

»Ja, das hat es. Tatsächlich. Wenn es auch am Ergebnis nichts ändert«, sage ich zögerlich. Gott, ich will diesen verdammten Job nicht mehr. Er kann ihn haben, geschenkt.

»Oh doch«, sagt Sally wenig hilfreich.

»Der Häuptling hieß Louis Vannessen.«

»Vannessen? Wie die Namen auf dem Grabstein an der Kirche.«

Beeindruckt sehe ich ihn an. »Das hast du dir gut gemerkt.«

Er zuckt mit den Achseln. »Der Häuptling hat also seine Eltern besucht. Und?«

»Korrekt, ja. Und jetzt wird's spannend, denn, ähm, mein Vater hat, wie du weißt, den Familiennamen meiner Mutter angenommen.«

In Jesses Hirn greifen die Zahnräder ineinander. Ich kann förmlich sehen, wie er eins und eins zusammenzählt, wie sich plötzlich ein Bild für ihn ergibt, ohne dass ich es aussprechen muss. Er schaut zur Tür, als stünde mein Vater dort, dann sieht er zu Sally, dann mir ins Gesicht. Schließlich springt er auf und läuft mit offenem Mund vor uns auf und ab.

»Jesse? Wir sollten darüber reden …«

Er hebt eine Hand, zeigt mir stumm, dass ich den Mund halten soll, und verlässt das Cockpit.

»Ich fasse es nicht, dass du es ihm nicht gesagt hast!«

»Und ich fasse es nicht, dass du mir diese Entscheidung einfach abgenommen hast!« Ich bin so sauer. Jesse ist mein bester Freund und ich weiß, dass er immer Anführer des Rebellen Clans werden wollte. Es war ein Schock für ihn, als ich damals vom Häuptling auserwählt wurde. Und jetzt, da er endlich am Ziel ist, muss er erfahren, dass er nie eine Chance hatte.

»Fireball! *Du* bist der rechtmäßige Anführer. Es ist dein Platz …«

»Ja, aber ich will ihn nicht!«, sage ich ein wenig zu laut.

Erschrocken lehnt sie sich zurück. Als könnte ich ihr je mehr antun, als laut zu werden.

»Aber warum nicht? Du bist ein toller Anführer, du bist …«

»Sieh mich doch an! Nicht nur, dass ich Mist gebaut habe – zig Rebellen sind meinetwegen tot – ich habe sie alle verraten. Erst für dich, dann für meinen Vater. Ich kann und ich will nicht ihr Anführer sein. Verdammt, ich bin froh, wenn ich auf dich aufpassen kann, ich schaffe es nicht, nebenbei einen Rebellen Clan anzuführen.«

Sie legt eine Hand auf meinen Unterarm. »Fireball, sie brauchen dich. Niemand kann sie so gut anführen wie du.«

Ich lache bitter. »Der Clan ist tot. Und das ist meine Schuld. Alles, was Jesse anführt, ist ein erbärmlicher Rest.«

»Ich denke nicht, dass es fair ist, Tina, Elisabeth, Ginger Robyn, Jack, Kevin und all die anderen als erbärmlichen Rest zu bezeichnen. Ja, ihr habt einen herben Rückschlag erlitten, schon klar, ich war dabei, ich habe die Toten auch gesehen. Aber Fireball, der Clan lebt. Und du bist der Einzige, der ihn führen kann.«

Ich schlucke, dann sage ich in diesem verbitterten Ton, der mir so verhasst ist, aber jedes Mal dafür sorgt, dass meine Entscheidung Gesetz ist: »Aber ich will es nicht.«

Und Sally versteht. Sie versteht, dass die Diskussion beendet ist.

Sie nimmt ihre Hand von meinem Arm und sofort wird die Stelle ganz kalt. Aber ich ignoriere das Gefühl und konzentriere mich darauf, uns sicher nach Nosan, unseren Zielplaneten, zu bringen. Sie kann mir nicht vorschreiben, was ich will. Und erst recht nicht, was ich zu tun habe.

10

SALLY

»Tut mir leid«, sage ich. »Ich wollte dich zu nichts drängen. Es ist nur …«

»Lass uns einfach nicht mehr darüber reden.«

»Eins will ich noch sagen. Bitte.«

Er nickt, aber ich kann erkennen, dass er mich nicht wirklich anhören will. Und dennoch sage ich ihm, was ich denke. »Du bist ein verdammt guter Anführer. Aber du hältst dich zurück. Das ist falsch. Das ist ein riesengroßer Fehler. Sie brauchen dich, Nayo braucht dich. Du bist wie dein Vater, Fireball. Du hast … ich weiß nicht … Charisma? Überzeugungskraft? Sie alle würden dir in den Kampf folgen, wenn du sie darum bitten würdest. Weil sie dir vertrauen. Denn das ist es, was die Leute tun, sobald du den Mund aufmachst: Sie hören dir zu und sie vertrauen dir. Du solltest viel häufiger sagen, was du denkst.«

»Bist du fertig damit, mir zu sagen, was ich zu tun habe?«

Seine Worte treffen mich. Ich will ihm nicht vorschreiben, was er zu tun hat. Aber sieht er denn nicht, welch wichtige Gallionsfigur er ist? Sein kann.

»Darf ich dann jetzt wieder selbst entscheiden, was ich tue. Und wann ich meinen besten Freund vor den Kopf stoße.«

»Er hat es wissen müssen.«

Fireball schüttelt den Kopf. »Nein. Hat er nicht. Diese unwichtige Information macht nur eins: Ihn unsicher. Und ich will nicht, dass er unsicher ist. Die Rebellen brauchen einen starken Anführer. Und Jesse kann das für sie sein.«

»Aber er ist es nicht. Er ist unsicher.«

»Das kannst du nicht beurteilen.«

Diese Diskussion führt zu keinem guten Ende. Ich bin zu weit gegangen und Fireball ist zurecht wütend auf mich. Trotzdem weiß ich, dass ich recht habe, was ihn betrifft. Aber er ist ... zu feige? Zu müde, um weiter die Verantwortung zu tragen? All diese Menschenleben, die er verantworten musste, als er noch so jung war. »Ich leg mich nochmal hin«, sage ich, aber er antwortet mir nicht.

»Will jemand die Zwillingsplaneten sehen?«, ruft Jesse vom Cockpit aus. Die Reise bis hierher hat vier Tage gedauert. Somit sind wir schon über eine Woche unterwegs. Fireball und ich sitzen gerade in der Küche und unterhalten uns. Natürlich nicht über unsere Diskussion von vor vier Tagen. Wir tun beide so, als hätte die nie stattgefunden. Und auch Jesse und Fireball scheinen sich darauf geeinigt zu haben – wobei ich mir sicher bin, dass sie über das Thema noch einmal unter vier Augen gesprochen haben.

Wir gehen gemeinsam ins Cockpit. Auch Jonah schließt sich uns an. Zwischen ihm und Fireball herrscht so etwas wie ein Waffenstillstand. Jedenfalls ist schon lange kein bissiger Kommentar mehr gefallen. Hoffentlich dauert dieser Zustand auch über unseren Trip hinaus an, denn so sind mir die beiden eindeutig lieber. So fühlt es sich an, als könnte ich mit Fireball zusammen und gleichzeitig mit Jonah befreundet sein.

Priscilla sitzt neben Jesse und beantwortet Nachrichten aus

der Heimat. Aber jetzt legt auch sie ihr Tablet zur Seite. »Heiliger Schwanenhals«, stößt sie aus.

Als ich aus dem Frontfenster blicke, verstehe ich, was sie meint. Der Anblick ist atemberaubend. Man kann deutlich die beiden Zwillingsplaneten sehen. Sie haben nur wenige Kilometer Abstand voneinander und sehen sich tatsächlich sehr ähnlich. Wie auf Nayo ist die beherrschende Farbe Blau. Dazu gibt es auf jedem von ihnen drei Kontinente. Die Planeten sind sehr klein im Vergleich zu Nayo, aber technisch und gesellschaftlich uns weit überlegen. Im Intergalaktischen Gesellschaftsunterricht hat uns Mrs. Chen erzählt, dass es keine Kriege und keine Straftaten gäbe. Dafür ist ihre Bevölkerung viel zu zivilisiert. Für mich klingt das wie das Paradies. Keine Straftaten. Wie frei und sorglos man sich überall bewegen könnte, wie unbeschwert Kinder auf der Straße spielen und am Abend nach Hause laufen könnten. Ohne Angst, dass jemand Fremdes sich das Recht herausnimmt, einem anderen Menschen weh zu tun. Vielleicht ist das hier der richtige Planet, um vor dem Krieg zu fliehen. Aber was würde Fireball tun? Würde er bei mir bleiben? Niemals. Könnte ich bleiben, in dem Wissen, dass er in den Krieg zieht? Niemals.

»Du siehst aus, als würdest du dahinschmelzen bei dem Anblick«, raunt mir Fireball ins Ohr.

Ich lächele. »Das tue ich auch. Ich dachte gerade an die Kriminalitätsrate.«

»Fast bei null«, sagt Jesse.

»Genau. Wäre es nicht ein Traum, hier zu leben?« Ich sehe Fireball an, meinen Fireball, der so vielen Menschen hat weh tun und etliche sogar töten müssen. Auf Nosan oder Loktan leben – es wäre bestimmt auch schön für ihn. Vielleicht, wenn Nayo zerstört ist und wir beide noch leben.

»Leider sauschlechte Kämpfer«, sagt Jonah und Fireball nickt zustimmend. »Sie werden erstens so wie beim letzten Mal nur ein paar Leute schicken und sich zweitens, ebenso wie beim letzten Mal, im Hintergrund halten wollen. Keine Ahnung, warum wir die überhaupt fragen, ob sie uns helfen. «

Es ist George, der Jonah antwortet: »Wir brauchen jede Hilfe, die wir bekommen können. Und wenn es nur ein Funken Hoffnung ist, den wir mit nach Hause bringen.« Er lugt in das Cockpit, in dem kein Platz mehr für ihn ist. »Bereit machen für die Landung, Team. Diesmal nehmen alle an der Mission teil.«

»Aye, aye, Sir«, sagt Priscilla und verlässt das Cockpit.

»Ich mach den Co-Piloten«, bietet Fireball an.

Jonah nimmt neben mir Platz und lächelt mich an. »Hast du Angst?«, fragt er.

»Sehe ich so aus?«

»Du wirkst verkrampft, ja.«

Ich schüttele den Kopf. »Ich vertraue euch. Ihr seid alle drei sehr gute Piloten. Da habe ich keine Angst. Ich bin nur etwas nervös.«

Der Anflug wird extrem holprig und ich kralle mich an den Armlehnen meines Sitzes fest.

»Durch die Nähe der beiden Planeten gibt es extreme Strömungen«, erklärt George, der ebenfalls angespannt wirkt. Im Cockpit kann ich Fireball und Jesse sehen, die Mühe haben, den Kurs zu halten. Vielleicht war das der Grund, weshalb Fireball bei der Landung helfen wollte – weil er es Jonah nicht zugetraut hat.

Als wir endlich durch die Strömungen brechen, entspannen sich die beiden und auch ich kann wieder tief einatmen.

»Meine Güte, wie unangenehm. Für Touristenflüge absolut ungeeignet.«

Wo Priscilla recht hat, hat sie recht.

»Landung in zehn, neun, acht ...« Fireballs Stimme klingt ruhig und sicher – genau das, was ich nach diesem Schleudergang brauche. Und schließlich liegt eine beleuchtete Landebahn vor uns. Das Shuttle setzt butterweich auf und ich spüre, wie sich die Muskeln in meinen Schultern, Armen und meinem Rücken Stück für Stück entspannen. Wenn das mal keinen Muskelkater gibt.

Wir schnallen uns ab, Fireball und Jesse schalten routiniert die Maschinen aus und dann begeben wir uns zusammen mit Priscilla, Jonah und George, der vorangeht, nach draußen.

Es ist kalt auf Nosan. Das ist das Erste, das ich spüre. Außerdem zieht ein unglaublicher Wind an meinen Haaren. Uns kommt eine Frau entgegen, die mir gerade mal bis zur Brust geht. Sie trägt lange, schimmernde Kleidung – ich erkenne Schuppen darauf – mit einer großen Kapuze – wahrscheinlich das Beste, um sich vor dem Wind und der Kälte zu schützen. Ihre Haut hat einen bläulichen Schimmer und ihre Pupillen haben eine unnatürlich grüne Farbe. »Herzlich willkommen auf Nosan«, sagt sie. »Ich bin Lisaly. Bitte folgen Sie mir. Wir nehmen den HoverTrain in die Stadt.«

Erst jetzt sehe ich die Videografen. Jedenfalls vermute ich, dass sie das sind. Ihre Geräte sehen ein wenig anders aus als die der Journalisten auf Nayo und sie halten sie sich vor die Brust statt vor die Augen. Aber sie zeigen damit auf George und folgen uns, bis wir in eine Art Zug einsteigen.

Im HoverTrain ist es kaum wärmer und ich schlinge die Arme um mich. Da legt mir jemand seine Jacke über. Fireball. »Sorry, ich hab nicht gesehen, dass du frierst.«

»Du hast es jetzt gesehen.« Ich lächle ihn glücklich an. Dieser Flug, diese Mission, war das Beste, was uns passieren konnte. Wir können so viel Zeit miteinander verbringen wie noch nie. Und ja, wir haben uns zum ersten Mal gezofft. Aber hey: Wir haben uns zum ersten Mal gezofft! Ich finde, das ist ein wichtiger Meilenstein in einer Beziehung.

Der HoverTrain fährt an und wir rauschen über Schienen fast geräusch- und vibrationslos in einer atemberaubenden Geschwindigkeit über eine bewaldete Ebene. Wie eine Schneise ziehen sich die Gleise durch Bäume und Sträucher.

Kein Ast, nicht das kleinste Zweiglein ragt auf die Strecke. Ich sehe kein einziges Haus. Sowieso scheint es nichts als Wald zu geben.

»Bitte entschuldigen Sie die Aufdringlichkeit der Presse«, sagt Lisaly, wobei mir auffällt, dass sie ihren Mund nicht bewegt. Hat sie überhaupt einen? »Ihre Ankunft ist ein Höhepunkt.«

»Es ehrt uns, dass Sie uns so aufmerksam empfangen«, sagt George und lächelt. Wie ähnlich er seinem Sohn sieht, wenn er lächelt ... Diese McAllisters haben einfach gute Gene. Oder die Vannessens. Wobei ... Nein, die Vannessens nicht. Verdammter Morsis. Verdammter Häuptling.

»Wie kommt es, dass Sie unsere Sprache so gut sprechen?«, fragt Jonah. »Ich höre keinen Akzent.«

Wieder spricht Lisaly, ohne dabei die Lippen zu bewegen. »Wir haben ein ausgefeiltes Übersetzungsprogramm installiert. Damit sprechen wir akzentfrei jede Sprache der Galaxie.«

»Auch die Sprache der Schattenjäger?«, fragt Jesse.

»Nein. Mit dieser Gattung haben wir uns nicht zivilisiert. Aber wie ich hörte, spricht Kommandant McAllister ihre Sprache?«

»Darüber und über noch so einiges anderes sprechen wir am besten in ihrem Hauptsitz«, sagt George.

»Einverstanden. Unsere Präsidentin freut sich darauf, Sie kennen zu lernen. Bitte entschuldigen Sie mich einen Moment. Ich möchte dem Hauptsitz unsere Ankunftszeit durchgeben.«

Sie geht in den hinteren Bereich des HoverTrains und verschwindet hinter einer Tür.

»Dad!«, ruft Fireball seinen Vater heran. »Auf Rubron haben wir nur männliche Rubroner gesehen. Hier empfängt uns eine weibliche Nosanerin und es gibt eine Präsidentin – das ist doch kein Zufall?«

»Tatsächlich nicht«, erklärt uns George. »Rubron ist ein Patriarchat, Nosan ein Matriarchat.«

»Und Loktan?«

»Ein Zwischending, würde ich sagen. Der Anführer ist männlich, aber das ist nur zurzeit so. Die Generation davor war weiblich. Die Anführer von Nosan und Loktan verstehen sich gut. *Sehr gut*, wenn ihr versteht, was ich meine.« Wir nicken.

Wir fahren etwa eine Stunde, dann kommen wir an einer Art Landsitz am Meer an. Schnee bedeckt das Gelände und fällt in weichen Flocken vom Himmel. Ich habe noch nie zuvor Schnee gesehen. Dort wo ich lebe, ist es entweder warm oder heiß. Die Gegenden Nayos, in denen Schnee fällt, sind zum größten Teil unbewohnbar – entweder weil es dort zu kalt ist oder weil sie vom Dritten Weltkrieg noch immer verseucht sind.

»Wo fahren wir hin?«, frage ich, denn vor uns erstreckt sich nichts als das blaue Meer.

»In die Hauptstadt«, antwortet George.

Verwirrt sehe ich ihn an. »Aber – hier ist nichts außer diesem einen Gebäude. Und Wasser.«

George lächelt. »Die Hauptstadt liegt unter der Meeresoberfläche. Nosan ist zum größten Teil von Wasser bedeckt. Nur ein winziger Teil liegt über der Wasseroberfläche und ist bis auf die Landefläche von Bäumen überzogen. Es ist vergleichbar mit den Regenwäldern auf Nayo. Da Nosan die Bäume für den Sauerstoff und das Klimagleichgewicht braucht, haben die Nosaner mehrere Vorkehrungen getroffen, um sie zu schützen.« Er zählt an drei Fingern ab: »Keine Abholzung, strenge Beschränkung der Bevölkerungsdichte und Nutzung des Lebensraums im flachen Gewässer.«

»Beschränkung der Bevölkerungsdichte? Das ist nicht deren Ernst?«

»Oh doch. In jedem Jahrgang gibt es eine begrenzte Anzahl an Kindern, die zur Welt kommen dürfen. Die meisten Familien haben nur ein einziges Kind. Sollte dieses versterben, dürfen sie sich für eine zweite Generation bewerben und werden bevorzugt.«

»Was, wenn man aus Versehen schwanger wird?«

George schüttelt den Kopf. »So etwas passiert nicht. Die männliche Bevölkerung wird stark reglementiert.«

»Stark reglementiert? Was heißt das?«, fragt Jesse.

»Das heißt, man entnimmt den Jungen das nötige Fortpflanzungssekret – bei uns wäre es das Sperma – bewahrt es auf und entfernt die Produktionsdrüse.«

»Sie werden sterilisiert«, fasst Fireball zusammen.

»Ja. Kein Kind ohne Freigabe durch den Staat.«

»Das ist grausam«, sage ich.

»Es sichert das gesunde Überleben der Nosaner und ihres Planeten. Vergesst nicht: Sie sind sehr weit entwickelt – handeln eher rational und nicht gefühlsorientiert wie wir Menschen. Was nicht bedeuten soll, dass ihnen die Verluste des ersten Intergalaktischen Krieges nicht wehgetan haben. Ganz im Gegenteil. Sie lieben genauso wie wir. Sie hassen nur nicht.«

Wir haben den Strand erreicht und halten mit erhöhter Geschwindigkeit auf das Wasser zu. Es spritzt zu allen Seiten an den Scheiben vorbei und in mir wächst Panik. Tauchen und Flüge ins Weltall – beides keine Hobbys von mir. Ich greife nach Fireballs Hand und er zieht mich fest an sich.

»Druckausgleich wird eingeleitet«, sagt eine männliche Computerstimme.

Wir sinken nicht weit, fahren eher in flachem Gewässer über den Meeresboden. Lichtquellen beleuchten den Weg in eine Stadt, die mit jedem Meter deutlicher zu sehen ist. Sie ist … gigantisch. Eine richtige Unterwasserwelt. Ich würde sagen, das hier kommt einem Mädchentraum von Meerjungfrauen und Palästen unter Wasser sehr nahe. Die Gebäude sind alle rund, es gibt keine spitzen Dächer. Überall ist Licht, was dem Ort einen schimmernden Glanz verleiht. Und erst der Regierungssitz. Er ist riesig und seine runden Türme ragen über die Meeresoberfläche hinaus.

»Mh«, macht Priscilla neben mir. »Interessante Architektur.« Sie zückt ihr Tablet und macht Fotos. Auf meinen fragenden Blick hin sagt sie: »Das könnte in Nayo City ein Trend werden.«

»Sag mal, Priscilla, dir ist schon klar, dass wir uns im Krieg befinden? Und die Wahrscheinlichkeit, dass wir bald alle tot sind, erschreckend groß ist.«

»Worauf willst du hinaus?«

»Damit will ich sagen … Es gibt vielleicht bald keine Kunden mehr, die schöne Stoffe und runde Häuser kaufen.«

Sie winkt ab. »Mit so einer Einstellung ist der Krieg längst verloren. Ich plane anders, mein Kind. Ich plane einen Neuanfang. Du wirst sehen: Wenn wir die Schattenjäger vertrieben haben, bauen wir in Nayo City runde Gebäude. Gott, wir müssen die Innenarchitektur vollkommen neu denken …«

Lisaly kehrt zurück. »Nosan heißt Sie herzlich willkommen. Wir haben alles für Ihre Unterbringung vorbereitet.«

»Sagen Sie mal, Lisaly, wie funktioniert das hier? Das Leben unter Wasser?«, fragt Jesse. »Bekommen wir Sauerstoffflaschen und Tauchanzüge?«

»Das wird nicht nötig sein. Außer natürlich, Sie wünschen einen Tauchgang?«

»Äh, nö. Heute nicht.« Aha. Da fühlt sich anscheinend noch einer nicht ganz wohl in seiner Haut.

»Hast du Schiss, großer Rebellenanführer?«, fragt Fireball leise und grinst, dass sich seine Grübchen zeigen. Jesse rümpft die Nase und gibt ihm einen Klaps auf den Hinterkopf. »Nicht so vorlaut, Kleiner.«

Die beiden so miteinander scherzen zu sehen, sorgt dafür, dass sich eine wohlige Wärme in meinem Bauch ausbreitet. Es ist der Beweis dafür, dass wir uns entspannen können. Dass uns in diesem Augenblick keine Gefahr droht. Und dass es ihnen egal ist, wer letztlich Anführer der Rebellen ist – ihre Freundschaft ist stärker.

»Sie werden feststellen, dass kein Tropfen Wasser in unsere Stadt eindringt – außer über die Wasserhähne«, erklärt Lisaly. »In unserer Stadt gibt es Parks, Frischluftzufuhr und künstliches Sonnenlicht.«

»Fantastisch«, sagt Jesse trocken. »Künstliches Sonnenlicht. Ist ja der Hammer.«

Unser HoverTrain fährt – oder schwimmt oder taucht – in ein großes Gebäude, das durch zahlreiche Scheinwerfer hell erleuchtet ist. Das Wasser strahlt hier förmlich und wirkt vor Helligkeit beinahe durchsichtig. Wir halten in einer Schleuse. Die Kammer schließt sich hinter uns und alles Wasser wird herausgepumpt. Ein lautes und anhaltendes Geräusch lässt mich zusammenfahren. »Was ist das?«

»Das Gebläse«, sagt die Frau. »Kein Grund zur Beunruhigung.«

»Wie hoch ist der Sauerstoffgehalt in Ihren Räumen?«, frage ich, da mein Kontrollgerät hier unten scheinbar nicht funktioniert.

»Er liegt auf eurer Skala bei etwa einhundertundfünf Prozent. Eine leichte Überversorgung. Sollten Sie Nebenwirkungen bemerken, lassen Sie es mich umgehend wissen, wir sind medizinisch darauf vorbereitet.«

»Vielen Dank.«

»Was bedeutet eine Überversorgung für uns?«, fragt Jesse.

»Leistungssteigerung«, fasst Fireball stark verknappt zusammen.

»Oh. Na, das geht ja.«

Eine Luke öffnet sich, der HoverTrain fährt wieder an – und wir sind in einer anderen Welt. Vor uns erstreckt sich eine gigantische Halle mit einer unglaublich hohen Decke, die bis über die Wasseroberfläche reicht – ich kann die Wellen gegen das Glas schlagen sehen. Mir wird ganz schwindelig bei dem Anblick. Oder ist das die erhöhte Sauerstoffversorgung?

In dieser Halle, oder vielleicht ist es auch eine Kuppel, sind auf mehreren Ebenen sicher hunderte, wenn nicht tausende Nosaner versammelt. »Die Stadt ist gekommen, um Sie zu begrüßen«, erklärt uns Lisaly. »Selbst unsere Schulen und Unternehmen sind heute geschlossen.«

»Wahnsinn«, flüstere ich.

Der HoverTrain hält an und die Türen öffnen sich. Erst jetzt hören wir, dass die Nosaner singen. George verlässt in Begleitung von Lisaly als Erster den Zug. Danach folgen Fireball und Jesse, dann Priscilla und ich. Jonah bildet den Abschluss.

»Was singen sie?«, frage ich.

Wir bleiben stehen und lauschen ihrem Gesang. Es klingt wie ein angenehmes Summen. Obwohl ich keine Worte verstehen kann, ergreift mich die Melodie tief in meinem Herzen. »Sie singen eine Hymne auf den Kommandanten«, erklärt Lisaly. »Sie singen davon, wie er das Leben ihrer Kinder gerettet hat und wie dankbar sie ihm für sein Opfer sind.«

Ich sehe Fireball an. Seine Augen schwimmen. George sieht es auch und zieht ihn in eine feste Umarmung.

FIREBALL

Ich schlucke schwer gegen die aufsteigenden Tränen an. Die Gefühle übermannen mich völlig unerwartet, packen mein Herz und drücken es fest zusammen. Die Melodie, die Stimmen, die Botschaft des Lieds – all das ist zu viel für mich. Es reißt eine alte Wunde auf, die noch nicht mal vernarbt ist, wenn überhaupt ist sie verkrustet.

»Sie danken auch dir, Fireball McAllister, für dein Opfer«, sagt Lisaly und ich schließe die Augen, damit keine Träne entkommt, aber es bewirkt nur das genaue Gegenteil. Eine einzelne Träne entwischt mir, rinnt über meine Wange und tropft an meinem Kinn hinab. Ich wische die feuchte Spur auf meiner Haut verstohlen weg.

Mir war nicht klar, dass andere sehr wohl gesehen haben, welches Opfer die Entscheidung meines Vaters für mich bedeutet hat. Dass sie uns auseinandergerissen und zerstört hat. Er hat Millionen Menschen das Leben gerettet, ich weiß. Aber er hat meines zerstört. Jedenfalls fast. Und trotz aller Beileidsbekundungen habe ich mich immer allein gefühlt. Der Rest der Welt hat das Ende des Krieges gefeiert. Ich habe getrauert.

Schließlich endet das Lied. Endlich. Meine Atmung normalisiert sich, der Druck auf meinem Herzen löst sich und ich kann wieder klar denken. Ich löse mich von Dads Schulter und als ich zu ihm aufsehe, erkenne ich Stolz und Glück in seinem Gesicht. Klar, auf Nayo wurden seine Heldentaten gefeiert – nachdem er für tot erklärt wurde. Er hat nie mitbekommen, wie dankbar ihm die Völker für seinen Einsatz waren. Und noch immer sind.

Mein Vater verbeugt sich dankend und ich tue es ihm gleich. Lisaly geht voran und meine Hand wird von einer anderen umschlossen, warm und sanft. Sally. Sie hält meine verschwitzte Hand fest in ihrer. So wird es wohl immer sein zwischen uns. Ich halte sie, wenn sie Halt braucht, und sie hält mich, wenn ich ihn brauche.

Wir gehen durch die Menge und die Nosaner klopfen meinem Dad und mir auf die Schultern, überreichen uns Pflanzen, die ich noch nie gesehen habe, und selbstgemalte Bilder. Wir werden gefeiert wie Popstars.

Schließlich erreichen wir eine steinerne Tür, treten hindurch und als sie sich hinter uns schließt, herrscht im Raum Stille.

»Na, das nenne ich mal einen angemessenen Empfang«, sagt Priscilla. Jesse hinter ihr grinst. Er mag diese verrückte Frau. Vielleicht weil er dank ihr weniger verrückt wirkt.

»Willkommen im Palast«, sagt Lisaly. »Ich bringe Sie nun zu unserer Präsidentin. Sie werden ebenfalls vom Präsidenten unseres engsten Verbündeten Loktan empfangen. Bitte folgen Sie mir.«

»Herzlichen Dank«, sagt mein Vater und wir gehen eine Treppe hinauf. Lisaly führt uns durch mehrere Türen, etliche Gänge entlang. Wir begegnen niemandem, der Palast scheint ausgestorben. Aber er ist reich geschmückt mit Baumranken und Büschen – alles sehr grün und natürlich. So natürlich, wie eine künstliche Umgebung in einer Unterwasserstadt sein kann.

Schließlich erreichen wir einen Saal, der sehr offiziell wirkt. Ein gigantischer Teppich aus Fischschuppen liegt auf dem Boden und schimmert, was an der gläsernen Decke liegen könnte, über die flaches Wasser streicht. Am anderen Ende des Raumes sitzen zwei Personen, die sich aus ihren Stühlen erheben, als wir eintreten. Sie sind genauso klein gewachsen, wie Lisaly und der Rest der Nosaner, wenn der Mann auch um einiges breiter wirkt und braune Flechten als Schmuck um seinen Kopf trägt. Im Gegensatz zu Jaffed strahlen sie nicht vor Glanz und Gloria. Im Gegenteil: In der Menge der Nosaner wären sie untergegangen, weil sie genau dieselbe Kleidung tragen wie die normale Bevölkerung.

»Willkommen, Freunde«, sagt die Frau mit weit geöffneten Armen und kommt uns entgegen. »Willkommen Kommandant McAllister und Mr. McAllister Junior und all Ihre Begleiter. Seid uns herzlich willkommen.«

Der Mann folgt ihr mit einer ganz ähnlichen Geste – offen, herzlich, dankbar. Wie bei Lisaly kann ich keine Bewegung ihrer Münder erkennen und ich frage mich allmählich, ob Nosaner und Loktaner ihre Sprache direkt in unsere Köpfe pflanzen. Keine Ahnung, wie sie das machen.

Die Frau legt die Hände auf die Oberarme meines Vaters und beide sehen sich für einen Moment tief in die Augen.

»Was tut sie?«, flüstert Jesse in mein Ohr.

»Nosaner und Loktaner spüren Gefühle. Ich nehme an, sie erspürt seine Wiedersehensfreude.«

»Kennen sie sich denn?«

Ich nicke nur, denn die Präsidentin von Nosan hat sich abgewendet und kommt nun auf mich zu. Das Grün ihrer Augen erinnert mich an frischgemähtes Gras im Frühling. Auch mir legt sie die Hände auf die Oberarme und sieht mir intensiv in die Augen. Es fühlt sich an, als würde sie mich in tiefes Wasser ziehen. Alles um uns wird still und meine Gefühle strömen aus mir heraus, als würde sie einfach die Tür öffnen und alles freisetzen. Es ist, als wandere sie in meinem Kopf von einer Kammer zur nächsten. Sie sieht die Trauer um meinen Vater, die Angst, dass ich ihn erneut verliere. Sie sieht die Zweifel, ob unser Besuch hier Sinn ergibt, mein Misstrauen, ob ihre Freundlichkeit ehrlich ist und sie sieht die Liebe zu Sally und die Schuld, die auf mir lastet nach allem, was ich für den Rebellen Clan, für den Häuptling, tun musste. Sie sieht all das. Schließlich auch den Ring, der in meiner Hosentasche steckt. Und mich überkommt eine ungemütliche Hitze. *Diese Kammer nicht*, denke ich. Da löst sie sich von mir, blinzelt und lächelt mich an. »Ich wünschte, ich könnte Sie von all Ihren düsteren Gefühlen befreien. Aber diese Macht ist mir nicht gegeben.«

»Aber von manchen dieser Gefühle können Sie mich sehr wohl befreien«, sage ich.

Sie nickt. »Insofern das in meiner Macht steht.« Sie wendet sich an die gesamte Gruppe. »Mein Name ist Luanna, ich bin die Präsidentin von Nosan. Ich stelle euch Viktoir vor, den Präsidenten unseres engsten Verbündeten Loktan.«

Viktoir verbeugt sich vor uns und wir tun es ihm gleich. »Es freut mich, euch kennenzulernen. Bitte folgt uns, wir erwarten euch bereits mit der Mahlzeit.«

Viktoir und Luanna gehen voran in ein Nebenzimmer. Hier steht ein runder Tisch, reich gedeckt mit Speisen aus Nosan und Loktan. »Wir haben euren Besuch zum Anlass genommen und unsere genüsslichsten Speisen zusammengetragen«, sagt Viktoir. »Wir hoffen, es schmeckt euch.« Der kleine Mann strahlt trotz seiner geringen Körpergröße eine innere Stärke aus, die ich bewundernd beobachte. Was an ihm ist es, das ihn so selbstbewusst und sicher wirken lässt? Was auch immer es ist – ich hätte gern was davon ab.

Die beiden Präsidenten wählen zwei Plätze nebeneinander

und mein Vater setzt sich so, dass die Gastgeberin in der Mitte sitzt. Mit einem kurzen Nicken bedeutet er mir, dass ich mich neben ihn setzen soll. Sacht stoße ich mit meiner Hand gegen Sallys und hoffe, sie versteht die Aufforderung – und sie tut es. Sie folgt mir.

Ich gehe an Jesse vorbei und flüstere ihm ins Ohr: »Setz dich zum Präsidenten.« Wir verteilen uns auf den Plätzen. Jonah setzt sich neben Sally und Priscilla zwischen ihn und Jesse.

»Wir wünschen euch einen guten Appetit«, sagt die Präsidentin und wir greifen zu.

»Bitte, Luanna«, sagt mein Vater, »erklärt uns, was ihr serviert. Für meine Mitreisenden ist das ein unbekannter Genuss.«

»Aber selbstverständlich! Wie unhöflich von uns. Was wir hier essen, sind typische Speisen, wie ihr sie auf Nayo als Gemüse bezeichnen würdet.« Freundlich neigt sie den Kopf. Da fällt mir wieder ein, was mein Vater uns beim Herflug gesagt hatte: Nosaner und Loktaner benutzen ihren Mund lediglich für die Nahrungsaufnahme. Anders wie wir drücken sie damit weder Gefühle noch Sprache aus. Interessant. Mit diesen ausdruckslosen Gesichtern müssen wir erst lernen umzugehen.

Wir sehen sie noch immer ratlos an. Gemüse? Auf der Platte vor mir liegt etwas Schwarzes, Glibberiges, das aussieht wie der Tentakel einer giftigen Qualle – aber sicher nicht wie Gemüse.

Jesse sieht unsicher von seiner gefüllten Gabel zu den Präsidenten und schließlich zu mir. Wäre er noch mein Leibwächter, müsste er das Essen probieren, um sicherzugehen, dass ich nicht vergiftet werde. Aber jetzt ist er der Anführer und hat keinen Leibwächter bei sich. Ich grinse ihn an. Einen Teufel werde ich tun, den Job des Vorkosters zu übernehmen. In seinen Augen blitzt wohl der gleiche Gedanke auf.

Mein Vater entspannt die Situation und nimmt den ersten Bissen. Wir sehen alle gebannt zu.

»Und?«, fragt Sally. »Wonach schmeckt es?«

»Ihr Lieben, das müsst ihr schon selbst herausfinden.«

Priscilla ist die Nächste, die es wagt. Aber sie hat in ihrem Leben sicher schon so manches probiert, das ein normaler Mensch niemals zu essen bekommt. Sie kaut, schluckt und wiegt den Kopf hin und her. »Es erinnert mich an die Nacktschnecken von Paluup. Nur fischiger.«

Ich weiß nicht, ob mir das zusagt.

Jonah und Sally haben sich die Gabeln mit einer kleinen Menge gefüllt und ich glaube, Jonahs Hand zittert, als er sie an den Mund führt. Er schiebt sich den Tentakel zwischen die Zähne, kaut, verzieht das Gesicht und kämpft mit den Tränen. Okay, ich hab genug gesehen.

Jesse und ich wechseln einen weiteren Blick – wir denken beide dasselbe. Zu oft schon sind wir auf irgendwelche Tricks hereingefallen, als dass wir fremdes, ungetestetes Essen zu uns nehmen. Die Präsidentin beobachtet mich aufmerksam. »Es ist nicht vergiftet. Nur fremd«, sagt sie freundlich.

»Verzeihen Sie unsere Zurückhaltung. Aber seit unserer Begegnung mit den Rubronern sind wir vorsichtiger.«

Sie seufzt. »Die Rubroner sind ein merkwürdiges Volk, nicht wahr? So feindselig. Streitsüchtig. Was können wir tun, damit ihr euch wohler fühlt, Kommandant?«

»Wir könnten über unser Anliegen sprechen«, sage ich ohne Umschweife und bin mir sehr bewusst, damit gegen jegliche Etikette zu verstoßen. Aber dieses ganze glückselige Gastgehabe bringt uns rein gar nichts, wenn sie sich nicht auf eine Allianz mit uns einlassen. »Ich halte so ungern Smalltalk, während andernorts Menschen sterben.«

Der Präsident von Loktan neigt den Kopf und die Präsidentin nickt. Sie legt das Besteck und die Serviette beiseite. »Sie haben recht, Mr. McAllister.«

»Bitte entschuldigen Sie die Unhöflichkeit meines Sohnes.«

»Aber nicht doch. Ihr seid aus einem bestimmten Grund den weiten Weg hergekommen und ich habe verstanden, wie dringend es ist. Ich habe es gespürt – auch in Ihren Gefühlen, George.« Sie legt ihm eine Hand auf die Schulter. »Nun, Fireball McAllister. Wenn es Ihnen so wichtig ist, dann sollten wir darüber sprechen, weshalb ihr hier seid. Was können wir für euch tun?«

Mein Vater setzt zu einer Antwort an. »Wir sind hier, um …«

Die Präsidentin hebt ihre Hand, ohne den Blick von mir zu nehmen. »Der Junge soll mir antworten.« Aufmunternd nickt sie mir zu.

»Wir brauchen dringend Hilfe«, beginne ich. »Die Schattenjäger werden Nayo und alle Menschen vernichten. Allein haben wir keine Chance.«

»Ich habe mein Volk schon einmal in den Tod geschickt. Nimmer mehr.«

»Die Schattenjäger sind nicht einfach nur auf Blutfeldzug. Sie wollen etwas Bestimmtes, sie brauchen etwas Bestimmtes. Und das sind Bäume, sauerstoffproduzierende Bäume.«

»Nayo wird sie eine ganze Weile damit versorgen«, entgegnet mir die Präsidentin freundlich, aber bestimmt.

Ich brauche all meine Selbstbeherrschung, um mich zusammenzureißen. »Ma'am«, sage ich möglichst ruhig. »Wir sind hier, weil wir verzweifelt sind. Wir haben Angst – das haben Sie gespürt. Wir sind zu Ihnen gekommen, um einen Funken Hoffnung nach Hause zu tragen. Nur einen Funken – um mehr bitten wir Sie nicht.« Ich sehe sie eindringlich an. »Helfen Sie uns. Bitte.«

Für einen Moment ist es still am Tisch. Sowohl die Präsidentin als auch der Präsident sehen mich mitfühlend an. Dann regt sich die Präsidentin. Sie wirft ihrem Verbündeten einen kurzen Blick zu und bittet mich dann, ihr die Hand zu reichen. Ich will etwas von ihr, also wage ich es nicht, ihr diesen

Wunsch zu verweigern, auch wenn ich Angst habe, dass sie wieder tief in meinen Gefühlen herumwühlt. Möglichst selbstbewusst halte ich ihr die Hand hin. Und sie ergreift sie.

Ihre Hand ist ein wenig kühler als meine. Ich spüre gleich, dass es diesmal anders ist. Sie rührt nicht an meinen Gefühlen. Diesmal lässt sie mich ihre spüren. Und ich spüre Anteilnahme, Mitgefühl, aber auch Sorge, um ihr Volk. Da ist eine Angst, die so tief geht, so furchtbar groß ist, dass ich sie für einen Moment kaum ertragen kann. Im nächsten Augenblick löst sie ihre Hand aus meiner und das schier unerträgliche Gefühl ist verschwunden. Und mir ist klar, wie sehr sie ihr Volk liebt. Und dass sie es niemals wieder in einen Krieg schicken wird. Niemals.

»Wir brauchen mehr Zeit, uns zu entscheiden«, sagt sie. »Wenn der Intergalaktische Rat tagt, teilen wir euch unsere Entscheidung mit.«

»Ich kenne Ihre Entscheidung bereits«, sage ich und verlasse den Tisch.

»Es tut uns leid, dass wir euch zum Abschied keine zufriedenstellende Antwort geben können«, sagt die Präsidentin und schüttelt mir mit beiden Händen die Hand. Wir haben auf eine Übernachtung auf Nosan verzichtet und brechen direkt nach dem Essen auf, weil ich meinen Vater darum gebeten habe. Unsere einzige Chance ist jetzt Amega. Auch wenn das kein Ort ist, an den es mich zieht, müssen wir so schnell wie möglich dorthin. Fünf Tage brauchen wir von hier aus nach Amega. Fünf lange Tage.

»Ich spüre deine Ungeduld, die Dringlichkeit«, sagt Luanna.

»Ihr Mitgefühl allein hilft uns nicht weiter«, sage ich hart.

Sie wendet sich ab und verabschiedet sich als letztes von

meinem Vater. Auch seine Hand hält sie mit beiden Händen, zieht ihn dann in eine feste Umarmung. Sind das Tränen, die in ihren Augen schimmern? »Vergib uns«, flüstert sie und ich vermute, ich hätte es nicht hören sollen. Sie löst sich von meinem Vater und sieht ihn an.

»Jeder tut, was er tun muss, um sein Volk zu beschützen«, sagt mein Vater und sie nickt. »Danke für eure Gastfreundschaft, Luanna.«

Wir steigen in den Zug, der uns von der Unterwasserstadt hinauf und zurück zu unserem Shuttle bringt Diesmal begleitet uns niemand, was mir nur recht ist. Als wir aus dem Wasser stoßen, kann ich die Wut und ja, die Verzweiflung nicht mehr zurückhalten. Ich schlage gegen die Fensterscheibe und fluche, wie Rebellen nun mal fluchen.

»Das bringt doch nichts«, sagt Jonah und klingt dabei genauso frustriert, wie ich mich fühle.

»Jonah hat recht«, sagt mein Vater. »Du hast alles getan, was in deiner Macht stand, und das sehr gut.« Sein Lob ist sicher gut gemeint, aber es sticht wie eine Nadel in eine offene Wunde.

»Bullshit!«, brülle ich. »Scheiße! Ich hätte sie überzeugen müssen! Aber nein! Was rede ich? Von Verzweiflung, von Hoffnungslosigkeit. Wie dumm bin ich eigentlich?« Ich brülle mir den Hals heiser. »Ich hätte sagen sollen, wie gut wir vorbereitet sind, wie gut wir kämpfen können. Den Rubronern hat das imponiert und den Nosanern hätte es Sicherheit gegeben.«

Mein Vater schüttelt den Kopf und ist ganz ruhig. »Nein. Du hast alles richtig gemacht. Du hast sie auf der Gefühlsebene abgeholt – genau das war es, was sie gebraucht haben. Die Nosaner und Loktaner sind anders als die Rubroner.«

»Und doch hat es nicht gereicht! Ich hätte ihnen Stärke vermitteln sollen, nicht Unsicherheit, nicht …«

»Aber das wäre gelogen gewesen. Sie hat uns doch gespürt, Fireball. Sie hat gespürt, mit welchen Emotionen wir kommen.

Du kannst ihnen nichts vormachen. Nicht wie den Rubronern. Der Vorfall mit Sally wäre hier niemals so geschehen, niemals. Weil sie alles spüren. Du kannst Loktaner und Nosaner nicht betrügen. Damit machst du sie dir nur zum Feind.« Er atmet tief durch und ich tue es ihm gleich, versuche, mich zu beruhigen. »Du hast mehr geschafft, als du denkst«, sagt er. »Sie wollten nie wieder einer kämpferischen Allianz beitreten. Aber ich bin überzeugt, dass wir ihnen Hausaufgaben hiergelassen haben. Du hast ihnen ein Pflänzchen hiergelassen. Einen kleinen Baum, verstehst du. Und der trägt bald Früchte. Das schlechte Gewissen in ihnen wird größer werden, vertrau mir. Und dann werden sie kommen und uns helfen. Sie brauchen nur etwas Zeit.«

»Nayo hat aber keine Zeit mehr. Und wir kommen mit leeren Händen nach Hause.«

»Noch sind wir nicht zurück. Wir fliegen wie geplant nach Amega. Und bis wir dort sind, überlegen wir uns, wie wir sie überzeugen können. Wenn uns Amega beisteht, werden die anderen folgen.« Mein Vater sieht mich zuversichtlich an. Ich kann seinem Blick nicht standhalten, stattdessen sehe ich Jesse an, der meinen Blick meidet.

11

SALLY

Mit festen Schritten gehe ich auf das Shuttle zu. An der Luke hält mich George auf. Er legt seine Hand auf meinen Arm. »Sally, Nosan wäre ein schöner Planet zum Leben, meinst du nicht auch?«

»Nie könnte ich dort leben, wo man Nayo Hilfe verweigert.« Damit steige ich in das Shuttle. Fireball erwartet mich dort und sieht mich skeptisch an. »Bist du sicher?«

»Erwecke ich den Anschein als wäre ich es nicht?«

»Nope.«

»Dann setz dich auf den Pilotensitz und bring uns hier weg.«

DER FLUG nach Amega ist der längste auf unserer Reise. Fünf Tage sind wir unterwegs. Am ersten Tag war die Stimmung sehr gedrückt. Die Enttäuschung, dass wir Nosan und Loktan nicht für unsere Sache gewinnen konnten, war bei allen zu spüren. George hat sich viel zurückgezogen, was Fireball wohl auch gerne getan hätte. Da sie sich aber eine Kabine teilen, hat sich Fireball bei Priscilla und mir versteckt. Wir haben ihn, so gut es ging, allein gelassen. Ab dem dritten Tag hellten sich die Gemüter etwas auf. George entwickelte eine Kommunikationsstrategie nach der anderen und sprach sie mit jedem von uns durch, auch wenn Fireball und Jesse sehr zurückhaltend dabei waren, seine Strategien zu bewerten.

»Noch eine halbe Stunde«, ruft Jonah am fünften Tag vom Cockpit aus und Priscilla und ich applaudieren. Die letzten Stunden haben wir damit verbracht, mir Outfits auszusuchen, die meinen Typ unterstreichen und mir »mehr Pepp« verleihen, wie Priscilla es nannte.

»Kann man den Planeten schon sehen?«, frage ich.

»Ja, schau.«

»Wow, wie schön!«

Nur noch dreißig Minuten und wir haben wieder Boden unter den Füßen und frische Luft um die Nasen. Von allen Planeten ist Amega wohl derjenige, der Nayo am ähnlichsten ist – wenn er auch zwei statt nur eine Sonne hat.

»Kann mal einer schauen, wo Jesse und Fireball sind? Ich müsste mal für kleine Piloten.«

»Ich gehe«, sage ich zu Priscilla. »Trink du nur gemütlich deinen Kaffee.«

»Danke, Schätzchen.«

In Jesses und Jonahs Kabine sind sie nicht. Ich klopfe bei George an, aber der sitzt allein am Schreibtisch und ist ganz in seine Arbeit vertieft. Wo sind die nur? Dann höre ich Stimmen. Sie kommen aus dem Lagerraum. Die Tür ist nicht richtig geschlossen. Leise trete ich näher, was natürlich furchtbar unhöflich ist und aussehen muss, als würde ich lauschen – und ähm ja, genau das ist es, das ich gerade tue. Aber warum verziehen sich die beiden in den Lagerraum? Und diskutieren aufgeregt? Denn obwohl ich noch nichts verstehen kann, höre ich ihren Stimmen an, dass sie aufgebracht sind. Ich trete näher und verstehe jetzt jedes Wort.

»Wir müssen es ihm sagen!«

»Und dann? Was macht er dann, Kleiner? Nach Hause fliegen? Ich hab dir gleich gesagt, dass es eine dumme Idee ist! Von Anfang an!«

»Bis hierher ist es gut gelaufen.«

»Gut gelaufen?«, ruft Jesse aufgebracht.

»Nicht so laut!«

»Wir haben nichts erreicht. Nichts!«

Daraufhin schweigen beide. Ich klopfe zaghaft und die Tür öffnet sich einen spaltbreit weiter. Fireball und Jesse blicken sich erschrocken um. Ob sie ahnen, dass ich sie gehört habe? »Ähm, Jonah braucht eine Pinkelpause.«

Jesse atmet tief durch. »Ich komme.« Ohne einen Blick auf Fireball oder mich zu werfen, verlässt er den Raum.

Fireball bleibt stehen, die Hände tief in den Hosentaschen, den Blick abwartend auf mir. Langsam trete ich näher. »Entschuldige, ich wollte euch nicht belauschen. Die Tür stand offen, man konnte euch hören.«

Er nickt, kommt zu mir und schlingt die Arme um mich, zieht mich nah an sich heran, vergräbt sein Gesicht in meinem Haar.

»Willst du mir erzählen, was los ist?«

Stumm schüttelt er den Kopf. Ich ziehe ihn noch näher an mich. »Ich bin immer für dich da. Jederzeit.«

»Ich weiß«, murmelt er in mein Haar. Warum nur habe ich das Gefühl, dass wir auf eine Katastrophe zusteuern und ich nichts, aber auch gar nichts tun kann, um sie aufzuhalten?

»Gut«, George knetet sich nervös die Finger. »Wir machen es so: Zwei bleiben hier, drei kommen mit mir. Und zwar Jes…«

»Jesse und ich bleiben im Shuttle.«

George sieht seinen Sohn an, als hätte der in einer völlig fremden Sprache gesprochen. »Warum das?«

»Auf Rubron ist Jonah dageblieben. Es ist nur fair, wenn er dich begleiten kann. Und Priscilla und Sally freuen sich schon die ganze Zeit, endlich mal das Shuttle verlassen zu können. Sie stehen kurz vor einem Lagerkoller.«

»Dir ist klar, dass ich mir seit vier Tagen das Hirn zermartere, welche Kombination die Schlauste ist? Und mir genau überlegt habe, wer welchen Input liefern kann bei den Gesprächen?«

»Hast du das bei den anderen Besuchen auch gemacht?«

»Ja. Natürlich.« George zuckt mit den Schultern.

»Hat nicht viel gebracht«, sagt Fireball knapp. Meine Güte, will er Streit provozieren? »Nimm Jonah, Sally und Priscilla mit.«

George erhebt sich und sieht seinen Sohn lange und nachdenklich an. »Komm mal mit.« Er geht voran in ihre Kabine und Fireball folgt ihm. Hinter ihnen schließt sich die Tür und sie bleiben eine ganze Weile verschwunden. Wir warten. Und warten.

Jesse beugt sich im Sitz vor und reibt die Hände aneinander. Er wirkt furchtbar nervös.

»Was zum Henker habt ihr jetzt schon wieder angestellt?«, fragt Jonah und ich muss zugeben, dass mir dieselbe Frage im Kopf herumschwirrt.

»Gar nichts.« Aber Jesses Körperhaltung sagt etwas anderes.

»Natürlich«, sagt Jonah sarkastisch. »Ihr habt irgendeinen Mist ausgefressen. Oder habt Mist vor. Wollt ihr das Shuttle stehlen?«

Jesse schüttelt mit geschlossenen Augen den Kopf.

Jonah pustet die Wangen auf und lässt die Luft lange ausströmen. »Es ist immer dasselbe mit euch. Wenn ihr wollt, dass etwas nach eurer Nase läuft, dann liegt das meistens daran, dass ihr was ausgefressen habt. Ich hab genug Zeit mit euch verbracht, um zu wissen, wie der Hase läuft.«

»Also ich würde mich freuen, das Shuttle verlassen zu dürfen«, sagt Priscilla. »Ich war noch nie auf Amega. Aber solltet ihr das Shuttle wirklich klauen, nehme ich lieber meine Tasche mit.«

FIREBALL

Mein Vater schließt die Tür hinter uns und lehnt sich dagegen.

»Was ist los?«, fragt er ohne Umschweife und klingt dabei, als würde sich jegliches Abstreiten nicht lohnen.

»Nichts. Ich denke nur, dass es für die Moral der Truppe …«

»Jeder hier hat sich bereiterklärt, vierzehn Tage lang meinen Befehlen zu folgen. Keiner wäre sauer oder gar traurig«, er malt mit den Fingern Anführungszeichen in die Luft, »wenn er nicht raus darf.«

»Ach? Dann frag mal Jonah.«

»Lass Jonah aus dem Spiel. Der hat überhaupt nichts mit deinem Vorschlag zu tun. Fireball, warum wollt ihr das Shuttle nicht verlassen?«

Ich lache, aber ich glaube, er nimmt es mir nicht ab. »Dad! Wir können von mir aus gerne mitkommen«, Gott, bloß nicht!, »aber ich rate eher davon ab«, ergänze ich etwas kleinlaut.

Er verschränkt die Arme vor der Brust und verengt die Augen. »Du rätst mir eher davon ab? Okay, was läuft hier, Fireball?«

Tja. Wie erkläre ich es ihm am besten? Ich öffne den Mund und schließe ihn wieder in Ermangelung passender Worte.

»Raus damit!«, verlangt er.

»Bist du sicher?«, frage ich und sehe ihn zweifelnd an. »Ich bin mir ziemlich sicher, du willst es nicht wissen. Ziemlich sehr sicher …«

»Fireball!«

Ich schließe die Augen und sehe nach all den Jahren der Wahrheit ins Gesicht. »Jesse und ich werden auf Amega wegen Mordes gesucht.« Und ganz Amega will uns dafür hängen.

12

SALLY

George verlässt als Erster die Kabine und Fireball folgt ihm. Er sieht etwas blass aus, hat aber eine neutrale Miene aufgesetzt. »Also: Priscilla, Jonah und Sally begleiten mich«, sagt er. »Jesse und Fireball bleiben im Shuttle.«

»Darf man erfahren, warum?«, fragt Priscilla.

»Nein.« Er schüttelt den Kopf, als wolle er eine schlechte Erinnerung loswerden.

Ich sehe Fireball an. Warum will er das Shuttle nicht verlassen? Macht er sich Sorgen, dass es gestohlen oder irgendwie beschädigt werden könnte? Er würde es nicht klauen. Er würde mich hier nicht zurücklassen. Oder doch? Ist das sein Plan? Seinen Vater und mich in Sicherheit bringen? Auf Amega? Schließlich ist Amega die letzte Chance auf einen sicheren Ort fernab von Nayo für mich. Und Ginger Robyn wäre hier.

Ich starre ihn an und weiß ganz genau, dass er meinen Blick spürt. Aber der Mistkerl sieht mich nicht an. Er wird mich doch nicht ernsthaft auf Amega aussetzen?

. . .

Kurze Zeit später ist Amega, der grüne Planet mit den zwei Sonnen Artnes und Sentra in allen Einzelheiten zu erkennen. Noch bevor wir in die Atmosphäre eintauchen, kommen uns zwei ameganische Jets entgegen.

»Keine Sorge, das ist normal«, sagt George. »Es ist Tradition, dass Besucher auf Amega bis zu ihrem Landeplatz eskortiert werden.«

»Allerdings ist es nicht normal, dass es vier sind«, sagt Jonah und zeigt nach vorn. Tatsächlich kommen zwei weitere Jets in unsere Richtung. Sie sind recht klein, aber ihre Waffenrohre sind gut sichtbar. Habe ich Angst? Vielleicht ein klein wenig.

Georges Miene verdüstert sich und als ich zu Fireball und Jesse sehe, spannen sich beide an und sehen aus, als wollten sie ihre Waffen ziehen.

»Wir sollten abbrechen«, sagt Fireball.

George bleibt einen Moment lang still. Dann fällt er eine Entscheidung: »Wahrscheinlich wurden die Sicherheitsvorkehrungen wegen der nahen Kampfhandlungen erhöht. Kein Grund zur Sorge.«

»Nayo musste ihnen melden, wer alles an Bord ist«, entgegnet Fireball. Was hat das mit den vier Jets zu tun?

Aber George schüttelt nur den Kopf. »Wir sind sicher. Alle hier an Bord.«

Die vier Jets positionieren sich um uns herum und nehmen Funkkontakt auf, den Jonah beantwortet. Sie geben uns die Koordinaten für unsere Landung durch und Jonah lenkt das Shuttle zielsicher dorthin.

Mir ist ganz mulmig zumute. Die Jets fliegen so nah neben uns, dass man meinen könnte, wir würden jeden Moment zusammenstoßen. Fireball und Jesse halten sich im hinteren Teil des Shuttles auf und flüstern aufgeregt miteinander. In meinem Magen kribbelt es unangenehm. Irgendwas stimmt hier nicht. Wenn Fireball vorhat, George und mich hier zurückzulassen, was hat Jesse dann für Einwände? Was hat er von der ganzen Aktion?

Und dann fällt es mir wie Schuppen von den Augen. Natürlich! Er will Ginger Robyn sehen. Aber wenn sie auf Ginger Robyn warten, muss Fireball befürchten, dass sein Plan scheitert, falls wir zu früh zurückkehren. Dieser Mistkerl hat tatsächlich vor, George und mich hier auszusetzen. Was fällt ihm ein? Das ist noch immer unsere Entscheidung und nicht seine!

Plötzlich wütend stehe ich auf und gehe zu ihnen. »Was fällt dir ein?«, werfe ich Fireball an den Kopf, der mich fragend ansieht. »Jetzt tu doch nicht so! Du willst deinen Vater und mich auf Amega zurücklassen. Wir sollen in Sicherheit sein, während auf Nayo der Krieg tobt. Aber ich sag dir eines: Ich lasse mir von dir nicht vorschreiben, was ich zu tun und zu lassen habe. Ich werde mich nicht verstecken, hast du verstanden?«

Für einen Moment sieht er mich sprachlos an, dann fasst er sich. »Was? Ich hatte nie vor, dich oder meinen Vater hier zurückzulassen. Wie kommst du darauf?«

»Hattest du nicht?«

»Nein. Aber eigentlich ist das eine super Idee.« Er legt nachdenklich die Hand ans Kinn.

»Hey! Nein, auf keinen Fall! Hier werden keine Pläne geschmiedet, die ich bereits vor ihrer Entstehung zum Teufel gejagt habe.« Jesse grinst und Fireball lächelt matt. »Was ist es dann? Worüber tuschelt ihr die ganze Zeit wie kleine Mädchen?« Ich verschränke die Arme vor der Brust und warte. Aber sie schweigen. Verdammte Rebellen. »Ihr sagt mir jetzt sofort, was hier los ist. Hier stimmt was nicht und ich will wissen, was es ist. Los!«

Jesse und Fireball wechseln einen kurzen Blick, dann greift Fireball nach meinem Arm und führt mich sanft zur Seite. »Okay. Ich verrate es dir. Aber ...« Er atmet schwer ein. Es fällt ihm offensichtlich schwer, mir zu sagen, was das Problem ist. »Die Sache ist die: Dass Jesse nicht auf die Mission mitkommen wollte, hat einen guten Grund. Er wird auf Amega wegen Mordes gesucht.«

»Was?«

Er spricht nicht weiter, aber ich sehe ihm an, dass da noch was ist. Etwas, das er mir sagen sollte, aber nicht will, nicht kann.

»Fireball?«

Er schließt die Augen. Ich lege ihm eine Hand an die Wange, aber er zieht den Kopf zurück, als hätte er meine Berührung nicht verdient.

»Rede mit mir«, verlange ich sanft.

Er beißt sich auf die Unterlippe und wagt es nicht, mich anzusehen. »Er hat bei einer Mission der Rebellen mehrere Ameganer erschossen. Und ich auch.«

Es ist, als würde der Boden unter meinen Füßen nachgeben. Oder meine Knie. Als würden um uns herum alle Wände in sich zusammenfallen. »Du hast was?«

»Du hast mich schon verstanden.«

»Warum? Fireball, sieh mich an! Warum?«

»Weil ich es damals nicht besser wusste. Nicht besser konnte.«

»Wie alt warst du?«

»Das spielt keine Rolle! Ich habe einen ameganischen Soldaten erschossen. Und keine Ahnung wie viele bei unserer Flucht. Glaub mir: Ich war nicht jung genug, als dass man mich dafür nicht lebenslänglich ins Gefängnis bringt. Oder aufhängt.«

»Weiß es dein Vater?«

»Ja.«

»Wir sollten sofort weg von hier.«

»Er sagt, das Shuttle ist juristisch betrachtet nayonisches

Gebiet. Sie hätten keine juristische Verfügungsgewalt über Personen, die sich in ihm aufhalten.«

»Ist das so?«

Er zuckt mit den Schultern. »Solange Jesse und ich hier drinbleiben, sind wir sicher.«

Ich nicke zögernd. Obwohl das Sinn ergibt, bin ich nicht wirklich beruhigt. Aber Fireball sieht aus, als würde er sich furchtbar schämen. »Fireball?«

»Mh?«

»Sieh mich an.« Er schließt die Augen. »Bitte. Sieh mich an.«

Langsam dreht er das Gesicht in meine Richtung und öffnet die Augen. Ich lege die Hände um seinen Nacken und meine Stirn an seine. »Du bist ein guter Mensch. Ein guter Mensch, der gezwungen wurde, schlechte Dinge zu tun. Aber du hast dich von all dem losgesagt …«

»Das macht nicht ungeschehen, was ich getan habe.«

»Nein. Das macht es nicht.« Wir schweigen eine Weile. »Darf ich dich etwas fragen?«

»Du kannst mich alles fragen. Nur …« Er lächelt matt.

»Verstehe.« Ich lächele ebenfalls. Unsere Abmachung. Lieber nichts sagen als lügen. Damit kann ich leben. »Was glaubst du, wer dir eher vergeben kann? Deine Opfer oder du?«

Seine Pupillen tanzen, weil er so angestrengt über diese Frage nachdenkt. Er öffnet den Mund und schließt ihn wieder. Dann nimmt er mich in den Arm, zieht mich fest an sich und vergräbt sein Gesicht in meiner Halsbeuge. »Ihre Familien werden mir nie verzeihen. Niemals.«

»Alle hinsetzen, wir landen«, ruft Jonah. Ich schiebe Fireball ein Stück von mir und gebe ihm einen Kuss auf die Stirn. Dann setzen wir uns und schnallen uns an.

. . .

Die Jets begleiten uns, bis wir auf einer Landeplattform auf dem Dach eines riesigen verglasten Hochhauses landen. Sofort nach dem Aufsetzen stürmen mehrere Ameganer in hellblauen Uniformen und Gewehren im Anschlag auf unser Shuttle zu.

»Heilige Scheiße«, entfährt es Jonah.

»Ruhig bleiben«, meint George. »Wir kommen in Frieden. Es gibt keinen Grund, uns anzugreifen.« Er schnallt sich ab und wir tun es ihm gleich.

»Dad! Kanzler Chesnum ist nicht hier. Das ist kein offizieller Empfang, das ist eine Falle. Wir sollten abhauen, solange wir können.«

»Wir können aber nicht mehr abhauen. Ich habe eine Entscheidung getroffen. Ihr beide bleibt hier, dann kann euch nichts passieren. Und was den Rest von uns betrifft: Wir lassen uns von diesem Komitee nicht verunsichern. Verstanden?«

Priscilla setzt eine gigantische Sonnenbrille mit rot getönten Gläsern auf. »Zwei Sonnen. Unerträglich.« Zu viert gehen wir zur Luke, Fireball und Jesse bleiben außer Sichtweite der Ameganer. Jonah öffnet die Luke und George wirft Fireball einen letzten Blick zu. Dann verlässt er als Erster das Shuttle. Wir folgen ihm.

Vor uns steht ein Dutzend uniformierter Ameganer und hat die Waffen auf uns gerichtet.

»Die Hände dahin, wo wir sie sehen können!«, befiehlt uns einer von ihnen. »Hinknien!«

»Werden wir verhaftet?«, ruft George, während er auf die Knie sinkt.

»Hände über den Kopf!«

Ich lasse mich fallen und hebe die Hände so hoch wie möglich. Verdammt, wäre ich doch lieber im Shuttle geblieben. Das darf doch nicht wahr sein! Von allen Willkommensritualen, die wir bisher erlebt haben, ist das hier mit Abstand das unangenehmste. Sie wissen, dass Fireball und Jesse an Bord sind, und wollen sie verhaften.

Uns werden Handschellen angelegt, was Priscilla von uns allen am meisten belustigt. »Ein kleines Abenteuer«, scherzt sie. Aber der ameganische Befehlshaber sagt streng: »Die Handschellen sind elektronisch. Sollten Sie einen Fluchtversuch unternehmen, werden Sie mit einem Stromschlag außer Gefecht gesetzt.«

»Oh«, macht Priscilla und verzichtet auf jeden weiteren Kommentar.

»Und auf Grund welchen Sachverhalts werden wir hier so grob behandelt?«, fragt George und ich wundere mich, wie er – noch immer auf den Knien – so stolz aussehen kann.

»Details erfahren Sie im Gespräch mit Kanzler Chesnum. Folgen Sie mir.«

Links und rechts von uns gehen je drei Soldaten, deren Stiefel bedrohlich auf den Boden knallen. Ich zucke jedes Mal ein wenig zusammen. Außerdem sind sie groß. Wirklich groß. Bevor wir die Landefläche verlassen, werfe ich einen Blick zurück auf das Shuttle. Fireball steht an der Frontscheibe und blickt uns mit gerunzelter Stirn hinterher. Die Luke ist bereits verschlossen.

Wir werden in einen großen Saal geführt. Ein grob gewebter Teppich liegt auf dem Boden und ein bodentiefes Fenster, das den kompletten Raum umrundet, gibt den Blick auf den unendlichen Wald Amegas frei. Amega ist einer der baumreichsten Planeten, die bislang entdeckt wurden – nach Nayo. Nur bei uns gibt es noch mehr Bäume, was vor allen Dingen daran liegt, dass ein Großteil unseres Planeten verseucht ist und Menschen dort nach all den Jahren noch immer nicht leben können.

»Kommandant McAllister.« Eine weiche, freundliche Männerstimme begrüßt George. Ich drehe mich um und sehe mich einem hochgewachsenen Mann mit blauem Haar gegenüber, ganz ähnlich wie Jesses. Er lächelt. Nach der harschen Begrüßung habe ich mir den Kanzler anders vorgestellt. Hart und herzlos. Und nicht so weich. Nicht so ... traurig. Es sind seine Augen, die mich das denken lassen. Furchtbar traurige Augen. Er hebt die Arme in einer begrüßenden Geste.

»Ich würde Ihnen ja gerne die Hand reichen, aber leider wurden mir und meinem Team Handschellen angelegt. Würden Sie mir erklären, wozu das notwendig ist, Kanzler?«

»Mein alter Freund, Sie können sich sicher denken, weshalb das notwendig ist.«

»Nein, Chesnum, ich befürchte, Sie müssen es mir erklären.«

Kanzler Chesnum setzt sich auf einen Sessel, der im Kreis mit vier Stühlen steht. Zufall? Oder wurden sie in der Kürze der Zeit für uns bereitgestellt? Mit einer Geste zeigt er auf die Stühle und wir setzen uns. Die Handschellen pressen sich schmerzhaft in meinen Rücken, weshalb ich mich kerzengerade hinsetze.

»Sie haben uns Ihren Müll mitgebracht«, sagt der Kanzler.

»Müll?«, fragt George.

Chesnum nickt. »Mörder. Rebellen.« Der Kanzler nimmt eine Pfeife aus der Tasche, stopft sie mit Tabak und zündet sie an. »Wir dulden hier keinen Müll.«

»Meine Mitarbeiter haben ameganischen Boden nicht betreten. Sie verbleiben für die Zeit unseres Aufenthalts im Shuttle – auf nayonischem Staatsgebiet.«

Der Kanzler hebt eine Augenbraue. »Ach? Tun sie das?« Irgendetwas an der Art, wie er das sagt, versetzt meinem Magen einen schmerzhaften Stich. Und auch George verengt die Augen.

»Ich denke, da irren Sie sich, mein Freund«, sagt Chesnum und ich hasse die kalte Art, mit der er zu uns spricht. Irgendwas stimmt mit dem Kerl nicht.

»Was? Nein ...« Während George noch protestiert, aktiviert

der Kanzler ein dreidimensionales Hologramm und ich ziehe die Luft scharf ein, als ich die Bilder sehe, die live vom Landeplatz ausgestrahlt werden. Sie zeigen Jesse und Fireball, eindeutig in einen hoffnungslosen Kampf gegen etliche Soldaten verwickelt – auf der Landeplattform und nicht im Shuttle.

George springt auf. »Das dürfen Sie nicht!«, ruft er aus und ballt die Fäuste in den Handschellen. »Lassen Sie die beiden unverzüglich frei oder ich melde Ihr Verhalten beim Intergalaktischen Rat!«

Im Gegenzug zu George ist der Kanzler die Ruhe selbst. »Der Intergalaktische Rat, jaja. Wie ich hörte, werden Sie dort einen Punkt auf die Agenda setzen. Ich freue mich schon auf Ihre Argumente.« Er lächelt herablassend. Immer noch blicken seine Augen traurig. »Sie kommen dorthin, um Forderungen zu stellen. Und stellen hier wiederum Forderungen. Immer nur Forderungen von Nayo. Ich kann's nicht mehr hören.«

»Alles, was wir wollen, ist leben.«

»Wissen Sie was, Kommandant? Ich habe einen unschlagbaren Deal für Sie: Ihr Müll bleibt bei uns und ich lege beim Intergalaktischen Rat ein gutes Wort für Nayo ein. Im Gegenzug verraten Sie dem Rat nichts von unserem kleinen ... Eingriff auf nayonischem Staatsgebiet.«

»Das ist ein schmutziger Deal. Ein Deal, der meine Leute das Leben kosten wird.«

»Aber bei Ihrem Volk vielleicht etliche Leben rettet. Überlegen Sie es sich gut, McAllister. Können Sie es sich wirklich leisten, mit leeren Händen heimzukommen?« Er steht auf und nähert sich George bis auf wenige Zentimeter. »Was haben Sie geglaubt, Kommandant? Dass Sie hier auftauchen – Sie mit Ihrem berühmten Namen –, ein paar Kinder und eine verrückte Milliardärin mitbringen ...«

»Ich muss doch sehr bitten!« Priscilla reckt stolz das Kinn, aber der Kanzler ignoriert sie.

»... und uns nebenbei zwei Rebellen vor die Nase halten, die wir nicht zur Rechenschaft ziehen sollen für ihre Verbrechen auf diesem Planeten?« Er kneift die Augen zusammen und betrachtet George abfällig. »Schämen Sie sich eigentlich nicht für Ihren Sohn?«

Georges Miene wirkt bedrohlich. »Ganz im Gegenteil. Er ist mein ganzer Stolz.«

Innerlich jubele ich, aber das überhebliche Lächeln des Kanzlers verdrängt die Freude und ersetzt sie durch blanke Angst.

»Ich werde es ihm ausrichten – bevor er hingerichtet wird.«

»Nein!«

Der Kopf des Kanzlers schießt in meine Richtung. Hab ich das etwa gerade laut gesagt? Er kommt auf mich zu, betrachtet mein Gesicht und verengt die Augen. »Zu lieben ist das schönste Gefühl, nicht wahr?«

Ich presse die Lippen aufeinander.

»Zu leiden das Schlimmste.«

»Sie haben gelitten«, flüstere ich. Keine Ahnung, ob das gegen die ameganische Etikette verstößt. Uns wurden Handschellen angelegt und Fireball und Jesse gewaltsam aus dem Shuttle gezerrt – Etikette ist mir herzlich egal. »Wen haben Sie verloren?«

Er starrt mich eine Weile an, fragt sich vielleicht, ob er mir antworten soll. »Meinen Sohn. Seit er tot ist, habe ich der Liebe abgeschworen. Es gibt in meinem Leben keinen Platz mehr dafür. Und wissen Sie was? Es macht mich stärker. Und Sie«, er presst mir einen Finger auf das Brustbein, »schwach. Und verwundbar. Es ist dieses Gefühl, das euch Menschen am Ende das Leben kosten wird.«

»In einem Punkte mögen Sie recht haben. Ja, Liebe macht uns verwundbar. Aber sie macht uns nicht schwach. Sie macht uns stark. Und mag sein, dass sie uns am Ende das Leben kostet. Aber lieber sterbe ich, in dem Wissen zu lieben und geliebt zu werden, als ohne jegliche Liebe in meinem Herzen. Es tut mir sehr leid, dass Sie Ihren Sohn verloren haben. Aber noch mehr tut es mir leid, dass es aus Ihnen ein Monster gemacht hat.« Ich schlucke schwer.

Für einen Moment sieht er mich aus großen Augen an. Dann wendet er sich ab und verlässt ohne ein weiteres Wort den Raum. Auch das Hologramm wird stumm, schaltet sich ab, gerade als Fireball und Jesse mit Stromschlägen außer Gefecht gesetzt werden.

Jonah und ich starren gebannt auf die Stelle, an der eben noch die Übertragung zu sehen war. Ich spüre, wie meine Atmung flach wird und sich Tränen in meinen Augen sammeln. Aber das sind keine Tränen der Trauer oder des Mitleids oder sonst irgendeines schwachen Gefühls. Es sind Tränen der Wut. Diese Leute sind in das Shuttle eingebrochen und haben Fireball und Jesse herausgezerrt. Ich weiß, wie die beiden kämpfen können. Aber sie hatten keine Chance.

Wütend balle ich die Hände zu Fäusten und drehe mich zu George um, der sich mit hängendem Kopf auf eine Stuhllehne setzt. »Wir müssen sie befreien«, sage ich. Er reagiert nicht. »George«, sage ich mit Nachdruck. »Wir. Müssen. Sie. Befreien.«

»Wir können sie nicht befreien«, sagt er leise und ich höre die Hoffnungslosigkeit in seiner Stimme. Fireball in dem Hologramm so leiden zu sehen, muss ihm das Herz gebrochen haben. »Wir sind selbst Gefangene.«

»Nicht mehr lang. Uns wird er gehen lassen. Und dann holen wir die beiden da raus und …«

»Sally, was redest du da?«, fragt Jonah. »Wie willst du das anstellen? Wir sind nur zu viert. Wir kennen uns hier nicht aus, wir haben keine Waffen, wir kennen die Sicherheitssysteme nicht, Himmel, wir sprechen noch nicht mal ihre Sprache – wir haben nicht den Hauch einer Chance.«

»Eben nicht.«

»Nicht?«, fragt Jonah und ich höre an seiner Stimme, dass er mich für unzurechnungsfähig hält.

Ich wende mich an George. »Ginger Robyn. Sie kann uns helfen.«

George sieht auf. Sieht erst mich an, dann beginnen seine Hirnzellen zu arbeiten – ich sehe es an seinen umherwandernden Pupillen. »Jesses Freundin ist auf Amega?«

»Jesses Rebellenfreundin ist auf Amega, ja. Wir müssen dafür sorgen, dass sie hiervon erfährt.«

Er blickt aus dem Fenster. »Ich denke nicht, dass wir dafür sorgen müssen. Was uns gerade über das Hologramm gezeigt wurde, wird sicher auch in den Nachrichten ausgestrahlt.«

»Das ist gut. Dann wird sie es mitbekommen.«

»Wir wissen nicht, wann es ausgestrahlt wird. Und wir können sie nicht kontaktieren. Oder hast du eine Nummer?«

Ich schüttele den Kopf. »Sie wird uns finden.«

George nickt und tigert durch den Raum. »Ein Plan«, sagt er. »Wir brauchen einen Plan. Wenn Ginger Robyn kommt, wenn sie es schafft, uns zu befreien, dann müssen wir es schaffen, Fireball und Jesse zu befreien.« Nachdenklich bleibt er stehen. »Ein Ablenkungsmanöver. Ja. Das kann funktionieren.« Er sieht uns alle an. »Wir werden die Wachen ablenken. *Ich* werde die Wachen ablenken.«

»Wie?«, fragt Jonah.

»Mit dem Starfighter am Shuttle. Und ihr befreit die beiden.«

»Das ist ein sehr grober Plan«, resümiert Jonah.

George schüttelt langsam den Kopf. »Es ist die Skizze eines Plans. Alles hängt von Ginger Robyn ab.«

Ich nicke.

Jonah schüttelt den Kopf. »Eine Frage hätte ich noch, bevor wir diese Skizze eines Plans ausarbeiten: Was tun wir, wenn Ginger Robyn nicht kommt?«

FIREBALL

Der Schmerz ist pochend. Pochend an der Stirn, brennend an meiner Hüfte. Was zur Hölle ist das? Was wurde mir schon wieder angetan? Für einen kurzen Moment denke ich, dass sich der Häuptling mal wieder an mir ausgelassen hat, aber dann fällt mir ein, dass er tot ist, dass mein Vater lebt und dass wir auf Amega gelandet sind. Und dann fällt mir alles wieder ein. Wir wurden auf ameganisches Staatsgebiet gebracht. Scheiße.

Angestrengt lausche ich, aber da ist nichts. Keine Stimmen. Irgendwo in der Ferne knallt etwas gegeneinander. Wie Metall, das aufeinanderschlägt. Ein Rauschen wie beim Start eines Starfighters. Von weit her eine Art schnalzen. Vielleicht ein Tier. Die Geräusche sind mir fremd, ich kann sie nicht zuordnen.

Angestrengt konzentriere ich mich auf das, was ich spüre – außer dem Schmerz. Ich liege. Auf der Seite. Die Hände liegen an meinem Schoß, beide. Ungewöhnlich. So schlafe ich nie. Die Unterlage ist hart und kühl, eher rau.

Noch immer ist kein Geräusch in meiner unmittelbaren Nähe zu hören. Ich wage es und öffne die Augen einen Spalt.

Alles, was ich erkenne, sind Umrisse. Am auffälligsten ist ein blauer Fleck auf dem Boden. Jesse.

Sonst scheint niemand hier zu sein, also öffne ich die Augen vollständig. Wir befinden uns in einem sterilen Raum. Die Wände sind aus grauem Beton. Es gibt ein vergittertes Fenster und eine eiserne Tür. Wir sind allein.

Jesse liegt leblos auf dem Boden, ich auf einer Pritsche. Der Einzigen in diesem Raum. Was zur Hölle ist passiert? Ich will mich aufsetzen und bemerke erst jetzt, dass ich Handschellen an den Handgelenken habe, genau wie an den Füßen. Mühsam hebe ich den Oberkörper an, aber zucke zusammen, weil die rechte Seite meines Bauchs brennt wie Feuer. Ich ziehe das T-Shirt an der schmerzenden Stelle hoch und sehe eine fiese, offene Brandwunde. Diese Mistkerle! Sie sind gewaltsam in das Shuttle eingebrochen, haben uns förmlich hinausgeprügelt, uns in Handschellen gelegt und obwohl wir keine Chance mehr hatten, mit den Tasern den Rest gegeben. Mistkerle.

Ich räuspere mich, um meine Stimme zu aktivieren. »Jesse. Jesse!« Umständlich knie ich mich neben ihn, so gut das mit Hand- und Fußfesseln geht, und rüttele an ihm. Endlich schlägt er die Augen auf und ächzt.

»Alles okay, Alter?«

Er hustet und hält sich die Brust. Vor Schmerzen verzieht er das Gesicht.

»Lass mal sehen.« Ich schiebe sein Oberteil hoch. Diese verdammten Ameganer haben ihn dreimal getasert. Dreimal! Er hat Brandwunden auf der Brust, auf dem Rücken und am Brustbein. Zwei davon sind weniger stark, die Dritte ist wahrscheinlich die, mit der sie ihn ausgeknockt haben. »Warum haben sie dich so zugerichtet?«

Er hustet und sieht mich grinsend an. »Weil ich sie nicht durchgelassen hab.«

»Durchgelassen wohin?«

»Zu dir.«

Ich runzele die Stirn. »Jesse. *Du* bist jetzt der Anführer der Rebellen. *Ich* hätte sie von dir fernhalten müssen.« Aber noch nicht mal das habe ich hinbekommen.

»Da siehst du mal, wie schlecht wir unsere Aufgaben erfüllen, Kleiner.«

»Was willst du damit sagen?«

Er lächelt mich an, als würde er mir meine Dummheit vergeben. »Du und ich, wir stecken in den falschen Rollen, hast du's noch nicht gemerkt? Ich tue so, als wäre ich ein guter Anführer. Und du tust so, als wärst du ein guter Mitläufer.« Er schüttelt den Kopf. »Aber wir machen uns beide was vor. Sally hat schon recht. Es liegt dir wirklich im Blut. Und mir liegt das Beschützen im Blut.«

»Das ist Unsinn.« Ich betrachte seine Wunden. »Außerdem ist mein verdammtes Blut auch in deiner Blutbahn, schon vergessen? Du machst einen guten Job, allein schon deshalb.«

Er lacht und ich grinse. Mit niemandem kann man sich so gut foppen, wie mit Jesse. Aber dann wird er wieder ernst. »Ich hab's unterschätzt. All die Jahre dachte ich, es wäre ein Klacks. Aber es ist anders. Ganz anders. Erst jetzt sehe ich, was du gestemmt und auf dich genommen hast. Es ist kein einfacher Job.«

»Das ist es nicht, nein.«

Eine Weile schweigen wir. Ich stehe auf und sehe mich in der Zelle um.

»Irgendeine Idee?«, fragt er. Ich schüttele den Kopf. Rüttle an den Eisenstangen vor dem Fenster, versuche, die Tür zu öffnen, klopfe ein paar Mal dagegen – vielleicht macht ja jemand auf. Aber nichts passiert.

Wir setzen uns auf die Pritsche, helfen uns gegenseitig, die Fesseln zu lösen und vertreiben uns die Zeit – so wie es uns die Lehrer des Rebellen Clans beigebracht haben – mit Denkaufgaben, Liegestützen und Burpees. Das Wichtigste in Gefangenschaft ist, dass Kopf und Körper weiter in Form bleiben. Denn du kannst nie wissen, wann du rauskommst. Und dann musst du funktionieren. Außerdem wissen Jesse und ich, dass sich auf Amega noch ein paar Rebellen aufhalten. Sobald die erfahren, dass wir hier gefangen gehalten werden, werden sie kommen und uns rausholen. Fragt sich nur, ob unsere Gefangenschaft bekannt gemacht wurde. Aber darüber sprechen wir nicht. Falls wir abgehört werden. Wir trainieren also. Und bringen so die Stunden hinter uns.

Auf Amega wird es nie dunkel. Das liegt an den zwei Sonnen, Artnes und Sentra. Geht die eine unter, scheint die andere. Zur ameganischen Mittagszeit strahlen beide Sonnen unbarmherzig auf den Planeten. Wobei sie weit genug weg sind, dass Amega nicht zum Wüstenplanet wird. Ganz im Gegenteil: Amega ist ein Planet voller Bäume und Büsche und pulsierender Natur. Eigentlich also ein sehr schöner Ort zum Leben. Leider nicht für Jesse und mich.

Geräusche vor der Tür lassen uns verstummen. Es ist so weit.

Die Tür wird geöffnet und zwei uniformierte Soldaten treten ein. Ich kenne die Uniform. Sie sieht aus wie die des Soldaten damals und mein Magen verkrampft sich schmerzhaft. Als Kanzler Chesnum die Zelle betritt, ist mir klar, dass das nichts Gutes bedeutet. Zumal mein Vater ihn nicht begleitet. Eindeutig ist das kein Besuch, bei dem wir entlassen werden.

»Aufstehen«, sagt Chesnum. Er sieht zwar nur mich an, aber auch Jesse folgt seinem Befehl. Der Kanzler tritt nah an mich heran, betrachtet mein Gesicht mit finsterer Miene. »Weißt du, warum du hier bist?«

Wenn man verdächtigt wird, gilt es, sich so lange dumm zu stellen, bis einem das Vergehen nachgewiesen wurde. Und wird es einem nachgewiesen, gilt es zu rennen. So schnell wie möglich. Ich befürchte nur, dass es für Jesse und mich keine Gelegenheit zur Flucht geben wird. Ameganer haben verdammt gute Reflexe. Und noch wichtiger: Sie sind viel schlauer und geschickter im Kampf als Menschen. Deshalb wäre es auch so wichtig, sie im Kampf gegen die Schattenjäger an unserer Seite zu haben. Aber nachdem es mein Vater war, der Morsis und die Schattenjäger vertrieben hat, sind die Ameganer in ihrem Stolz gekränkt. Sie wollten die Helden sein. Ein Ameganer sollte Morsis besiegen. Doch letztendlich standen sie im Schatten meines Vaters. Das hat sie tief und nachhaltig in ihrer Ehre verletzt.

Ich schüttele den Kopf. Der Kanzler schlägt mir überraschend schnell und hart ins Gesicht. Mein Kopf schleudert zur Seite und ich wäre auf die Pritsche gefallen, wenn mich der Kanzler nicht am Ausschnitt meines T-Shirts festgehalten hätte. Jesse will dazwischen gehen, wird aber von den Soldaten daran gehindert. Blut rinnt warm an meinem Mundwinkel entlang.

»Du wagst es, mich anzulügen, du ekelhaftes Stück Dreck?« Ich spüre seine Spucke in mein Gesicht regnen, sehe die Wut in seinem. Okay, das hier ist persönlich. Ich habe diesen Mann noch nie im Leben getroffen. Was immer er für ein Problem mit mir hat, hat nichts damit zu tun, dass ich irgendeinen Ameganer getötet habe. Nein, dieser Mann hasst mich. Und dafür kann es nur eine Erklärung geben.

Scheiße.

Wen zum Henker habe ich damals erschossen?

Der Kanzler wirft mich auf die Pritsche und diesmal wappne ich mich gegen die Schläge und Tritte, die auf mich einprasseln. Wie aus der Ferne höre ich Jesse brüllen, spüre ein scharfes Ziehen an meinem Jochbein, bedecke meinen Kopf mit meinen Händen und ziehe die Knie an, um meinen Körper zu decken, nur um daraufhin Schläge in die Seite und auf den Rücken zu bekommen. Ich spanne alle Muskeln an, um mich irgendwie vor seiner Wut zu schützen, aber lange halte ich nicht mehr durch.

Irgendwann werden die Schläge schwächer, der Kanzler atmet schwer, packt mich am Kragen, nur um dann weinend auf meiner Brust zusammenzubrechen. »Er war mein Sohn«, schluchzt er in den Stoff meines T-Shirts. »Mein Sohn ... er war mein Sohn!«, brüllt er und mir vibriert das Trommelfell. Einen letzten Schlag mitten ins Gesicht kassiere ich noch, dann ist er fertig mit mir. »Dafür wirst du hängen, du Scheißkerl. Hörst du? Ich häng dich auf!«, brüllt er. Er wischt sich die Tränen aus dem Gesicht und wendet sich ab.

»Es tut mir leid.« Meine Stimme klingt unnatürlich schwach und kratzig. Er bleibt stehen. Ich will noch mehr sagen, aber was könnte der Mörder seines Sohnes schon sagen, um den Schmerz in seinem Herzen zu lindern. Dafür gibt es keine Worte. Es gibt nichts, das ich tun kann.

»Das ist gut.«

13

SALLY

Ich glaube nicht, dass unsere Lage verzweifelter sein könnte. Fireball und Jesse werden irgendwo gefangen gehalten und soeben wurde in den Nachrichten bekannt gegeben, dass Fireball zum Tode verurteilt wurde. Wir sitzen in einer Suite des Kanzleramts fest. Ein goldener Käfig, wie Priscilla es nennt. Erst wenn das Urteil vollstreckt ist, so wurde uns mitgeteilt, dürfen wir Amega verlassen. Die Hinrichtung ist um Mitternacht. Bis dahin sind es noch fünf Stunden.

Die Tür öffnet sich und ein Mann betritt die Suite. »Der Kanzler empfängt Sie nun, Kommandant«, sagt er. »Folgen Sie mir.«

Wir sehen uns misstrauisch an. »Wir gehen alle zusammen«, bestimmt George und ich bin froh, dass wir unsere dezimierte Gruppe nicht weiter verkleinern, indem er dem Kanzler allein gegenübertritt.

Wir folgen dem Mitarbeiter durch unzählige Gänge, fahren mit einem gläsernen Fahrstuhl bis weit nach oben unter das Dach des Gebäudes und werden durch ein Vorzimmer in eine Art Audienzraum geführt. Der Kanzler ist noch nicht anwesend, wir werden trotzdem hereingebeten und auf Stühle verwiesen, die auf der einen Seite einer langen Tafel stehen. Auf der anderen – etwa fünf Meter von uns entfernt – steht ein einzelner Stuhl.

Chesnum lässt uns fast eine halbe Stunde warten. Wertvolle Minuten, in denen wir nichts, aber auch gar nichts für Fireball tun können. Die Angst um ihn beherrscht meinen Körper, lähmt ihn, macht mich zittrig.

Erst als Chesnum den Raum betritt, habe ich das Gefühl, dass es endlich vorangeht. Dass George die Chance bekommt, über Fireballs Schicksal zu verhandeln. Ihn gegen irgendeinen Gefallen freizubekommen.

»Vielen Dank, dass Sie meiner Bitte nachgekommen sind, sich noch einmal mit uns zu unterhalten«, sagt George und ich bewundere ihn für seine Beherrschung. Fireball soll in vier Stunden sterben und er ist die Ruhe selbst, jedenfalls äußerlich.

»Was kann ich für Sie tun?«, fragt der Kanzler distanziert.

»Das wissen Sie. Wir brauchen Amegas Hilfe beim Kampf um Nayo. Wir bitten untertänigst um Ihre Unterstützung.«

Der Kanzler sieht George hart an. »Wir werden beim Intergalaktischen Rat eine Empfehlung zum Kampf um Nayo aussprechen. War's das?«

George schluckt schwer. »Nun, Sie wissen, was mir auf dem Herzen liegt. Wir haben in den Nachrichten von dem harten Urteil gehört, das über meinen Sohn gefällt wurde, und ich möchte Sie inständig – von Vater zu Vater – bitten, meinen Sohn zu begnadigen. Ich flehe Sie an, Chesnum. Verschonen Sie meinen Jungen.« Und plötzlich ist George nicht länger der coole, stolze Kommandant. Seine Stimme bricht und ich sehe seine Hände zittern. »Bitte.«

»Ich habe Jesse Codriguez begnadigt. Mehr bin ich nicht bereit für Sie zu tun.«

Panik überkommt mich. George so hilflos zu sehen,

Chesnum so unbarmherzig zu hören – nein! Nein, das darf nicht passieren! *Fireball!*

»Chesnum, bitte. Sie haben Ihre Stärke unter Beweis gestellt. Bitte ändern Sie das Strafmaß auf lebenslängliche Haft. Bitte.« Georges Stimme ist nur noch ein Flüstern.

Chesnum betrachtet ihn lange, dann verzieht sich sein Mund zu einem herablassenden Lächeln. Als er spricht, ist es mehr ein Wispern und auf meinen Armen bildet sich Gänsehaut. »Wie fühlt es sich an, George, den einzigen Sohn zu verlieren? Wie ist das für dich? Für mich war es, als habe mir jemand das Herz herausgerissen. Als hätte man mir die Seele aus dem Körper gesogen. Ich sehe meinen Sohn in allem, was ich tue. Er ist in jedem Windhauch, er ist in jedem Satz, er ist in jedem Spiegelbild.« Chesnum kämpft mit seiner Stimme. »Dein verkommener Sohn sagt, es täte ihm leid. Aber er hat keine Ahnung, was wahres Leid ist.«

»Mein Sohn weiß sehr wohl, was Leid ist. Und wenn er sagt, es täte ihm leid, dann meint er das mit jeder Faser seines Herzens.«

Der Kanzler schüttelt den Kopf. »Kein Leid ist vergleichbar mit meinem. Und er wird dafür bezahlen.«

»Und dann? Glaubst du, dann geht es dir besser?« George schüttelt den Kopf. »Mag sein, dass du deine Vergeltung bekommst. Aber deinen Jungen bringt es nicht zurück. Lass ihn am Leben. Fireballs Tod schenkt dir kein Seelenheil, alter Freund.«

»Freund. Dass ich nicht lache. Wir waren nie Freunde, George. Wir waren immer Konkurrenten.«

»Es tut mir sehr leid, dass du das so siehst. Ich habe dich immer als Freund betrachtet.«

Chesnum schüttelt den Kopf. »Wir sind besser als ihr.«

»Wovon redest du?«

»Von den Ameganern und den Menschen. Wir sind besser. Hätten wir deine Chance gehabt, wäre Morsis jetzt tot. Aber selbst das habt ihr Menschen nicht ordentlich hinbekommen. Ihr könnt eine Chance noch nicht mal ergreifen, wenn sie euch auf dem Silbertablett serviert wird. Ihr seid so schwach, so langsam. So dumm.«

In mir baut sich eine Welle der Wut auf, die ich nicht mehr lange aufhalten kann. Was glaubt dieser Kerl, wer er ist? Er hat uns vollkommen in der Hand und spielt seine Macht über uns aus. Er beleidigt George und die Menschheit. Jemand sollte ihm ordentlich die Meinung …

»Du hast recht«, sagt George ruhig. »Im Vergleich zu euch sind wir nichts. Ihr seid uns weit überlegen.«

Der Kanzler lächelt überheblich. »Deine Worte schmeicheln mir, George. Wir helfen euch beim Intergalaktischen Rat – du hast mein Wort. Ihr bekommt auch den Ameganer. Nehmt ihn mit, er wird euch im Kampf eine wertvolle Hilfe sein. Deinen Jungen aber betrachte als tot.«

»Darf ich ihn ein letztes Mal sehen?«

»Auf keinen Fall. Von meinem Jungen konnte ich mich auch nicht verabschieden.«

AUF DEM WEG in unsere Suite halten wir so viel Abstand wie möglich von dem Ameganer, der uns zurückbringt, und besprechen flüsternd die Lage.

»Was tun wir jetzt?«, fragt Priscilla. »Wir können den Jungen nicht sterben lassen. Wir sollten fliehen und zwar jetzt und hier.«

George schüttelt den Kopf. »Damit würden wir Jesses Begnadigung gefährden. Ich nehme Kontakt mit Jo auf. Sie muss Fireballs Urteil vor dem Intergalaktischen Rat offiziell anfechten.«

»Das dauert viel zu lang«, flüstert Priscilla. »Wir müssen jetzt etwas tun.« Ich bin so froh, dass sie versucht, George zu überzeugen, eigentlich würde ich das gerne tun, aber die Angst um Fireball und die Hoffnungslosigkeit unserer Situation schnüren mir die Kehle zu.

George leckt sich nervös die Lippen. »Ich weiß. Ich weiß nur noch nicht, was.«

Der Ameganer öffnet die Tür zur Suite, wir treten ein und er verschließt sie wieder. Ich presse die Augenlider zusammen, lege zusätzlich die Handballen darauf, um irgendwie die Tränen zurückzuhalten, die sich ihren Weg bahnen. Aber heulen rettet Fireball nicht. Also konzentriere ich mich darauf, ruhig weiter zu atmen und nicht in Panik zu verfallen.

»Braucht hier jemand einen Problemlöser?« Ich nehme die Hände aus dem Gesicht und reiße die Augen auf. Vor mir, auf der Rückenlehne des Sofas, sitzt Ginger Robyn. Und dann tauchen aus dem Bad, hinter dem Vorhang und hinter dem Sofa weitere Menschen auf. Menschen, die ich noch nie gesehen habe. Aber das ist im Moment egal. Wichtig ist, dass Ginger Robyn hier ist. Es ist die erste gute Entwicklung seit unserer Landung hier.

»Ginger Robyn!« Ich renne ihr förmlich in die Arme und sie kommt mir entgegen. Wir halten uns ganz, ganz fest und allein das ist im Moment schon ein Trost. Ginger Robyn ist hier, sie hat Verstärkung mitgebracht. Alles wird gut. Es muss einfach alles gut werden. »Gott sei Dank, dass du da bist«, hauche ich.

»Ich weiß doch, dass die Jungs ohne mich nicht klarkommen. Das war so vorhersehbar.«

Ich sehe sie an und sie grinst. Sie schafft es ernsthaft, in dieser ausweglosen Situation zu grinsen. Ich betrachte ihren Bauch, der sich leicht wölbt. Im Vergleich zu unserem letzten Treffen ist er kaum gewachsen, aber das ist auch nicht mal zwei Wochen her.

»Okay, Leute, wie ist der Plan?«, fragt sie und sieht George an.

Der beachtet sie allerdings gar nicht. Er starrt einen der Männer an, der im Türrahmen zum Badezimmer steht, strahlt übers ganze Gesicht und geht mit riesigen Schritten auf ihn zu. Die beiden Männer fallen sich in die Arme und klopfen sich auf den Rücken. »Tedd!«

»George.«

Ginger Robyn und ich wechseln einen fragenden Blick.

»Es ist schön, dich zu sehen«, sagt George.

»Das kann ich nur zurückgeben. Was ist? Retten wir deinen Jungen?«

George nickt. »Bitte, ja.«

»Gut«, sagt Ginger Robyn und klatscht in die Hände. »Dann haben wir ja ein gemeinsames Ziel. Zeit, dass wir einen Plan entwickeln.«

FIREBALL

»Es wird so ablaufen«, beginnt der Mitarbeiter des Kanzleramts. »Zunächst werden Sie gehängt, danach lassen wir Sie frei.« Er zeigt erst auf mich, dann auf Jesse.

Er sagt es wie eine unumstößliche Tatsache. Und ich weiß, dass wir keine Chance haben. Dass ich keine Chance habe. Bisher hat niemand versucht, uns zu befreien, weshalb ich davon ausgehe, dass unsere Verhaftung geheim gehalten wurde. Und damit bin ich am Arsch.

Angst durchströmt meinen Körper wie eine eiskalte Welle. Meine Atmung geht in kurzen, hektischen Stößen, mein Körper fühlt sich taub an, alles fühlt sich taub an. Soll es das wirklich gewesen sein? Nicht, dass ich es nicht verdient hätte. Ich habe einen Ameganer getötet. Ich habe Menschen getötet. Ich bin ein Mörder. Nur hatte ich gehofft, wenigstens einen Teil meiner Taten zu sühnen, bevor ich sterbe. Ich hatte gehofft, im Krieg gegen die Schattenjäger ein paar Dinge wiedergutzumachen. Aber das hier, das ist ein sinnloser Tod. Es ist, als hätte mein ganzes Leben keinen Sinn gehabt. Geboren, um zu sterben und dazwischen nur Schlechtes zu tun. Und für eine kurze Zeit zu lieben. Sally. Wie geht es ihr? Weiß sie, was mir blüht? Sie muss sich schreckliche Sorgen um mich machen. Wie kann ich ihr nur sagen, dass alles gut wird? Für sie wird alles gut. Ich würde ihr gerne sagen, dass ich für immer in ihrem Herzen sein werde und egal, wo ich bin – ob in der Hölle oder im Himmel – ich werde auf sie achtgeben.

Ich spüre Jesses Blick auf mir, spüre, dass er Kontakt mit mir aufnehmen will, irgendeinen Plan schmieden. Aber unsere Wachen sind in der Überzahl und bewaffnet und draußen wartet bereits der Transporter, der uns zum Henker bringen wird. Zu meinem Henker. Ich schlucke schwer, aber mein Hals ist wie zugeschnürt.

Jesse räuspert sich und ich höre es wie durch Watte. Wir werden zu beiden Seiten an den Armen gepackt und aus dem Raum geführt. Der kurze Weg bis zum Transporter ist von Soldaten gesäumt. Ich nehme rechts hinter meiner Schulter wahr, wie sich Jesse wehrt, ich glaube, er brüllt meinen Namen, aber die Wachen sind sofort zur Stelle. Er wird geschlagen, dankenswerterweise nicht getasert. Jemand schiebt mich in den Transporter – komplett aus Stahl, keine Fenster. Jesse wird hineingeworfen, die Tür fest verriegelt. Er kniet sich vor mich, redet irgendwas. Sein Gesichtsausdruck ist eindringlich. Aber da ist nichts, das wir tun können. Eine absolute Gewissheit breitet sich in mir aus, dass es das war. Dass jeglicher Kampf in meinem Leben bald vorbei sein wird. Und ich werde ruhig.

Werde ich Sally noch einmal sehen dürfen? Nur ein letztes Mal. Aber was soll ich sagen? Dass es mir leidtut? Dass mir leidtut, dass sie sich in mich verliebt hat? In einen Kerl, der das Unglück anzieht, wie faules Obst die Fliegen?

Andererseits: Vielleicht sollte sie besser nicht dort sein. Es würde ihr das Herz brechen, mich so zu sehen. So hoffnungslos, so … am Ende. Mich sterben zu sehen – so sterben zu sehen – würde sie zerstören.

Die Zukunft zu kennen, ist ein Trost. Nur die Zeit, die bis

dahin vergeht, ist eine Qual. Leben ist eine Qual, sterben ist Trost. Und irgendwie schließt sich mit dem heutigen Urteil ein Kreis. Ich werde sterben für den Mord an meinem ersten Opfer. Er war der Anfang, er ist das Ende.

Wir fahren nicht lange. Es könnte aber auch ewig dauern. Zu kurz. Ich muss ständig an eine Sanduhr denken. Mein Leben ist wie der Sand in einer Sanduhr. Jetzt sind nur noch ein paar Körnchen übrig. Und jeder weiß, dass die letzten Körner am schnellsten fallen. Viel Zeit bleibt mir nicht mehr.

»Kleiner!« Jesses Stimme dringt zu mir durch. Drängend. »Was tun wir?«.

Ich sehe ihn nicht an, ich wage es nicht. Ich will niemandem mehr in die Augen sehen müssen, will weder Panik noch Rache darin sehen müssen. Ich will das hier – mein Ende – allein mit mir ausmachen. Meinen Frieden machen.

»Kleiner!«

Der Transporter hält und Jesse und ich werden in Handschellen hinausgeführt. Wenigstens die Fußfesseln haben sie uns entfernt. So fühlt es sich mehr nach Freiheit an. Nach Selbstbestimmung.

Stimmen dringen an mein Ohr. Parolen, Beschimpfungen. Ein wildes Durcheinander an Gebrüll, Rufen und Schreien. Ich sehe zu Boden, versuche, alle Geräusche auszublenden, schließe die Augen und lasse mich durch die Menge führen. An mir wird gezogen und gezerrt, aber die Wachen gehen immer weiter und weiter, nichts stoppt unseren Weg.

Warum sind all diese Menschen hier, aber niemand von meinen Leuten?

Weil es nicht mehr meine Leute sind.

»Kleiner!«, ruft Jesse, Panik in der Stimme. Sie bringen ihn woanders hin. Natürlich. »Kleiner!«, brüllt er und ist bereits unerreichbar fern.

Alles wird gut, will ich ihm sagen, aber es bleibt ein Gedanke. Er war mir ein verdammt guter Freund, ein loyaler Leibwächter. Mein Verbündeter. Ich bin ihm unendlich dankbar dafür, dass ich einen Teil meines Lebens mit ihm an meiner Seite verbringen durfte. Wir haben viel gelacht, oft geraucht – zu oft, für mein Gefühl. Ein Toter, eine Kippe. Er wird eine für mich rauchen. Nur dass er die Kippe diesmal nicht teilen muss.

Meine Knie sind weich und meine Beine gleichzeitig schwer wie Blei. Die Wachen führen mich über eine Treppe zu einem Podest. Dort steht mein Henker. Ganz in Lila gekleidet, eine Maske über dem Kopf. Nur die Augen sehen mich an. Und ich sehe ihn an. Du wirst also mein Leben beenden. Ich würde ihm gern sagen, dass es okay ist, dass ich ihn nicht in seinen Träumen verfolgen werde, aber die Zunge klebt mir trocken am Gaumen und er sieht nicht so aus, als würde er dieses Versprechen von mir brauchen. Andererseits sah ich bestimmt auch nie aus, als hätte ich mir ein solches Versprechen von einem meiner Opfer gewünscht. Und doch sind sie ständig bei mir. Meine Opfer. Auch jetzt. Sie stehen alle hier mit mir und dem Henker. Und sehen zu, wie ich sterbe.

Ich betrachte den Strick, der mir um den Hals gelegt werden soll und den dreibeinigen Hocker darunter. Das alles passiert wirklich. Ich schließe die Augen.

»Fireball!« Ein Schrei gellt durch die Menge.

Ist das Sally? Bitte nicht! Ich will nicht, dass sie dabei zusieht, wie mir ein Strick um den Hals gelegt wird und ich minutenlang mit dem Tod ringe. Denn eines ist klar: Dieser Galgen ist nicht dafür konstruiert, mir das Genick zu brechen. Dafür ist die Fallhöhe viel zu niedrig. Er soll mich strangulieren. Und das wird eine Weile dauern.

»Hier rauf«, sagt der Henker und deutet auf den Schemel.

Meine Atmung geht plötzlich so schnell, als wäre ich einen Marathon gelaufen. Mein Herz pumpt das Blut durch die

Adern, als wisse es, dass es bald damit aufhören muss, obwohl es doch noch so leistungsbereit ist. Es will noch nicht aufhören zu schlagen. Aber soweit ich weiß, nutzen Ameganer Hinrichtungen für Organspenden. Unsere Herzen gleichen denen der Ameganer. Vielleicht bekommt meines einen neuen Besitzer. Oder Chesnum beschließt, dass ich das Herz eines Teufels habe, und verbrennt es zusammen mit dem Rest meines Körpers.

Unkontrolliert zitternd steige ich auf den Schemel und bin froh, dass mich der Henker stützt. Er zieht mir einen Sack aus dicht gewebtem Stoff über den Kopf. Das ist gut. Dann geht mein sterbendes Gesicht wenigstens nicht durch die Presse. Durch die Waben des Stoffs kann ich ein wenig Licht erkennen, sonst nichts.

Mir wird die Schlinge um den Hals gelegt. Kratzig und schwer. Erneut versuche ich, durch die Waben zu sehen. Das ist also das Letzte, das ich in meinem Leben sehe.

Nein.

Nein, das will ich nicht.

Ich schließe die Augen und rufe ein ganz bestimmtes Bild auf. Atme tief, um mich darauf zu konzentrieren. Und dann sind da ihre grünen Augen, ihr Lächeln, ihr Haar. Ich kann es sogar riechen. Sie lächelt. Sie ist glücklich.

Irgendwo weit weg von diesem Bild in meinem Kopf toben die Ameganer, sie schreien, sie rufen. Aber ich lausche nur Sallys Lachen, das in mir widerhallt.

Und dann verliere ich den Halt unter meinen Füßen und falle.

14

SALLY

»Schieß endlich, Ginger Robyn – schieß!« Fireball zappelt am Galgen, ich ertrage den Anblick nicht. »Er wackelt zu stark.«

Tedd und die anderen sorgen in der Menge für Tumult, kämpfen sich vor, eine Gruppe zu Jesse, die andere zu Fireball. Aber für Fireball ist es zu spät, wenn Ginger Robyn nicht endlich schießt.

Da drückt sie ab. Der Laserstrahl trifft das Seil. Aber es reißt nicht. Fireball hängt wie an einem seidenen Faden. Für den Herzschlag einer Sekunde glaube ich, dass jetzt alles vorbei ist, doch in diesem Moment gibt der Strick nach und reißt. Fireballs lebloser Körper stürzt zu Boden und ich kann sehen, wie zwei Hände aus der Menge nach seinem am Boden liegenden, gekrümmten Körper greifen und ihn vom Podest ziehen. Der Henker fällt rückwärts zu Boden, getroffen von einem zweiten Schuss aus Ginger Robyns Gewehr.

Sie hängt die Waffe über die Schulter und steht auf. »Teil eins erledigt. Weiter«, sagt sie und ich folge ihr, auch wenn ich lieber beobachten würde, ob sie es tatsächlich schaffen, Fireball durch die tobende Menge zu bekommen. Aber wir müssen fliehen, müssen darauf vertrauen, dass unser Plan funktioniert.

Ginger Robyn und ich befinden uns in einem Büroraum im zehnten Stock des Kanzleramts. Sie hat sich das Fenster hier nach gründlicher Prüfung ausgesucht. Jetzt gilt es, die verbleibenden zwanzig Stockwerke hinauf zum Landeplatz zu kommen. Wir rennen aus dem Büro und weiter über den Gang. An den Fahrstühlen bleibt Ginger Robyn stehen und drückt bei zwei der vier Kabinen die Knöpfe. Als die Fahrstühle ankommen, teilen wir uns auf, drücken auf den Schalter, der den Fahrstuhl zum Eingang fahren lässt, und verlassen die Aufzüge wieder. Wir hoffen, dadurch dem Rest des Teams einen Vorsprung zu verschaffen. Im besten Fall kommen die Aufzüge gerade unten an, wenn unsere Leute in die Empfangshalle kommen.

Ginger Robyn und ich rennen um die Ecke, durch eine Glastür und hinein ins Treppenhaus. Zwanzig Stockwerke. Ich hole tief Luft und dann sprinten wir los.

Nach vier Treppenabsätzen zerreißt meine Lunge beinahe. Auch Ginger Robyn kämpft mit ihrer Kondition. Sie bleibt kurz stehen und wir atmen beide tief durch. »Weiter«, sagt sie nach fünf Sekunden.

Von irgendwo unter uns dringen Stimmen hinauf. Soldaten des Kanzlers. O nein! Sie rufen Befehle, ich kann ihre schweren Stiefel auf den Treppen hören. Und Ginger Robyn und ich legen einen Zahn zu. Meine Lunge droht, auseinanderzureißen, meine Oberschenkel brennen und ich stolpere, weil die Kraft nicht mehr reicht.

Ginger Robyn bleibt stehen und zieht ihr Gewehr. »Noch zehn«, sagt sie. Sie hat mitgezählt. Ich hab irgendwann die Übersicht verloren. Mit gezogener Waffe erholen wir uns kurz, aber auch unsere Verfolger schaffen es in ihrer Uniform nicht dreißig Stockwerke hinaufzurennen.

Da gibt einer der Fahrstühle ein kurzes *Pling* von sich. Scheiße. Das war ganz in der Nähe.

»Lauf!«, brüllt Ginger Robyn und ich gebe Gas. Irgendwo – viel zu nah – höre ich Stimmen, Kommandos. »Stehenbleiben oder wir schießen.« Ginger Robyn dreht sich um und schießt. Ein Schuss, ein Treffer. Diese Rebellen sind einfach unglaublich. Unglaublich gut.

»Lauf weiter!«

Unsere Verfolger treiben mich an. Ich verschwende keinen Gedanken mehr an meine Lunge oder meine Oberschenkel, ich laufe einfach nur um mein Leben. Schließlich erreichen wir die Tür zum Dach, zum Landeplatz. Ich will sie aufstoßen, knalle aber hart dagegen. »Abgeschlossen!«

»Zur Seite!« Ginger Robyn schießt das Schloss kaputt und stößt die Tür im Laufen auf.

Im selben Moment öffnet sich eine der Fahrstuhltüren. Ginger Robyn richtet ihre Waffe ohne stehenzubleiben in die Richtung, senkt sie aber wieder, als sie Jesse und zwei der Leute aus ihrer Truppe erkennt. Sie schließen zu uns auf und Jesse und Ginger Robyn geben sich im Lauf einen flüchtigen Kuss auf den Mund. Dann nimmt er zwei Waffen von ihr entgegen. Damit eröffnet er ohne zu zögern das Feuer auf unsere Verfolger, die mittlerweile das Treppenhaus verlassen haben.

»Wie ist der Plan?«, fragt er.

»George wird jeden Moment für Ablenkung sorgen. Wir hauen mit Fireball ab.«

»Klingt einfach.«

»Wird einfach.«

»Es gibt nur ein Problem.«

»Welches?«, fragt Ginger Robyn und erschießt zwei ameganische Soldaten.

»Wo ist Fireball?«

Ich schlucke. Jesse hat recht. Fireball, Jonah und Tedd sind noch nicht hier. Wir können den Planeten nicht ohne sie verlassen.

»Da!«, ruft Ginger Robyn und zeigt auf den Ausgang zur Startrampe. Zwei Personen stützen Fireball, aber ich kann sehen, dass er bei Bewusstsein ist. Unendliche Erleichterung durchströmt meinen Körper. Er lebt. Er lebt. Er lebt.

Ginger Robyn und Jesse geben den dreien Feuerschutz, aber es kommen immer mehr Soldaten aus dem Treppenhaus und den Fahrstühlen.

»Sally! Wenn du die Waffe jemals benutzen willst, die ich dir gegeben habe, dann wäre jetzt der perfekte Zeitpunkt«, ruft Ginger Robyn. Oje. Ich hatte gehofft, es würde nicht so weit kommen. Ein richtiges Training an der Waffe hatte ich nie. Nur ein paar Mal mit Tina im Hideout und ja, ich war gar nicht mal schlecht, aber das hier ist echt. Und ich will niemanden umbringen.

»Sally!«, brüllt Jesse und ein Schuss zischt nur knapp an seinem Kopf vorbei.

Okay, sie werden uns töten, wenn wir sie nicht zuerst umbringen. Verstanden. Ich ziele an Fireball, Tedd und Jonah vorbei auf die Soldaten. Und treffe. Treffe wieder. Die Getroffenen brechen zusammen, bleiben liegen. Und irgendwas in mir zerspringt. War das mein Herz? Meine Seele?

Wir erreichen rückwärts gehend das Shuttle. Priscilla öffnet wie geplant die Luke und hilft uns hinein. »Rein mit euch, Kinder.« Ich klettere über die Kante, gefolgt von den beiden Männern, die Jesse gerettet haben. Sie sind viel älter als wir, eher Georges Generation. Ähnlich wie Tedd waren sie ihm um den Hals gefallen. Es hatte fast wie ein Klassentreffen gewirkt.

Ginger Robyn und Jesse tauschen ihre Waffen gegen Neue aus, die ihnen Priscilla aus dem Waffenschrank reicht, kehren zurück zur Luke und geben Jonah, Fireball und Tedd Feuerschutz. Als sie sie erreichen, hilft Jonah Fireball ins Shuttle und ich ziehe ihn zu mir – drücke ihn fest an mich.

»Los, los, los!«, brüllt Jesse. »Schneller!« Der Rest der Truppe steigt ein, aber das bekomme ich überhaupt nicht mit. Ich habe nur Augen für Fireball.

Zitternd schlinge ich meine Arme um ihn und lasse ihn nicht mehr los. All die Angst, all die Sorgen, all die Panik sind stärker denn je, aber er ist hier. Er hält mich und ich sauge das Gefühl seiner Nähe auf wie eine Droge, ohne die ich nicht mehr leben kann. Schließlich nimmt er mein Gesicht in seine Hände. Mein Blick fällt auf seinen Hals, wo der Abdruck des Stricks rot und blau prangt. Er schluckt schwer und der Kehlkopf hebt und senkt sich. Ich lege die Stirn an seine. »Du lebst.«

»Ich lebe.«

Jonah und Jesse starten das Shuttle. Sie werden über den östlichen Wald hinweg fliegen, so wie wir es besprochen haben, und dort Ginger Robyn und die anderen absetzen.

Fireball löst sich von mir, hält aber meine Hand ganz fest, zieht mich ins Cockpit.

»Wie ist der Plan?«

»Wir lassen unsere Gäste abspringen«, sagt Jonah.

»Das wird niemals funktionieren. Wir werden verfolgt. Die Ameganer schnappen sie, bevor sie im Hideout sind.«

»Die Ameganer haben andere Probleme – sie werden angegriffen«, sagt Jonah und zeigt auf den Horizont. »Lehn dich zurück und vertrau dem Plan.« Am Horizont steigt ein Starfighter auf und beginnt, ein unbevölkertes Energieversorgungslager zu beschießen.

»Was zur Hölle …?« Fireballs Augen werden groß.

»Das ist dein Vater«, erkläre ich. »Wir treffen ihn später.« Er sieht mich vollkommen entsetzt an.

»Ihr habt meinen Vater … Ihr … Er …«

»Kleiner, wirst du heute noch im Stande sein, einen geraden Satz rauszubringen?«

»Seid ihr sicher, dass er …?« Fireball spricht nicht weiter, aber ich sehe es an seinem Blick: Irgendetwas bereitet ihm Sorgen, nein, macht ihm Angst. Ich lege ihm eine Hand auf den Oberarm: »Fireball, was ist los?«

Er schüttelt den Kopf. »Nichts. Nichts. Ihr habt einen Plan. Ich … « Er blinzelt und es scheint, als hätte er damit seine düsteren Gedanken vertrieben. »Jesse braucht medizinische Versorgung. Nichts Schlimmes, nur ein paar Brandwunden.«

»Du aber auch!«, sagt Jesse.

»Ach Quatsch, mir geht's gut.«

»Gut?« Ich hebe die Augenbrauen. Der Kerl hat ganz klar keine Ahnung, wie dunkelblau sich dieses Hämatom an seinem Hals verfärbt. Ich muss ihn dringend auf innere Verletzungen untersuchen. Außerdem weiß ich sicher, dass auch er getasert wurde.

»Erst lassen wir die anderen abspringen«, sagt Jesse und Fireball nickt.

Wir überfliegen eine ganze Weile den Wald, der sich scheinbar über den gesamten Kontinent erstreckt.

»Da, schau.« Fireball deutet nach unten und ich entdecke einen Fluss, der sich wie eine Narbe durch den Wald zieht.

»Warst du schon mal hier?«, frage ich.

Er nickt. »Hier wurde ich ausgebildet. Am Anfang. Es war eine Art Trainingslager. Tedd, Nick, Leah und Eva sind dort Lehrer.« Er zeigt auf die Menschen, die uns geholfen haben, ihn und Jesse zu befreien.

»Sie kennen deinen Vater«, sage ich.

Er nickt mit zusammengezogenen Augenbrauen. »Das denke ich mir. Sie sind die einzigen älteren Rebellen.«

»Und sie haben dir nichts gesagt.«

»Nein, haben sie nicht. Sie wussten, wer mein Vater war, aber haben kein Wort gesagt. Ich nehme an, der Häuptling hat es ihnen verboten.«

»Macht euch bereit«, ruft Jesse und Ginger Robyn, Tedd, Nick, Leah und Eva treten an die Luke. Jeder von ihnen trägt einen Rucksack, an denen je ein orangefarbener Ball hängt. Als sie sagten, sie wollen bei ihrer Flucht aus dem Shuttle springen, hatte ich sie für verrückt erklärt. Mir war nicht klar, dass Rebellen ihre Missionen so detailliert von Anfang bis Ende durchdenken. Sie hatten von vornherein Rucksäcke mit Fallschirmen dabei.

Jesse verlässt seinen Posten und öffnet die Luke. Einer nach dem anderen tritt vor und springt, ohne zu zögern.

»Gott, mir wird allein bei dem Anblick schlecht«, sage ich. »Hast du sowas auch schon gemacht?«, frage ich Fireball.

Der nickt finster. Er ist so still. Was hat er nur? Ich sollte ihn dringend untersuchen. Vielleicht hat er einen Schock.

Ginger Robyn tritt als Letzte vor. Sie gibt Jesse einen Kuss und will dann los, aber er hält sie fest, legt seine Hand auf ihre Wange, küsst sie leidenschaftlich und legt die andere Hand schützend auf ihren gewölbten Bauch. Mir steigen Tränen in die Augen. Mein Gott, dieser Jesse. Er ist ein unmöglicher Rebell. Und so ein guter Kerl.

Schließlich springt auch Ginger Robyn.

FIREBALL

Sally diagnostiziert bei mir einen leichten Schock und verabreicht mir eine Infusion mit irgendeiner Flüssigkeitszusammensetzung, die ziemlich modern klingt. Meine Brandwunde desinfiziert sie, was höllisch brennt, aber für mich kein fremder Schmerz ist, cremt sie ein und legt mir einen Verband an. Dann kümmert sie sich um Jesse. Er ist mein bester Freund, wird bald Vater und trotzdem hasse ich es, ihr dabei zuzusehen, wie sie seinen nackten Oberkörper berührt. Jesse sieht die Eifersucht in meinen Augen und schüttelt grinsend den Kopf.

»Danke, Internatsmäuschen. Und übrigens: Du kannst verdammt gut schießen, weißt du das?«

»Hat mir deine Schwester schon mal gesagt, ja.« In ihrer Stimme liegt eine Schwere, die mich aufhorchen lässt.

»Dann lass ich euch mal allein.« Jesse sieht mich an, als wolle er sagen: Wie kann man nur so furchtbar verknallt sein, dass man sogar dem besten Freund nicht über den Weg traut?

Tja, das bin ich wohl. Furchtbar verknallt.

Sally räumt den Müll weg und ich beobachte sie wachsam. »Was ist mit dir?«

Sie schüttelt den Kopf. »Nichts«, sagt sie und versucht sich an einem Lächeln, das ihre Augen nicht erreicht. Mit zwei Schritten bin ich bei ihr und halte sie fest. »Red mit mir. Was ist los?«

Sie beißt sich auf die Lippe. Will sie es mir nicht sagen oder kann sie nicht? Ich warte ab und schließlich rückt sie mit der Sprache raus. »Ich habe jemanden erschossen. Zwei Ameganer.« Ich spüre ihre Angst, ihr Entsetzen vor dem, was sie getan hat.

»Du hast uns beschützt. Du hast deine Freunde gerettet.«

»Ich weiß. Aber ... ich habe getötet.«

»Das kannst du nicht wissen. Ameganische Uniformen fangen viel ab. Wahrscheinlich sind sie nur ohnmächtig geworden.«

Sie schüttelt den Kopf, Tränen schimmern in ihren Augen. Sie weiß es. Sie ist sich absolut sicher.

»Wird es irgendwann besser?«

Für einen Moment weiß ich nicht, was sie meint. Aber dann wird mir klar, dass sie von den Schuldgefühlen spricht. Von den Vorwürfen, den Alpträumen, den Gesichtern, den Geräuschen.

Ich nicke. »Es ... wird leichter.«

Sie nickt ebenfalls und ich ziehe sie fest an meine Brust. »Danke. Danke, dass du mich und meine Freunde beschützt hast.«

Wir verlassen Amega ohne Schwierigkeiten. Mein Vater macht anscheinend einen ziemlich guten Job, die Ameganer in Schach zu halten.

Ich helfe Jonah dabei, das Shuttle ruhig zu halten. Die anderen haben sich hingelegt, versuchen zu schlafen. Nur wir beide sind noch wach. Sitzen hier und schweigen. Es war Jonah, der mich von dem Podest gezogen hat. Ich hasse diesen

Kerl, ich hasse ihn wirklich. Er ist der Typ, der Sally vor mir geküsst hat. Der Typ, der ihr vor mir das Herz gebrochen hat. Der Typ, der sie zurückhaben will. Aber für das, was er heute für mich getan hat, werde ich ihm immer dankbar sein. Immer.

Die Stunden vergehen und ich betrachte immer nervös das Navigationssystem.

»Wo treffen wir uns mit meinem Vater?«

»Omega hundertdreißig.«

Ich rufe die Stelle an der Navigation auf und zoome näher heran. »Er ist noch nicht da.«

»Würde mich wundern, wenn er das wäre. Es dauert sicher noch.«

»Mhm.«

Er sieht mich kurz von der Seite an. »Du machst dir Sorgen?«

Ich fahre mir durch die Haare und reibe mir die müden Augen. »Ach was. Ich bin nur paranoid.«

»Warum? Hast du Angst, die Ameganer erwischen ihn?«

»Das ... ja.«

»Jetzt lass dir doch nicht alles aus der Nase ziehen, Mann. Dein Vater ist der beste Pilot, den Nayo je gehabt hat. Er wird es schon schaffen. Dich piekst etwas anderes.«

Ich sehe ihn an. »Du hast recht. Mir war nicht klar, dass du mich so gut kennst.«

»Ich mache eben meine Hausaufgaben. Studiere den Feind.« Er lächelt schmal und irgendwie mag ich seinen Humor.

»Mein Vater will Morsis töten. Allein.«

»Und das kränkt dein Ego, weil du der Held sein willst.«

Ich lache bitter und schüttele den Kopf. »Du meinst echt, mich zu kennen ... Nein, Mann. Das macht mir Angst, weil ich weiß, welche Kräfte Morsis hat. Und die Kräfte meines Vaters ... reichen vielleicht nicht.«

»Aber deine?«

»Nein. Wahrscheinlich nicht. Aber zusammen …«

»Zusammen. Wie das klingt. Die unschlagbaren McAllisters. Schon mal auf die Idee gekommen, dass vielleicht keiner von euch dazu bestimmt ist, Morsis zu besiegen?«

Ich runzele die Stirn. »Nee. Tatsächlich nicht.«

»Dein Ego möchte ich haben, Mann.«

»Du bist gar nicht so dumm, wie du aussiehst, Jonah.«

»Du schon, McAllister.«

EINE STUNDE später sind wir bei Omega hundertdreißig angekommen. Aber von meinem Vater ist nichts zu sehen. Er ist nicht hier. Und auch auf dem Sensor blinkt nichts. Ein ungutes Gefühl breitet sich in mir aus. Wie schwarze Tinte in Wasser. Ist ihm etwas zugestoßen? Oder hat er sich abgesetzt?

Jonah hat die Füße auf einen Stuhl gelegt und geht die ameganischen Nachrichtenberichte durch. Wir sitzen alle zusammen in der Küche, Priscilla, Jesse, Sally, Jonah und ich. »Hier ist eine neue Meldung! Der Angreifer ist Augenzeugen zufolge ins Weltall geflohen. Von einer Verfolgung sieht die Führungsriege ab«, Jonah hebt den Zeigefinger, um die Bedeutung dieser Nachricht zu unterstreichen, »es gelte jetzt, die Grenzen ins All zu sichern. Ob es sich um einen Angriff bla, bla, bla.«

»Von wann ist die Nachricht?«, frage ich.

»Ging gerade erst online. Aber bis die Infos ausgegeben wurden, die Nachricht erstellt und veröffentlicht wurde … Kann schon ne Weile her sein.«

»Warum sehen wir ihn dann nicht auf dem Radar? Wir müssten doch längst Kontakt mit ihm haben.« Nervös reibe ich die Hände aneinander. Mit jeder Minute, die vergeht, werde ich unruhiger. Wo bleibt er? Und wenn er nicht kommen sollte, was tun wir dann?

Sally legt eine Hand auf meinen Oberarm und ihr Kopf

lehnt an meinem Schulterblatt. »Es läuft alles nach Plan. Beruhige dich.«

Mich beruhigen! Wie könnte ich das, wo ich doch ständig dieses nagende Gefühl habe, dass ich hier meine Zeit vergeude, dass ich woanders sein sollte.

»Wir sollten hier abhauen«, sage ich abrupt und alle sehen mich an.

»Abhauen? Aber wohin? Und weshalb?«, fragt Sally.

»Zum Mutterschiff der Schattenjäger. Ich weiß nicht, warum, aber ich ... ich weiß es einfach. Ich glaube nicht, dass mein Vater hierherkommt. Ich glaube, dass er sich abgesetzt hat und jetzt auf dem Weg zu Morsis ist. Wir müssen ihm folgen.«

»Was macht dich so sicher?«, fragt Jesse.

»Es ist das, was ich tun würde.« Ich betrachte Jesse und Jonah, sehe die Fragezeichen über ihren Köpfen. Priscilla nickt. »Das macht Sinn. Er war schon immer ein sturer Draufgänger.«

Nie hätte ich gedacht, dass mir ausgerechnet Priscilla beipflichten würde, aber gut – in dieser Situation nehme ich jede Unterstützung an, die ich bekommen kann.

»Kleiner, ich glaube nicht, dass ...«

»Wir kommen mit leeren Händen nach Nayo zurück. Keine Verbündeten, nur die Aussicht auf Sprachrecht beim Intergalaktischen Rat. In verdammten zwei Wochen. Damit können wir nicht nach Hause zurückkehren. Er kann es nicht.« Ich schüttele den Kopf. »Mein Vater hat den Kraft-Zirkel. Und einen verdammten Starfighter.«

»Was ist ein Kraft-Zirkel?«, fragt Jonah, aber Jesse und ich ignorieren ihn. Wir sind voll in unserem Element, Dinge zu durchdenken und einen Plan zu schmieden.

»Aber die Schattenjäger werden ihn niemals durchlassen. Er wird es ohne Hilfe nicht ins Mutterschiff schaffen.«

»Das weißt du nicht. Dieser Kerl hat gerade die gesamte

ameganische Flotte abgehängt. Und mit den Strategien der Schattenjäger kennt er sich aus.«

»Was willst du tun?«

»Hinfliegen. Ins Mutterschiff gehen und …«

»Moment, Moment«, ruft Sally. »Ihr könnt nicht über unsere Köpfe hinweg entscheiden! Wenn wir jetzt von hier abhauen, verpassen wir deinen Vater vielleicht …«

»Werden wir nicht. Er wird nicht kommen.« Ich weiß es einfach.

»Und überhaupt«, fährt sie fort, »was ist das für ein dämlicher Plan, *einfach so* in das Mutterschiff einzusteigen? Das ist unmöglich und …«

»Ich habe es schon einmal geschafft. Für dich. Und jetzt werde ich es für ihn tun.«

»Ich begleite dich«, sagt Jesse und ich bin ihm unendlich dankbar, dass er in dieser Sache hinter mir steht.

Sally blickt uns entgeistert an. »Jonah, wie siehst du das? Wir haben einen Plan! Wir werden ihn verpassen, wenn wir jetzt von hier verschwinden.«

Jonah presst die Lippen zusammen. Er sieht mich lange an, wägt meine Argumente ab. »Tut mir leid, Sally.«

Ich kann sehen, wie sie innerlich zerbricht. Ihr geht es nicht darum, dass wir meinen Vater verpassen könnten. Ihr geht es um mich. Sie hat Angst. Und das verstehe ich. Um ein Haar hätte sie dabei zusehen müssen, wie ich sterbe, und war froh, mich in Sicherheit zu wissen. Aber ich bin ein Rebell. Und der Sohn meines Vaters. Ihr muss mittlerweile klar sein, dass ich niemals sicher sein werde. Ich bin nicht in der Position, solche Versprechen zu geben. Das war ich nie.

Mit ernstem Blick gehe ich zu ihr und nehme sie in die Arme. »Ich pass auf mich auf. Versprochen.«

»Mach doch, was du willst«, sagt sie, windet sich aus meiner Umarmung und läuft aus der Küche. Ich werde später mit ihr reden. Jetzt müssen wir endlich handeln.

»Jonah? Ist der ehemalige Raumgleiter von Galeri noch in der Nähe des Mutterschiffs stationiert?«

»Ja, warum?«

Ich betrachte die Tür, hinter der Sally verschwunden ist und hoffe, dass meine Entscheidung nicht das Todesurteil für alle hier an Bord bedeutet. »Weil das unser erstes Ziel ist. Los.«

15

SALLY

Er hat wirklich vor, in das Mutterschiff zu spazieren und gemeinsam mit seinem Vater gegen Morsis zu kämpfen. Aber ich muss die ganze Zeit daran denken, was passiert, wenn George nicht dort ist. Wenn es Fireball ist, der Morsis zuerst findet.

George hat gesagt, es wäre nicht Fireballs Kampf. Aber das stimmt nicht. Es war immer Fireballs. Und wird es immer sein. Bis es vorbei ist. Bis einer von beiden tot ist.

Mein Herz verkrampft sich. Okay, Schluss damit. Ich kann ihn nicht aufhalten. Er lässt sich nicht aufhalten. Entweder ich bleibe hier sitzen wie ein beleidigtes Mädchen, oder ich gehe da raus und stehe ihm zur Seite, so gut es geht. Ich bin nicht feige.

Also öffne ich meine Koje und verlasse Priscillas und mein Zimmer. Fireball steht im Cockpit, mit dem Rücken zu mir. Jesse und Jonah steuern das Shuttle. Leise trete ich zu ihm, lege meine Arme um ihn und meine Stirn an seinen Rücken. Er dreht den Kopf ein wenig und legt seine Finger auf meine Hand, verschränkt sie mit meinen. Ich schlucke schwer. Präge mir die Berührung ein. Und das Gefühl, das ich dabei habe.

Plötzlich piept die Navigation wie verrückt. »Was ist das?«, frage ich nervös.

Mit einem Blick auf das Display erkennt Jonah die Lage. »Schattenjäger-Jets. Und Starfighter. Wir haben die Kampfzone erreicht.«

»Jesse, stell Funkkontakt mit dem Raumgleiter her«, befiehlt Fireball. Er lässt meine Hand los. »Der Rest setzt sich hin und schnallt sich an.«

Priscilla und ich setzen uns und schließen die Gurte. Fireball bleibt vorn im Cockpit. Wahrscheinlich würde er gerne mit Jonah den Platz tauschen. Ich spüre, wie es ihm in den Fingern kribbelt, die Kontrolle zu übernehmen.

»Ich will mit dem Kommandanten sprechen.«

»Wird gemacht, Boss«, sagt Jesse.

»Hier XD-4867-JWK, alias Jawenka Sieben, kommen bitte.«

Eine weibliche Stimme, die mir irgendwie bekannt vorkommt, meldet sich. »Hier Aklahoma Neun, Jawenka Sieben, habt ihr euch verflogen?«

»Nein, Aklahoma Neun, wir suchen ein verloren gegangenes Schäfchen.«

»Sucht ihr etwa uns?«, sagt die Frau.

Fireball beugt sich zum Mikrofon. »Nein, aber es wäre schön, euch wiederzusehen. Erbitten Landeerlaubnis.«

»Boss!«, ruft die weibliche Stimme und da erkenne ich sie. Es ist Elisabeth. Natürlich! Sie ist gemeinsam mit Kevin und Jack auf die Aklahoma Neun verbannt worden und kämpft seither dort. »Okay, wir können versuchen, euch einen schmalen Korridor freizuräumen, aber beeilt euch. Hier ist die Lage heiß.«

»Danke«, bestätigt Fireball. »Jonah, mach Platz.«

Ich wusste es.

Jonah macht eine kapitulierende Geste, aber verlässt den Pilotensitz ohne Murren. Fireball übernimmt das Steuer. Und fliegt uns mitten hinein in die Kampfzone.

. . .

Vor dem Fenster des Cockpits sehe ich Laserschüsse. Ein buntes Blitzlichtgewitter, das wie Spinnweben das All durchzieht. Plötzlich eine Explosion links von uns. Das Shuttle wird durchgerüttelt und Angst steigt mir bis hinauf in die Kehle. Priscillas Hand greift nach meiner und ihre langen Fingernägel bohren sich schmerzhaft in meine Haut. Fireball reißt das Kontrollpanel herum und wir tauchen in eine waghalsige Kurve. Mein Magen sackt ab und ich unterdrücke ein Kreischen. Ich muss den Blick vom Fenster abwenden, nein, am besten die Augen schließen, damit mir nicht übel wird.

Unser Shuttle beschleunigt und die Geschwindigkeit drückt mich in den Sitz. Fireball schlägt mit dem Shuttle Haken wie ein Hase. Ich öffne die Augen, nur um in das Auge eines Schattenjäger-Jets zu blicken. Das war's, denke ich, doch Jesse oder Fireball schießen den Kerl ab, bevor er zum Schuss kommt. »Nimm du die rechte Seite«, befiehlt Fireball und es bedarf noch nicht mal einer Antwort von Jesse. Sie sind ein eingespieltes Team – das zeigt sich in solchen Situationen, in denen es um jede Sekunde geht, immer und immer wieder.

»Achtung! Unter euch!«, erreicht uns ein Funkspruch und Fireball lässt das Shuttle zur Seite driften. Ich sehe einen Laserstrahl Zentimeter an uns vorbeizischen. Oh Gott! Oh Hilfe! Wir sind tot! Das hier ist nicht zu überleben. Das schaffen wir niemals!

Ich sehe den Schweiß auf Fireballs und Jesses Schläfen, ihre angespannten Kiefermuskeln. Das hier ist ernst. Sehr ernst.

»Da ist Kevin!«, ruft Jesse.

»Ich halt den Bereich unter euch frei. Und jetzt macht, dass ihr hier rauskommt.«

»Danke, Mann«, sagt Jesse, während Fireball konzentriert durch die Geschosse und Jets navigiert.

»Da kommt einer von rechts oben, Kev.«

»Ich seh ihn.« Eine Explosion erhellt den Himmel. »Erwischt! Ja, verdammt!«

Plötzlich detoniert eine weitere Explosion ganz in unserer Nähe und Fireball und Jesse brauchen all ihre Kraft, um unser trudelndes Shuttle wieder unter Kontrolle zu bringen. Was war das? Es war so nah.

»Kev?«, funkt Jesse. »Kev, alles klar?«

Keine Antwort. Keine. Antwort. Mein Herz rast. Kevin. Nein. Nicht Kevin. Ich sehe ihn vor mir am Lagerfeuer sitzen, Ginger Robyn im Arm. *»Du kannst dich dorthin setzen«*, hatte er gesagt. Es waren diese Worte, die mir, verloren wie ich damals war, Orientierung gegeben haben. Und jetzt ist er …

»Kevin, kommen«, sagt Fireball, aber statt Kevin ist es die weibliche Stimme, die sich meldet. »Sein Starfighter ist offline.«

Fireballs Finger treten weiß hervor, weil er den Steuerknüppel so fest packt. »Weg hier«, sagt er leise und beschleunigt.

Kevin ist tot. Ich fasse es nicht. Kevin ist tot.

Im nächsten Moment vibriert das Shuttle. Ich reiße die Augen auf und starre auf eine metallene, unendliche Hülle. Wir haben den Raumgleiter erreicht, sind durch den Schutzschild geflogen. Wir sind in Sicherheit.

An der Seite des Raumgleiters öffnet sich eine Luke und Fireball manövriert uns hinein. Ich kenne diese Zone des Raumgleiters sehr gut. Durch diese Luke habe ich Fireball und mich in Sicherheit gebracht. Mit Hilfe von Jack und … Kevin. Es war Kevin, der uns geholfen hat.

Wir setzen auf und hinter uns schließt sich die Luke wieder. Unser Shuttle wird automatisch durch eine Schleuse gelenkt. Keiner an Bord spricht. Jesse steht auf und geht an mir vorbei. Ich will etwas sagen, aber weiß nicht was. Fireball umkrallt das Steuer, als würde er den Halt verlieren, wenn er losließe.

Dann ist Jesse zurück. Er reicht Fireball eine Zigarette. Fireball steckt sie sich in den Mund und Jesse zündet sie an.

»Ich glaube, rauchen ist an Bord verboten«, sagt Priscilla.

»Gib mir auch eine, Jesse«, sage ich. Erst denke ich, er will mir einen blöden Spruch reindrücken. Irgendwas, dass Internat-Mäuschen nicht rauchen sollten, oder so. Aber er steht auf, reicht mir eine und zündet sie mir an. Ich ziehe daran, habe den Rauch aber nur in der Mundhöhle. Ich mache es bestimmt nicht richtig, aber das ist mir egal. Jonah schnallt sich ab und kommt zu mir. Er hat keine Ahnung, was gerade passiert ist.

»Dieser Kevin ...?«, flüstert er.

»War ein Rebell. Und ein verdammt guter Kerl.« Ich nehme meinen zweiten Zug.

»Verstehe.« Er nickt, nimmt mir die Zigarette aus der Hand und zieht.

»Ach, fuck it«, sagt Priscilla. »Gib schon her. Ich hab seit dreißig Jahren nicht geraucht.«

Jonah und ich grinsen uns an, als sie einen tiefen Zug nimmt und die Zigarette behält. »Ihr junges Volk solltet eh nicht so viel rauchen. Das ist ungesund.«

»Wer weiß, ob wir überhaupt alt werden, Priscilla«, sage ich und sehe sie an. Betrachte ihre Falten, die Weichheit ihrer Haut, den grauen Ansatz ihrer Haare. »Wie ist das? Alt werden?«

Sie verzieht den Mund. »Es ist nicht real. Im Kopf bist du noch immer sechzehn und ziehst an deiner ersten Kippe. Aber in Wahrheit gehören dir zwei Häuser, fünf Autos und ein Pudel.« Sie zuckt mit den Schultern. »Die Probleme bleiben dieselben. Du wirst dich immer fragen, ob das Liebe ist. Oder noch Liebe ist. Ob es Zeit ist für einen Neuanfang. Und dann siehst du in den Spiegel und denkst dir: Verdammt. Wann ist das passiert?« Sie lächelt. »Die Wahrheit ist: Dein eigenes Alter siehst du nur an deinen Freunden. Die werden alt. Aber nicht du.« Sie zwinkert und ich schmunzele.

Die Schleuse öffnet sich und wir sind in der Parkzone, grünes Licht zeigt an, dass wir aussteigen können. Jonah öffnet die Luke. Ich schnalle mich ab und gehe ihm mit wackeligen Knien hinterher. Er hilft mir aus dem Shuttle und ich stehe Jack und Elisabeth gegenüber. Jacks Gesicht ist hart wie eine Maske. Elisabeths Augen sind rot und wässrig, aber auch sie setzt eine harte Miene auf.

»Es tut mir so leid«, flüstere ich. Jack nickt und Elisabeth presst die Lippen zusammen. Hinter mir bewegt sich etwas. Fireball und Jesse verlassen das Shuttle.

Die Vier sagen kein Wort, fallen sich nur in die Arme wie ein Rudel. Elisabeth versteckt sich unter den Jungs und schluchzt. Fireball sagt irgendetwas zu ihnen und die anderen drei nicken. Dann löst er sich aus der Umarmung. »Ich glaube, mein Vater ist auf dem Weg ins Mutterschiff. Ist hier ein unbekannter Starfighter aufgetaucht?«

Jack nickt. »Tatsächlich ist vor etwa dreißig Minuten ein einzelner Starfighter durch die Kampfzone gestoßen. Da es einer unserer Leute war, haben wir ihn nicht weiter beobachtet. Dachten, das wäre irgendeiner von Galeris Geheimplänen.«

»Nein, es ist einer meines Vaters. Bringt mich zu einer Station, von der wir seine Flugroute nachvollziehen können. Ich muss wissen, ob ich mit meiner Vermutung recht habe.«

Elisabeth und Jack gehen voran. »Fireball!«, rufe ich und er bleibt stehen, dreht sich noch einmal um und nimmt meine Hände in seine, legt seine Stirn an meine. »Ich will, dass du den Raumgleiter verlässt. Lass dich zusammen mit Priscilla nach Nayo fliegen. Bringt euch in Sicherheit.«

»Du spinnst ja! Ich lass dich nicht hier zurück.«

Er atmet zittrig aus und küsst meine Stirn. »Ich gehe jetzt. Und das solltest du auch tun. Aber in die andere Richtung. Ich will dich in Sicherheit wissen.«

»Ich kümmere mich um sie«, sagt Priscilla und hält meinen Arm fest.

Die vier Rebellen verschwinden und lassen Jonah, Priscilla und mich zurück.

»So Schätzchen«, sagt Priscilla, »und jetzt schauen wir, wie wir uns hier nützlich machen können. Als könnte uns irgendein Kerl vorschreiben, was wir zu tun haben. Der spinnt ja!«

Wir folgen einem blau beleuchteten Pfad und biegen mehrmals ab, erreichen dank Jonahs Ausbildungskenntnissen die Brücke des Raumgleiters und treffen dort auf Kommandantin Marshall, wie sie sich uns vorstellt.

»Ma'am«, sagt Jonah und steht stramm. »Wir kommen von Shuttle XD-4867-JWK und melden uns zum Dienst. Wir sind medizinisches Personal, Kampfpilot und Zivilistin. Wie können wir helfen?«

IN DER MEDIZINISCHEN Abteilung herrscht Chaos. Die Mitarbeiter eilen von Bett zu Bett, es gibt keine Einzelzimmer, stattdessen sind alle Patienten in einem großen Saal untergebracht. Es riecht nach Blut, Schweiß, Kot und Erbrochenem. Schreie, Rufe, Stöhnen, Weinen – meine Ohren ertragen so viel Leid nicht.

In meinem Mund sammelt sich Speichel. Ich bin kurz davor, mich zu übergeben. Nein! Nicht doch. Nicht jetzt. Nicht hier. Nicht ...

»Sally?«

Ich drehe mich um. Vor mir steht Susan.

»Kind, was tust du hier?«

»Dasselbe könnte ich dich fragen. Als wir uns zuletzt gesehen haben, hast du im Krankenhaus gearbeitet.«

»Hier wurde dringend Hilfe gebraucht. Wie du siehst. Und ich war ja schon einmal auf Aklahoma Neun stationiert.«

Ich nicke. »Was ist hier los?«

»Das Kommandariat hat die Starfighter und die Raumanzüge verbessert. Dadurch sterben weniger Menschen. Aber ... Na ja. Du siehst das Ergebnis.«

Ich schlucke schwer.

»Warum bist du hier? Ich dachte, du bist noch ... mit George unterwegs?«

Die Art, wie sie seinen Namen sagt, lässt mich aufhorchen. Da ist so viel Schmerz in ihrer Stimme. Sie liebt ihn wirklich. Was hat Priscilla über das Alter gesagt? Man wird sich immer fragen, ob der andere einen liebt. Liebe ist nie vernünftig. George mag sich von ihr getrennt haben, um sie zu schützen, um ihr nicht das Herz zu brechen, falls er stirbt. Aber das lag nie in seiner Macht. Er hat ihr Herz nur früher gebrochen.

»Wir waren auf Amega. Da ist alles schiefgegangen. Alles.« Ich lächele, obwohl ich weinen möchte. »Jetzt ist George fort, wahrscheinlich auf dem Weg zum Mutterschiff. Und Fireball will ihm folgen.«

»Verstehe. Bist du ausgeschlafen?«

»Ja.«

»Prima. Komm, ich zeig dir alles. Dann kannst du mit mir arbeiten, wenn du willst.«

Natürlich will ich. Susan ist die beste Lehrerin, die man sich wünschen kann und obwohl ich schon viel gelernt habe, gibt es Situationen, in denen ich nicht weiterweiß. Susan scheint dagegen immer eine Antwort zu haben. Oder wenigstens einen Weg zu kennen. Ich beneide sie darum und will so viel wie möglich von ihrem Wissen in mich aufsaugen.

»Wir versorgen hier die Patienten und machen sie transportfähig. Am knappsten sind wir mit Betten – und Personal, natürlich. Also sehen wir zu, dass wir jeden fit genug bekommen, dass er den Flug nach Nayo schafft. Das ist das oberste Ziel. Keine Heilung, keine Therapie. Nur Erstversorgung, Stabilisierung und dann raus mit ihnen. Hier ist der Materialschrank. Schau dir alles gründlich an. Danach kommst du zu mir. Wir müssen dem Patienten da drüben das Bein abnehmen. Alles klar?«

»Okay ... Wir beide und ...?«

»Und niemand. Ich sagte doch, das Personal ist knapp. Ohne dich würde ich die OP allein durchziehen müssen.«

»Aber Susan«, ich klinge ein wenig panisch, »ich hab noch nie eine Amputation zu zweit vorgenommen.«

»Es gibt immer ein erstes Mal.« Sie legt mir die Hände auf die Schultern und sieht mich fest an. »Du willst doch lernen, oder? Hier lernst du. Und jetzt sieh zu, dass du dir ganz genau einprägst, wo welches Material liegt, damit wir nachher zügig vorankommen.«

Ich stehe sicher zehn oder fünfzehn Minuten vor dem Schrank, gehe alles durch, öffne jede Tür, jede Schublade. Ich wiederhole immer und immer wieder, wo was liegt, besonders die Dinge, die wir im Notfall schnell zur Hand haben müssen. Irgendwo piept ein Gerät hektisch, schließlich wird daraus ein Dauerton. Die Kollegen führen eine Reanimation durch, aber der durchgehende Piepton bleibt. Schneller, als ich es aus der Ausbildung kenne, wird der Patient für tot erklärt. Im Krankenhaus hätten wir sicher noch ein paar Minuten weitergemacht. Manchmal schaffen wir es so, jemanden zurückzuholen. Manche können wir retten. Allerdings sind sie dann nicht immer dieselben, die sie vorher waren.

Hier wird zügig das Bett freigemacht. Zwei Pfleger wickeln die Leiche in das durch sein Blut getränkte Tuch und tragen sie hinaus. Das Bett bleibt an Ort und Stelle – eine Frau bezieht es mit einem frischen Laken und der nächste Patient wird herbeigetragen und daraufgelegt.

»Sally?«, ruft Susan. »Kann's losgehen?«

Ich hole tief Luft. Was auch immer heute passiert, ich

schwöre, ich werde mein Bestes geben. Und vielleicht, ja, vielleicht, verliere ich dabei nicht meine Menschlichkeit.

FIREBALL

Die Flugroute meines Vaters lässt sich lückenlos nachvollziehen. Und ja: Er ist auf mehreren Umwegen, aber doch ziemlich zielgerichtet, zum Mutterschiff geflogen.

Elisabeth steuert eine Satellitenkamera an, sodass sie uns Bilder vom Mutterschiff liefert. Mein Vater ist zu sehen, wie er in das Schiff eindringt, als wäre es ein Spaziergang. Als er fort ist, atme ich tief durch.

»Okay. Jesse, ich weiß, du hast schon gesagt, dass du mich begleiten würdest, aber ich will dich das nochmal ganz offiziell fragen: Würdest du bitte mitkommen? Ohne dich habe ich keine Chance.«

Er springt von seinem Platz auf. »Selbstverständlich.« Er klopft mir kräftig auf die Schultern. »Ich sterbe nicht gern, Kleiner, aber wenn, dann an deiner Seite.«

Wir bekommen hochmoderne Anzüge des Kommandariats gestellt – was sich merkwürdig anfühlt, wenn man bedenkt, dass das Kommandariat bis vor wenigen Monaten meinen

Kopf wollte. Sie stellen uns zwei Starfighter zur Verfügung. Ich sitze in meinem und mache letzte Checks, als Jesse per Funk Kontakt mit mir aufnimmt. »Wie ist der Plan?«

»Wir versuchen, lebend durch die Front bis ans Mutterschiff zu kommen, und suchen uns dort ein Schlupfloch.«

»Sehr detailliert, dein Plan. Da fühl ich mich so richtig sicher.«

Ich schmunzele. Sein trockener Humor ist genau das, was ich jetzt brauche, denn mir steht der Angstschweiß auf der Stirn. Ich habe keine Ahnung, ob wir überhaupt lebend zum Mutterschiff kommen, geschweige denn, wie wir dort reinkommen können. Wie beim letzten Mal durch einen Schacht? Oder durch dieselbe Öffnung wie mein Vater? Auf jeden Fall so, dass kein Schattenjäger etwas von unserer Anwesenheit erfährt.

»Ready for Take-off?«, frage ich.

»Sowas von ready«, sagt Jesse.

»Ready Center Control?«

»Ready«, antwortet Elisabeth.

Ich schiebe den Antriebsregler nach vorn. »Three – two – one, Take-off.« Die Geschwindigkeit presst mich in den Sitz. Wie ein Pfeil schieße ich hinaus ins Weltall, Jesse dicht hinter mir. Vor uns liegt die Front. Leichte Vibrationen verraten mir, dass wir den Schutzschirm durchflogen haben. Ab jetzt zählt's. Der Feind kann überall sein. Links, rechts, oben, unten – überall wird geschossen. Es ist verdammt schwierig, da den Überblick zu behalten.

Hinter der Kampfzone wartet das Mutterschiff der Schattenjäger auf seine Chance, Nayo zu zerstören. Sobald die Frontzone durchbrochen ist, fällt Nayo. Die Zone liegt mittlerweile kurz vor der Atmosphäre – die Kämpfe müssen mit bloßem Auge von Nayo aus zu sehen sein. Die Laserstrahlen, die Explosionen. Wir müssen die Schattenjäger zurückdrängen, mit aller Macht.

Aber erst hole ich meinen Vater da raus. Was bildet er sich nur ein, sich Morsis allein zu stellen? Ich muss unbedingt bei ihm sein, muss ihm helfen. Kraft-Zirkel hin oder her. Wie lange noch, bevor er ihm gegenübersteht? Sicher werde ich spüren, wenn er die Kraft einsetzt. Die Frage ist, welche Auswirkungen das auf mich hat. Als ich die Kraft benutzt habe, hat das meinen Vater beinahe das Leben gekostet. Ich kann nur hoffen, dass uns der Anhänger beide stärker macht.

Elisabeths Stimme dringt an mein Ohr. »Infanterie, Achtung: Starfighter Gamma fünf und Omega sechzehn mit Ziel Mutterschiff haben absolute Durchlasspriorität. Bitte unterstützen.« Dieser Funkspruch ging an alle Starfighter hier draußen. Und ich sehe direkt Wirkung: Auf meinem Display – so wie auf denen aller Piloten – blinken Jesses und mein Starfighter rot. So weiß jeder, wo wir uns befinden. »Hier General Foster. Mein Team bildet ein Spalier um Sie. Viel Glück!«

»Danke, Sir.« Während ich in Maximalgeschwindigkeit voran schieße, Jesse in meinem Schatten, rücken rechts und links von uns Starfighter auf, nehmen alles und jeden ins Visier, der uns zu nah kommen könnte. Sogar einen kleinen Kometen, der unsere Flugroute kreuzt, schießen sie ab. Kaum ein Laserstrahl kommt in unsere Nähe geschweige denn ein Jet der Schattenjäger. Diese Frauen und Männer leisten verdammt gute Arbeit. Rechts von mir explodiert ein Starfighter und ein Schattenjäger-Jet drängt an meine Seite. Ein Schuss – ich nehme an von Jesse – und der Jet explodiert, lässt meinen Starfighter rüttelnd zurück.

Je näher wir dem Mutterschiff kommen, desto dichter werden die Reihen der Schattenjäger. Um uns herum explodieren Starfighter und Jesse und ich geben Dauerfeuer ab, um zu retten, was zu retten ist.

»Machen Sie endlich, dass Sie Land gewinnen!«, ruft General Foster und verdammt, ja, er hat recht.

»Kleiner, wir müssen entweder ein Landeziel finden oder abbrechen«, würgt Jesse angestrengt hervor.

Ich mustere das monströse Mutterschiff. Wo sollen wir rein? Wo können wir uns verstecken? Direkt vor uns liegt die Abflugschneise des Raumschiffes – dort ist alles ruhig, scheinbar sind alle Schattenjäger zum Kämpfen ausgeflogen. Wo ist der Eingang, den ich zuletzt benutzt habe? Wo ist mein Vater hineingeschlüpft? Aber wie wollen wir landen, aussteigen und uns verkriechen, ohne vorher entdeckt und abgeschossen zu werden? Zumal wir niemals ungesehen irgendwo landen können. Sie würden uns verfolgen. Und an jeder Stelle der Außenhülle sofort abschießen. Wir wären wie Fliegen an der Wand.

Es sei denn ...

Die Idee ist verrückt. Und wir könnten uns womöglich gleich selbst abknallen. Aber vielleicht – ja, vielleicht – ist sie die beste Option.

»Folge mir. Wir brechen Vollgas geradeaus durch.«

»Das ist nicht dein Ernst?«

»Doch.«

»Du willst nicht ernsthaft ...« Aber da habe ich schon Schub gegeben und Jesse muss seinen Satz unbeendet lassen, um mit mir mithalten zu können.

Links von mir lädt ein Schattenjäger-Jet seine Laserkanone und hat mich im Visier. Ein einziger Schuss und ich hab ihn vorher erwischt. Unter mir taucht der Nächste auf, aber Jesse erledigt ihn, bevor ich reagieren kann. Plötzlich erscheinen gleich zwei Jets auf meiner rechten Seite. Ich drehe ab, eröffne das Feuer auf drei Jets, die Jesse abfangen wollen und bete, dass er die beiden gesehen hat, die Jagd auf mich machen.

Ich treffe zwei der drei Jets und nehme im Augenwinkel zwei weitere Explosionen wahr. Mein Rücken ist also frei. Jesse hat seinen Job gemacht. Wir sollten schleunigst unser Ziel erreichen, bevor es hier noch heißer wird – und bevor wir noch mehr Zeit verlieren. Ich visiere den dritten Jet an, habe die Hand bereits am Auslöser, als mich eine Welle plötzlicher Schwäche übermannt. Überrascht von dem Gefühl stöhne ich auf und verliere für einen Moment den Fokus.

»Kleiner?!«, ruft Jesse alarmiert.

Hektisch atme ich ein und aus, versuche, mich nicht von diesem unerträglichen Gefühl übermannen zu lassen.

»Sie haben angefangen. Mein Vater kämpft gegen Morsis.«

Der Jet vor mir wird von einem anderen Kadetten pulverisiert und ich fliege direkt auf das Mutterschiff zu. Wir dürfen keine Zeit mehr verlieren. *Ich* darf keine Zeit mehr verlieren.

16

SALLY

Susan glaubt, dass wir das Bein gerettet haben. Heute jedenfalls wird diesem Mann nichts amputiert. Dennoch steckt uns die Operation in den Knochen. »Ich schau mal, ob ich einen Kaffee auftreiben kann.«

»Danke dir«, sagt Susan, wäscht sich mit kaltem Wasser das Gesicht und schließt für einen Moment die Augen.

Auf dem Gang ist es nicht leiser als in der medizinischen Abteilung. Nur anders laut. Schwere Stiefelschritte eilen über den Gang, wahrscheinlich Kadetten auf dem Weg zum Einsatz. Ich versuche, niemandem in die Quere zu kommen, aber da werde ich schon heftig von hinten umgestoßen. Eine Hand fängt meinen Fall ab und eine mir sehr bekannte weibliche Stimme sagt: »Oh, sorry, ich hab Sie … Sally?!«

»Emma! Du …? Hier …?«

Wir fallen uns in die Arme. »Ich hab versucht, dich zu erreichen, aber keine meiner Nachrichten ist durchgegangen.«

»Weil uns auf Amega die Tablets weggenommen wurden.«

»Du hast kein Tablet mehr?«

Ich schüttele den Kopf. »Emma, was machst du hier?«

»Wir wurden eingezogen. Sebastian ist auch hier.«

»Aber ihr seid noch Neulinge. Eure Ausbildung hat erst vor ein paar Wochen begonnen, das ist doch totaler Wahnsinn …«

»Sie haben kaum noch Leute, Sally. Nach uns kommt nicht mehr viel. Von den Auszubildenden sind wir die Erfahrensten. Bald werden sie Zivilisten einziehen.«

Angst kriecht mir den Rücken hinauf. Emma soll da raus und gegen die Schattenjäger kämpfen?

»Emma?«, unterbricht uns eine andere Stimme. Meine Freundin starrt hinter mich und reißt die Augen weit auf.

»Jack«, haucht sie. In der nächsten Sekunde wirft sie sich ihm in die Arme. »Was tust du hier?«

»Ich … ich …«

»Watson!«, brüllt General Tharpe, den ich erst jetzt bemerke.

»Ich muss los«, sagt Emma an ihn gerichtet. »Wir reden nachher.« Sie löst sich von Jack und nimmt mich in den Arm. Ganz fest drücken wir uns.

»Pass auf dich auf da draußen«, sage ich. »Versprich es mir.«

»Versprochen. Bis später. Nach Feierabend schauen wir nen Film an und reden über Jungs, einverstanden?«

Ich zwinge ein Lächeln auf mein Gesicht. »Ja.«

Schon sprintet sie weiter und ich schlucke trocken. Aber der Kloß in meinem Hals und das ungute Gefühl in meinem Magen wollen einfach nicht verschwinden.

Als ich mit dem dampfenden Kaffee zurückkomme, ist mir auf einen Blick klar: Den kann ich direkt wieder wegschütten. Susan steht mit zwei Kollegen an der Pritsche eines Patienten. Der hat eine blutende Wunde am Kopf, ist bei vollem Bewusstsein – und wehrt sich mit allen Kräften gegen die Behandlung. Sein Blut spritzt auf meine Kollegen, Susan kassiert einen Tritt in den Magen und fällt zu Boden. Ich werfe die Kaffeebecher in das nächste Waschbecken und komme den Kollegen zu Hilfe. Zu viert fixieren wir den Patienten, geben ihm ein Beruhigungsmittel und atmen tief durch. Die beiden Kollegen kümmern sich um die Versorgung seiner Wunde.

Die nächste Patientin hat es übel erwischt. Sie brüllt vor Schmerzen – ein Laserstrahl hat ihren Starfighter zerfetzt und ihr mehrere Gliedmaßen abgetrennt. Die Membran der neuen Uniform ist komplett reißfest und sehr flexibel. Das bedeutet: Die Kadetten sterben dank der Uniformen nicht durch die Bedingungen des Weltalls. Aber die Membran schützt nicht vor Verletzungen. Ich schlucke, als ich das Ausmaß ihrer Verwundungen sehe. »Helfen Sie mir«, jammert sie panisch. »Ich darf nicht sterben! Ich habe einen Sohn! Helfen Sie mir!«

Susan und ich versuchen alles, was in unserer Macht steht. Aber Krieg ist nicht fair. Krieg ist immer schwer. Immer ungerecht. Ihr Kampf dauert fast eine halbe Stunde. Dann ist sie still. Wenigstens hat sie keine Schmerzen mehr, rede ich mir ein.

Aber ein Junge hat seine Mutter verloren. Ein dicker Kloß sitzt mir im Hals, meine Augen sind voller Tränen. Helfer bringen die Leiche der Frau weg und ich gehe wie ein Roboter zum nächsten Waschbecken, wasche mir das Blut von den Händen und Unterarmen und kann einfach nicht aufhören, gegen den Kloß anzuschlucken.

»Alles okay?«, fragt Susan.

Ich nicke. *Nichts ist okay.* Ich höre sie gar nicht richtig, sie spricht wie durch Watte. Ihre Hand liegt auf meiner Schulter, aber das warme Gefühl erreicht mich nicht.

»Komm, der Rettungstrupp bringt schon wieder jemanden.«

Ich nicke tapfer und folge ihr zurück zu unserer Einsatzpritsche, auf die bereits die nächste Person gelegt wird. Sie sieht übel aus, vielleicht sogar schlimmer als die Frau davor.

Die Beine sind zerfetzt, mehrere Wunden im Bauchbereich. Sie verliert viel Blut. Der Kopf ist …

Mein Atem stockt. Jegliches Blut sackt mir in die Beine. Nein! Nein!

»Emma!«, flüstere ich tonlos. Ich will ihr Gesicht in die Hände nehmen, aber ich weiß nicht, wo ich sie berühren kann, ohne ihr Schmerzen zu bereiten oder sie noch mehr zu verletzen. »Emma! Nein! Nein, nein, nein, nein …« Ich wiederhole das Wort wieder und wieder. Nur dieses eine Wort. Ich darf sie nicht verlieren. Ich kann sie nicht verlieren, nicht sie auch noch. Susan ruft irgendwas. Erst in mein Gesicht, dann irgendwo anders hin. Aber ich verstehe sie nicht. Jemand packt mich unter den Achseln, trägt mich weg, während ich ununterbrochen rufe: »Nein, nein, nein, nein, nein!«

Nicht Emma. Lieber Gott, bitte lass Emma am Leben. Bitte, lieber Gott. Bitte.

Auf dem Gang lässt mich die Person los, ich drehe mich um und will zurück zu meiner besten Freundin, aber wer auch immer mich gerade aus dem Raum getragen hat, hält mich fest. Ich schlage um mich, trete, aber die Person hält mir die Hände fest. Mit tränenverschmiertem Gesicht sehe ich auf und will denjenigen beschimpfen, der mich davon abhält, zu meiner besten Freundin zu gelangen. Da erkenne ich ihn. Jack. Auch er weint. Auch sein Gesicht zeigt dieselbe Verzweiflung, die ich spüre.

Ein Schrei kämpft sich aus meiner Kehle und ich breche zusammen, Jack ist nicht stark genug, mich zu halten. Nicht, wo ihn die Trauer selbst übermannt. Er sinkt gemeinsam mit mir zu Boden und weint. Wir weinen zusammen, sind gemeinsam verzweifelt.

Irgendwann steht Susan neben uns, kniet sich zu uns hinunter. Durch einen Schleier aus Tränen sehe ich sie an und sie legt mir eine Hand auf die Schulter und schüttelt den Kopf. Es ist nur ein Kopfschütteln, aber es zerstört mich. Es reißt mein armes kleines Herz in Stücke. Für einen Moment steht alles still. Und als die Uhr erneut zu ticken beginnt, ist nichts mehr, wie es vorher war.

Krieg ist nicht fair. Krieg ist immer ungerecht. Krieg bringt nur Leid, niemals Gewinner.

FIREBALL

Mein Starfighter folgt Jesses in den Bauch des Schattenjäger Mutterschiffs. Der Beschuss auf uns hat knapp hundert Meter vor dem Eingang aufgehört – entweder, weil der Schutzschild ihre Schüsse nicht durchlassen würde oder weil sie wissen, dass uns ein Begrüßungskommando im Bauch des Mutterschiffs erledigen wird.

Doch als wir in die Abflug- und Landehalle der Schattenjäger eindringen, ist die Gegenwehr überschaubar. Gerade mal zehn Schattenjäger befinden sich in der Halle. Wir schießen mit weniger starken Lasern, um nicht den gesamten Innenbereich zu zerstören. Wenn wir hier alles in Schutt und Asche legen, versperren wir im dümmsten Fall den Weg ins Schiff.

Sobald das Gefecht zwischen den Schattenjägern und uns beendet ist, rufe ich: »Vorwärts!« Jesse springt, ohne zu zögern, aus seinem Starfighter und ich tue es ihm gleich. Ich gebe Schub und schwebe zu der Tür, die zur Schleuse führt. Dummerweise überrollt mich in diesem Moment die nächste Schwächewelle und ich steuere unkontrolliert der Wand entgegen. Jesse ist zur Stelle, um mich aufzufangen.

»Was ist los mit dir?«

»Der Kampf wird heftiger.« Die nächste Welle trifft mich. »Wir müssen uns beeilen«, stöhne ich und Jesse hilft mir zur Schleuse.

»Wo geht's lang?«, fragt Jesse.

»Geradeaus gibt es einen Aufzug.« Merkwürdig, wie vertraut mir das Mutterschiff mittlerweile ist.

»Ist der sicher?«

»Keine Ahnung.«

Die Tür auf der anderen Seite der Schleuse öffnet sich und wir wollen weitermarschieren, stattdessen blicken wir auf die riesigen Gestalten von fünf Schattenjägern. »Deckung!«, brüllt Jesse und eröffnet das Feuer.

Mir steckt noch die letzte Welle in den Knochen, statt zu kämpfen werfe ich mich zur Seite, gehe hinter einer Kiste in Deckung und erschieße von hier aus zwei Schattenjäger, während Jesse sich in den Kampf stürzt. Die nächste Welle überkommt mich und ich schreie auf. Was auch immer gerade zwischen Morsis und meinem Vater passiert – mein Vater braucht verdammt viel Kraft. Jesse macht den fünften Schattenjäger kalt und hilft mir auf. »Schneller«, keuche ich und versuche, die Kontrolle über meinen Körper zu behalten.

Wir ziehen uns die Helme von den Köpfen, verlassen die Schleuse und erreichen den Aufzug. Unsicher starre ich auf das Eingabedisplay. »Und jetzt?«, fragt Jesse.

Ich schüttele den Kopf. »Keine Ahnung. Scheiße.«

Jesse zerzaust sich die Haare und macht das wahrscheinlich Dümmste, das man in so einer Situation tun kann: Er drückt einfach alle Knöpfe auf einmal. Der Aufzug setzt sich in Bewegung. »Ist das dein Ernst?«, rufe ich außer mir.

»Hast du ne bessere Idee?«

Ich schnaube und der Aufzug hält zum ersten Mal. Die Waffen im Anschlag harren wir der Dinge, die uns hinter den Türen erwarten. Aber der Gang ist leer, nur irgendein klackerndes Geräusch ist zu hören, sonst nichts.

»Nope. Hier sind sie nicht«, sagt Jesse und die Aufzugtüren schließen sich wieder.

»Mann, Alter, das wird ewig dauern!«

ERST, als sich die Türen zum sechsten Mal öffnen und mich die nächste Schwächewelle überkommt, hören wir Kampfgeräusche. Eindeutige Kampfgeräusche. Morsis brüllt. Irgendwas von wegen: »Mein eigen Fleisch und Blut!« und »Ich bring dich um!« Was man halt so sagt, wenn einen jemand ermorden will. Von meinem Vater ist nichts zu hören. Er scheint zu konzentriert zu sein, um zu antworten.

Jesse und ich treten mit den Laserwaffen im Anschlag leise wie schleichende Füchse aus dem Aufzug. Stumm gebe ich ihm das Zeichen, dass er rechts lang gehen soll, während ich mich links halte. Wir trennen uns und ich hoffe, dass wir durch unseren Überraschungsangriff einen Vorteil haben und meinen Vater hier rausholen können. Verdammt, vielleicht ist das sogar die Chance, Morsis zu töten, den Krieg zu beenden. Ein aufgeregtes Kribbeln durchfährt meinen Körper. Ja, wir können es schaffen. Wir könnten den Krieg hier und jetzt beenden. Wir haben alle Vorteile auf unserer Seite. Mein Vater durch den Anhänger, Jesse und ich als Überraschungsgäste. Und auch wenn mich mein Vater durch den Einsatz seiner Kräfte schwächt – ich kann ihm trotzdem helfen. Bestimmt.

Der Raum, in dem wir uns befinden, ist wie ein gigantisches Atrium aufgebaut. Vielleicht ist es eine Art Appellsaal, in dem sich die Schattenjäger für Besprechungen und zur Formationsbildung treffen. Die Wände, die Böden – alles ist schwarz. Schwaches, weißes Licht verleiht dem Saal eine gespenstische Atmosphäre. Das Atrium erstreckt sich über mehrere Stockwerke und mir wird schnell klar, dass Jesse und ich uns mindestens eine Etage über Morsis und meinem Vater befinden.

Ich trete an den Rand einer Balustrade, um die beiden ausfindig zu machen. Dort unten, zwei Etagen unter mir, ragt die Gestalt des Häuptlings auf wie ein dunkler Felsen. Er hat sich verändert. Er trägt jetzt schwarze Kleidung mit einem langen Umhang und sein graues langes Haar fällt wie ein Schleier darüber. Mein Vater hockt keine zwei Meter vor ihm – vollkommen schutzlos, schwer atmend. Er sitzt verdammt nochmal in der Falle! Morsis ist im Vorteil.

»Glaubst du, du kannst einfach hierherkommen und mich mit diesem kleinen Anhänger töten?«, zischt der Häuptling beziehungsweise Morsis bedrohlich und klingt dabei fast beleidigt. »Du hast keine Chance! Merkst du es nicht? Spürst du nicht, wie schwach du bist? Du bist ein Kraftteiler.« Er sagt es, als wäre es ein Schimpfwort. »Selbst mit dem Anhänger bist du nicht stark genug, um mich zu töten.«

Mein Vater presst die Lippen aufeinander.

Morsis hebt die Hand und mein Vater packt sich an die Kehle. Verstehe: Morsis drückt ihm mit seiner Kraft die Kehle zu. Mein Vater röchelt und ja, er wird sterben. Aber Jesse und ich sind auch noch da.

Ein Schuss aus meiner Waffe trifft Morsis' Hand und er lässt überrascht von meinem Vater ab, der hustend zu Boden geht. Morsis blickt sich suchend um.

»Huhu. Hier oben«, rufe ich und ich glaube, meinem Vater entgleisen alle Gesichtszüge. Morsis sieht zu mir hinauf, ich ziele auf sein Gesicht und schieße. Lässig hebt er die Hand und wischt den Laserstrahl einfach aus der Luft.

»Das war cool«, sage ich. Ich habe meine »Rebell im Einsatz«-Attitüde aufgelegt. Immer einen lockeren Spruch auf den Lippen, immer Herr der Lage. Dabei weiß ich genau: Wir sind sowas von am Arsch! Mein Vater ist trotz des Anhängers zu schwach, weil wir uns die Kraft teilen. Wenn wir gemeinsam gegen Morsis kämpfen, schwächt uns das zwangsläufig gegenseitig. Und nicht mal die maximale Stärke meiner Laserwaffe kann Morsis etwas anhaben.

Mein Vater sieht auf und ich erkenne Schmerz in seinen Augen. Er hätte das hier gerne allein durchgezogen, weil er wusste, dass seine Kraft nicht reicht. Er hat es die ganze Zeit gewusst. Entweder hat er gehofft, es doch irgendwie zu schaffen, oder er wollte sich opfern, damit ich stark genug sein werde, um Morsis zu töten.

Aus dem Augenwinkel nehme ich eine Bewegung auf der anderen Seite der Balustrade wahr. Jesse. Unser letzter Trumpf. Er hat eine gute Position, um den Häuptling von hinten zu erschießen. Das Problem ist nur: Es wird uns nichts bringen.

Doch dann passiert etwas, womit ich nicht gerechnet habe: Mein Vater springt auf und stürzt sich auf Morsis. Morsis verliert das Gleichgewicht, stolpert und reißt meinen Vater brüllend zwei weitere Stockwerke mit sich in den Abgrund. »Scheiße!« Jetzt sind Jesse und ich viel zu weit entfernt. Gerade will ich mich über die Brüstung ein Stockwerk tiefer hangeln, da durchfährt mich die bisher stärkste Schwächewelle. Ich kann mich nicht mehr halten und stürze ab, schlage mit dem Kopf hart auf dem Boden auf. Alles verschwimmt. Wach bleiben. Nicht ohnmächtig werden. Nicht …

Ich höre meinen Vater »Nein!« brüllen und spüre die nächste Schwächewelle. So stark, dass ich für einen Moment das Bewusstsein verliere. Oder auch länger. Denn als ich die Augen aufschlage, ragt Jesses blauer Schopf vor mir auf. »Kleiner! Auf geht's! Die sind nach nebenan verschwunden und es sieht nicht gut aus! Komm schon!« Er hilft mir auf und vollkommen geschwächt von den jetzt ständig wiederkehrenden Schwächewellen, falle ich mehr, als dass ich laufen kann, komme aber mit Jesses Hilfe voran. Mein Vater und ich teilen uns die Kraft. Seine Kraft ist meine Schwäche, seine Schwäche meine Kraft. Einer von uns beiden wird hier und heute sterben, ich weiß es. Entweder stirbt mein Vater im Kampf gegen Morsis, oder ich, weil mein Vater all meine Kraft benötigt. »Jesse«, keuche ich. »Du musst uns hier rausbringen. Wir hätten niemals … wir haben keine Chance.«

»Ich verspreche, ich bringe euch beide hier raus. Und jetzt komm schon!«

Wir betreten den Nachbarraum und mir stockt der Atem. Mein Vater steht mit dem Rücken zur Wand, in einen heftigen Kampf mit Morsis verwickelt.

»Hey!«, brülle ich wie ein Löwe und Morsis dreht sich zu Jesse und mir um. Hoffentlich kann mein Vater das Überraschungsmoment nutzen. Die beiden heben synchron die Hände, Morsis gegen mich, mein Vater gegen Morsis. »Nicht meinen Jungen!«, brüllt mein Vater. Morsis schickt einen gewaltigen Kraftstoß in meine Richtung, doch mein Vater lenkt ihn von mir weg.

In diesem Moment passiert es: Ich breche zusammen, liege am Boden, kann meine Augen kaum offenhalten, sehe, wie sich Morsis umdreht und eine gewaltige Kraftwelle gegen meinen Vater schleudert. Es passiert wie in Zeitlupe. Und trotzdem kann ich nichts tun. Die Kraftwelle trifft meinen Vater direkt gegen die Brust. Es ist, als würde alles Leben aus ihm gestoßen. Das Gesicht meines Vaters ist starr vor Schreck. Er ist getroffen. Tödlich getroffen. Er sinkt auf die Knie. Sein Blick sucht ein letztes Mal mein Gesicht. Er sieht mich an, aber da sind schon keine Gefühle mehr. Nichts. Mein Vater fällt tot zu Boden.

Nein! Nein, bitte nicht. Bitte, bitte nicht.

Die Trauer stürzt auf mich ein wie ein Wasserfall. Sie benebelt meine Sinne, raubt mir den Atem, raubt mir alles, was mich zusammenhält.

Bis plötzlich eine unmenschliche Kraft meinen Körper überrollt. Seine Kraft. Die Kraft meines Vaters geht auf mich über, bestätigt damit, was ich längst mit eigenen Augen gesehen habe: Mein Vater ist tot.

»Neeeeein«, brülle ich, springe auf die Füße und renne los. Ich will Morsis töten. Ich will Rache. Ich will sie *jetzt*.

»Kleiner, nicht!«

Ich hebe die Hand und will Morsis erwürgen.

Ich will es. Also geschieht es.

Sein Körper erstarrt, sein Atem stoppt. Aber ein gewaltiger Impuls von Morsis und ich werde zur Seite geworfen. »Du dummer Mensch! Meine Gestalt ist menschlich, aber ich brauche keine Luft. Ich brauche nicht einmal einen Körper! Du kannst mich nicht töten! Ich bin kein Mensch. Ich bin alles! Ich stecke in jedem Atom dieses gigantischen Schiffs, weil ich gigantisch bin. Aber du! Du bist nur ein schwacher, verletzlicher Mensch.«

»Kleiner, lass uns abhauen.«

»Nein, ich bring ihn um!«

»Kleiner, nein! Du musst erstmal klarkommen, du musst ...«

Plötzlich reißt er die Augen auf, hält sich den Hals und schlägt heftig mit dem Kopf gegen die Wand. So heftig, dass er sofort das Bewusstsein verliert. Oder ... Oder ist er tot? Habe ich gerade meinen Vater *und* meinen besten Freund verloren? Morsis lacht das gehässigste, boshafteste Lachen, das ich je gehört habe. Verdammt, was tue ich hier? Ich kann ... Ich muss ... Ich renne zu Jesse und prüfe seinen Puls. Erleichterung durchströmt meinen Körper. Er lebt. Noch. Aber ... ich kann nicht zulassen, dass Jesse noch mehr passiert. In diesem Zustand ist er vollkommen wehrlos. Ich muss ihn hier wegbringen. Ihn und meinen Vater. Ich muss Morsis allein besiegen. Nur er und ich.

Ich springe auf. »Schluss damit, du Witzfigur!« Die Kraft ist plötzlich da. Nicht wie früher, als ich sie tief in mir suchen und an die Oberfläche zerren musste. Nein, sie ist hier, direkt greifbar, das Natürlichste der Welt. Sie ballt sich in meiner Hand und ich schieße sie gegen meinen Erzfeind.

Morsis fällt rückwärts, aber er ist gut, verdammt gut. Er hat mehr Übung als ich, er weiß, was er kann. Kennt alle Tricks.

Jesse ist nicht sicher. Ich lasse nicht zu, dass ihm etwas passiert. Ich habe Ginger Robyn versprochen, auf ihn aufzupassen.

»Mach dich bereit zu sterben, alter Mann«, brülle ich und Gott weiß, das ist keine leere Drohung. Ich werde ihn umbringen. Ich bringe den Mann um, der mir alles genommen hat. Aber nicht heute.

Morsis schleudert den nächsten Angriff und trifft mich, gerade als ich zurück in Deckung springe. Jesses bewusstloser Körper liegt neben mir, die Leiche meines Vaters hinter Morsis. Ich strecke die Hand aus, will es einfach – und es geschieht. Der leblose Körper meines Vaters fliegt zu mir. Im nächsten Moment stoße ich Morsis von den Füßen, lasse auch Jesses Körper schweben und renne mit den beiden über meinem Kopf aus dem Raum.

Ich will einen Schutzwall vor Morsis und so geschieht es. Die Möglichkeiten sind grenzenlos. Ich bin grenzenlos.

Wir erreichen den Aufzug und ich weiß, wo es lang geht. Morsis hat einen Weg gefunden, den Schutzwall zu durchbrechen. Ich spüre seine Präsenz und bin gewappnet, als sich die Türen des Aufzugs öffnen. Grinsend steht er vor mir. Ein gewaltiger Schlag trifft mich im Gesicht, reißt mir fast den Kopf ab.

Ich muss mich besser konzentrieren! Bevor mich sein nächster Angriff trifft, schicke ich einen Kraftschub los und bringe Morsis zum Wanken. Ein zweiter Stoß und er ist aus dem Weg geräumt. Ich stoße meinen Vater und Jesse Richtung Schleuse, betätige den Türöffner durch die Kraft meiner Gedanken und stoppe ihre Körper, bevor sie hart aufprallen.

Durchdringendes Gebrüll des Häuptlings lässt mich aufhorchen. Seine Kraft fliegt mir entgegen, ich sehe einen dünnen Spinnfaden auf mich zukommen. Kurz bevor sie mich trifft, aktiviere ich meine Kraft und erschaffe einen Schutzschild. Sein eigentlich tödlicher Angriff wirft mich Richtung Schleuse, und ich nutze den Schwung, gebe eigene Kraft in die Bewegung und fliege durch die Tür, schließe sie durch meine Gedanken und versiegele sie. Ich setze Jesse und mir eine Atemmaske auf und aktiviere die äußere Schleuse. Morsis will meinen Schutzschild zerstören, ich spüre es. Aber ich gebe meine gesamte Kraft in den Schild und kann ihn von uns fernhalten. Unsere Starfighter sind unbeschädigt und ich verfrachte Jesse und meinen Vater hinter den Pilotensitz.

In dem Moment, in dem ich abhebe und aus dem Bauch des Mutterschiffes fliege, zerreißt Morsis den Schutzschild. Aber es ist zu spät. Ich bin fort. *Und doch sehen wir uns schon bald wieder.*

»Mayday, Mayday«, funke ich durch, »brauchen Schutzgeleit aus dem Mutterschiff. Mayday, Mayday.«

»Verstanden, Boss.« Elisabeth. »Ich schicke alle verfügbaren Kräfte in eure Richtung.«

Mein Körper fühlt sich taub an, mein Kopf funktioniert ohne mein Zutun. Zig Schattenjäger-Jets warten auf mich. Ich starte sofort den Beschuss, aber der Bordcomputer meldet, dass ich die Laserenergie drosseln sollte, sonst hätte ich nur noch hundert Schuss und mein Starfighter keine Energie mehr. Das wäre so ziemlich das Schlimmste, was passieren könnte – denn dann würden wir bewegungsunfähig im All treiben.

Aber das lasse ich nicht zu. Ich werde Jesse lebend nach Hause bringen. Ich bringe meinen Vater nach Nayo. Er soll gefälligst in Nayos Erde beerdigt werden, unter einem Baum. Das hat er verdammt nochmal verdient. Ich wische mir Tränen aus den Augen, drossele meine Laserkraft um zwanzig Prozent und stürze mich ins Gefecht.

Ich bringe meinen Vater nach Hause. Ich bringe meinen Vater nach Hause.

Das ist alles, was ich denken kann, während ich mich durch die Reihen der Schattenjäger kämpfe. Wir sitzen in der Falle.

Hinter uns das Mutterschiff, um uns herum die Schattenjäger-Jets. Meine Energie reicht noch für etwa zwanzig Schuss. Weiter drosseln macht keinen Sinn, denn dann würden die Geschosse nichts mehr anrichten.

Die Jets der Schattenjäger ziehen ihren Angriffsgürtel immer enger um mich. Noch kann ich ihren Schüssen ausweichen, aber meine Konzentration schwindet. Nicht mehr lange. Nicht mehr lange und wir werden abgeschossen und treiben wie Sandkörner im unendlichen Weltall. Unsere letzte Ruhestätte – die Unendlichkeit.

Wie aus dem Nichts kommen Starfighter auf uns zu. »Hat hier jemand um Unterstützung gebeten?«, dröhnt Jonahs Stimme aus meinen Kopfhörern.

»Allerdings, Mann. Ich war nie so erleichtert, deine Stimme zu hören.«

»Das glaub ich dir.« Ich höre sein Grinsen.

»Sebastian, folge mir«, befiehlt er.

Sie stoßen durch die Gruppe der Schattenjäger-Jets, wobei sie drei oder vier abschießen, und kämpfen sich zu meiner rechten Flanke durch. Zwei weitere Starfighter schaffen den Durchbruch und schützen meine linke Seite. Das vereinfacht die Sache für mich.

»Ich hab nur noch achtzehn Schuss«, informiere ich meinen Geleitschutz.

»Ganz schön verschwenderisch, McAllister. Aber so kennt man dich ja.«

»Schon klar, Jonah. Deine Speicher wären sicher noch zu neunzig Prozent gefüllt.«

»Absolut.« Er feuert eine Salve von Schüssen ab, von denen nur etwa drei treffen und einen einzigen Schattenjäger-Jet abschießen. Ich grinse.

Mithilfe der Kolleginnen und Kollegen komme ich besser voran. Statt andere Jets abzuschießen, bin ich damit beschäftigt, den Angriffen der Schattenjäger auszuweichen. Jonah, Sebastian und die übrigen übernehmen den Rest.

Doch dann wird es eng für Jonah und Sebastian.

»Wo kommen die auf einmal her?«, brüllt Sebastian. »Scheiße!«

»Nur die Ruhe«, befiehlt Jonah und nimmt mir die Worte aus dem Mund. Sebastian darf jetzt nicht durchdrehen. Aber genau das tut er.

»Die sind überall! Ich seh sie nicht mehr! Wo sind sie?«

Sein Starfighter bewegt sich unruhig. Er dreht sich ziellos, doch das ist sinnlos.

»Arbeite mit dem Navigationsdisplay!«, rufe ich. »Vergiss das Cockpit-Fenster!«

Der Dummkopf hört nicht auf mich. Er versucht, Übersicht durch den Blick aus den Fenstern zu bekommen, aber das ist unmöglich. Die Schattenjäger sind überall – vor uns, hinter uns, über uns, unter uns. Sie kommen aus jeder Richtung. Wir Menschen sind das nicht gewöhnt. Wir kennen nur drei Dimensionen. Nicht vier. Im Weltall sind wir überfordert. Und nicht überlebensfähig. Im Weltall haben wir nur Nachteile.

»Scheiße, Mann – sie sind überall!« Sebastians panischer Ausruf reißt mich aus meinen Gedanken. Ich sehe auf mein Navigationsdisplay. »Sebastian, pass auf deine rechte Flanke auf!«

Auch Jonah brüllt wie verrückt ins Mikrofon. »Abdrehen, abdrehen, abdrehen!«

»Wohin?«, schreit Sebastian. Im nächsten Moment erhellt eine Explosion mein Fenster. Sebastians Starfighter wurde abgeschossen. Die Druckwelle schüttelt meinen Starfighter durch und ich brauche alle Kraft, um ihn auf Kurs zu halten.

In meinen Kopfhörern ist es still.

»Jonah?« Ich bemühe mich, einen klaren Kopf zu behalten. »Jonah, kommen, bitte. Zeit, dass wir hier abhauen. Wir kämpfen uns links durch, los.« Doch sein Starfighter bewegt sich nicht, von ihm kommt kein Lebenszeichen. Verdammt! Er gibt das perfekte Ziel ab. Und tatsächlich lädt der nächste Schattenjäger-Jet seine Laserkanone – ich sehe das Abschussrohr glühen.

Anvisieren, Energielevel aufdrehen, Abschuss. Ich zerlege den Jet mit einem Schuss. Sofort warnt mich das System: »Energielevel bei fünf Prozent«. Jetzt aber nichts wie weg hier.

Auch die Kadetten in den beiden anderen Starfightern fordern Jonah auf, sich in Bewegung zu setzen, und beschießen gleichzeitig unsere Angreifer.

»Jonah!«, rufe ich ins Mikrofon. »Du stirbst, wenn du jetzt nicht deinen Hintern bewegst! Das kannst du Sally nicht antun! Also los jetzt! Los! Los! Los!«

Endlich erwacht er aus seiner Schockstarre. Er hängt sich an meine Flanke und wir drehen nach links ab, gefolgt von den anderen, die uns Rückendeckung geben.

KEINE AHNUNG, wie, aber wir schaffen es heil durch die Angriffsreihe der Schattenjäger. Als wir unter unsere eigene Frontlinie abtauchen, atme ich tief durch, den Raumgleiter wie eine sichere Festung vor mir.

Ich drehe mich um. Jesse hat die Augen leicht geöffnet und beobachtet mich. Sein Gesicht ist blutüberströmt. Mit einem stummen Kopfnicken frage ich, ob es ihm gut geht. Er nickt leicht. Wir sind berüchtigt für unsere wortlosen Gespräche, auch wenn dieses hier einen Tiefpunkt darstellt. Er liegt da wie tot. Neben meinem toten Vater. Und die Tatsache, dass er weder darüber schimpft, noch mir einen blöden Spruch reindrückt, zeigt, wie schlecht es ihm geht. Er muss so schnell wie möglich behandelt werden. Sonst kommt auch für ihn jede Hilfe zu spät.

Allein der Gedanke daran, meinen besten Freund zu verlieren, ist so unerträglich, dass ich ihn nicht weiterverfolge. Das darf einfach nicht passieren. Es gibt nicht viele Personen in meinem Leben, deren Tod ich nicht verkraften könnte. Mein Vater war einer davon. Wenn jetzt auch noch Jesse dazukäme – es würde mich vollkommen zerstören. Sally noch dazu und mein Leben hätte jeglichen Sinn verloren.

17

FIREBALL

Galeri empfängt Jonah und mich im Beisein des Krisenstabs im Untergeschoss von Pfeiler One. Der Krisenstab ist kleiner geworden. Viele der Kommandanten und Generäle befinden sich im Kampf oder sind dabei gestorben.

»Fireball.« Sie reicht mir die Hand. »Mein Beileid. Du weißt, dein Vater war mehr ein Freund für mich als ein Kollege. Wie geht es deinem verletzten Freund?«

»Danke.« Ich ignoriere ihre Beileidsbekundungen, weil die Erinnerungen an den Tod meines Vaters zu sehr schmerzen. Wenn ich die Tatsache ignoriere, wird es mein Verstand vielleicht nicht so bald begreifen. »Danke, Ma'am, Jesse erholt sich gut. Darf ich direkt zur Sache kommen? Während wir sprechen, sterben da oben sinnlos tapfere Kadettinnen und Kadetten.«

Jetzt ist keine Zeit für Trauer. Jetzt müssen wir kämpfen. Um unser aller Leben.

»Sie hatten bereits angedeutet, dass Sie mit einem Anliegen zu mir kommen. Schießen Sie los.«

Sie geht zu ihrem Platz am Kopf des Tisches und bietet mir

einen Stuhl an. Die Augen aller anwesenden Kommandeure und Generäle sind auf mich gerichtet. Ohne mich zu setzen, ohne lange Vorrede komme ich zur Sache. Ein Pflaster zieht man am besten schnell ab. »Wir müssen die Kämpfe nach Nayo verlagern.«

Für einen Moment herrscht Stille. Aus dem Augenwinkel sehe ich Jonah wanken, aber er sagt nichts.

Es ist Tharpe, der via Hologramm aus dem Raumgleiter zugeschaltet ist, der die Stille mit einem lächerlich gespielten Lachen durchbricht. »Das ist absoluter Wahnsinn! Niemals werden wir zulassen, dass ...«

Galeri hebt die Hand und schneidet ihm das Wort ab. »Erklären Sie sich, McAllister.«

»Das Weltall ist nicht unser natürlicher Lebensraum. Wir verlieren zu viele Kadetten durch die eisigen Temperaturen und den Sauerstoffmangel. Und die verbesserten Anzüge verhindern keine Verletzungen. Im Gegenteil: Man kann sich darin viel schlechter bewegen. Auf der Erde wären unsere Überlebenschancen höher. Hinzu kommt die vierdimensionale Angriffsstrategie der Schattenjäger. Ich habe es selbst erlebt: Sie kommen aus allen Richtungen. Damit ist das menschliche Gehirn überfordert. Auf Nayo wären wir im Vorteil. Wir kennen die Gebiete, wir schließen den Boden unter unseren Füßen als Angriffsfläche aus, wir hätten die Gebäude, die Wälder, die Gebirge, das Meer, um die Menschen zu verstecken, um Schützengräben zu bilden. Unsere Chancen sind hier größer.«

Galeri presst die Lippen aufeinander. »Sie wissen, dass diese Entscheidung das Ende von Nayo City bedeutet?«

»Das Ende von Nayo City ist nur noch eine Frage der Zeit. Außerdem bin ich mir sicher, dass jeder Zivilist auf seinem eigenen Grundstück besser kämpft als dort oben. Wie lange noch, bis Sie Zivilpersonen einziehen? Eine Woche? Fünf Tage?« Ich warte ihre Antwort geduldig ab. Gerade, als ich glaube, dass sie mir nicht antworten wird, sagt sie: »Drei Tage.«

»Evakuieren Sie die Stadt. Geben Sie den Menschen Waffen. Wir müssen unseren Planeten hier verteidigen.«

»Das ist Selbstmord!«, dröhnt Tharpe.

Eine seiner Kolleginnen schüttelt den Kopf. »Was dort oben passiert, ist Selbstmord. Wie viele Ihrer Kadetten haben wir allein heute verloren, Tharpe? Die jungen Leute sind Laserfutter, nicht mehr.«

»Das verbitte ich mir«, ruft Tharpe aus.

»Aber es ist die Wahrheit!«

Über die Diskussion hinweg sehe ich zu Galeri. Als führten wir einen stummen Dialog, blicken wir uns an. Sie braucht noch mehr Argumente.

»Die Rebellen würden sich dem Kampf anschließen.«

Sie nickt. »Und die zurückgekehrten Verbannten vielleicht aus ihren Verstecken kommen«, ergänzt sie.

»Die Verbannten verstecken sich?«, frage ich und sie nickt.

»Sie wollen nicht zurück ins Weltall und dort kämpfen.«

»Verständlich.« Ich zucke mit den Achseln.

Wieder eine Pause. Diesmal schweigen alle am Tisch.

»Wie ist Ihr Zeitplan?«, fragt Galeri.

»Raumgleiter Aklahoma Neun wartet auf Ihren Befehl. Die anderen sollten umgehend folgen. Zur gleichen Zeit leiten Sie die Evakuierung ein. Wir holen die Schattenjäger noch heute Nacht hierher.«

»Was, wenn sie kurzen Prozess mit der Stadt machen?«, fragt Tharpe.

»Vergessen Sie doch endlich die Stadt«, sage ich ungeduldig. »Nayo City ist verloren. Wir können die Schattenjäger nicht mehr lange aufhalten. Aber wir sollten das zu unserem Vorteil nutzen: Von Nayo City aus gibt es nur eine Richtung, in die sie vordringen werden – weg von der Küste. In den Bergen werden wir sie einkesseln und empfangen.«

Galeri nickt entschlossen. »So machen wir es.«

»Ich sorge dafür, dass die Rebellen bereit sind. Informieren Sie die Bevölkerung. Die Leute sollen sich wappnen. Und ihre Kinder fortschicken.«

»Einverstanden. Aber eine Entscheidung müssen wir noch treffen.« Ihr Blick wird weicher. »Beerdigen wir ihn in Freedom Heights oder hast du einen anderen Wunsch?«

Mein Vater hat meine Mutter sehr geliebt. Sie waren noch jung, als sie sich kennengelernt haben. Sie, die junge Lehrerin, er, der Schüler kurz vor seinem Abschluss. Ihre Beziehung war verboten. Aber allen Widrigkeiten zum Trotz haben sie zusammengehalten. Ein Kind sollte der Anfang ihrer Familie sein. Das Haus an den Klippen ihre Heimat. Doch alles zerbrach. Durch die Schattenjäger. Durch Morsis. Durch einen verdammten Fluch. Es ist nur gerecht, dass sie zusammen sein dürfen. Vereint im Tod.

Meine Mutter liegt auf einem Friedhof außerhalb der Stadt begraben, unter einer alten Weide. Deren Äste reichen mittlerweile bis zum Boden, was unserer kleinen Trauergesellschaft einen geschützten Rahmen schenkt. Der Wind lässt die langen Ästchen und Blätter raschelnd über die Wiese streifen. Die Sonne glitzert durch die freien Stellen im Geäst, wirft einen Tanz aus Licht und Schatten auf das frisch zugeschüttete Grab meines Vaters.

Nach fünfzehn Minuten war die Beerdigungszeremonie vorbei. So haben es Galeri und ich besprochen. Wir müssen den Kampf vorbereiten. Den finalen Schlag.

Galeri und ein paar Kommandanten und Generäle sind als erste gegangen. Meine Tante, Mark und Michelle als Nächste. Tante Mary drückte schluchzend meine Hand dreimal und ich tat dasselbe. *Hab dich lieb*, soll das heißen. Das hat sie früher schon gemacht. Als ich klein war. Jetzt bin ich erwachsen. Und trotzdem tut es gut, ihre Hand zu spüren. Dreimal sanft drücken. Sollte ich je Kinder haben, werde ich es mit ihnen auch so handhaben.

Nun stehe nur noch ich hier. Am Grab meiner Eltern. Und frage mich, ob es richtig ist, was ich tue. Oder alles noch schlimmer macht. Meine Entscheidungen in den letzten Monaten waren nicht immer die besten. Sie haben viele Menschen das Leben gekostet.

Ich blicke auf das frische Grab meines Vaters. Dahinter steht ein Holzkreuz. Neben dem von meiner Mutter. Von ihrem Grab ist nichts mehr zu sehen. Ihr Kreuz ist vom Wetter und der Zeit gezeichnet. Das meines Vaters wird irgendwann auch so aussehen.

Oder verbrennen, erinnert mich mein Kopf an das, was uns bevorsteht. Der Anhänger um meinen Hals liegt kühl auf meiner Haut. Heute Nacht wird Nayo brennen. Und entweder sterben wir alle bei dem Versuch, unsere Heimat zu retten, oder wir vertreiben die Schattenjäger ein für alle Mal. Aber dafür muss Morsis sterben. Und das wird mein Job sein.

Ich setze mich in das HoverCab meines Vaters – es gehört jetzt mir, das wurde von Galeri persönlich veranlasst. Damit ich keins mehr klauen muss, hat sie gesagt. Ich verlasse den Friedhof, verlasse das kleine Dorf und steuere auf die andere Seite Nayo Citys zu. Dafür fahre ich nicht quer durch die Stadt, sondern nehme die Umgehungsstraße. Sie ist nicht gut ausgebaut. Der Schotter staubt in alle Richtungen, vernebelt mir die Sicht. Vielleicht sollte ich den Leichtflugmodus aktivieren. Aber ob die alte Karre das überhaupt noch schafft? Besser ich fordere mein Glück nicht heraus.

Bald darauf erreiche ich die Wüste. Irgendwo hier sind mein Vater und ich vom Himmel gefallen. Fernab der Straße zwar, aber etwa auf dieser Höhe. Ich erinnere mich an das

Gefühl von Panik, als ich ihn nicht aus dem brennenden Wrack befreien konnte. Dieselbe Panik überkam mich, als Morsis meinen Vater tötete. Aber diesmal wurde aus der Panik nicht Erleichterung, sondern blankes Entsetzen.

Mein Weg führt mich noch ein ganzes Stück weiter. Doch dann steht er da – der Bunker mit der Glaskuppel. Die Zentrale des Rebellen Clans. Unscheinbar, mit bröckelnder Außenfassade, vermeintlich verlassen. Sind sie vielleicht doch nicht hier? Aber wo sonst sollten sie sein?

Mit Vollgas steuere ich auf die Glaskuppel – die Logistikzentrale – zu. Das letzte Mal, als ich hier war, haben mich meine eigenen Leute hochkant rausgeschmissen. Und heute? Werden sie mir folgen? Oder mich davonjagen?

Das Tor der Glaskuppel öffnet sich, bevor ich dort bin. Sie sind also hier. Sie haben mich gesehen. Ich wusste es.

Sobald ich drinnen bin, bremse ich scharf ab, um niemanden umzufahren. Scheint, als hätten sie alle auf mich gewartet. Vor mir stehen hundert oder mehr Menschen – die meisten davon habe ich noch nie gesehen.

Ich steige aus und Tina kommt mit festen Schritten auf mich zu. »Ist er tot?«, fragt sie mich zur Begrüßung.

»Ich freue mich auch, dich zu sehen. Von wem genau sprechen wir?«

»Von meinem Bruder. Von wem denn sonst?«

Meinem Vater. Aber das sage ich besser nicht laut. Ich will nicht, dass sie mich für schwach halten, dass sie glauben, ich sei in irgendeiner Weise labil. Alle Trauer, die ich mir zugestehe, habe ich bereits zugelassen – oben im Raumgleiter mit Sally.

»Liegt verletzt, aber lebendig im Krankenhaus. Na ja«, ich blicke auf die Uhr meines nagelneuen Tablets, das mir Galeri besorgt hat. »Tatsächlich wird er vermutlich gerade mit all den anderen Patienten evakuiert und in die Berge außerhalb der Stadt gebracht.«

»Evakuiert?«, fragt sie.

»Schaut ihr keine Nachrichten? Die Stadt wird evakuiert. Die Schattenjäger werden in wenigen Stunden Nayo angreifen.«

Ein Raunen geht durch die Menge. Für einen Moment herrscht Unruhe.

»Was ist?«, frage ich. »Genau darauf habt ihr doch gewartet? Im Weltall wollt ihr nicht helfen, schon klar. Aber jetzt bedrohen sie die Straßen eurer Stadt. Zeit, dieses Loch zu verlassen und Stellung zu beziehen.«

»Und weshalb sollten wir dir folgen?«, fragt Sam skeptisch. »Jesse ist unser Boss, nicht du.« Irgendwas hat diese Frau gegen mich, dass sie mich erst dem Häuptling ausliefert und jetzt an Jesse festhält, der nicht mal hier ist.

»Ist er eben nicht. Ich bin euer Anführer. Und im Gegensatz zum Häuptling war ich es schon immer.«

Sie prustet abfällig. »Was für ein arrogantes Geschwätz. Wo sind die Beweise?«

Ich blicke mich um. Sehe viele Gesichter, die mindestens eine halbe oder ganze Generation älter sind als wir. Ich gehe durch die Reihen, die Arme vor der Brust verschränkt, und sehe mir jeden Einzelnen ganz genau an. Vor einer Frau mit braun-grau meliertem Haar bleibe ich stehen. Ich lege den Kopf schräg und sie sieht verunsichert weg, dann wieder in meine Augen. Und ich lächele. »Sie kann es bezeugen. Sie weiß, dass mein Vater der rechtmäßige Anführer war. Und sein Bruder, der Häuptling, nichts als ein Nutznießer. Nichts als ein billiger Abklatsch. Na los, sag es ihnen. Ich bin sicher, dass andere deine Geschichte bezeugen.«

Zuerst wirkt sie erschrocken, verunsichert. Aber dann, ganz plötzlich, verändert sich ihr Blick, wird fest, durchbohrt mich. Schließlich lächelt auch sie. »Sein Vater war der Beste. Er hat den Posten sehr jung übernommen, aber wir alle haben ihm vertraut. Als er den Rebellen Clan verlassen hat, ist eine Welt für uns eingestürzt. Wir durften seinen Namen nicht mehr erwähnen und niemandem erzählen, dass es vor dem Häuptling einen anderen Anführer gegeben hatte.« Sie schüttelt den Kopf. »Was für eine Lüge. Das konnten wir nicht länger ertragen. Viele von uns haben damals frühzeitig den Clan verlassen. Deshalb klafft eine große Lücke zwischen den Generationen von damals und heute. Wer nicht freiwillig gegangen ist, wurde vom Häuptling an andere Orte verbannt. Ins Kommandariat für Recherchearbeiten, nach Amega ins Ausbildungszentrum. Er hat alles Mögliche getan, um seine Geschichte zu verschleiern.«

Sam schnalzt mit der Zunge. »Kann ja jeder behaupten.«

»Ich kann es bezeugen«, sagt ein weiterer Mann, der älter sein muss, als es mein Vater war. Ein zweiter und dritter treten vor, außerdem noch eine Frau. Schließlich stehen über zwanzig Leute da, die meinen Vater als Anführer des Rebellen Clans kannten.

»Wo ist dein Vater jetzt?«, fragt mich einer. »Warum kommt er nicht persönlich her, um uns anzuführen?«

Stumm schüttele ich den Kopf. »Erstens hat er sein Amt freiwillig abgetreten. Er kann nicht einfach zurückkommen. Zweitens«, ich schlucke und sehe in die Gesichter der Älteren, »ist er tot.« Ich sage es so fest wie möglich, ohne die Bedeutung der Worte an mich heranzulassen. Genauso gut hätte ich sagen können: »Es gibt keine Schlagsahne mehr«. Wahrscheinlich hätte das sogar emotionaler geklungen.

Ich sehe den Schock in den Gesichtern derer, die meinen Vater gekannt haben. Ja, bis vor kurzem dachten wir alle, er wäre tot. Aber das war ein Irrtum. Und ich erkenne jetzt, wie viele sich darüber gefreut haben. Jetzt ist er wirklich fort. Für immer. Ich habe seinen Leichnam nach Hause gebracht. Wenigstens das konnte ich für ihn tun.

»Du sagst, die Schattenjäger kommen in wenigen Stunden?«, fragt Tina.

Ich nicke. »Und ich hoffe, sie bringen das Mutterschiff mit.«

Daraufhin reißen einige die Augen auf. »Aber ... aber ...«, stammelt Tina. »Das wäre unser aller Tod. Das Mutterschiff ist eine gigantische Waffe, der wir nichts entgegenstellen können.«

Wieder nicke ich. »Das wird sich zeigen. Aber mit eurer Hilfe können wir die Schattenjäger ein für alle Mal erledigen.«

»Was ist mit den Alliierten?«, fragt Sam.

»Die lassen sich weiter bitten. Galeri versucht, das Meeting des Intergalaktischen Rats vorziehen zu lassen. Mit etwas Glück kommen sie und helfen uns, nach dem Kampf aufzuräumen.«

»Das heißt, wir haben nur drei Optionen: fliehen, kämpfen oder sterben.«

»Nein. Ihr habt nur zwei Optionen. Zum Fliehen ist es längst zu spät. Die Schattenjäger haben jegliche sichere Passage blockiert. Habt ihr nicht gesehen, wie nah sie mittlerweile sind?«

Betretenes Schweigen. Was ist aus den coolen, mutigen Rebellen geworden? Ein Haufen Kinder und Erwachsener, die sich in ihrem Bunker unter der Erde vor der Welt verstecken?

Ich ziehe meinen Ärmel hoch und halte ihnen die Innenseite meines Unterarms hin, wo das Tattoo des Lebensbaums zu sehen ist. »Es gibt eine Schlacht zu schlagen. Um Nayo. Und es geht nicht darum, einen Anführer zu wählen. Es geht darum, eure Heimat zu verteidigen. Ich schlage vor, ihr bewaffnet euch. In einer Stunde erwarte ich euch in der Stadt auf den üblichen Posten. Ich verlasse mich auf euch. Tina? Du kommst mit mir.« Ich rechne mit Gegenwehr, Zweifeln und Nachfragen, aber stattdessen sprinten die Rebellen los. Und Tina folgt mir. »Du solltest dich auch bewaffnen.«

»Du weißt genau, dass ich immer bewaffnet bin. Wo fahren wir hin?«

»Ins Kommandariat. Ich will, dass du Jesse dort vertrittst

und die Rebellen koordinierst.« Wir steigen ein und ich fahre los.

Unser HoverCab ist das einzige, das in die Stadt fährt – alle anderen stehen im Stau aus der Stadt heraus.

Tina beobachtet die nicht enden wollende Schlange auf der Gegenfahrbahn des Stadthighways. »Apokalyptisch«, flüstert sie.

»Egal, wo sie hingehen: Sie sterben so oder so, wenn wir nicht gewinnen. Nur später.«

»Stell dir vor, du bist der letzte Überlebende. Würdest du dich freiwillig ergeben? Oder dich umbringen?«

»Ich würde kämpfen. Bis zum Ende.« Auf jeden Fall würde ich das. Genau das hat mein Vater auch getan.

VOR PFEILER ONE herrscht unruhiges Treiben. Krankentransporte bringen die Patienten fort, Zivilisten scharren sich um Container, aus denen Waffen verteilt werden. Auf den ersten Blick kann ich nicht erkennen, ob irgendjemand eine Liste führt, wer wie viele Waffen bekommt. Wer am lautesten schreit, bekommt eine zugeworfen oder gereicht.

»Gott, die erschießen sich doch nur selbst mit dem Zeug«, sagt Tina.

»Bei dem, was auf uns zukommt, ist jeder hilfreich. Und statt dich über sie lustig zu machen, solltest du ihnen helfen, meinst du nicht?«

Sie sieht mich betreten an, ihre Wangen schimmern sogar leicht rosa. War das zu hart? Ich denke nicht. Wir kämpfen verdammt nochmal um das Überleben der Menschheit. Es geht nicht darum, wer besser oder schlechter ist. Es geht darum, zusammen zu halten. Genau deshalb hat man die Erde damals in Nayo umbenannt. Nayo bedeutet grüne Welt und große Freude. Der Name stand für einen gemeinsamen Neubeginn über Landesgrenzen hinaus. Jetzt ist die Zeit gekommen, zu zeigen, dass wir eins sind. Scheiß auf Religion, scheiß auf Grenzen, Sprachen, Kultur. Wir sind eins. Wir sind Menschen. Also halten wir zusammen.

Wir fahren mit dem Fahrstuhl hinunter in den Bunker – den sichersten Raum des Gebäudes. Galeri steht umringt von gestresst wirkenden Menschen vor dem gigantischen Display und beobachtet die Truppenbewegungen der Schattenjäger. Einige der Leute hier tragen Uniformen, andere sind in Zivil. Einen von ihnen erkenne ich wieder: Es ist Gregory, der Anführer der Bürgerwehr. Er wurde bei unserem Überfall auf das Wasserwerk festgenommen. Als er mich sieht, erhellt sich sein Gesicht. Er zieht den Ärmel hoch und zeigt mir sein Handgelenk. Auch er trägt den Lebensbaum als Tattoo.

»Ich denke, das solltest du wissen. Die komplette Bürgerwehr trägt das Zeichen. Wir stehen hinter dir, Fireball! Stimmt es, was diese Kommandariatsleute sagen: Du willst die Schattenjäger nach Nayo locken?«

»Danke. Ja, es stimmt. Deine Leute sollen sich bereit machen und auf Instruktionen warten. Entschuldige mich, ich muss mit Galeri sprechen.« Freundlich, aber bestimmt dränge ich mich an ihm vorbei.

»Galeri«, sage ich ruhig und sie sieht auf.

»Endlich. Ich habe schon befürchtet, du hättest uns vergessen.«

»Im Gegenteil. Die Rebellen machen sich bereit. Hier ist Jesses Vertreterin. Sie hält Kontakt zwischen euch und den Rebellen.«

Tina wirft mir einen fragenden Blick zu. Wahrscheinlich wundert sie sich, dass nicht ich diese Aufgabe übernehme.

»Sehr gut. Wir haben die Leute der Bürgerwehr akquirieren können.«

»Hab ich gesehen. Wer sind die anderen?« Ich nicke in die Richtung einiger ziemlich übel aussehender Männer und Frauen. Sie wirken irgendwie ... wild. Einer trägt ein Fell über der Schulter, hat ungewaschenes Haar, einen ungepflegten Bart und leckt sich mit der Zunge ständig über den rechten Mundwinkel. Dafür zwinkert er so selten, dass es nicht gesund wirkt. Die Frau neben ihm ist bewaffnet bis an die Zähne. Ein Wunder, dass man sie so in die Nähe der Präsidentin lässt. Der Dritte ist kleiner als die beiden anderen. Er ist so schmutzig, dass mir der Gedanke kommt, er könne ein Obdachloser sein, der seit Wochen, vielleicht Monaten nicht geduscht hat.

»Die Drei sind unter den Verbannten sowas wie Anführer«, sagt sie mit gesenkter Stimme. »Aber ich weiß nicht, ob man ihnen vertrauen kann. Ich habe das Gefühl, wenn es eng wird, hauen die ab.«

»Man kann sich seine Verbündeten nicht immer aussuchen. Und wenn jemand wirklich Angst hat, kann auch der loyalste Kadett wegrennen.«

Sie nickt.

»Gibt's was Neues vom Intergalaktischen Rat?«

»Allerdings: Sie haben einer Krisensitzung am heutigen Abend zugestimmt. Ich möchte, dass du dabei bist.«

»Ich? Was soll das bringen?«

»Allein schon das schlechte Gewissen, dass sie euch ihre Unterstützung verweigert haben und George jetzt tot ist, sollte sie dazu bringen, uns zu helfen.«

»Sie meinen wirklich, die werden uns helfen, weil sie ein schlechtes Gewissen haben?«

»Davon gehe ich schwer aus, ja.«

Ich nicke. »Wenn Sie denken, dass das hilft, trage ich meinen Teil dazu bei.«

Sie atmet tief durch. »Es wird Zeit.« Damit meint sie, dass wir die Hölle über Nayo hereinbrechen lassen. »Mach deine Ansagen.«

Ich hebe mein Kinn und baue mich vor dem Team im Raum auf. »Okay, alle mal zuhören«, sage ich laut und die Gespräche verstummen. »In einer Minute geben wir allen

Raumgleitern den Befehl, ihre Kämpfer einzuholen und nach Nayo zurückzukehren. Das dürfte etwa fünf Stunden dauern. Sie werden ringförmig um Nayo City herum aufsetzen und versuchen, das Land zu verteidigen und die Kämpfenden in ihrer Zone mit Getränken, Essen, Waffen und Medikamenten zu versorgen. Die Stadt selbst geben wir verloren. Wir müssen die Schattenjäger so lange wie möglich im Tal einkesseln. Pfeiler One wird vollständig evakuiert werden, auch dieser Bunker hier.«

»Das ist ein ganz großer Scherz, nehme ich an«, sagt einer der Verbannten. Der mit dem Fell über der Schulter. »Es war immer unser Ziel, dass diese Bastarde niemals wieder nayonischen Boden betreten, und jetzt laden wir sie förmlich dazu ein? Hast du Narr eine Ahnung, wie viele Menschen gestorben sind, als sie Nayo zum ersten Mal angegriffen haben?«

Ich wende mich ihm zu, sehe ihn ernst an. »Wie ist dein Name?«

»Lourde.«

»Gut, Lourde. Danke, dass du das ansprichst. Meine Mutter war eins der ersten Opfer. Auch die Mutter meiner Freundin und deren Schwester sind damals ums Leben gekommen. Glaub mir: Ich weiß, was es uns gekostet hat. Aber zum einen waren wir nicht vorbereitet und zum anderen sind es nur noch Stunden, bis die Schattenjäger unserer Flotte da oben den Garaus machen. Wir können die Front nicht mehr halten. Es gibt nur zwei Möglichkeiten: Wir lassen unsere Leute da oben weiter in ihr Verderben stürzen. Oder wir holen sie nach Hause, auf nayonischen Boden, wo wir Sauerstoff haben, angenehme Temperaturen, die Berge, in denen wir uns verstecken können, den Boden unter unseren Füßen, sodass wir von da nicht angegriffen werden können. All das sind unsere Vorteile. Es sind nicht viele? Mag sein. Aber es sind die Einzigen, die wir noch haben. Also frage ich dich: Willst du eines der rar gewordenen Shuttles besetzen und da hoch, um im

Weltall zu kämpfen? Oder willst du deine Heimat hier verteidigen?«

Er reckt ein wenig das Kinn. Dann kommt er zu einer Entscheidung. »Wir folgen dir.«

»Danke, Lourde.«

Galeri tritt vor und legt mir die Hand auf die Schulter. »Als Präsidentin und somit Oberbefehlshaberin aller Einheiten entscheide ich hiermit, dass Fireball McAllister die Entscheidungs- und Befehlsgewalt innehat. Sein Wort zählt. Wer seinen Anweisungen nicht Folge leistet, gilt als Deserteur.« Sie klopft mir auf die Schulter.

»Gut, mit dieser neuen Befehlsgewalt entscheide ich als Allererstes, dass wir nicht von Deserteuren sprechen. Wir sitzen alle in einem Boot. Ob Generalin, Rebell, Kadett, Rückkehrer, Mutter oder Kind: Wenn wir nicht zusammenhalten, werden wir sterben. Und jetzt wird es Zeit, dass wir uns wappnen. Noch irgendwelche Fragen?«

Niemand sagt etwas. Nur Lourde greift nach einem Kugelschreiber. Diese Dinger sind eines der Zeichen dafür, welcher Luxus im Kommandariat herrscht: Nur hier verwendet man Papier zum Schreiben. Nur hier braucht man einen Kugelschreiber.

»Wenn ich es richtig verstanden habe, dann ist das hier euer Zeichen, nicht wahr?« Er beginnt, mit dem Kugelschreiber auf seinen Unterarm zu malen. Als er fertig ist, hebt er das Handgelenk. »Der Lebensbaum. Er soll Zeichen unserer Rebellion gegen die Schattenjäger sein. Wir halten zusammen. Wir sind eins.«

Dankbar nicke ich ihm zu. Die Unterstützung der Rückkehrer zu haben, kann ein wichtiger Baustein sein. Immerhin sind es tausende.

»Wenn wir es schaffen, am Leben zu bleiben und die Schattenjäger in die Flucht zu schlagen, dann sind wir alle Helden.« Um mich herum Nicken. Sie sehen aus, als könnten sie es kaum erwarten, endlich kämpfen zu können. »Folgende Strategie: Die Rebellen kommen von Süden. Sie werden die Stadt hier sichern.« Ich markiere auf der Karte den entsprechenden Bereich der Stadtgrenze. »Die Bürgerwehr und die Verbannten übernehmen den Westteil, das Kommandariat den Osten. Sollte eine der drei Seiten fallen, ziehen sich alle zurück und begeben sich in die Berge, wo die Evakuierten ausharren. Es gilt, ihnen die Flucht zu ermöglichen. Außerdem können wir diese Bastarde in den Bergen einkesseln. Dort gibt es wunderbare Versteckmöglichkeiten – ganz ähnlich wie in der Stadt. Verstanden?« Alle nicken. »Fragen?«

»Wer versorgt uns mit Waffen und Munition?«, fragt Gregory.

»Das Kommandariat«, sagt Galeri. »Wir haben verschiedene Arsenale hier und in den Bergen.«

»Dieses Arsenal sollte sofort aufgelöst werden«, sage ich. »Die Schattenjäger werden Pfeiler One zuerst zerstören.«

Galeri nickt dankbar und gibt einem Mitarbeiter ein Zeichen, der sofort den Raum verlässt.

»Wir Rebellen verfügen ebenfalls über ein Lager mit Munition, Waffen und Logistik.« Tina schaut sich um, als rechne sie damit, für diese Aussage jeden Moment ins Gefängnis gesperrt zu werden. Denn Fakt ist: Alles, was sich bei uns befindet, wurde über Jahre beim Kommandariat geklaut.

»Danke!«, sagt Galeri.

»Gib unseren Leuten Bescheid, dass sie alles bereitstellen sollen«, sage ich und Tina tippt eine Nachricht in ihr Tablet.

»Gut. Der Rest von euch informiert jetzt ebenfalls seine Leute. Macht den Schattenjägern die Hölle heiß! Viel Glück.«

Alle nicken und verlassen den Raum. Tina klappt ihr Tablet zu und hebt fragend die Augenbrauen. »Und du? Wo wirst du sein?«

»In der Nähe«, antworte ich vage.

Sie schüttelt den Kopf und schmunzelt, als würde sie mir

nicht glauben. Aber es bringt nichts, ihr von meinem Plan zu erzählen, ins Mutterschiff einzudringen. Sie würde mich begleiten wollen. Dabei wird sie dringender auf der Straße gebraucht.

»Melde dich, wenn du Hilfe brauchst.«

»Mache ich.« Nicht.

Sie dreht sich um und verlässt den Raum. Ob ich sie gerade zum letzten Mal gesehen habe? Hätte ich sie in den Arm nehmen sollen? Ich bin komplett im Kampfmodus. Keine Emotionen, keine Gefühle. Das hat mir der Häuptling eingebläut. Damit ich besser funktioniere. Klarer denke.

Ich wende mich ab und nehme Funkkontakt zu dem Raumgleiter auf, der dem Mutterschiff am nächsten ist.

»Aklahoma Neun, bitte kommen.«

»Hier Jack. Was kann ich für dich tun, Boss?«

»Es geht los.«

»Alles klar. Dann sehen wir uns in ein paar Stunden. Bringen wir das Baby nach Hause.«

»Alles Gute, Jack. Passt auf euch auf.«

Ich gebe auch den übrigen Raumgleitern den Befehl zum Rückzug. Sie zögern. Aber als Jack wie besprochen den Anfang macht, ziehen sie mit. Sie hinterfragen nicht, sie tun es einfach. Das wurde ihnen vom Kommandariat so beigebracht.

Ich drehe mich zu Galeri und den übrig gebliebenen Kommandanten und Generälen um. »Sie sollten jetzt verschwinden.«

»Und du?«

»Ich mache mich bereit.«

SALLY

Vier Stunden Schlaf müssen reichen. Sobald ich mich hingelegt hatte, waren die Geschehnisse der letzten Stunden wie in einem Rausch an mir vorbeigezogen. Blut, verletzte Gliedmaßen, Schreie, Tränen, Tod. Es hat ewig gedauert, bis ich die Bilder aus dem Kopf verbannen konnte. Leider wurden sie durch ein anderes Bild ersetzt: Fireball über der Leiche seines Vaters. Er sah ganz anders aus als der Anführer, den ich kenne. So gebrochen. Zerbrochen.

Immer wieder sagte er, dass alles gut wird. Ich bin mir nicht sicher, ob es für ihn je wieder gut wird. Denn ich weiß leider zu gut, wie weh es tut, wenn der eigene Vater stirbt. Wie viel Leid kann ein Mensch ertragen?

Ich bin weinend eingeschlafen und jetzt fühlen sich meine Augen geschwollen an und brennen, deshalb wasche ich mir das Gesicht mit kaltem Wasser. Auf dem Weg zur medizinischen Abteilung mache ich einen Umweg über die Versorgungszentrale. Hier gibt es zu jeder Zeit Essen und Getränke. Ich nehme mir Zeit, um wenigstens anständig zu frühstücken. Susan hat mich ermahnt, auf mich zu achten, damit ich ordentlich arbeiten kann, damit ich durchhalte. Und da ich genau weiß, dass ich später keine Zeit zum Essen oder für Kaffee haben werde, mache ich das jetzt. In aller Ruhe. Na ja. Eigentlich setze ich mich nicht mal hin, aber ich spachtele so viel in mich hinein, bis mir schlecht ist – das muss reichen, bis ich in vierzehn oder sechzehn Stunden Feierabend habe.

Ich räume das Geschirr weg und mache mich auf den Weg zur medizinischen Abteilung. Der Gang führt an einem riesigen Fenster vorbei, das den Blick ins Weltall freigibt.

Verwirrt bleibe ich stehen und blicke hinaus. Die Sterne stehen nicht still. Sie ziehen an uns vorbei. Ich runzle die Stirn. Wir bewegen uns? Wohin? Wurden wir vom Mutterschiff abgezogen? Sollen wir Zeit bekommen, um uns zu erholen? Das wäre dringend nötig. Vielleicht tauschen wir die Position mit einem anderen Raumgleiter, damit sich die personelle Situation entspannt.

Ich gehe weiter zur medizinischen Abteilung. Irgendwas ist anders. Die Betten sind alle belegt, aber irgendwie ... fehlt etwas.

»Hi«, begrüßt mich Susan.

»Was stimmt hier nicht?«, frage ich, noch immer auf der Suche nach dem, was mich irritiert hat.

Sie kräuselt die Augenbrauen. »Die Patienten«, antwortet sie.

Ich schüttele den Kopf. »Nein. Die sind da. Aber ...«

»Es werden keine Neuen eingeliefert.«

Ich reiße die Augen auf. »Oooh. Ja, jetzt wo du es sagst. Warum nicht?«

»Wir wurden abgezogen. Anscheinend auf Befehl von ganz oben. Oder unten – denn Nayo liegt schließlich unter uns. Wobei das im Weltall wohl gehupft wie gesprungen ist.«

»Susan – wann hast du zuletzt geschlafen? Du machst mir nicht den fittesten Eindruck.«

Sie nickt mit zusammengekniffenen Lippen. »Und genau deshalb werde ich mich jetzt auf den Weg in mein Bett machen. Außerdem hat uns die Nachricht erreicht, dass Galeri einen neuen Verantwortlichen für die Kampfstrategie ernannt hat. Rate, wer es ist.«

Ich zucke mit den Schultern. »Ich kenn keinen von denen.«

»Oh doch, *den* kennst du.«

Ein Fünkchen Hoffnung entzündet sich in mir. Gleichzeitig habe ich Angst, recht zu haben. »Fireball?«, frage ich flüsternd.

Sie nickt.

»Das ist ... das ist ... Was hat er vor?«

»Was er vorhat? Wie kommst du ...« Aber wir werden unterbrochen von einer Durchsage, die im gesamten Raumgleiter zu hören ist.

»Alle freien Mitarbeitenden bitte umgehend in die Besprechungsräume«, erklingt die Stimme der Kommandantin.

Susan seufzt. »Das war's mit einer Runde Schlaf.«

Einige unserer Kolleginnen und Kollegen reißen sich von den Patienten los, die keine durchgehende Betreuung mehr brauchen. Erst jetzt erkenne ich, was anders ist: Es gibt keine Not-Operationen mehr. Alle sind so weit versorgt. Die Hektik ist weg.

»Komm«, sagt Susan und wir folgen den anderen. Nur eine Handvoll Kollegen bleibt zurück.

Im Besprechungsraum des medizinischen Personals haben nicht alle Platz. Es gibt etwa zehn Stühle, der Rest von uns, etwa nochmal so viele, stellt sich dahinter in einem Halbkreis um den medizinischen Leiter auf.

»Tja«, sagt er. »Bis wir wissen, weshalb wir hier sind, möchte ich die Zeit nutzen und mich bei Ihnen allen für die Arbeit und Ihren Einsatz bedanken. Es waren harte Zeiten. Verdammt harte Zeiten. Aber ich denke, wir haben das Beste daraus gemacht.«

In diesem Moment baut sich ein Hologramm auf und zeigt Kommandantin Marshall, die Befehlshaberin des Raumgleiters. »Meine Damen und Herren, soeben hat uns eine Videobotschaft von Präsidentin Galeri erreicht. Diese sollen wir Ihnen vorspielen, damit Sie informiert sind.«

Das Bild wechselt und Josephine Galeri ist zu sehen. Hinter ihr wurde eine weiße Wand aufgestellt, sodass man nicht erkennen kann, wo sie sich befindet. Warum sollte man das tun, wenn sie sich in Pfeiler One aufhält? Wo also ist sie, wenn nicht dort? Sie wird doch nicht ... geflohen sein?

»Meine Damen und Herren, vielen Dank, dass Sie Ihre Arbeit kurz unterbrechen. Da die Zeit drängt, werde ich direkt zur Sache kommen. Zunächst möchte ich bekannt geben, dass ich mit Fireball George McAllister einen neuen Befehlshaber ernannt habe. Ich erwarte von Ihnen, dass Sie sämtliche seiner Anweisungen umgehend und nach bestem Wissen und Gewissen umsetzen.« Die Nachricht, dass George gestorben ist, hat sich wie ein Lauffeuer im Raumgleiter verbreitet. Die Meldung über seinen Tod lief in allen Nachrichten-Kanälen rauf und runter. »Wir fahren mit Mr. McAllister eine vollkommen neue Strategie, weshalb wir Ihren Kurs geändert haben. Sie haben sicher bemerkt, dass sämtliche Flotten zurückgezogen wurden und sich die Raumgleiter derzeit auf Reisekurs befinden. Nun, ich möchte Sie hiermit informieren, dass wir Sie nach Hause holen.«

Ein erstauntes Raunen geht durch den Besprechungssaal.

»Ich möchte betonen, dass es sich hierbei nicht um eine Kapitulation handelt. Ganz im Gegenteil. Wir holen diese Bastarde zu uns nach Hause, um unseren Heimvorteil zu nutzen. Wir werden sie hier auf Nayo ein für alle Mal besiegen. Dabei bekommen wir Unterstützung von der Bürgerwehr, den Verbannten und dem Rebellen Clan.« Ich atme erleichtert auf und sehe überrascht auf, als ich von anderen ganz ähnliche Geräusche höre. Manche lächeln sich sogar hoffnungsvoll an.

»Die Rebellen!« Eine Frau strahlt und hat Tränen in den Augen. »Jetzt wird alles gut.«

»Mit denen haben wir eine Chance«, sagt eine andere.

Ein ungekannter Stolz lässt meine Brust schwellen. Ja, mit den Rebellen haben wir eine Chance.

»Sie werden also«, spricht Galeri weiter, »in den kommenden Stunden nach Nayo zurückkehren. Ihre Raumgleiter werden sich im Halbkreis um Nayo City positionieren. Ziel ist, dass wir die Schattenjäger in der Stadt einkesseln und dort erledigen. An die Führungskräfte: Krisenplan B startet mit sofortiger Wirkung. Bitte leiten Sie alle anstehenden Schritte ein.« Der medizinische Leiter strafft die Schultern und sieht angespannt aus. Ob er weiß, was Krisenplan B vorsieht, oder muss er es erst nachlesen?

»Viel Glück!« Mit diesen Worten verabschiedet sich Josephine Galeri und das Hologramm verschwindet.

Alle Blicke kleben nun auf dem Hologramm von Kommandantin Marshall. »Gut«, sagt sie. »Krisenplan B also. Abteilungsleiter – Sie wissen, was Sie zu tun haben.«

Unser medizinischer Leiter ergreift das Wort. Scheinbar kennt er Krisenplan B doch. »Wir müssen uns auf die Landung und die anstehenden Aufgaben vorbereiten. Das Krankenhaus in Pfeiler One müsste inzwischen evakuiert worden sein.«

Was? Es ist bereits evakuiert? Fragende Gesichter, wohin ich schaue, Susan kreuzt die Arme vor der Brust. »Die Patienten und Kollegen sind in den Bergen untergekommen. Nun gilt es, zu definieren, wer welches Einsatzgebiet übernimmt: Ein Teil von uns wird in die Berge gehen und dort die Kollegen unterstützen. Der andere Teil als Sprinter an der Front aktiv sein.«

»Als Sprinter?«, stellt Connor, der junge Arzt, dem ich gestern während Susans Pause assistiert habe, die Frage, die mir auch auf der Zunge lag.

»Sprinter bedeutet, Sie werden mit einer Schutzuniform,

einem Rucksack und einem Funkgerät ausgestattet und helfen dabei, Verletzte aus den Kampfgebieten transportfähig zu machen. Nach den Ersthelfern werden Sie die nächsten in der Rettungskette sein. Ein Knochenjob, aber einer der wichtigsten, um unseren Kadettinnen und Kadetten da draußen zu helfen.«

Also genau der Job, um den mich Jonah und die anderen gebeten haben. *»Flickst du uns zusammen, wenn wir verletzt sind?«* Irgendwie so hatte es Jonah formuliert.

Ich trete vor. »Ich melde mich als Sprinterin.«

»Sally, nein!«, zischt Susan und will mich zurück in die Reihe ziehen. Aber ich stehe wie ein Fels. Schon notiert der Oberarzt meinen Namen in sein Tablet. »Wer noch?«

Es melden sich ein paar Weitere, aber nicht sehr viele. Das verstehe ich nicht. Verstecken sie sich lieber in den Bergen, als dort zu helfen, wo Hilfe am dringendsten gebraucht wird?

Die Versammlung löst sich auf und ich verlasse den Raum. Auf dem Flur hält mich Susan fest. »Sally, lass dich von der Liste streichen. Ich bitte dich! Sprinter ist kein Job für dich. Du bekommst nicht mehr als einen Rucksack voll Medikamente und ein paar Bandagen. Damit rettest du niemandem das Leben. Es wird dich …«

»Was?«

»Es wird dich zerstören. Ich bitte dich. Komm mit mir in die Berge. Dort wirst du wirklich helfen können.«

Ich schüttele den Kopf. »Ich gehe dorthin, wo ich am meisten gebraucht werde. Du hast gesehen, wie wenige sich zur Verfügung gestellt haben. Das wird ein harter Kampf und es ist mein Job, Leben zu retten und denen zu helfen, die verletzt sind.«

»Aber du wirst nicht vielen helfen können. Und du wirst selbst unter Beschuss geraten! Hast du keine Angst?«

Ich verenge die Augen. »Natürlich habe ich Angst! Aber deshalb bin ich noch lange nicht feige. Ich werde meinen Teil dazu beitragen, dass dieser Krieg ein Ende nimmt. So, wie es mein Vater getan hat. So, wie es George getan hat und so, wie es Fireball tut.« Als ich Georges Namen erwähne, zuckt ihr rechtes Auge. Wir haben nicht mehr über ihn gesprochen. Bis auf den winzigen Moment, nachdem Fireball ihr die traurige Nachricht überbracht hat, hat sie sich keine Pause gegönnt. Nicht, dass ich wüsste. Ich glaube, sie verdrängt es einfach. Auch keine schlaue Idee. Andererseits: Vielleicht lohnt es sich nicht, zu trauern, wenn wir eh alle sterben. Wer weiß das schon? Dann hätte sie ihre letzten Tage trauernd verbracht und nicht die Arbeit leisten können, die sie geleistet hat. Eines steht fest: Susan ist eine Vollblutärztin. Ihre Kinder sind bestimmt stolz auf sie.

Was wohl im Internat der Plan B ist? Für den Fall, dass die Schattenjäger kommen? Werden sie das Internat verteidigen? Die Schüler dortbehalten? Oder nach Hause schicken? Aber wohin? Nayo City ist keine Option mehr.

»Gut«, sagt Susan und streicht mir unnötigerweise die medizinische Uniform an den Schultern glatt. »Dann geh dich ausstatten und leg dich nochmal hin. Iss und trink etwas. Du wirst alle Kraft brauchen.«

»Danke, Susan. Für alles.« Ich nehme sie fest in den Arm und auch sie drückt mich an sich. Ohne sie – keine Ahnung, was aus mir geworden wäre.

Ich löse mich von ihr und melde mich beim medizinischen Leiter, um mich als Sprinterin ausstatten zu lassen.

DAFÜR, dass der Rucksack so groß ist, ist eigentlich nicht viel drin. Hauptsächlich Schmerzmittel und Antibiotika. Verbandszeug, Salzlösungen, gezuckerte Riegel, eine Schere. Ich ziehe ein Paar Handschuhe heraus und sehe den Mann, der mir den Rucksack gegeben hat, fragend an. »Ein einziges Paar Handschuhe?«

Er zuckt mit den Schultern. »Einfach anbehalten?«

Okay. Tschüss, Hygienevorschriften. Vielleicht lassen sie sich umfunktionieren. Wer weiß.

Meine Uniform und der Rucksack sind matschbraun, aber beide haben eine Membran, die mich vor Schüssen schützen soll. Immerhin. Dazu bekomme ich einen weißen Helm, der mich als medizinisches Personal ausweist. Ich drehe ihn in meiner Hand hin und her. Er leuchtet so strahlend weiß – den sieht man doch aus zehn Meilen Entfernung. Ich kann Fireball förmlich hören, wie er brüllt: »Setz den bloß nicht auf! Damit gibst du die perfekte Zielscheibe ab«. Vielleicht schmiere ich ihn mit Dreck ein, wenn wir auf Nayo sind. Ich habe auch schwere Stiefel bekommen, die mit Stahl verstärkt sind – falls ich mich im Nahkampf wehren muss, wurde mir gesagt. Wie soll ich mit diesen Dingern und dem schweren Rucksack auf dem Rücken rennen können?

Außerdem ist ein kleiner Digit in den Rucksack eingenäht – ein Peilsender, über den ich jederzeit auffindbar bin. Falls ich einen Notruf absetze, findet man mich über den Digit.

Ein letztes Mal stelle ich mich vor den Spiegel und binde mir die Haare zu einem Pferdeschwanz. Dann betrachte ich mich. Ich sehe völlig anders aus. Ich bin kein Mädchen mehr, nein. Ich bin jetzt eine Soldatin, die in den Krieg zieht. Nennt man medizinisches Personal im Krieg auch Soldaten? Keine Ahnung. Auf jeden Fall fühle ich mich so.

Den Rest der Zeit lege ich mich aufs Bett und schließe die Augen. Ich schlafe nicht. Im Gegenteil. Die Aufregung, die Schmetterlinge im Bauch, all das fühlt sich viel zu intensiv an, als dass ich schlafen könnte. Meine Gedanken sind bei Fireball. Ich nehme das Tablet, das mir zur Verfügung gestellt wurde, und rufe sein Profil auf. Er ist online.

Pass auf dich auf

, schreibe ich.

Er liest es, das erkenne ich an dem grünen Häkchen neben meiner Nachricht. Aber er reagiert nicht. Vielleicht hat er keine Zeit. Dann sehe ich, wie sich die drei Punkte unter seinem Namen bewegen – er antwortet.

Und du auf dich. Ich werde dich finden.

Und ich werde auf dich warten. Ich liebe dich, Fireball McAllister.

Ich liebe dich, Sally Cooper.

Ich presse das Tablet an die Brust und schließe die Augen. Mir ist nicht nach Weinen. Weinen bringt nichts. Überhaupt nichts. Weinen macht nur schwach. Aber ich will nicht schwach sein. Nie wieder.

WIR SETZEN im Westen der Stadt mit dem Raumgleiter auf und werden darüber informiert, dass wir dem Gebiet der Verbannten und der Bürgerwehr zugeteilt wurden. Mit mir verlässt auch Connor als Sprinter den Raumgleiter. Unser erstes Ziel ist die Stadtgrenze, um dort zu den Kämpfern zu stoßen. Mehr wird uns nicht gesagt. Ich atme tief durch und folge Connor. Außer uns gibt es noch vier weitere Sprinter. Das ist nicht viel.

Die anderen Raumgleiter stellen ebenfalls Sprinter zur Verfügung. Wie viele wohl von denen kommen? Niemand weiß, wie hoch die Überlebenschancen sind, wenn unsere Leute gegen die Schattenjäger kämpfen. Niemand weiß, ob wir überhaupt dazu kommen werden, irgendjemanden zu retten. Ich drehe mich um und entdecke in weiter Entfernung die Berge. »Eine Frage«, sage ich an niemand Bestimmtes gerichtet, »wie bekommen wir die Verletzten in die Berge?«

Connor sieht mich ernst an. »Wir schließen HoverCabs kurz. Schon mal gemacht?«

»Schon öfter dabei zugesehen.«

Er zuckt mit den Schultern. »Dann weißt du ja Bescheid.«

Heilige Scheiße. Wir sind wirklich komplett auf uns allein gestellt.

18

FIREBALL

Die Raumgleiter treten in die Atmosphäre ein. Groß wie Städte, Monstren aus Aluminium und Titan, brechen sie durch die Wolken. Ich beobachte ihr Eintreffen von dem Dach eines Hochhauses am Rande der Stadt aus. Hinter mir steht Tina, auf den Nachbardächern sind die übrigen Rebellen verteilt. Während die anderen unsere typische schwarze Rebellenkleidung tragen – T-Shirts und Jeans – stecke ich in der Kommandariatsuniform. Sie erinnert mich an meinen Vater. Sie erinnert mich an die Opfer, die er gebracht hat, um diesen Krieg zu beenden.

Mein Funkgerät rauscht. »McAllister, kommen.«

»Galeri, was gibt's?« Es hat schon Vorteile, dass die Präsidentin eine kriegserprobte Kommandantin ist. Mit Dwaine wäre diese Mission sicher nicht möglich gewesen. Der Feigling hätte niemals die Feinde so nah herangeholt. Aber wir müssen sie herlocken. Wir brauchen den Heimvorteil.

»Das Mutterschiff hat seine Jets zurückbeordert. Sie scheinen zu beobachten, was wir tun. Wir haben noch eine Stunde bis zur Versammlung des Intergalaktischen Rats.«

»Alles klar, ich mache mich auf den Weg.«

Ich hake das Funkgerät an meinen Gürtel und ein Kribbeln überzieht meinen Rücken. Es geht los. Jetzt gilt's. Wenn der Intergalaktische Rat unsere Bitten ablehnt, können wir uns alle direkt erschießen lassen. Nur wenn die anderen Völker uns zu Hilfe kommen, haben wir eine Chance. Das weiß ich, das weiß Galeri – aber wir sagen es niemandem. Wollen die Moral der Truppe nicht gefährden. Gerade sind alle optimistisch, weil die Rebellen und Verbannten helfen. Und weil ich unseren Heimvorteil anpreise. Der wird uns am Ende aber nichts bringen. Die Schattenjäger sind zu mächtig. Morsis zu stark.

»Tina, ich verschwinde zu Galeri. Sobald ich kann, bin ich zurück. Versucht mit allen Mitteln, die Schattenjäger in der Stadt zu halten. Und wenn ihr seht, dass die anderen Seiten wackeln, helft ihnen, wo ihr könnt.«

»Du erwartest ganz schön viel von uns.«

»Weil ich weiß, was ihr könnt.«

Ich nehme sie fest in den Arm, froh, die Chance bekommen zu haben, mich richtig von ihr zu verabschieden. »Pass auf dich auf.«

»Sei nicht so sentimental«, sagt sie schroff. Ich kneife ihr in die Nasenspitze und sie schlägt die Hand weg. Ein letztes Grinsen, ein letztes Lachen – auch wenn es sich gezwungen anfühlt. Die Anspannung steckt uns allen in den Knochen.

»Viel Glück, Boss«, ruft sie mir hinterher.

Ich steige die Feuertreppe hinab und schnappe mir eines der Motorräder, die wir überall abgestellt haben, um schnell von A nach B zu kommen. Galeri ist in den Bergen, ich werde eine Weile brauchen, um dorthin zu kommen.

Ohne Zwischenfälle erreiche ich die Stadtgrenze. Die Sonne versinkt hinter dem Horizont, taucht das weite Land vor mir in ein blaues Licht, das Wiesen und Felder noch strahlender erscheinen lässt. Ich atme tief ein, kann den Geruch von Stroh und Gras riechen, schmecke das Salz des Meeres auf meinen Lippen.

Da taucht von den Bergen her eine kleine Gruppe HoverCabs und Motorräder auf. Zivilisten, ganz klar. Ich halte an und eines der HoverCabs steuert auf mich zu. Als es auf meiner Höhe ist, lässt die Fahrerin die Scheibe hinunter.

»Charlotte. Elsa«, sage ich höflich, als würden wir uns bei einem Dinner im Palast treffen.

»Fireball.«

»Wo wollt ihr hin?«

»Wir wollen unsere Pflicht erfüllen«, sagt Charlotte und mir dreht sich beinahe der Magen um. Diese Internatskinder … Feige sind sie nicht. »Wir haben hart trainiert für diesen Tag.«

Ihr seid verdammte Kinder, also seht zu, dass ihr nach Hause kommt, will ich ihnen ins Gesicht brüllen, aber die Wahrheit ist: Wir brauchen jeden, scheiße, jeden. Selbst diese Internatskinder mit ihrem Möchtegernkönnen in Nahkampf und Verteidigungstheorie.

Also nicke ich. »Haltet euch geradeaus. Dann müsstet ihr auf die Rebellen stoßen. Lasst euch sagen, wo ihr gebraucht werdet.« Bei den Rebellen sind sie von allen Gruppen am sichersten. Mehr kann ich nicht für sie tun.

»Danke. Viel Glück, Mann.«

»Ebenfalls«, sage ich, aber sie hat schon wieder beschleunigt und lässt mich in einer Wolke aus Staub zurück.

Ich fahre weiter, nur um kurze Zeit später erneut über das Funkgerät kontaktiert zu werden. »Galeri, was gibt's?«

»Sie kommen«, ist alles, was sie sagt, aber mehr Info brauche ich auch nicht.

»Dann müssen wir darum bitten, unseren Punkt in der Agenda des Rats vorzuziehen.«

»Das habe ich. Wir können in fünfzehn Minuten vorsprechen. Wie weit bist du noch entfernt?«

Zwanzig Minuten mindestens. Aber ich will sie nicht beunruhigen. Sie sollte sich auf ihre Rede konzentrieren. Mehr als hübsches Beiwerk im Hintergrund werde ich sowieso nicht sein. »Ich beeile mich.«

Ich gebe Vollgas und zum Glück sind die Straßen leer, sonst wäre das hier ein Himmelfahrtskommando. Obwohl die Berge schon so nah zu sein scheinen, komme ich gefühlt überhaupt nicht voran.

Plötzlich grollt ein ohrenbetäubender Donner über meinem Kopf. So laut, dass ich es trotz des Dröhnens meiner Maschine spüren kann. Ich ziehe den Kopf ein, halte an und sehe mich um, woher das Geräusch kommt. Und dann sehe ich es. Das Mutterschiff der Schattenjäger. What the fuck?!

Der Himmel, die Wolken werden auf einmal orange und feuerrot. Das Mutterschiff ist so riesig, würde es landen, wäre fast die komplette Stadt darunter begraben. »Heilige Mutter ...« Das Funkgerät piepst. Ohne den Blick vom Mutterschiff zu nehmen, hebe ich es an mein Ohr und betätige das Mikrofon. »Ja?« Ich erkenne meine eigene Stimme nicht. Sie klingt zu hoch. Irgendwie ... panisch.

Galeri klingt nicht besser. »Wir wissen nicht wie, aber die Schattenjäger sind verdammt nochmal schon hier! Anscheinend haben sie eine Superbeschleunigung, von der wir nichts wussten. Sie sind hier, Fireball!«

»Ich weiß. Ich sehe sie.« Ich schlucke.

»Du siehst sie?« Ihre Stimme klingt erstickt. Scheint, als könnte sie, in welcher Höhle sie auch steckt, nicht nach draußen schauen.

»Mein Gott«, flüstert sie plötzlich. Da hat wohl jemand aus der Tür gespickt.

An der Unterseite des Mutterschiffs öffnet sich eine Klappe. Blaues Licht sammelt sich dort.

»Was ist das?«, flüstert Galeri.

»Ihr zentrales Waffensystem.«

So plötzlich, dass ich zusammenzucke und beinahe das Funkgerät fallen lasse, schießt das Mutterschiff einen einzigen, gewaltigen Laserstrahl geradewegs nach unten. Er trifft Pfeiler One – das Kommandariat, das Krankenhaus – und in weniger als einem Augenblick bricht das Gebäude zusammen, zerfällt zu Schutt und Asche, verteilt einen gigantischen Staubpilz über der Stadt. Dort, wo Pfeiler One gerade noch stand, steigt jetzt schwarzer Rauch auf. Ein Feuer muss ausgebrochen sein.

»Gott steh uns bei«, sagt Galeri, aber ich glaube, mehr zu sich selbst. Ich starte den Motor und brause in Richtung Berge. »Jemand muss mir entgegenkommen und mich abholen – ich war noch nie in diesen Höhlen und kenne den Weg nicht.«

»Geht klar. Die Schattenjäger schicken ihre Jets los«, informiert mich Galeri. Ich sehe nicht zurück. Je schneller wir die Sache mit dem Intergalaktischen Rat hinter uns haben, desto eher bin ich zurück und kann wirklich helfen. Verdammt, warum habe ich nur zugesagt, an dieser schwachsinnigen Konferenz teilzunehmen? Ich werde anderweitig viel dringender gebraucht! Mist verdammter!

SALLY

Es ist, als hätte jemand einen Schalter umgelegt und ganz plötzlich bricht Krieg aus. Die Jets der Schattenjäger machen ihrem Namen alle Ehre und jagen durch die Häuserschluchten, beschießen jedes Gebäude, halten einfach drauf. Sie wollen uns auslöschen. Niemand soll überleben. Meine Knie werden weich. Hat unser Kampf überhaupt einen Sinn? Hätten wir Nayo nicht einfach räumen sollen? Wofür unser aller Leben opfern?

»Die werden die Stadt zerstören«, sagt Connor neben mir und blickt finster die Straße hinunter. »Wir müssen raus aus dem Gebäude, komm.«

»Ihr verreckt da draußen!«, brüllt einer der Verbannten. Der arme Kerl hat nicht mehr alle Zähne im Mund und wirkt auch sonst ziemlich abgewrackt. Überhaupt machen mir manche der Rückkehrer Angst. Sie sind wie Wilde. Ich halte mich nah an Connor und versuche, diesen Leuten aus dem Weg zu gehen.

»Es ist unser Job, da draußen zu sein«, entgegnet Connor.

Er will raus? Auf die Straße? Oh Gott!

Connor bemerkt, dass ich ihm nicht folge, kommt zurück

und packt mich grob an den Schultern. »Im Gebäude ist es nicht sicher! Wir müssen raus! Komm jetzt, Mädchen!«

Mädchen? Ich bin doch kein kleines Mädchen mehr! Er rennt los und ich sprinte hinterher. Wir nehmen die Treppe – er zwei Stufen auf einmal, ich hopple wie ein zu klein geratenes Pony Stufe für Stufe. Bald schon brennen meine Oberschenkel, denn verdammt, vom zwanzigsten Stock bis ins Erdgeschoss zu rennen, ist echt anstrengend. Und die Angst in meinen Gliedern tut ihr Übriges.

Wir treten auf die Straße, Connor sieht sich um und im nächsten Moment explodiert das Gebäude auf der anderen Straßenseite. Die Druckwelle reißt mich von den Füßen und katapultiert mich zurück in die Empfangshalle. Meine Ohren fiepen. Etwas anderes kann ich nicht hören. Vorsichtig setze ich mich auf. Von draußen dringt eine weißgraue Staubwolke ins Gebäude. Wie aus dem Nichts taucht ein Schattenjäger-Jet nur wenige Meter über der Straße auf, jagt an dem Gebäude vorbei und ich glaube, ich kann sogar den roten Helm des Piloten erkennen. Er schießt unablässig auf die Gebäude ein und Fenster und Mauerwerk über meinem Kopf werden von Laserstrahlen zerschlagen.

Okay, das war's. Ich will sofort nach Hause. Ich will, dass all das sofort aufhört. Ich will hier weg. Aber wie? Wohin? Ich stehe auf und will in die andere Richtung laufen, vielleicht gibt es einen Hinterausgang, doch jemand hält mich fest und wirbelt mich herum. Connor. Ihm klebt frisches Blut auf der Stirn. Er brüllt etwas, aber außer diesem schmerzhaften Fiepen kann ich nichts hören.

Doch, jetzt. Ganz leise dringt seine Stimme an mein Ohr. »Reiß dich zusammen! Es gibt Verwundete, los jetzt! Wir haben einen Job zu erledigen!« Er zieht mich einfach mit sich und ich lasse es geschehen. Wir laufen ein zweites Mal auf die Straße, die jetzt voller Trümmer liegt – ob von den Gebäuden oder der

Straße selbst kann ich nicht erkennen. Es ist einfach alles zerstört.

Das Fiepen in meinen Ohren lässt nach und immer mehr Geräusche dringen in mein Bewusstsein. Aus der Ferne höre ich Schüsse, Rufe, das Summen und Surren der Schattenjäger-Jets. Und irgendwo schmerzerfülltes Brüllen. Ich kenne dieses Geräusch gut. Im Raumgleiter habe ich es oft genug gehört.

»Komm, da ist jemand eingeklemmt«, sagt Connor und rennt voran. Wir folgen dem Brüllen bis zu einem gigantischen Brocken Mauerwerk, der quer über der Straße liegt.

»Da!« Connor zeigt auf die andere Seite. Dort liegt ein Mann und brüllt markerschütternd. Als wir näherkommen, erkenne ich, dass sein Bein unter dem Stein begraben ist. Es ist komplett plattgedrückt. Ich sehe Connor an. Wir können diesem Mann nicht helfen. Niemals bekommen wir das Gestein von ihm herunter. Und selbst wenn: Mit dieser Verletzung wird er nicht überleben. »Connor«, flüstere ich, »sein Bein ist ...«

Aber Connor ignoriert mich, fällt neben dem Mann zu Boden und redet auf ihn ein. Er löst seinen Rucksack vom Rücken und zieht eine Ampulle und eine Spritze hervor. »Ich verabreiche Ihnen ein Schmerzmittel.«

Ich kauere mich neben ihn. »Connor«, flüstere ich. »Wir bekommen den Mann niemals ohne Hilfe hier weg. Wir brauchen die Bergungseinheit des Kommandariats.«

»Gut erkannt, Mädchen. Dann hol sie her.«

Meint er das ernst? Seinem Blick nach zu urteilen, ja.

»Na los. Oder willst du ihm sagen, dass wir ihm leider nicht helfen können?« Er raunt die bitteren Worte, so leise, dass nur ich ihn hören kann. »Und dann? Gehen wir weiter? Lassen wir ihn sterben? Oder hier«, er hebt einen Stein auf, »du kannst ihm auch hier und jetzt den Schädel einschlagen, dann hat es sich erledigt. Los, nimm! Beende es. Es hat doch eh keinen Sinn.« Er drückt mir den Stein in die Hände und ich starre ihn an. »Was ist Mädchen? Für das hier – genau das hier – hast du unterschrieben. Oder bist du aus Versehen hier? Du wolltest helfen? Jetzt kannst du es.«

Er wendet sich wieder dem verletzten Mann zu und ich beobachte ihn. Er macht seine Arbeit. Tut so, als hätte er eine Chance, ihn zu retten. Was, wenn er das tatsächlich kann? Was, wenn das hier Fireball wäre? Würde ich nicht alles tun, um ihn zu retten? Aber wie?

Ich greife nach meinem Funkgerät. »Quadrant West Sieben. Benötigen dringend die Bergungseinheit.«

Rauschen auf der anderen Seite.

»Kommen, bitte. Quadrant Sieben, brauchen Bergungseinheit.«

Keine Reaktion.

Ich entferne mich ein paar Schritte von dem Verletzten und Connor. »Verdammt, Leute, hier ist einer eingeklemmt! Der verreckt uns, wenn uns niemand hilft! Kommen, bitte!«

»Keine Chance auf Bergungseinheit, Mädchen«, antwortet eine weibliche Stimme.

»Aber wir haben hier einen Verletzten, der unter einem riesigen Stück Mauer eingeklemmt ist. Der hat Schmerzen!«

»Hast du eine Ahnung, was im Rest der Stadt los ist? Keine Chance, Mädchen! Und jetzt hör auf, den Kanal zu blockieren!« Wieder Rauschen.

Scheiße. Einfach nur Scheiße.

Gut. Uns kommt also niemand zu Hilfe. Was jetzt? Wir helfen uns selbst. Okay. Wie? Wie, wie, wie?!

Ich kehre zurück an die Unglücksstelle, ganz nah bei dem Mann, greife nach dem Gemäuer und schiebe. Ich schiebe wie eine Wahnsinnige, aber nichts passiert. Verdammt, so wird das nichts. Ich sehe mich um. Da drüben liegt eine Eisenstange auf der Straße. Hebelkraft. Das könnte klappen.

Ich sprinte los, hole die Stange und lege sie auf einen kleineren Stein neben dem Gemäuer. »Auf drei«, rufe ich, klemme die Stange ein und drücke dann um mein Leben. Aber es bewegt sich nichts.

Ich wische mir den Schweiß von der Stirn und nehme sehr wohl Connors abfällige Blicke wahr. Da sehe ich drei Bürgerwehrler aus einem Gebäude kommen. »Hey! Ihr da!«, rufe ich. »Kommt her, wir brauchen hier Hilfe!«

Und tatsächlich: Sie kommen. Oh Gott sei Dank!

»Ach du Scheiße«, sagt der eine, als er sieht, was los ist. Er wird ganz bleich im Gesicht, aber packt mit an. Zu viert schaffen wir es, das Gemäuer ein Stück anzuheben. Der Mann brüllt, Connor packt ihn unter den Schultern und zieht ihn unter dem Mauerwerk vor. Doch im nächsten Moment prasselt eine Salve Laserschüsse durch die Straße.

»Deckung!«, ruft Connor.

Deckung? Wo denn, zum Henker? Ich presse meinen Körper an den Mauerbrocken und kneife die Augen fest zu. Rechts und links von mir schlagen Schüsse ein, aber kein Schmerz durchfährt mich. Das Schussgeräusch wird leiser, entfernt sich von uns.

Ich öffne die Augen. Die drei Männer, die uns geholfen haben, liegen tot auf dem Boden. Und mir kommt Galle hoch bei ihrem Anblick. Ihre Körper sind durchbohrt von Einschüssen und der Gestank von verbranntem Fleisch dringt in meine Nase. Connor kommt unter dem Körper des Mannes hervor, den wir gerade unter Einsatz ihrer Leben unter der Mauer herausgezogen haben. Aber er ist tot. Connor hat ihn als Schutzschild benutzt.

»Du ... er ... er ist tot. D-du lagst unter ihm ...«

»Ja, sonst wäre ich jetzt tot. Dann hättest du einen toten Arzt und einen halbtoten Patienten gehabt. Wäre dir das lieber gewesen? Oder ist es okay für dich, dass ich noch lebe?«

»I-ist okay.«

Er überprüft die Leichen der Bürgerwehrler, tastet nach

ihrem Puls, aber schüttelt den Kopf. »Hier gibt's nichts mehr zu tun. Komm, wir müssen runter von der Straße.«

»Wohin jetzt?«

»Immer den Ohren nach. Hast du deine Waffe?«

»Ja.« Teil unserer Ausrüstung ist ein Gewehr. Ich habe noch nie mit einem solchen Ding geschossen und wir hatten keine Gelegenheit zu üben. Aber mir wurde gezeigt, wie man sie lädt, und von Ginger Robyn weiß ich ein paar Tricks. Außerdem habe ich mich auf Amega gut angestellt. Man könnte sagen, ich habe Talent. Ob das reichen wird?

Ich muss aufhören, mir über solche Dinge Gedanken zu machen. Das hilft mir nicht weiter. Jetzt gilt es einfach nur zu überleben und anderen dabei zu helfen, das Gleiche zu tun. Ich ziehe die Waffe und nehme sie wie Connor in beide Hände. Ich bin so froh, dass ich nicht allein durch diese Hölle muss. Ohne ihn würde ich noch immer auf dem Dach des Gebäudes hocken und mich verkriechen.

Wir rennen durch eine enge Gasse und erreichen so eine parallel verlaufende Straße, die breiter ist als die, aus der wir kommen. Bevor wir uns aus der Deckung trauen, sehen wir uns nach allen Seiten um. Über uns fliegen Schattenjäger-Jets und beschießen ununterbrochen die umliegenden Gebäude, von den Dächern und aus den Fenstern schießen Menschen auf die Jets. Ihre Trefferquote ist gut. Aber trotzdem: Sie haben keine Chance. Der Himmel verdunkelt sich und ich sehe hinauf. Der Anblick lässt meine Knie weich werden. Über uns schwebt das Mutterschiff der Schattenjäger. Ich hatte es gar nicht so gigantisch in Erinnerung. Es verdeckt die sinkende Sonne und so liegt die Stadt in einem gespenstischen Licht, das allein von den Feuern in den Gebäuden und auf den Straßen und der Beleuchtung des Mutterschiffs stammt.

19

FIREBALL

Völlig außer Atem komme ich in der Höhle an. Schon von weitem höre ich Galeris Stimme. Sie klingt angespannt, ungeduldig, aber höflich. »Wir werden just in diesem Moment angegriffen und sind zahlenmäßig unterlegen …«

»Aber Sie werden doch von den Rebellen unterstützt«, unterbricht sie König Jaffed von Rubron.

»Das ist richtig und diese Leute sind von größter Wichtigkeit für uns, aber sehen Sie …«

Ich betrete den Höhlensaal. Galeri wird abermals unterbrochen und presst die Lippen zusammen. Sie steht vor dem Hologram-Maker und trägt eine Metabrille. Damit kann sie die Ratsmitglieder sehen, als befände sie sich mit ihnen in einem Raum. Jemand reicht mir ebenfalls eine Brille, aber Ahmed, der Visagist, will mir zuerst mit einem Pinsel über das verschwitzte Gesicht wischen. Ich wimmle ihn ein bisschen zu schroff ab, setze die Brille auf und halte die Luft an.

Für einen Moment bin ich leicht benommen, denn die schier endlose Größe des Raumes, in dem ich mich vermeintlich befinde, bringt mich aus dem Gleichgewicht. Das ist kein

Saal. Es ist vielmehr eine überdimensionale Säule mit Millionen von Balkonen, auf denen je eine Person sitzt. Die wichtigsten Politiker, Entscheider und Befehlshaber aller uns bekannten Planeten sind hier versammelt. Ihre Metabrillen werden visuell unterdrückt, damit die Illusion eines echten Treffens erhalten bleibt. Galeri steht auf einer Art Podium und Tausende Augenpaare sind auf sie gerichtet. Ich stehe direkt hinter ihr.

Die anderen Teilnehmer des Rates entdecken mich und Galeri wirft einen Blick über ihre Schulter und ich glaube, Erleichterung in ihren Augen zu sehen, bevor sie weiterspricht. »Ich danke Ihnen für Ihre finanziellen Zusagen, jedoch wird uns das in der jetzigen Situation nicht mehr helfen. Wir benötigen mehr. Wir benötigen Soldaten, Material, Munition, Kampfjets ...«

»Sie langweilen mich, Präsidentin Galeri.« Amegas Kanzler Chesnum, dieser respektlose Idiot. Aber mit seinem Zwischenruf hat er erreicht, dass Galeri die Fassung verliert – endlich.

»Ich langweile Sie?! Wie können Sie es wagen? Es geht hier um mein Volk! Es geht hier um die gesamte Menschheit, die mit einem Schlag zerstört werden soll, und Sie langweilen sich?«

Luana von Nosan schreitet ein. Sie erhebt sich und sagt ruhig: »Was ist mit Fireball McAllister? Er ist der Oberbefehlshaber. Was brauchen Sie seiner Meinung nach?«

Galeri dreht sich zu mir um. Ich soll etwas sagen? Ich spüre all die Blicke auf mir und schlucke trocken. Als Anführer der Rebellen, sogar schon als Nachfolger, unzählige Male habe ich Ansagen gemacht. Aber das waren meine Freunde. Meine Familie. Und wohin haben sie uns gebracht, weil ich schlechte und egoistische Entscheidungen getroffen habe? Die meisten meiner Leute sind tot. Ich schüttele kaum erkennbar den Kopf und blicke Galeri flehend in die Augen. Das hier ist ihr Auftritt.

Ich stehe nur hinter ihr, um diese Leute an meinen Vater und ihr schlechtes Gewissen zu erinnern.

Galeri tritt auf mich zu. »Fireball!«, raunt sie mir ins Ohr. »Es ist an der Zeit, deine Aufgabe zu erfüllen.

»Aber das tue ich doch. Ich bin hier.«

Sie schüttelt den Kopf. »Sie wollen hören, was du zu sagen hast. Nicht als Sohn des berühmten Kommandanten. Als Oberbefehlshaber.«

Ich schüttele den Kopf, worauf sie ungeduldig die Augen verengt. »Es ist an der Zeit, dich von deinem Vater zu lösen. Es ist an der Zeit, deine eigene Geschichte zu schreiben. Und zwar jetzt! Denn während wir hier stehen, sterben da draußen Menschen. Also schluck deine Zweifel und Ängste hinunter. Dafür haben wir keine Zeit. Wir brauchen *jetzt* deine Stimme, verstehst du? Zieh einfach dein Ding durch.«

Ich sehe mich um, sehe all die Balkone, all die Personen dahinter, sehe noch einmal Galeri in die Augen – dieser mutigen, selbstlosen Frau. Dann trete ich an ihr vorbei, verschränke die Hände hinter dem Rücken und hole tief Luft.

»Meine Damen und Herren, während wir hier stehen, stirbt die Menschheit. Wir werden ermordet. Und Sie sehen dabei zu. Wir werden vollkommen zu Unrecht angegriffen. Unsere Kinder müssen zusehen, wie ihre Mütter und Väter sterben, werden selbst sterben. Wir legen unsere Zukunft in Ihre Hände. Und Sie sitzen auf Ihren superschicken Balkonen, lassen sich Ihren Tee schmecken oder an was immer Sie da sonst nippen«, ich deute mit dem Kinn abfällig auf Chesnum, der gerade eine Tasse an den Mund führt, »und kriegen den Arsch nicht hoch, unsere und Ihre Freiheit zu verteidigen. Denn was wird passieren, wenn Nayo fällt? Das wissen wir alle. Sie und Sie und Sie«, ich zeige auf Personen von unterschiedlichen Planeten, »sind als nächste an der Reihe. Sie werden ausgerottet. Ihre wunderschönen Planeten, all ihre Völker werden ermordet. Und wissen Sie was? Ihre Bürgerinnen und

Bürger werden in Angst und Panik versinken, denn sie sehen an Nayo, was ihnen blüht. Wir sind das abschreckende Beispiel. Der wehrlose kleine Bruder. Sie alle sehen uns beim Sterben zu. Dabei wissen Sie genau, dass Sie nur einen einzigen Befehl – nur einen einzigen – geben müssten, um den Verlauf dieses Krieges zu verändern. Sie sitzen hier und debattieren, während wir sterben. Und genau aus diesem Grund werde ich jetzt diese sinnlose Versammlung verlassen. Wir langweilen Sie, Chesnum? Mich widert Ihre Feigheit an. Debattieren Sie sich meinetwegen den Arsch breit. Das ist mir scheißegal. *Ich* will so auf jeden Fall nicht sterben. Ich will kämpfend sterben. So wie es mein Vater vor mir getan hat.«

Ich drehe mich um und sehe einer vollkommen bestürzt und verzweifelt dreinschauenden Galeri ins Gesicht. »Sie sagten, ich soll mein Ding durchziehen.« Ich zucke mit den Schultern. »So läuft das bei den Rebellen. Und ich bin ein Rebell.«

»Durch und durch«, haucht sie.

Ich will die Metabrille absetzen, aber sie legt mir eine Hand auf die Schulter. »Du bist verdammt tapfer, Fireball McAllister. Alles Gute für dich.« Dann nimmt sie die Hand fort und ich nehme die Brille ab.

Sofort stehe ich wieder in der Höhle. Am Eingang steht Jonah. »Wie ist der Stand?«, frage ich ohne lange Begrüßung.

Er zeigt mir Satellitenaufnahmen der Stadt auf seinem Tablet. »Wir sind im Nachteil. Die Jets jagen durch die Stadt und zerschießen alles.«

»Wir sind zu unflexibel«, lautet meine Analyse. »Wie viele Starfighter stehen bereit?«

»Etwa zweihundert hier in den Bergen, weitere knapp fünfhundert in den Raumgleitern.«

Ich nicke. »Gut. Dann müssen wir zusehen, dass wir die zweihundert in die Stadt bekommen. Und du wirst mir dabei helfen.«

Wir verlassen die Höhle und er führt mich durch ein Tunnelsystem. Diese Berge sind der Wahnsinn – mir war nicht bewusst, dass es dort ein gigantisches Tunnelsystem gibt, das Millionen von Menschen beherbergen kann. Sollten wir diesen Angriff überleben, könnten wir hier unterkommen, bis Nayo City wieder bewohnbar ist. Verrückt, dass ich jetzt an so etwas denken kann. Wo doch alles davon abhängt, ob ich Erfolg habe.

Eine weibliche Stimme stoppt uns. »Fireball!«

»Susan?« Wir begrüßen uns mit einer festen Umarmung.

»Ist Sally hier?«

Susan kräuselt die Augenbrauen. »Hat sie dir nichts gesagt?«

»Was gesagt?«

»Sie hat sich als Sprinterin gemeldet. Sie ist in der Stadt, Fireball.«

Ich kann spüren, wie mir jegliches Blut aus dem Gesicht weicht. Mir klappt der Mund auf und meine Augen werden riesig. So viel dazu, dass ich mir nie anmerken lasse, was ich wirklich fühle. »Wo ist sie?«

»Unser Raumgleiter ist im Westen gelandet. Mehr weiß ich nicht.«

Im Westen, bei den Verbannten und der Bürgerwehr. Der schwächsten der drei Seiten.

»Mach dir keine Sorgen«, sage ich, dabei bin eindeutig ich es, der sich Sorgen macht. »Ich finde sie.«

SALLY

Es sind die Stillen, um die man sich am dringendsten kümmern muss. Die Frau vor mir hat die Augen weit aufgerissen, brüllt aber nicht. Sie hat eine Schussverletzung im Bauch und ist ganz blass, hat viel Blut verloren. »Ma'am, mein Name ist Sally und ich werde Ihnen helfen. Keine Sorge, wir stehen das zusammen durch.« Will heißen: Ob Sie überleben oder sterben – ich bin hier. Ich versuche, die Blutung zu stoppen, aber es sprudelt geradezu aus ihrer Wunde. Sie hält still, was ein ganz schlechtes Zeichen ist, und tatsächlich: Sekunden später ist sie ohnmächtig. »Mist.« Ich beeile mich mit der Wundversorgung und bringe sie in die stabile Seitenlage. In meinem Rucksack ist ein Mittel für ihren Kreislauf. Kurz kommt mir der Gedanke, ob ich das Medikament wirklich bei ihr aufbrauchen oder es nicht aufsparen sollte für einen weniger schwer verletzten Menschen. Aber dann wird mir klar, dass ich damit moralisch ganz weit unten bin, also spritze ich ihr das Medikament. Kurze Zeit später ist sie wieder bei Bewusstsein.

»Wie heißen Sie, Ma'am?«, frage ich, um sie wach zu halten.

»Lieutenant Evelyn Storm, fünftes Regiment.«

»Es freut mich, Sie kennen zu lernen Lieutenant Storm. Hören Sie, Evelyn: Sie werden heute nicht sterben. Haben Sie mich verstanden?«

Sie sieht mich aus großen Augen an. Dann nickt sie.

»Sehr gut. Da drüben ist ein Krankentransport. Der bringt Sie in das Krankenhaus in den Bergen. Dort werden Sie operiert und schon bald sind Sie wieder vollkommen in Ordnung und können durch die Gegend springen wie ein junges Reh.«

Ihre weißen Lippen verziehen sich zu einem Schmunzeln. Ich drücke ihr sanft die Schulter, dann renne ich die zehn Meter bis zu dem HoverCab, in dem bereits zwei andere Personen liegen.

»Ich hab da noch eine.«

»Alles klar, wir folgen Ihnen«, sagt der Mann von der Bürgerwehr, der das HoverCab steuert. Ich renne zurück zu Evelyn und der Wagen folgt mir. Sie hat erneut das Bewusstsein verloren. »Evelyn, aufwachen«, sage ich und rüttele sie an den Schultern. Der Mann von der Bürgerwehr kniet sich auf die andere Seite. »Da ist nix mehr zu machen«, sagt er.

»Nein«, sage ich mit viel zu hoher Stimme und rüttele heftiger an Evelyn, suche einen Puls. »Nein, nein, nein!« Aber da ist nichts. Kein Puls. Evelyn ist tot. Der Mann steht auf, klopft mir mitfühlend auf die Schulter und ich erlaube mir, mich für eine Sekunde hinzusetzen. Evelyn. Ach, Mensch. Hättest nicht wenigstens du es schaffen können? Sie ist die Fünfte, die mir heute unter den Händen weggestorben ist. Liegt es an mir? Bin ich nicht gut genug? Reichen meine medizinischen Kenntnisse nicht aus?

Da legt sich eine Hand auf meine Schulter. Connors blutverschmiertes Gesicht taucht vor mir auf. Seine schmalen Lippen sind zusammengepresst. Das macht er, seit wir zusammen aus dem Raumgleiter gestiegen sind.

»Nicht aufgeben, Mädchen. Niemals. Hast du mich verstanden?«

Ich nicke schwach.

»Hast du mich verstanden?«, fragt er lauter.

»Ja!«, sage ich automatisch, damit er mich in Ruhe lässt.

»Prima. Dann komm mit. Ich brauche da hinten deine Hilfe.«

Ich folge ihm zu einer Gebäudemauer. Dort sitzt ein junger Mann angelehnt. Er ist kaum älter als ich, hat eine stark blutende Wunde am Kopf und sein Bein sieht gebrochen aus.

»Kümmer du dich um die Kopfverletzung. Ich schiene das Bein.«

»Alles klar.«

Ich spreche den jungen Mann an, aber der wimmert nur vor sich hin. Irgendwas von seiner Mama.

Plötzlich gellt ein Ruf durch die Straße. »Deckung! Schattenjäger-Jets!«

»Deckung!«, brüllt Connor und drückt sich neben mir an das Gemäuer. Ich beuge mich über den Jungen, um ihn von den Schüssen abzuschirmen, und spüre, wie sich Laserschüsse durch das Mauerwerk graben. Erst weiter weg, dann immer näher und näher. Connor schreit auf und ich hoffe, dass er nicht verletzt ist. Dann spüre ich die Einschläge direkt neben meinem Kopf und mir wird klar: Das war's. Wir werden hier alle sterben. Es ist vorbei.

In diesem Augenblick höre ich weitere Geräusche von der anderen Seite. Vielleicht greifen uns die Schattenjäger von beiden Seiten an. Doch die Geschosse krachen nicht in die Hauswände und auf die Straße, sondern woanders hin. Ich wage es, meine Augen zu öffnen. Und da sind sie. Starfighter! Hunderte davon! Sie kommen vom Rand der Stadt. Ich stehe auf und sehe zu, wie sie einen Schattenjäger-Jet nach dem anderen abschießen. Sie fliegen so tief, dass man ihre Helme sehen kann. Ich reiße die Arme in die Luft und jubele ihnen zu.

Ja! Ja, jetzt kommt unsere Chance! Jetzt schlagen wir zurück. Jaaaaa!

»Connor, jetzt wendet sich das Blatt – schau dir das an!«

Aber Connor antwortet nicht. Noch mit einem breiten Grinsen im Gesicht sehe ich mich nach ihm um. Er kauert an der Wand, der Körper durchlöchert von Laserstrahlen. Blut läuft ihm aus dem Mund, der Kopf hängt schlaff zur Seite. Er ist tot. Connor ist tot. Mein einziger Verbündeter hier unten in der Hölle ist tot. Ich will zusammenbrechen, will auf die Knie fallen und weinen, alles hinschmeißen.

Aber der junge Mann, den ich mit meinem Körper geschützt habe, lebt. Er hat die Augen geöffnet und beobachtet mich. Ich kauere mich neben ihn und nehme die Arbeit wieder auf. Connor war gerade dabei, sein Bein zu schienen. Ich beende das. »Fertig, jetzt bringen wir dich hier weg, ja?« Ich nicke dem jungen Mann aufmunternd zu. »Wie heißt du?«

»Felix«, sagt er schwach.

»Felix. Das bedeutet der Glückliche. Na, da hat sich der Name doch schon bestätigt, meinst du nicht?« Ich lächele aufmunternd und er schafft es, die Mundwinkel anzuheben.

Mehr und mehr Starfighter fliegen über unsere Köpfe hinweg. Ob Fireball in einem von denen sitzt? Ob er mich sucht? Versucht, mich zu beschützen? Mein Blick fällt auf das Mutterschiff. Nein. Fireball sucht nicht nach mir. Fireball hat eine andere Aufgabe.

Ich wende mich Felix zu. »Schau mal, Felix, siehst du das HoverCab da drüben?« Er nickt. »Da gehen wir jetzt zusammen hin. Die bringen dich in die Berge, dort wirst du versorgt. Komm, ich stütze dich.« Ich helfe ihm auf und wir schaffen es Schritt für Schritt näher zu dem HoverCab. Die letzten Meter kommt uns der Bürgerwehrler entgegen und hilft mir. »Habt ihr noch Platz für meinen Patienten?«

»Er hat Glück, einer passt noch rein«, sagt der Fahrer und

setzt Felix vorsichtig auf den Beifahrersitz. Ich lege ihm zum Abschied meine Hand auf seine und lächele ihn an.

»Das Glück verfolgt dich, Felix. Wir sehen uns.« Er lächelt tapfer und drückt meine Finger. Ich schließe die Tür und beobachte, wie sie davonfahren. Dann denke ich: Lass das lieber. Wenn sie jetzt von einem Laser getroffen werden, war alles umsonst. Dann war Felix' Glück aufgebraucht. Also drehe ich mich um und versuche herauszufinden, wo ich jetzt helfen kann. Aber erst muss ich mein Material auffüllen.

Ich gehe zu Connor. Sein Rucksack liegt noch da, wo Felix eben gelegen hat. Ich öffne die Schnallen und hole den kompletten Inhalt heraus, packe so viel wie möglich in meinen Rucksack, stecke so viel wie möglich in meine Hosentaschen. Alles kann ich gebrauchen. Wirklich alles. Ich werfe einen letzten Blick auf Connor. »Danke. Für alles.« Dann drehe ich mich um und folge den Schreien der Verletzten, die mir sagen, wo ich als Nächstes hin muss.

»Hallo, ich bin Sally, keine Angst, ich helfe Ihnen.« Die junge Frau erinnert mich an Emma. Sie ist ungefähr gleich alt und hat die gleichen schwarzen Haare und dunklen Augen. Ihre Verletzung ist nicht so schlimm – sie wird es schaffen. Vielleicht kämpft sie bald wieder, wenn sie psychisch dazu in der Lage ist. So wie sie mich gerade anstarrt – aus leeren Augen – bin ich mir da nicht sicher.

»Wie heißen Sie?« Keine Antwort. »Darf ich du sagen? Wir sind ungefähr gleich alt. Wie alt bist du?« Keine Antwort.

Um uns herum befinden sich etwa zwanzig weitere Personen, die verletzt am Boden liegen oder sitzen. Alles Bürgerwehrler. Zwei weitere Sprinter sind mit mir zusammen hier. Einer von ihnen sieht gerade die Straße runter und macht große Augen. »Scheiße«, flüstert er so leise, dass ich es nur von seinen Lippen ablesen kann. Er sieht sich unter den Patienten um, steht auf, blickt noch einmal hinter mich, wiederholt »Scheiße« – jetzt allerdings lauter – und rennt so schnell weg, dass ich noch nicht mal fragen kann, was los ist.

Der andere Sprinter hat es auch mitbekommen und blickt sich in die Richtung um, in die unser Kollege gesehen hat. Ich folge seinem Blick.

Ach. Du. Scheiße.

Die Schattenjäger haben ihre Jets gelandet und machen sich zu Fuß auf den Weg – bewaffnet mit riesigen Lasergewehren.

Der Sprinter und ich sehen uns an. Nur ein Blick und wir wissen, was zu tun ist.

»Jeder, der noch laufen kann, geht so schnell wie möglich in das Gebäude – los!«, brülle ich und helfe der Frau auf, die sich wehrlos von mir mitziehen lässt. Der andere Sprinter schnappt sich seinen Patienten an der Taille und schleppt ihn kurzerhand in das Gebäude, läuft dann zurück, um noch anderen zu helfen. Als sich unsere Wege kreuzen, sagt er: »Wir müssen die Türen verbarrikadieren und die Leute irgendwo verstecken.«

»Hat deine Waffe noch Energie?« Er nickt. »Meine auch. Damit können wir sie eine Weile in Schach halten.«

»Ich setze einen Hilferuf ab. Vielleicht kommt ja jemand.«

Zweifelnd hebe ich eine Augenbraue.

»Helfen Sie mir!«, ruft jemand hinter uns. Da liegt noch ein Mann, sein Bein ist gebrochen. Tapfer robbt er Richtung Gebäude, aber ich sehe gleich, dass er es nicht schaffen wird – die Schattenjäger sind schon zu nah. Ich sehe den Sprinter neben mir an und erkenne die Angst in seinem Gesicht. Damit ist es entschieden. »Ruf du Hilfe, ich hole den Mann.« Und dann sprinte ich los.

Die Schattenjäger wirken wie übergroße Menschen, über zwei Meter hoch und ihre rote Uniform sieht aus wie Schlangenhaut. Ich erinnere mich, wie Susan und ich damals George die Uniform entfernt haben – wie sehr sie mir Angst gemacht hat. Daran hat sich nichts geändert.

Ich renne wie eine Verrückte und schlittere den letzten Meter, um hinter einem zerstörten HoverCab in Deckung zu gehen, aber ich glaube, ein Schattenjäger hat mich entdeckt und hält auf uns zu. Wir müssen uns beeilen. »Kommen Sie«, sage ich, »hoch mit Ihnen.«

»Ich kann nicht gehen.«

Die Orden an seiner Uniform sagen mir, dass er mindestens ein General sein muss. »Ich helfe Ihnen. Los jetzt, uns bleibt nicht mehr viel Zeit.« Da reißt er die Augen auf, weil ihn etwas hinter mir erschreckt hat. Ich reiße den Kopf herum und sehe einen Schattenjäger auf dem HoverCab stehen – keine drei Meter von mir entfernt.

Geistesgegenwärtig ziehe ich meine Waffe und feuere auf ihn. Aber die Laser prallen wirkungslos an seiner Uniform ab.

Der Schattenjäger neigt den Kopf und scheint mich interessiert zu mustern. Vielleicht findet er mich süß. So süß wie einen Käfer, den man einfach zertreten kann.

Verdammt, wo war noch gleich ihre Schwachstelle? Mist, Mist, Mist!

Und dann setzt sich dieses Monstrum in Bewegung. Direkt auf uns zu. Oh nein, bitte nicht.

»Fliehen Sie!«, ruft der Mann. »Retten Sie sich!«

Für eine Millisekunde sehe ich ihn entschuldigend an. Dann renne ich los. Der Schattenjäger legt sein Lasergewehr an. Er erschießt den Mann, bevor er mir folgt. Ich hechte hinter die einzige Säule, die durch den Beschuss noch nicht zerstört wurde, und spicke um die Ecke. Er kommt direkt auf mich zu. Mein Herz rast und mein Atem geht so schnell, dass ich Angst habe, gleich ohnmächtig umzukippen. Was mache ich denn nun? Nochmal schießen. Auf den Kopf zielen. Vielleicht kann ich sein Visier treffen und damit seine Sicht einschränken. Dann wäre ich im Vorteil.

Ich nehme all meinen Mut zusammen, packe die Waffe ganz fest und löse mich aus meiner Deckung. Dummerweise hat der Schattenjäger einen Turboantrieb oder sonst was, denn er ist bereits so nah, dass ich mit ihm zusammenstoße. Vor Schreck fällt mir die Waffe aus der Hand und ich stoße einen gellenden Schrei aus.

Er packt mich an meiner Kleidung und wirft mich wie Spielzeug auf die Straße. Mein Kopf schlägt hart auf dem Asphalt auf und alles dreht sich. Wachbleiben. Ich. Muss. Wachbleiben.

Der Schattenjäger kommt auf mich zu. Direkt vor mir bleibt er stehen, legt die Waffe an, zielt auf mich, und ich muss plötzlich an eine andere Szene denken, in der auf mich geschossen wurde. An diese eisblauen Augen. An ein Lächeln, an Grübchen. An starke Arme, die mich halten, an dunkles Haar, das durch meine Finger gleitet. An heißen Atem auf meiner Haut. Und ich spüre Frieden tief in mir. Ja, das soll mein letzter Gedanke sein. Das ist in Ordnung.

Ich schließe die Augen. Doch statt den erwarteten Schuss höre ich einen lauten Knall. Ich reiße die Augen wieder auf. Jemand kämpft mit dem Schattenjäger. Jemand, der ganz in Schwarz gekleidet ist.

Ist das …?

»Tina?« Und sie ist nicht allein. Weitere Rebellen tauchen auf. Tina schießt dem Schattenjäger in den Hals, direkt da, wo die Kehle sitzt, und er bricht leblos zusammen.

Als wäre das keine große Sache, schlägt sie sich den Staub von der Hose.

»Tina!«, hauche ich und meine Stimme ist eher ein Piepsen.

»Internatsmäuschen!«, sagt sie und klingt, als wäre sie sich nicht sicher, ob sie sich über mich lustig machen soll oder sich freut, mich zu sehen.

»Du hast mir das Leben gerettet.«

Sie verschränkt die Arme vor der Brust und grinst. »Wer

hätte das gedacht? Wo ich es doch war, die dich immer umbringen wollte.«

Ich sehe mich um. Ob er …?

»Er ist nicht bei uns. Das Letzte, was ich von ihm gehört habe, ist, dass er die Starfighter organisiert hat, um in der Stadt für Unterstützung zu sorgen. Was gar nicht schlecht war, denn die Schattenjäger sind jetzt in die nächste Phase übergegangen – sie haben ihre Jets verlassen.«

»Und das ist gut, weil …?«

»Weil wir dadurch, wie du gesehen hast, eine Chance haben.«

»Ihr vielleicht …«

»Du nicht, nee, ich weiß. Bist du allein? Wir haben einen Notruf erhalten, dass sich hier eine Gruppe Bürgerwehrler versteckt halten soll.«

»Ja, komm, ich zeig dir, wo sie sind.«

Ich bringe sie zum Versteck und sie umarmt einen der Bürgerwehrler. »Gregory!«

»Tina! Euch schickt der Himmel! Gibt es schon einen Plan?«

»Die Schattenjäger haben ihre Jets verlassen – der Druck durch unsere Starfighter-Flotte war zu groß.«

»Das heißt, wir arbeiten jetzt vom Boden aus. Das ist doch euer Spezialgebiet.«

»Allerdings. Aber wir werden sie nicht ewig hinhalten können. Es sind zu viele und wir haben schon etliche verloren. Passt auf: Die Schattenjäger haben nur einen wunden Punkt – an ihrer Kehle. Den müsst ihr treffen – mit einem Schuss, einem Tritt oder mit dem Messer. Total wurscht. Dann habt ihr sie.«

»Alles klar. Ich instruiere meine Leute.« Er zückt sein Funkgerät und entfernt sich ein paar Schritte. Tina wendet sich mir zu. »Hast du vor, hier drin zu bleiben?«

»Auf keinen Fall.«

Sie pustet die Wangen auf. »Hast du keine Waffe?«

Ich sehe an mir hinab. Mist! Das Gewehr! »Ich hab sie verloren, draußen bei dem Schattenjäger.«

»Na, spitze. Hier. Nimm die und lass dich nicht umbringen.«

Sie wirft mir eine handliche Laserwaffe entgegen. Ich prüfe den Energiestand. Noch neunzig Prozent. »Danke, Tina.« Ich wende mich den Verletzten zu, während Tina das Versteck verlässt.

20

FIREBALL

Ich überfliege die Stadt, sehe alles in Trümmern liegen und habe eine Scheißangst, wegen dem, was ich vorhabe. Trotzdem kann ich nur an sie denken. Irgendwo da unten ist Sally. Aber wo? Und: Geht es ihr gut?

Ich atme tief durch. Ich darf mich jetzt nicht von meinen Gefühlen ablenken lassen, muss mich auf mein Vorhaben konzentrieren. Wenn sie lebt, rette ich ihr damit das Leben – und dem Rest der Welt. Wenn sie stirbt, bevor ich erfolgreich war ... keine Ahnung. Ich weiß nicht, was ich tun würde. Mich umbringen? Von einer Klippe springen und einfach immer weiter nach unten tauchen, bis ich nicht mehr denken kann? Bis mein Hirn sich nicht mehr an sie erinnert? Bis meine Lungen explodieren?

Was, wenn ich es nicht schaffe? Wenn ich Morsis genauso wenig besiegen kann, wie mein Vater vor mir? Ich spüre den Anhänger kalt auf der Brust liegen, taste nach dem Ring in meiner Tasche. Ich hätte sie fragen sollen. In irgendeinem Moment hätte ich sie fragen sollen. Aber ich war zu feige. Der Ehering meiner Mutter. Der Verlobungsring für die Liebe meines Lebens. Für Sally. Jetzt wird sie vielleicht nie erfahren, dass er für sie bestimmt ist.

»Fireball, alles klar?« Jonahs Stimme dringt an mein Ohr. Er hat sich nicht davon abbringen lassen, mich zum Mutterschiff zu begleiten. Wenigstens hat er zugestimmt, dort Schmiere zu stehen. Vielleicht weil er wirklich glaubt, dass diese Aufgabe irgendeinen Sinn erfüllen würde. Vielleicht weil er Angst hat, das Mutterschiff zu betreten. Keine Ahnung. Ist mir auch egal. Ich bin froh, dass ich diesen Weg nicht komplett allein antreten muss. Susan meinte, dass Jesse zwar bei Bewusstsein, aber noch nicht kampftauglich ist. Und selbst wenn er es wäre, hätte ich ihn nicht hierherbringen können. Er soll irgendwie heil aus dieser Sache rauskommen. Ich will nicht schuld daran sein, wenn er sein Kind nicht aufwachsen sieht. Andererseits: Wenn ich Morsis nicht töten kann und wir alle draufgehen, bin ich auch irgendwie schuld an seinem Tod. Schätze, ich kann heute Nacht nur verlieren. Stopp! Nein! Ich kann es schaffen. Ich werde es schaffen. Ich werde Morsis besiegen.

»Ja, alles klar.«

»Du bist so still. Bin ich gar nicht gewöhnt. Sonst gibst du doch immer an, wie toll du bist.«

Ich schmunzele. Mit Jonah ist es eigentlich ganz witzig. Ein bisschen wie mit Jesse, nur anders. Jesse hatte nichts mit meinem Mädchen am Laufen. Allein diese Tatsache macht Jonah für immer unsympathisch.

»Ich hatte das Gefühl, du könntest es nicht länger ertragen, in meinem Schatten zu stehen.«

Er lacht. »In deinem Schatten. Ich fliege gerne hinter dir. Wenn sie uns abknallen, kann ich dabei zusehen, wie du drauf gehst.«

Da hat er recht. Was, wenn wir es gar nicht erst bis zum Mutterschiff schaffen? Die Schattenjäger-Jets scheinen alle über der Stadt unterwegs zu sein. Aber das heißt nichts. Das

Mutterschiff ist komplett bewaffnet, überall sind Rohre, die einzig dafür da sind, Munition abzuschießen.

»Ich hab eine Idee. Aber keine Ahnung, ob das funktioniert. Flieg näher ran.«

Er tut, was ich ihm sage, und ist mir dicht auf den Fersen. Ich konzentriere mich, hole die Kraft aus mir hervor, als wäre es ein angeborenes Talent, das ich seit Jahrzehnten beherrsche. Allein durch meine Gedanken bilde ich einen Schutzmantel um uns. Zugegeben, man sieht nichts, man spürt nichts – trotzdem bin ich mir sicher, dass es geklappt hat. Den Beweis will ich allerdings nicht antreten.

Wir kommen dem Mutterschiff immer näher. Ob Morsis weiß, dass ich komme? Ob er weiß, dass ich ihn mein Leben lang jagen werde, dass es mir ein Bedürfnis ist, ihn zu töten? Allein deshalb wird er mich umbringen wollen.

Plötzlich öffnet sich das zentrale Waffensystem am Mutterschiff.

»O-oh«, sagt Jonah und ich bremse den Starfighter abrupt ab. Jonahs Starfighter bremst synchron mit. »Woah! Was war das? Ich schwöre, ich hab nichts gemacht! Ich hätte in dich reinrauschen müssen. Fuck!«

»Hältst du mich für sehr überheblich, wenn ich dir sage, dass ich das war?«

»Definitiv!«

Energie sammelt sich hinter der Öffnung, bereit für einen Abschuss.

»Die knallen uns doch nicht etwa mit ihrem Super-Laser ab?«

»Ich denke nicht, nein.«

Plötzlich schießt ein gigantischer blauer Laserstrahl auf die Stadt hinab. Dort, wo eben noch Gebäude im Stadtzentrum waren, brennen nun lichterloh Häuser und Straßen. Sie zerstören nicht, sie verbrennen.

»Heilige Scheiße«, ruft Jonah. »Sie fackeln die Stadt ab!«

Das Mutterschiff lässt den Laserstrahl wie ein Lauffeuer über die Gebäude und Straßen fahren. Wer sich in diesen Gegenden befindet, wurde gebraten, so viel steht fest. Oh Gott!

Sally ...

Bitte nicht ...

Da ebbt der Laser ab, löst sich auf. Und ich sehe meine Chance.

Ich löse die Verbindung und den Schutz um Jonahs und meinen Starfighter, beschleunige auf Maximum und bin am Mutterschiff, bevor Jonah reagieren kann.

»Was tust du?«, brüllt er in sein Mikro. Aber ich antworte nicht. Ich bin viel zu angespannt. Das hier ist entweder eine saudumme Idee und mein Ende oder eine Chance. Ich fliege durch die Laseröffnung, spüre die Hitze, die der Strahl hinterlassen hat, spüre das Vibrieren meines Starfighters. Ich fürchte, er schmilzt. Ich befinde mich in einer gigantischen Röhre, die vor Hitze glüht.

Immer tiefer dringe ich ein. Bald bin ich mitten im Herzen des Mutterschiffs. Und dann breche ich hindurch. Das Ende des Kanals ist erreicht. Da ist eine Mauer und ich konzentriere all meine Kraft darauf. Ich sprenge sie allein mit der Kraft meiner Gedanken, presche durch das Loch und lande in einer düsteren Maschinenhalle. Krachend und ächzend kommt mein Starfighter zum Stehen, der aufsteigende Qualm muss von seiner glühenden Außenfläche kommen. Benommen schnalle ich mich ab und öffne die Kapsel. Wo zur Hölle bin ich gelandet? Das hier sieht stark nach einem Maschinenraum aus. Irgendetwas Technisches. Immer gut. Der perfekte Ort, um ein wenig Chaos zu stiften. An den Wänden sind zig Monitore, Schalter, Knöpfe und Tastaturen angebracht. Wo sind die Techniker? Warum ist dieser Raum verlassen? Kann es sein, dass die Schattenjäger vollständig auf Nayo versammelt sind? Ist das wirklich möglich? Ich verlasse den Starfighter, trage nichts als die Kampfuniform und meinen

Pilotenhelm und spüre die abklingende Hitze. Aber es ist auszuhalten.

An einer Wand bleibe ich stehen. Wenn ich nur die Schrift auf den Schaltern lesen könnte. Mist. Ich kippe einfach ein paar beliebige Hebel, drehe ein paar Knöpfe und drücke mal hier, mal da. Plötzlich geht das Licht aus. Außerdem ist es von jetzt auf gleich komplett still.

»Ups.« Das Mutterschiff sackt mehrere Meter ab. Ich werde von den Füßen geworfen. Gleichzeitig schrillt ein Alarmton. Eine rote Notbeleuchtung schaltet sich ein und der Fall des Mutterschiffs wird gestoppt. Auf allen vieren bleibe ich auf dem Boden hocken. Kann es sein, dass ich gerade das Mutterschiff der Schattenjäger … abgeschaltet habe? Kann man ein Mutterschiff einfach *ausschalten*? Mh.

Ich verlasse den Raum durch eine Tür, die Platz genug für zwei oder drei nebeneinander laufende Schattenjäger lässt. Es ist mehr ein Tor als eine Tür. Auch das Licht im Gang ist rot, taucht die sonst schwarzen Wände in eine gruselige Atmosphäre. Wo ist Morsis? Wo sind die Schattenjäger?

Mein Herz pocht wild, will, dass die Suche ein Ende nimmt und ich mich endlich meinem Feind stellen kann. Endlich den Tod meines Vaters rächen oder wenigstens zu seinen Ehren sterben kann.

»Morsis, alter Mann, wo bist du?«, rufe ich. Nichts. »Morsis!«, brülle ich noch lauter. »Spielst du Verstecken? Kann ich verstehen. Wenn ich du wäre, hätte ich auch Angst vor mir. Du armer alter Mann hast nicht mehr lange zu leben. Aber sag ehrlich: Nach all den Jahren muss es auch eine Befreiung sein oder nicht? Sag schon! Wie ist das?«

Ein Grollen hallt durch den Gang. So laut, so durchdringend, dass ich all meine Kraft brauche, um mich auf den Beinen zu halten. Ich versuche, meine Ohren zu bedecken, aber der Helm lässt es nicht zu. Es klingt, als wäre Morsis in den Wänden. Als wäre *er* das Mutterschiff.

Das Geräusch ebbt ab und ich brülle weiter. »Was ist? Du klingst, wie ein verwundetes Tier in seinem Käfig. Wo sind deine Handlanger? Haben sie dich allein gelassen? Was bist du jetzt, wo sie weg sind?« Ich muss ihn irgendwie dazu bringen, zu mir zukommen. Ich bin hier drin verloren, habe keine Chance, ihn zu finden. »Nicht mehr als ein verwundeter, alter Tiger.«

Wieder dieses Geräusch, dieses Grollen. Diesmal bin ich besser gewappnet, nehme den Helm vom Kopf und schütze meine Ohren, lehne mich an eine Wand, um besseren Halt zu haben. Aber mehr als dieses bedrohliche Grollen bekomme ich nicht. Ich muss ihn anders locken. Am Ende des Gangs ist eine T-Kreuzung. Ich entscheide mich für den rechten Gang und befinde mich in einer Art Schaltzentrum. Wieder Bildschirme, zig Kabel, die von einem Gerät zum anderen führen. Es sieht aus, als wäre hier das Herz des Mutterschiffs. Auf den Bildschirmen bin ich zu sehen, aus unterschiedlichen Blickwinkeln. Ich sehe mich nach den Kameras um und finde mehrere an der Decke und den Wänden.

In der Mitte des Raumes ragt eine Art Säule aus zig Seilen, nein, Kabeln empor. Kleine Leuchtdioden blinken in einem Rhythmus, der mich an das Schlagen eines Herzens erinnert. Was ist das? Ich will eines der Kabel berühren, aber ein leichter Stromschlag lässt mich zurückzucken. Was auch immer das hier ist – es soll wahrscheinlich nicht zerstört werden. Der perfekte Ort also für den Showdown.

Wenn ich Morsis durch Beschimpfungen nicht hierher bekomme, wie dann? Da kommt mir ein Gedanke. Es ist fast zu simpel, fast zu fies, anderseits greift Morsis aus reinem Eigennutz unseren Planeten an. Also steht mir auch ein wenig Fiessein zu.

»Hast du gewusst, dass *Rose* mir gehört?« Meine Worte sind bewusst gewählt. Ich sage, Rose statt Sally, weil er sie so genannt hat. Ich sage, sie gehöre mir, dabei tut sie das ganz und gar nicht. Kein Mensch gehört einem anderen. Aber ich behaupte es, weil es ihn wahnsinnig macht.

Wieder dieses Grollen, aber lauter, intensiver. Diesmal zwingt es mich in die Knie. Als es endlich vorbei ist, bin ich erschöpft, aber noch habe ich mein Ziel nicht erreicht. Also los. Zeit für den finalen Tritt. Ich muss noch nicht mal rufen. Er hört mich, auch wenn ich in einer Lautstärke spreche, als stünde er vor mir. »Und sie liebt *mich*.«

Es passiert so schnell, dass er sich die ganze Zeit über in diesem Raum befunden haben muss, ohne dass ich ihn entdeckt habe. Eine Kraftwelle rauscht über mich hinweg, fegt mich von den Knien, wirft mich zu Boden, packt meine Kehle und drückt fest zu. Im nächsten Moment beugt sich der Häuptling über mich, mustert mich mit giftigem, hasserfülltem Blick. Ein Blick, der mir nur zu bekannt ist. Oft genug hat er mich so angesehen, im Training, nach Missionen, die schiefgegangen waren, oder einfach nur, wenn ich es gewagt hatte, anderer Meinung zu sein. Er hat mich gehasst, als er der Anführer des Rebellen Clans war, und als Anführer der Schattenjäger tut er es noch immer.

»Sie liebt nicht dich. Sie liebt nur mich«, sagt er und seine Stimme klingt dabei so gefährlich, so ruhig, so hasserfüllt, dass mich ein Schauder überläuft.

Die Kraft in mir brodelt. Seine Hand droht, meinen Kehlkopf zu zerquetschen, aber die Kraft in mir wehrt sich dagegen, lässt es nicht zu. Ich erreiche sie ganz selbstverständlich. Es ist so leicht wie atmen. Ein Gedanke reicht und ich stoße ihn von mir. Sein Körper fliegt quer durch den Raum, prallt hart gegen eine Wand. Leider zerstört er dabei keine Geräte. Schade. Also packe ich ihn – mental – strecke meinen verlängerten Arm aus, spüre ihn, spüre das Gewicht seines Körpers und hebe ihn hoch. Einfach so. Ich werfe ihn quer durch den Raum gegen die Monitore. Mit voller Wucht. Einige Leitungen sprühen Funken, Kurzschlüsse bringen ein paar der Monitore zum Erlöschen. Und zum ersten Mal schießt mir ein konkreter Gedanke durch den Kopf: Wie will ich ihn töten?

Doch wie immer, wenn man glaubt, man hätte leichtes Spiel: Morsis, in Gestalt des Häuptlings, rappelt sich auf und zieht eine Peitsche – eine verdammte Peitsche – aus seinem Gürtel. Vier Meter lang, aus Stahl- oder Eisenwirbeln. Was zur Hölle?

»Heute wirst du sterben «, droht er, holt aus und verfehlt mich knapp. »Du bist der Letzte meiner Nachfahren. Dann bin ich für immer sicher. Niemand mehr, den ich fürchten muss. Mit dir besiegelt sich das Schicksal der Galaxis. Erst du, dann Nayo, dann Amega, dann all die anderen.«

Ich verenge die Augen zu Schlitzen. »Dumm von dir, mich zu unterschätzen.«

Er holt aus und ich hechte zur Seite. Statt meiner trifft er die Säule aus Kabeln. Ein Stromschlag kracht durch den Raum wie ein Blitz. Er blendet mich und ich muss mir die Hand vor die Augen halten.

»Diese Peitsche steht unter Strom. Zweitausend Volt«, sagt er. »Das überlebst du nicht.«

»Danke für die Information.«

Er schlägt mit der Peitsche nach mir und wieder muss ich zur Seite springen, kann mich nur haarscharf vor der tödlichen Waffe in Sicherheit bringen. Unter einem Pult bleibe ich sitzen, um Zeit zu gewinnen und mir eine Strategie zu überlegen.

»Was ist deine Waffe?«, fragt er.

Ich atme ein letztes Mal tief durch. »Fünf Jahre Hass.« Dann springe ich aus meinem Versteck und renne direkt auf ihn zu. Dank der Kraft bin ich so schnell bei ihm, dass er die Peitsche nicht mehr schwingen kann. Ich springe ihn an, versuche ihn zu Boden zu werfen, aber er hebt nur seine Hand und wischt mich weg.

Okay, Mist. Wenn der eine besondere Kräfte hat und der andere ebenfalls – wie zur Hölle bringt man ihn dann um?

Wieder schwingt er die Peitsche. Ich mache einen enormen Sprung nach oben – übermenschlich hoch – und bleibe auf einem Querbalken hocken. »Kriegst mich nicht«, rufe ich und er brüllt wütend auf. Ich sehe den Kraftstoß, den er in meine Richtung schleudert. Er will mich damit vom Balken stoßen, aber ich hebe die Hand und wehre ihn ab. Ich wünschte, es wäre einfach gewesen, aber meine Kraft bröckelt. Was soll das? Ich dachte, durch den Anhänger bin ich noch stärker? Soll's das etwa schon gewesen sein? Ist der Kampf gegen Morsis so kräftezehrend?

Wenn ja, wird es Zeit, schleunigst einen Weg zu finden, ihn umzubringen. Ich schleudere ihm meine Kraft entgegen, er fängt sie mit einer Hand auf und wirft sie zu mir zurück. Ich ducke mich und entgehe meinem eigenen Angriff nur knapp.

»Du dummer Mensch«, ruft er. »Du hast keine Ahnung, was du tust.« Mit einem Satz steht er plötzlich auf dem Balken neben mir. Er tritt mit dem Fuß aus, trifft mich am Kinn, wodurch mir gefühlt der Kopf halb abreißt. Ich spüre meinen Fall. Ich spüre jeden einzelnen Meter. Okay, kann diese Kraft auch Stürze abfangen? Ich strecke die Hand aus und spüre einen Widerstand. Wie ein Regenschirm, der sich in letzter Minute aufspannt. Dadurch bremse ich den tödlichen Fall, schlage aber dennoch so hart auf, dass mein Kopf auf den Boden knallt und ich für einen Moment benommen bin. Da rast auch schon die Peitsche auf mich hinab. *Scheiße*, ist das Letzte, was ich denke.

Es passiert wie in Zeitlupe. Die Peitsche kommt auf mich zu. Sie wird mich in der Mitte spalten. Von irgendwoher höre ich eine mir bekannte Stimme. Sie ruft. Mich. Nur ein einziges Wort. »Kleiner!« Mh. Klingt irgendwie nach Jesse. Aber das kann gar nicht sein.

Dann ein Knall, nein, ein Schuss. Und die Laufbahn der Peitsche wird abgelenkt.

»Beweg dich!«, brüllt erneut die Stimme in meinem Kopf

und ich rolle mich zur Seite, nur um im nächsten Moment von zwei Händen gepackt und aus dem Raum gezogen zu werden. Ich spüre ein warmes Rinnsal meine Schläfe hinablaufen und wische über die Stelle. Blut. Meine Finger sind voller Blut. Dann sehe ich auf. Vor mir stehen Jesse und Jonah. »Was zur Hölle macht ihr hier?«

»Dich retten«, behauptet Jesse.

»Nie im …« Weiter komme ich nicht. Denn schon wird die Tür, die Jonah hinter mir zugeschlagen haben muss, aus ihrer Verankerung gerissen.

»Oh scheiße«, ruft Jonah. »Lauft!«

Er rennt los und Jesse und ich folgen ihm. Aber was zur Hölle tun wir hier? Ich bin gekommen, um Morsis zu töten, nicht, um vor ihm davon zu laufen. Also bleibe ich stehen. Drehe mich um und wappne mich für das, was kommt. Morsis donnert auf mich zu wie eine Lawine.

»Verdammt, Kleiner, was machst du da?«

»Meinen Job.«

Im selben Augenblick trifft der Körper des Häuptlings, trifft Morsis, auf meinen. Ich spüre ihn überall. Ich spüre ihn an meiner Kehle, ich spüre ihn an meinem Herzen, ich spüre ihn an meinem Kopf, an meinen Organen. Er will mich töten, egal wie. Er will meinen Körper vollkommen zerstören. Und ich weiß nicht, wie ich es verhindern kann.

Plötzlich ist da diese Stimme in meinem Kopf. Nicht Jesse. Nicht Jonah. Nicht Sally. Es ist mein Vater.

»Dad«, höre ich mich sagen. Er ist in meinem Kopf, sein Geist oder seine Seele – keine Ahnung. Plötzlich weiß ich, was ich zu tun habe. Plötzlich weiß ich, dass Morsis keine Ahnung hat. Dass Morsis sich irrt. Er glaubt, dass durch meinen Tod sein ewiges Leben sicher ist. Aber mein Vater sagt etwas anderes. Er sagt, dass durch meinen Tod der Kreislauf durchbrochen wird. Und Morsis endlich sterblich wird. Also ist *das* mein Job: Ich muss sterben.

Ich hab es immer gewusst. Ich wusste, ich würde nicht alt werden. Ich wusste, ich würde jung sterben. Es war sicher. So sicher wie die Tatsache, dass ich Sally liebe und sie mich. So sicher, wie Ebbe und Flut. So sicher, wie Tag und Nacht. Ich muss sterben. Nur so endet der Kreislauf des ewigen Lebens.

Also tue ich es. Ich sterbe. Und es ist überraschend einfach. Ich lasse einfach los.

JESSE

Fireballs Schrei geht mir durch Mark und Bein. Er ist so durchdringend, so schmerzerfüllt – es reißt mir beinahe die Eingeweide aus dem Leib.

Und dann ist es still.

Fireballs Körper sackt wie leblos zusammen.

Jonah neben mir stöhnt auf und sagt nur ein Wort: »Scheiße.«

Es ist dieses eine Wort, dass mir bestätigt: Fireball stirbt, nein, er ist bereits tot. Aber sein Job ist noch nicht erledigt. Sein großes Ziel nicht erreicht. Morsis lebt noch. Auch wenn er in diesem Augenblick vollkommen geschwächt zu Boden sinkt. Das ist meine Chance. Jetzt oder nie.

»Aaaaaaaaaaaaah!« Mit einem gewaltigen Schrei aus Wut, Trauer und Verzweiflung renne ich auf den Häuptling – nein, Morsis – zu. Ich sollte ihn einfach erschießen. Kann es wirklich so einfach sein? Ich bin schon nah bei ihm, Fireballs toter Körper liegt zwischen uns, Morsis kniet auf dem Boden, blickt mich an – nein, es ist der Häuptling, der mich anblickt. Der Mann, der mich und Tina damals aufgenommen hat, dem wir unser Leben verdanken, der mir ein Zuhause gegeben hat, dem ich verdanke, dass ich zu dem wurde, der ich heute bin: Ein starker Mann, der weiß, wie man Leben rettet. Ich bin der verdammt nochmal beste Leibwächter, den es je gegeben hat. Oder besser gesagt: Ich war es. Denn jetzt hat er Fireball getötet. Vor meinen Augen. Und ich mag formal nicht mehr sein Leibwächter sein. Aber die Wahrheit ist: Er war immer mein bester Freund. Und der wurde mir gerade genommen.

Ich ziele mittig auf die Stirn des Häuptlings. Er starrt mich an, zu schockiert, zu schwach, um etwas zu sagen, um zu reagieren. Ich glaube, er will noch die Hand heben, aber ich beende es. Ich schieße. Ein einzelner Schuss. Ganz sauber. Mittig zwischen die Augen. Der Häuptling hätte mich gelobt. »Sauberer Schuss, Codriguez«, hätte er gesagt.

Aber *dieser* Schuss hat ihn getroffen.

Morsis ist tot. Der Häuptling ist tot.

Er fällt rückwärts zu Boden und alles ist still. Nur mein Atem geht laut und schwer. Die Wunde an meinem Kopf pocht beinahe unerträglich.

»Kleiner.« Es ist nur ein Flüstern, das meine Kehle verlässt. So kenne ich mich gar nicht. Hinter mir kommen schnelle Schritte näher. Jonah. Er rennt an mir vorbei. Beugt sich über Fireball, hebt ihn über seine Schulter. Ich kann ihn kaum mehr erkennen, denn Tränen überschwemmen meine Augen.

»Er ist tot!«, schluchze ich auf. »Es ist zu spät.«

Ich breche zusammen, weine wie ein kleines Kind, weine, wie ich es noch nie zuvor getan habe. Mein bester Freund ist tot.

Dieser Schmerz in meiner Brust, ich ertrage ihn nicht!

Ich hocke auf dem Boden und halte mir die Brust, meine Lunge droht zu platzen. Er ist tot. Fireball ist tot. Nein! Nein, bitte nicht! Nicht doch!

»Komm hoch, Mann, wir müssen hier raus!«, befiehlt Jonah und versucht, mich hochzuziehen.

»Es ist zu spät«, wimmere ich.

»Mann, hier brennt's irgendwo. Riechst du das nicht? Wir müssen sofort raus! Komm schon!«

Ich stemme mich hoch und folge ihm. Jonah hat recht. Wir müssen hier raus. Und wir dürfen Fireball nicht zurücklassen. Er würde nicht wollen, dass sein Körper im Mutterschiff der Schattenjäger abfackelt. Er würde bei seinen Eltern beerdigt werden wollen, dort sein, wo sie sind. Das ist alles, was er sich immer gewünscht hat: nur einmal bei seinen Eltern zu sein. Vielleicht ist es jetzt soweit. Vielleicht sind sie im Tod endlich vereint.

Ich nehme Fireballs Arm und stemme die leblose Hälfte seines Körpers über meine Schultern, helfe Jonah, die Last zu tragen. Wir schleppen uns den Gang entlang und erst jetzt bemerke ich die Rauchschwaden, die aus mehreren Räumen auf den Gang wabern.

»Schneller«, ächzt Jonah.

»Du bist zu langsam«, kontere ich.

Für eine Sekunde sieht er mich an. Überlegt er wirklich, Fireball zurückzulassen? »Denk noch nicht mal dran. Und wenn du ohne uns verschwindest, wirst du für immer und ewig mit der Schuld leben müssen.«

»Na dann ...«

Der Rauch vernebelt uns die Sicht. Das Mutterschiff gibt ächzende, knarzende Geräusche von sich.

»Was ist los mit dem Ding? Es gibt doch jetzt nicht seinen Geist auf?«, fragt Jonah.

»Keine Ahnung. Vielleicht haben die bei ihrem Kampf was kaputt gemacht?«

Jonah hustet, der Rauch macht das Atmen immer schwerer.

»Nicht mehr weit, komm, Blondie. Da vorne geht's zum Starfighter, ich kann schon das Schott sehen.«

»Passen wir zu dritt in einen Starfighter?«

»Wird kuschelig.« Aber Fireball hat es geschafft, mich und

seinen toten Vater in einen Starfighter zu quetschen, also schaffen wir das auch.

Blind vor Rauch erreichen wir das Schott. Der Rauch ist mittlerweile so beißend, dass mir die Augen tränen und meine Lunge nach frischer Luft kreischt.

»Ich zuerst, du reichst mir Fireball runter und bringst uns hier weg.«

»Mann, der ist sauschwer. So schwer sieht der gar nicht aus.«

»Muskeln sind schwer, Blondie.«

Er verkneift sich einen Spruch. Man macht keine blöden Sprüche über Tote. Ich werde Fireball nie wieder einen blöden Spruch drücken dürfen. Dabei hat es mit ihm immer am meisten Spaß gemacht. Weil er entweder etwas irre Schlaues gekontert hat oder einfach genervt war, wenn er nicht wusste, was er sagen soll.

Das ist jetzt vorbei. Für immer. Meine Augen tränen noch mehr und ich weiß nicht, ob vom Rauch oder meinen Gedanken. Ich klettere zuerst durch die Luke und in den mit Autopiloten schwebenden Starfighter. Es ist gar nicht so einfach.

»Hau dir nicht den Kopf an der Luke an«, warnt mich Jonah, als ich mich nach unten schwinge. Aber seine Warnung bringt nichts. Die Luke ist so verdammt eng, dass ich mir den Kopf an der Kante anschlage – genau an der Stelle, an der ich dank des Häuptlings die Platzwunde habe. Der geklebte Cut platzt auf und ich spüre, wie mir das Blut wie warmes Wasser das Gesicht runterläuft.

»Fuck!«

»Geht's?«

»Ja. Gib mir ...« Fireball? Fireballs Körper? Fireballs Leichnam? Oh Scheiße! Ich will das nicht! Fireball darf nicht tot sein. Aber er ist es. Meine Atmung will außer Kontrolle geraten, aber ich lasse nicht zu, dass mich die Trauer übermannt. Noch nicht.

Jonah versteht auch so. Mit den Füßen zuerst lässt er den leblosen Körper in den Starfighter gleiten. Ich ziehe Fireball dicht an mich heran. Auch er ist blutverschmiert. Keine Ahnung, wo er überall verletzt ist, aber es sieht ganz danach aus, als hätte er sich schon vorher mehrere blutende Wunden geholt. Endlich sind wir drin. Ich lege mich mit ihm hinter den Pilotensitz und wir sind wirklich verdammt eng aneinander gekuschelt. Ich fasse es nicht, dass mich Fireball so nah neben seinen toten Vater gelegt hat. Die Vorstellung ist echt eklig. Aber das hier ist was anderes. Das hier ist mein bester Freund. Ich würde alles für ihn tun. Ich würde ihn auch in eine verdammte Tiefkühltruhe legen, wenn das irgendeinen Sinn hätte.

Er ist tot. Mein bester Freund, der Anführer der Rebellen. Es war alles umsonst. All die Opfer, die er gebracht hat. Für die Rebellen, für den Kampf gegen die Schattenjäger. Jetzt ist zwar Morsis tot, aber Fireball auch. Ist damit das Ziel erreicht? Nein. Die Schattenjäger sind noch immer hier. War das große Ziel nicht mehr als ein Meilenstein? War Fireballs Opfer am Ende umsonst? Werden die Schattenjäger Nayo trotzdem vernichten? Ich ziehe Fireball fest an mich, lege meine Stirn an seine. Ich dachte immer, eines Tages würde ich für ihn sterben. Nie im Leben habe ich damit gerechnet, dass er vor mir stirbt.

Jonah steigt ein, schließt die Luke und legt die Schalter um. »Kann's losgehen?«

»Red nicht so viel.«

»Turbo ein.« Das war nicht nur daher gesagt. In Rekordgeschwindigkeit fliegen wir vom Mutterschiff weg, hinaus aufs offene Meer. Gerade noch rechtzeitig. Denn plötzlich strahlt der Himmel orangerot auf und eine Stoßwelle erfasst den Starfighter. Jonah kämpft mit dem Steuerknüppel, während wir Richtung Meeresoberfläche driften.

»Zieh das Scheißding hoch!«, brülle ich. Ich hab echt

keinen Bock, bei einem Absturz über dem offenen Meer zu sterben! Tiefes Wasser macht mir verdammt nochmal Angst.

Es kostet Jonah so viel Kraft, die Kontrolle über den Starfighter zurückzugewinnen, dass er noch nicht mal zurückmotzen kann.

Kurz bevor wir das Wasser touchieren – was den Starfighter mit großer Wahrscheinlichkeit zum Zerbersten gebracht hätte – gewinnt er die Kontrolle zurück, zieht die Spitze hoch und wendet. Erst jetzt können wir sehen, welcher Katastrophe wir nur knapp entgangen sind: Vor uns liegt das Mutterschiff der Schattenjäger – ein brennender, glühender Koloss – abgestürzt über der Stadt. Der Nachthimmel wird von dem Flammenmeer und dem glühenden Schrotthaufen erhellt. Es sieht aus wie ein gigantisches Lagerfeuer. Wären wir nur wenige Sekunden später aus dem Mutterschiff geflohen, würden wir zerquetscht zwischen den Trümmerteilen liegen.

»Alter Schwede!«, raune ich.

»Allerdings.«

»Was … zur Hölle …?«

Ich stutze. Jonah dreht den Kopf, blinzelt mehrmals und starrt Fireball an. Das ist gerade nicht passiert, oder?

Ich starre meinen toten Freund an. Der plötzlich gar nicht mehr so tot ist. Sein blutüberströmter Kopf liegt neben meinem und seine Augen starren leuchtend weiß, mit gestochen blauen Pupillen aus dem Cockpit.

»Aaaaaaah!«, brülle ich erschrocken auf und stoße mir den Kopf. Nicht schon wieder!

»Was brüllst du so?«, fragt Fireball mit schwacher und kratziger Stimme.

Ungläubig sehe ich ihn an. Auch Jonah bekommt kein Wort heraus.

»Du … du warst tot«, stammele ich.

Fireball hält sich eine Hand an den Kopf, betrachtet das Blut. »So fühlt sich's auch an. Was ist passiert?«

Ich sehe Jonah an, der starrt zurück und beide bekommen wir den Mund nicht zu.

»Du warst tot, Kleiner. Morsis hat dich umgebracht.«

Er lässt den Kopf zurückfallen. »Scheiße. Dann hab ich es vergeigt.« Er schließt die Augen und beißt so fest die Zähne zusammen, dass seine Kieferknochen hervortreten.

»Nein, das hast du nicht. Danach war er irgendwie ... schwach. Ich hab ihn einfach erschossen.«

Fireball starrt mich an, dann tanzen seine Pupillen nachdenklich. »Ich hab meinen Vater gehört. Kurz bevor es ... ich weiß nicht. War ich wirklich tot?«

Ich nicke. »Ja, Mann. Und so schön es ist, dass du noch lebst, aber ... wie? Bist du jetzt unsterblich? Ist der Scheiß auf dich übergegangen?«

Fireball runzelt nachdenklich die Stirn und betrachtet das Blut an seinen Händen, starrt dann auf meine Stirn. »Ist das an mir dein Blut?«

»Keine Ahnung. Von uns beiden, nehme ich an.«

Er nickt langsam, dann lacht er kurz auf. »Blutsbrüder. Unser Blut hat heilende Wirkung.«

»Oh, wie schön«, sagt Jonah sarkastisch. »Ein Heilmittel für die ganze Welt und das ausgerechnet von euch. Ich könnte kotzen.«

»Musst du nicht. Das funktioniert nur bei uns«, sagt Fireball.

»Mein Blut hat dich geheilt?«

»Anders kann ich es mir nicht erklären. Mein Vater hat so etwas gesagt. Vor ein paar Wochen.«

»Gut zu wissen. Hätte er uns vielleicht genauer erklären können. Das hätte die Dramatik aus der Situation rausgenommen. Und stell dir vor, ich hätte dich nicht mit meinem Blut besudelt ...«

»Jesse, reg dich ab. Was ist mit Morsis? Er ist tot?«

»Oh ja! Ich hab ihm zwischen die Augen geschossen. Und danach ist das Mutterschiff … keine Ahnung.«

»In Flammen aufgegangen«, unterstützt mich Jonah. Ich nicke.

»Er ist tot«, flüstert Fireball und schmunzelt. »Und weißt du, was das Beste ist?«, fragt er mich.

»Dass du noch lebst?«

»Das auch, ja. Aber vor allem, dass es ein Ameganer war, der ihn umgebracht hat.« Er wackelt mit den Augenbrauen. »Damit ist das stolze, angekratzte Ego der Ameganer geheilt.« Er grinst. »Wir müssen unbedingt dafür sorgen, dass sie davon erfahren.«

»Also«, sagt Jonah. »Dann bring ich uns mal an die frische Luft.«

Wir umfliegen den Koloss des Mutterschiffs in einem weiten Bogen, denn die Instrumente des Starfighters zeigen an, dass es viel zu heiß für unsere Außenhülle ist, um darüber hinwegzufliegen. Einen Großteil der Stadt gibt es nicht mehr. Dort, wo das Mutterschiff auf den Boden geprallt ist, brennt alles. Dichte Rauchschwaden steigen in den Himmel. Wer auch immer da unten war, ist tot. Es kann keine Überlebenden geben. Das Gute ist: Damit hat es auch einen Großteil der Schattenjäger erwischt. Allerdings nicht alle. In den Straßen der Außenbezirke schreiten sie mit den Kämpfen voran, von unserer Position aus deutlich zu erkennen.

Jonahs Navigationssystem piept. Erst ein einzelner Ton, dann viele schnelle. »Scheiße, was ist das?«, fragt er und zieht die Ansicht des Displays auf. Eine ganze Welle an Raumschiffen kommt auf Nayo zu. »Sind das noch mehr Schattenjäger?«, fragt er und klingt dabei beinahe panisch. Er richtet die Spitze des Starfighters gen Himmel und – ich schwöre – uns dreien stockt gleichzeitig der Atem.

»Was ist das?«, fragt Jonah. Eine graue Masse an unidentifizierbaren Raumschiffen fliegt auf Nayo City zu. Wir starren gebannt auf den Schwarm, der größer und größer wird.

Fireball versucht, sich so gut es in dieser Sardinenbüchse geht auf die Ellenbogen zu stemmen. »Das sind keine Schattenjäger. Das sind ameganische Kampfjets«, sagt er. »Sie kommen, um uns zu helfen.«

»Bisschen spät«, sage ich.

»Besser spät als nie«, kontert Fireball. »Morsis ist tot. Aber wir haben noch immer die Schattenjäger in den Straßen.« Er schiebt sich vor und quetscht dadurch mein Bein schmerzhaft ein.

»Aua!«, motze ich.

Er sieht durch das Fenster nach unten. »Jonah, kannst du auf die Digits der Sprinter zugreifen?«

»Sehr gute Idee, McAllister. Und das ausgerechnet von dir.«

»Was sind Sprinter?«, frage ich, aber keiner von beiden antwortet mir.

21

SALLY

Der Himmel brennt. Die Stadt brennt. Die Straße brennt. Ich versuche, etwas zu erkennen, aber außer Rauch, Feuer und orangegefärbten Wolken über mir kann ich nichts sehen. Was ist nur passiert? Haben die Schattenjäger eine gigantische Bombe fallen lassen? Ist Nayo City zerstört? Ich weiß es nicht. Ich weiß nur, dass ich von einer Druckwelle erfasst und unter einen HoverBus geschleudert wurde. Dann kam die Hitze. Ich glaube, meine Haare sind versengt. Die Haut in meinem Gesicht brennt wie Feuer. Ob ich mich verbrannt habe?

Und der Rest meines Körpers? Bin ich verletzt? Noch habe ich keine Schmerzen. Also kann ich weitermachen. Wenn ich nur einen Weg durch diesen Rauch finden würde.

Es kratzt in meinem Hals. Erst räuspere ich mich, dann huste ich. Endlich schaltet sich mein Kopf ein: Ich hole mir eine Rauchvergiftung, wenn ich nicht sofort hier verschwinde.

»Hallo?«, rufe ich. »Ist hier jemand?« Keine Antwort. Ich halte mir meinen Ärmel vor Nase und Mund. »Hallo?«

Aber niemand antwortet. Bin ich die Einzige, die noch am Leben ist? War's das etwa? Der finale Schlag der Schattenjäger?

Und jetzt ist die gesamte Menschheit tot? Wenn das so ist, dann sollte ich nicht länger gegen den Rauch in meinen Lungen ankämpfen. Ich will verdammt nochmal nicht die letzte Überlebende sein.

Ich lasse mich auf den Boden fallen, setze mich im Schneidersitz auf den Asphalt und lehne meinen Rücken gegen den Reifen des HoverBusses, der sich warm anfühlt, fast ein bisschen zu heiß, und blicke in den Himmel. Da – zwischen all den Rauchschwaden – erkenne ich ein wenig Himmel. Der kleine Fleck ist orange. Verfärbt vom Feuer, von der Hitze. Aber ja, es ist der Himmel. Ich lege mich flach auf den Boden. Hier ist auch der Rauch nicht mehr so beißend. Ach, stimmt: Rauch zieht nach oben. Hier unten ist die Luft besser. Wenn ich also nicht überleben will, dann sollte ich mich wieder hinsetzen. Aber für den Moment möchte ich noch liegen bleiben. Mich ausruhen. Das letzte Mal die Sicht auf den Himmel genießen. Das letzte Mal an ihn denken. An Fireball.

Der Boden unter mir ist so warm. Ich schließe die Augen und stelle mir vor, dass er hier bei mir liegt.

Ob er tot ist? Nein! Nein, ich will diese Gedanken jetzt nicht zulassen. Ich will nicht daran denken, welches Schicksal er hatte. Das hier ist meines. Ich werde an einer Rauchvergiftung sterben. Und das ist okay. Er ist tot, alle sind tot. Ich werde hier liegen bleiben und warten, bis es vorbei ist.

Und so lange will ich in meinen Erinnerungen leben. Fireball liegt hier bei mir. Sein warmer Körper an meinem. Ich sehe meinen Vater. Ich sehe uns drei. Wir picknicken mit Decke auf einer Wiese, mein Vater lacht über etwas, das Fireball ihm erzählt hat. Er klopft ihm väterlich auf die Schulter. Dann kommt George, Hand in Hand mit Susan. Sie strahlen übers ganze Gesicht, so verliebt und glücklich sind sie. George nimmt erst mich in den Arm, dann seinen Sohn. Die beiden so zu sehen – mein Herz zerspringt beinahe vor Freude. Nach und nach werden es immer mehr, die dazu kommen. Emma, Tina,

Jesse mit Ginger Robyn, Jonah, Sebastian, Mrs. Chen, Mr. Johnson, Mr. Langdon, Elisabeth, Charlotte, Ava – es ist ein großes Sommerfest. Eine richtig coole Sommerparty. Ich sehe sie alle. Wir sind beisammen. Ein letztes Mal.

Eine einzige Träne läuft mir heiß brennend über die rechte Wange, aber noch lasse ich den Traum nicht los. Noch bin ich nicht bereit dazu. Ich erinnere mich an den Herbstball. An das Lied. An Fireball und mich, als wir im Dunkeln getanzt haben. An meinen Herzschlag. Mein Herz klopfte so wild, er hat es sicher spüren können. Ich höre das Lied jetzt wieder. Und in meinem Traum ergreift er meine Hand. Wir tanzen nicht in der Dunkelheit, sondern auf einer grünen Wiese. Es ist Sommer, es ist warm. Um uns herum die Menschen, denen wir vertrauen, die wissen, dass wir uns lieben und uns von Herzen alles Gute wünschen. Wer weiß, vielleicht ist das unsere Hochzeit. Es ist mein Traum. Da ist alles möglich.

Ich glaube, mein Vater strahlt, als er uns tanzen sieht. Er ist glücklich. Aber ich habe nur Augen für einen. Für Fireball. Für dessen eisblaue Augen. Wie konnte ich ihn bei unserem ersten Treffen nicht erkennen? Diese Augen. Ich habe sie gesehen. Das Einzige, das die Maske damals im Palast nicht verdeckt hatte. Nie habe ich solche Augen gesehen. Ich atme tief ein, doch da sind keine Lindenblüten, nur Qualm. Beißender Rauch. Also erinnere ich mich an den Duft.

»Sally?«, sagt er. Er lächelt. Aber er klingt so weit weg. Warum nur? Er steht doch direkt vor mir. »Sally!« Seine Stimme klingt ängstlich, beinahe panisch. Warum nur? Es ist doch alles gut. Wir sind endlich vereint. In meinem Traum.

Ich hebe die Hand und kann ihn spüren. Warm, weich. Wir tanzen nicht mehr, wir liegen auf einer Wiese. Ich spüre seine Hände. Erst an meinem Hals, dann unter meinem Körper, und dann verliere ich den Kontakt zum Boden.

»Alles wird gut«, sagt er und klingt dabei schrecklich verängstigt. »Gleich bist du in Sicherheit, alles wird gut.«

Ich will ihm sagen, dass alles okay ist, dass es mir gut geht. Dass wir hier in meinem Traum sind, wo alles schön ist und alle glücklich sind. Wo alle leben. Ich träume doch noch? Oder bin ich bereits tot? Und das hier ist eine echte Sommerparty? Und wir treffen uns hier alle wieder?

EPILOG

Zehn Jahre später

Fireball

Ich atme tief ein. Heute duftet es besonders herrlich. Nach Moos. Nach feuchter Erde. Nach Tannenzweigen und Harz. Ich liebe den Wechsel vom Sommer zum Herbst. Heute Vormittag hat es endlich geregnet. Nach vielen Wochen das erste Mal. Die Kinder in der Schule waren ganz aufgekratzt und ich habe den Unterricht spontan früher beendet und bin mit ihnen auf den Pausenhof gegangen. Dort haben wir im Regen getanzt, haben den sauren Regen auf unseren Zungen gekostet und gelacht. Mein Hemd war danach klitschnass und klebte mir am Oberkörper. Es war einer der schönsten Momente in meinem Leben.

Die Pedale an meinem Fahrrad quietschen bei jedem Tritt. Ich muss sie dringend ölen. Vielleicht denke ich heute Abend daran. Mal sehen.

Der Wald endet und vor mir tut sich die Klippe auf. Das kleine Häuschen hält den Böen wacker stand, die das Meer ihm entgegenwirft. Mein Zuhause. Die Apfelbäume, die ich vor zehn Jahren gepflanzt habe, tragen endlich Früchte. Zum ersten Mal in all den Jahren. Jeder Baum steht für einen Menschen, den Sally und ich verloren haben. Jedes Loch habe ich eigenhändig in schweißtreibender Arbeit gegraben. Es hat sich heilsam angefühlt. Denn so hat jeder von ihnen einen Platz hier bei mir. Ava, Kevin, Emma und all die anderen. Ich stelle das Fahrrad an der Hauswand ab und gehe hinein. Alles ist still.

Wie jeden Tag nach der Schule lege ich meine Tasche an der Garderobe ab und checke kurz die Nachrichten auf meinem Tablet. Jesse hat ein Foto geschickt. Es zeigt Ginger Robyn, seinen Sohn Tobyn, ihn und Tina, die etwas mürrisch in die Kamera guckt. Dazu schreibt er: »Tante Tina zu Besuch.« Ich antworte mit einem kurzen Lachsmiley und ziehe mir ein frisches T-Shirt an.

Durch das Wohnzimmer betrete ich den Garten. Es duftet nach wilden Rosen. Die Sonne ist schon wieder so warm, dass sie die Feuchtigkeit des Regens in die Luft zurückzieht. Und dann entdecke ich sie. Doch sie mich noch nicht. Sally schmunzelt, als sie mich sieht, verrät mich aber nicht. Die beiden sitzen auf dem Boden und spielen mit Steinen. Zwei Meter vor ihnen gehe ich auf alle viere, dann robbe ich voran, schiebe meinen Kopf zwischen ihren kleinen Körpern durch und sage mit verstellter Stimme: »Hallo? Wohnen hier zwei Waldwesen?«

»Daddy!«, ruft Pete und schlingt seine winzigen Ärmchen um mich. Emma grinst und drückt mir einen Kuss auf die Wange. Sie ist zwei Jahre älter als ihr Bruder und kommt nach den Ferien in die Schule. Sie weiß also alles. Oder tut zumindest so. »Ich hab gewusst, dass du dich hinter uns versteckst.«

Ich nehme sie in den Arm und drücke ihr einen Kuss aufs Haar. »Und hast mich nicht verraten. Danke, Mäuschen. Und jetzt entschuldigt mich, ich muss eurer Mama einen Kuss geben.«

Sally steht vor der Klippe, hat eine Weste um ihren Körper geschlungen und schmunzelt, als ich zu ihr komme.

»Hallo, Mr. McAllister, wie war Ihr Tag?«

»Fantastisch. Und Ihrer?« Ich lege meine Arme um sie und küsse ihre Nase. Sie küsst mich auf den Mund und legt ihre Stirn an meine. »Michelle hat angerufen. Sie und Mark wollen uns am Samstag zum Essen einladen. Ich hab ihr zugesagt.«

Ich nicke.

»Wie war es in der Schule?«

»Schön. Heute haben wir im Regen getanzt.«

Sie schmunzelt und schüttelt den Kopf, als wäre ich zu alt, um mit Kindern im Regen zu tanzen. Dann sieht sie mich aufmerksam an. »Wird es dir nicht langweilig?«

Ich lache. »Was sollte mir langweilig werden?«

Sie zuckt mit den Schultern. »Na ja ... immer dasselbe ... Kinder, die laut sind, nicht machen, was du sagst, nicht zuhören.«

»Aber sie hören mir doch zu. Bis auf Jonahs Tochter.« Ich rümpfe die Nase. »Die kommt ganz nach ihrem Vater.«

Sie grinst. »Ihr Vater war immer ein sehr vorbildlicher Schüler.«

»Genau das meine ich: Sie ist eine Streberin.«

»Abgesehen von Jonahs Tochter: Was ist mit dem Job?«

Ich schmunzele schräg. »Sally McAllister, du kannst mir eines glauben: Ich hatte in meinem Leben genug Aufregung. Mag sein, dass der Job als Lehrer nicht so aufregend ist wie der eines Kampfpiloten. Aber weißt du was? Langeweile ist auch nach zehn Jahren der beste Zustand der Welt.«

Ich nehme ihr Gesicht in beide Hände und lege meine Lippen sanft auf ihre.

Sally

»Dad, Pete spielt am Abgrund.«

Wir reißen uns voneinander los und Fireball ist der Erste, der lossprintet.

»Bleib weg vom Abgrund! Mein Herz! Wie oft müssen wir euch noch sagen, dass ihr nicht so nah an den Klippenrand gehen dürft. Ernsthaft!« Er nimmt Pete in die Arme, trägt ihn fort und sieht mich an. »Die Aufregung hier zu Hause reicht mir vollkommen.«

Ich lache. Er schnappt sich Emma und die drei gehen ins Haus zurück. Ich bleibe noch einen Moment an der Klippe stehen.

Ich hatte gedacht, dass er früher oder später einen Job beim Kommandariat annehmen würde. Jo lässt auch nach zehn Jahren nicht locker. Jeden Monat lädt sie sich bei uns zum Kaffee ein. Nachdem die Ameganer uns im Kampf um Nayo geholfen haben und damit die Schattenjäger vertrieben werden konnten, hat das Kommandariat gemeinsam mit den Alliierten Planeten einen Schutzring um unsere Galaxis gezogen. Dort sind Rubroner, Ameganer, Nosaner, Loktaner und Menschen gemeinsam stationiert. Und Galeri sähe es nur zu gerne, wenn Fireball den Schutzring betreuen würde – für die Moral der Truppe und so weiter. Ihre Worte, nicht meine.

Aber bisher hat er alle Angebote abgelehnt. Und darüber bin ich froh. Auch wenn Frieden herrscht – die Angst, dass ihm etwas zustoßen könnte, ist zu groß.

Ich drehe den Ring an meinem Finger. Die Brandnarben an meinen Händen stechen noch immer rot und wulstig hervor. Die rechte Seite meines Gesichts sieht genauso aus. An schlechten Tagen wage ich es nicht, in den Spiegel zu sehen. An guten wiederum denke ich daran, wie viele Leben ich an jenem Tag gerettet habe. Dann trage ich die Narben mit Stolz.

Und für Fireball sind sie ein Teil von mir. Er liebt mich, egal wie ich aussehe.

Ich ziehe den Ring vom Finger und lese die Inschrift, die er extra für mich hat eingravieren lassen:

Weil du die Liebe meines Lebens bist.

Der Wind wirbelt mir durch das Haar und ich betrachte die unruhige See. Die Blätter der Apfelbäume rascheln und es ist, als würden mich all die Menschen grüßen, die jetzt nicht mehr unter uns sind. Ihr Tod war nicht umsonst. Und wir werden sie niemals vergessen. Niemals.

DANKSAGUNG

Unglaublich. Einfach unglaublich. Fireball und Jesse begleiten mich seit so vielen Jahren. Wenn ich mich recht erinnere, habe ich mit ungefähr sechs oder sieben Jahren angefangen, mir Geschichten über die beiden und den Rebellen Clan auszudenken. Immer wollte ich irgendwann ein Buch daraus machen, aber nie hatte ich das Gefühl, dass das, was ich da zu Papier bringe, genügt, dass es gut genug ist. Ich musste ein paar Jahre warten und viel, wirklich viel schreiben, bevor es endlich einen ersten Band gab. Dieser erste Band wurde natürlich bei den Literaturagenturen abgelehnt. Das Feedback damals: Leser wollen keinen männlichen Protagonisten. So entstand die Idee, Sally eine Ich-Perspektive zu geben. Das war sozusagen die Geburt der fünfteiligen NAYO-Reihe.

Übrigens waren von Anfang an fünf Teile geplant. Und ja, ich wusste zu Beginn bereits, wie es enden würde. Ich wusste, wer überleben und wer sterben wird. All das wusste ich. Nur hatte ich keine Ahnung, wie ich von A nach B kommen sollte.

Auf diesem Weg, der ein sehr langer und steiniger war, gibt es einige Menschen, bei denen ich mich bedanken muss. Allen voran meinem Ehemann, meinem Partner in Crime, Jörn Kunz. Auch wenn du mein »Hobby« nicht magst, danke ich dir, dass du mich nicht immer davon abgehalten hast. Aber ich kann schon verstehen, dass dich Fireball eifersüchtig gemacht hat. Zurecht. Fireball ist einfach toll …

Ich bedanke mich bei meiner Testleserin Nummer 1, Simone von Westberg. Du hast keine Ahnung, wie viel Anteil du daran hast, dass es diese fünf Bände in so kurzer Zeit auf die Welt geschafft haben. Nicht nur deine direkte Arbeit daran hat mich vorwärts getrieben. Auch diverse Diskussionen im Hause Kunz hast du gemeinsam mit Julian vorangetrieben. Dafür und dafür, dass ihr mich immer unterstützt habt, danke ich euch von Herzen! Ihr seid die besten! Danke, danke, danke!

Ich bedanke mich außerdem bei meiner besten Freundin, Martina Winkler, aka Robby. Seit über zehn Jahren hörst du dir nun schon mein Gejammer darüber an, wenn es mit dem Schreiben oder dem Publizieren schlecht läuft. Jede Absage, jeder Rückschlag – alles habe ich mit dir teilen dürfen. Und du hattest immer ein offenes Ohr für mich. Gleichzeitig hast du mit mir gefeiert – alle Release Days, alle Aktionen, jede Rezension, jede Fanmail. Dafür einfach nur: Danke. Und ich vergebe dir, dass du meinen supertoll geretteten Ball nicht übers Netz gebracht hast. Damals. 2005 oder so. ;-)

Ich danke allen Leserinnen und Lesern der ersten Stunde, allen voran Anita Pezhhan. Anita, du bist so unglaublich schlau und talentiert – ganz schön gruselig für dein Alter, junge Dame! Du bist ein wunderbarer Mensch und ich hoffe, ich kann noch eine Weile beobachten, wie es bei dir im Leben weitergeht. Ich glaube, du warst 14 Jahre alt, als du den ersten Fireball-Band gelesen hast. Jetzt bist du, was, 22 Jahre?

Ich danke außerdem zwei ganz wunderbaren Autorinnen, die mich auf meinem Weg begleiten und mir mit Rat und Tat zur Seite stehen. Da ist zum einen die unvergleichliche, unglaubliche Julia Stirling. Immer wieder staune ich über deine Hingabe zum Metier und deine Bereitschaft, Wissen zu teilen. Das ist unglaublich inspirierend. Danke für deine Unterstützung – dass wir uns begegnet sind, war schlicht Schicksal. Damals, im ICE nach Berlin, auf dem Weg zur Buchmesse. Danke, dass du mich angesprochen hast.

Außerdem geht ein Dank raus an die wunderbare Katie Spring. Es tut so gut jemanden an seiner Seite zu haben und diese verrückte Welt des Selfpublishing gemeinsam zu entdecken. Du bist ein Vorbild für mich!

Das Kuriose am Schreiben ist: Man hat da diese Geschichte im Kopf. Eine Geschichte, an der man lange, lange gefeilt hat. Die einen voll und ganz einnimmt, nicht mehr loslässt und an die man glaubt. Ist sie dann endlich fertig und wird veröffentlicht, trifft diese Geschichte auf andere. Auf Leser. Das ist der spannendste Moment für uns Autoren – der Moment der Wahrheit. Auf meiner Reise von Nayo – Band 1 bis Band 5 habe ich viele Leser gewinnen können. Darunter einige, die mich als Testleser und Rezensenten unterstütz haben. An euch geht ein riesengroßes Dankeschön raus! Im Einzelnen bedanke ich mich bei: Alissa, Tanja, Ann-Christin, Tabea, Lisa, Susanne, Angela, Juliane, Carina, Julita, Sybille, Gerda, Sabrina, Anne, Katharina, Tamara, Heike, Isabelle, Maxime, Ramona, Miriam, Claudia, Sina und Sheilo. Ihr seid mein persönlicher Rebellen Clan!

Der letzte Dank geht an meine Tochter. Während ich diese Zeilen schreibe, wird sie von ihrem Papa ins Bett gebracht – muss also mal wieder auf mich verzichten, damit ich an meinem Buch arbeiten kann. Danke, Juna, dass du so ein wunderbarer Mensch bist. Vielleicht wirst du irgendwann einmal »Nayo« lesen und vielleicht wird es dir sogar so gut gefallen, dass du alle fünf Bände liest. Und vielleicht – ja, vielleicht – liest du dann auch diese Danksagung. Wenn ich dir eines mitgeben darf, dann dieses: Es ist nicht wichtig, ob andere stolz darauf sind, was du geschafft hast. Es ist nur wichtig, dass du auf dich stolz bist. Ich hoffe, ich bin dir dabei ein Vorbild. Denn eines ist klar: Auf »Nayo« bin ich verdammt stolz!

Tausend Dank an euch alle!

Eure Julie

BONUSKAPITEL »AFTERMATH«

Möchtest du dabei sein, wenn Fireball und Sally heiraten? Für die Leser, die nicht genug bekommen können, habe ich ein Bonuskapitel namens »Aftermath« geschrieben. Hier erfährst du, wie es weiterging, nachdem Sally am Ende der Geschichte gefunden wurde. Du bekommst Einzelheiten, wie die Schlacht weiterging, wer überlebt hat und wie Sally endlich den Ring überreicht bekommen hat. Um das Bonuskapitel zu lesen, gib diesen Link in deinem Browser ein:

https://julieannk.com/bonuskapitel/

Außerdem kannst du dir als Abonnent meines Newsletters kostenlos den Prequel »The Dark Side crosses – Fireballs Geschichte« und weitere Bonuskapitel zu »Nayo« herunterladen.

Einfach folgenden Link eintippen:
www.julie-annk.de/rebellen-mail

Oder nachstehenden QR-Code mit der Kamera deines Handys scannen:

Auf bald, deine

J. A. Kunz

EINE REZENSION WÄRE GROSSARTIG!

Liebe Leserin,

vielen Dank, dass du »Nayo – The Dark Side of All« gelesen hast. **Wenn dir gefallen hat, was ich schreibe, würde ich mich sehr über eine Rezension auf Amazon freuen.**

Um deine Sterne zu vergeben, gebe folgenden Link in deinen Browser ein:
www.amazon.de/dp/B0CCBPSJG3

Oder scanne den QR-Code ein:

Rezensionen sind für uns Autoren unglaublich wichtig. Mit jeder Rezension steigt die Sichtbarkeit unserer Bücher. Je mehr Rezensionen mein Buch hat, desto höher steigt es im Ranking und in der Sichtbarkeit. Das ist vor allem deshalb wichtig, weil es so auch andere Leser finden, die sonst nie etwas von NAYO erfahren würden.

Das heißt: Jede auch noch so kurze Rezension hilft. Sie muss nicht lang und ausgefeilt sein – aber über die freue ich mich natürlich auch. Ich verstehe auch, wenn du es auf später verschieben möchtest oder es dir unangenehm ist. Aber es wäre wunderbar von dir, wenn du jetzt auf Amazon gehst, nach dem Buch suchst und eine ganz kurze Rezension abgibst.

Ich wäre dir sehr, sehr dankbar und du würdest mich unglaublich glücklich machen!

BALD ERHÄLTLICH VON J.A. KUNZ

Schon sehr bald kannst du Band 1 der kommenden New Adult Reihe von J.A. Kunz vorbestellen. Die Reihe wird Blossem Chill heißen, drei Bände sind geplant.

Darum geht's im 1. Band:

Eina soll sich an der Blossom Chill Akademie zur Kämpferin für das Königreich ausbilden lassen. Dabei wird ihr der attraktive Ausbilder Jaxon zugewiesen. Doch sein hübsches Gesicht trügt: Jaxon ist knallhart. Als Eine seinen vollständigen Namen erfährt, wird ihr klar, dass sie ab sofort ihrem größten Feind ausgesetzt ist. Und obwohl sie ihn aus tiefstem Herzen hasst, kann sie nicht verhindern, dass sich ihre Gefühle für ihn verändern.

Doch Eina verbirgt ein Geheimnis, dass nicht nur Jaxon, sondern das gesamte Königreich ins Verderben stürzen wird.

Jetzt Blossom Chill, Band 1, vorbestellen unter www.amazon.de/dp/B0CKNVRL1G

Folge jetzt meinem Amazon Autorenprofil (Klicke auf den Button »+ Folgen« unter meinem Profilbild) oder abonniere meinen Newsletter, um den Start der neuen Reihe nicht zu verpassen.

Zum Amazon-Autorenprofil diesen Link in deinen Browser eingeben: shorturl.at/dnGHU

Um meinen Newsletter zu abonnieren, gib diesen Link ein: www.julie-annk.de/rebellen-mail

Deine Julie

1. Auflage
Erschienen am 11. Oktober 2023
Herausgeber: Juliane Kunz
Tischardter Straße 15
72622 Nürtingen
E-Mail: schreib@julie-annk.de
Lektorat: Sandra Bitzer
Cover-Gestaltung: Katie Weber
ISBN: 978-3-9825344-8-0

www.julie-annk.de

Printed in Poland
by Amazon Fulfillment
Poland Sp. z o.o., Wrocław

29219267R00201